악령 1

Бесы

세계문학전집 384

악령 1

Бесы

표도르 도스토옙스키

김연경 옮김

민음사

일러두기

1. 번역 대본은 아카데미판 도스토옙스키 전집(1972~1990) 10권(『악령』), 12권(『티혼의 암자에서』)이다.

2. 러시아인의 이름은 이름, 부칭(父稱), 성(姓)으로 이루어지는데 『악령』에 유달리 많은 프랑스어 애칭과 호칭은 모두 우리말로 전사했다. (예: Lise → 리즈, Nocolas → 니콜라, Marie → 마리, Pierre → 피에르, madame → 마담, mademoiselle → 마드무아젤, monsieur → 무슈)

3. 본문에 나오는 프랑스어 및 외국어의 경우, 우리말 번역 뒤에 괄호를 쳐서 원어를 병기했다.

4. 러시아어 고유 명사 표기는 모두 개정된 외래어 표기법을 따르는 것을 원칙으로 했다.

5. 작품 속에 인용, 변주되는 성경 텍스트는 대한성서공회에서 1977년 번역하여 초판된 후 2001년 2판된 공동 번역 『성서』를 토대로 옮겼다.

6. 원문의 각종 따옴표 강조와 첫 철자 대문자 강조는 작은따옴표로, 원문의 이탤릭 강조는 고딕체로 표현했다.

차례

1권   1부

1장 서론을 대신하여 13

2장 해리 왕자. 혼담 69

3장 타인의 죄업 136

4장 절름발이 여자 213

5장 극히 현명한 뱀 269

2권   2부
1장 밤
2장 밤(계속)
3장 결투
4장 모두 기대에 들떠
5장 축제를 앞두고
6장 분주한 표트르 스테파노비치
7장 우리 편의 모임에서
8장 이반 왕자
9장 스테판 트로피모비치의 집을 압류하다
10장 해적들. 숙명적인 아침

3권   3부

1장   축제. 전반부

2장   축제의 완결

3장   종결된 연애

4장   최후의 결단

5장   여자 여행자

6장   다사다난한 밤

7장   스테판 트로피모비치의 최후의 방랑

8장   결말

9장   티혼의 암자에서

작품 해설

작가 연보

주요 등장인물

스타브로긴가(家)와 주변 인물

니콜라이 프세볼로도비치 스타브로긴(니콜라, 니콜렌카) 28세, 과거의 장교이자 귀족.

바르바라 페트로브나 스타브로기나 니콜라의 어머니, 장군 부인, 이 도시의 유지.

스테판 트로피모비치 베르호벤스키 스타브로긴 집안의 가정 교사, 역사학자.

표트르 스테파노비치 베르호벤스키(피에르, 페트루샤) 스테판의 아들, 혁명가.

알렉세이 예고로비치(예고리치) 스타브로긴 집안의 하인.

안톤 라브렌티예비치 G-v 스테판의 말벗이자 이 소설의 화자.

드로즈도바가(家)

프라스코비야 이바노브나 드로즈도바 바르바라의 동창, 리자베타의 어머니.

리자베타 니콜라예브나 투시나(리자, 리즈) 프라스코비야의 딸.

마브리키 니콜라예비치(모리스) 젊은 장교, 리자의 약혼자.

도지사와 가족들

안드레이 안토노비치 폰 렘브케 신임 도지사, 독일인.

율리야 미하일로브나(줄리) 렘브케의 아내.

블룸 렘브케의 부하 직원, 독일인.

5인조와 주변 인물

알렉세이 닐로비치(닐리치) 키릴로프 27세 정도, 건축 기사.

럄신, 톨카첸코, 시갈료프, 비르긴스키 표트르가 조직한 5인조의 일원.

리푸틴 관리, 자칭 푸리에주의자, 5인조의 일원.

에르켈 표트르의 앞잡이를 자처한 소년.

아리나 프로호로브나 비르긴스카야 비르긴스키의 아내, 조산사.

이반 파블로비치 샤토프(샤투시카) 스타브로긴 집안의 농노 출신, 과거의 대학생, 현재 관리.

마리야 이그나티예브나 샤토바(마리) 샤토프의 전처.

다리야 파블로브나 샤토바(다샤, 다셴카) 샤토프의 여동생, 바르바라의 수양딸.

이그나트 티모페예비치 레뱌드킨 퇴역 대위, 주정뱅이.

마리야 티모페예브나 레뱌드키나 레뱌드킨의 여동생, 지적 장애인.

그 밖의 인물들

페디카 유형수, 과거 베르호벤스키의 농노.

세묜 예고로비치 카르마지노프 대작가.

세묜 야코블레비치 이 지역의 성자로 통하는 인물.

때려죽여도 흔적이 보이지 않으니,
길을 잘못 들었군, 우리는 어쩐담?
아무래도 악령이 우리를 들로 내몰아
사방을 헤매게 만드나 봅니다.
(중략)
그들의 수는 얼마나 될까, 그들을 어디로 내모는 걸까?
왜 저토록 애처롭게 노래하는 걸까?
지킴이를 매장하는 걸까?
아니면 마녀를 시집보내는 걸까?

— A. 푸시킨

마침 그곳 산기슭에는 놓아기르는 돼지 떼가 우글거리고 있었는데 마귀들은
자기들을 그 돼지들 속으로나 들어가게 해 달라고 간청하였다. 예수께서 허
락하시자 마귀들은 그 사람에게서 나와 돼지들 속으로 들어갔다. 그러자 돼
지 떼는 비탈을 내리 달려 모두가 호수에 빠져 죽고 말았다. 돼지 치던 사람들
이 이 일을 보고 읍내와 촌락으로 도망쳐 가서 사람들에게 알려 주었다. 사람
들은 무슨 일이 일어났는가 하고 보러 나왔다가 예수께서 계신 곳에 이르러
마귀 들렸던 사람이 옷을 입고 멀쩡한 정신으로 예수 앞에 앉아 있는 것을
보고는 그만 겁이 났다. 이 일을 처음부터 지켜본 사람들이 마귀 들렸던 사람
이 낫게 된 경위를 알려 주었다.

— 「루가의 복음서」 8장 32~36절*

* 인용문의 '마귀'는 이 소설의 제목 '악령'과 같은 단어다.

1부

1장

서론을 대신하여

두루 존경받는 스테판 트로피모비치
베르호벤스키의 전기 중 몇몇 세부 사항

1

지금까지 두드러지는 것이 아무것도 없는 우리 도시에서
최근에 일어난 그토록 이상한 사건들을 기술함에 있어 나는
무능한 탓에 약간 에둘러서, 다름 아니라 재능 있고 두루 존
경받는 스테판 트로피모비치 베르호벤스키에 대한 몇몇 전기
적인 세부 사항에서부터 시작해야겠다. 이런 세부 사항은 지
금 내놓는 이 연대기의 서론 역할을 할 뿐, 내가 기술하고자
하는 이야기는 훨씬 더 멀리 가야 한다.

단도직입적으로 말하겠다. 스테판 트로피모비치는 우리들
사이에서 줄기차게 어떤 특별한, 말하자면 시민적인 역할을
해 왔으며 그 역할을 열렬히 사랑했기에, 그것 없이는 살아갈

수도 없을 것 같았다. 그렇다고 그를 연극배우에 비유하려는 것은 아니다. 내가 그를 얼마나 존경하는데, 어림도 없는 소리다. 이 모든 것은 습관의 문제, 혹은 더 정확히 말해, 자신의 아름다운 시민적 연기에 대해 유쾌한 몽상에 잠기는, 유년 시절부터 시작된 줄기차고 고귀한 성향의 문제였으리라. 가령 그는 '박해받는 자', 말하자면 '유형자'의 처지를 굉장히 사랑했다. 이 두 낱말 속에는 단번에 영원토록 그를 유혹해 버린 일종의 고전적인 광채가 들어 있었고, 그것이 이후 그토록 오랜 세월 생각 속에서 그를 점차 고양시키다가 결국에는 자존심을 만족시켜 주는 아주 높은 단상으로까지 이끌고 갔던 것이다. 지난 세기의 어느 영국 풍자 소설에서 걸리버라는 사람은 사람들의 신장이 겨우 2베르쇼크[1] 정도밖에 되지 않는 소인국에서 돌아온 다음, 그들 사이에서 자신을 거인으로 생각하는 데 너무 익숙해진 나머지 런던 거리를 걸을 때 자기도 모르게 행인과 마차를 향해 잘 비키라고, 어쩌다 자기가 그들을 짓밟는 일이 없도록 조심하라고 외칠 정도였는데, 여전히 자신은 거인이고 그들은 소인이라고 상상했던 것이다. 그러자 사람들은 그를 비웃고 욕했으며 거친 마부들은 이 거인에게 채찍까지 휘둘렀지만, 이게 옳단 말인가? 습관이 무슨 일인들 못 하겠는가? 습관이 스테판 트로피모비치도 거의 그 지경으로 몰아갔지만, 그는 정말 아름다운 사람이었던 까닭에, 이런 표현이 가능하다면, 훨씬 더 순진무구하고 악의 없는 형태였다.

---

1) 1베르쇼크는 약 4.4센티미터.

끝에 가서는 다들 어디서나 그를 잊어버렸다는 생각마저 들지만, 이전에도 아예 몰랐다고 말할 수는 없다. 틀림없이 그도 얼마간은 우리 지난 세대의 기라성 같은 여느 저명인사들의 성단에 속해 있었고 한때는 —— 그래 본들 아주 짧은 순간이었지만 —— 당시 많은 분주한 사람들의 입에서 차다예프, 벨린스키, 그라놉스키, 그리고 당시 해외에서 막 활동을 시작한 게르첸[2]과 거의 나란히 이름이 언급되기도 했다. 그러나 스테판 트로피모비치의 활동은 시작되자마자 거의 바로 그 순간에 끝나 버렸는데, 말하자면 '회오리처럼 몰아친 상황들' 때문이었다. 한데 이게 웬일인가? 나중에 보니, 적어도 이 경우에는 '회오리'는커녕 숫제 '상황들'도 없었다. 나는 이제야, 요 근래에야 겨우, 너무 놀랍게도, 그러나 이미 완전히 확실하게도, 스테판 트로피모비치가 우리가 흔히 생각했듯 유형살이로 우리 도(道)[3]에 살았던 것도 아닐뿐더러 감시를 받은 적도 전혀 없음을 알게 되었다. 그러니 자기만의 상상의 힘이란 얼마나

---

2) 표트르 야코블레비치 차다예프(Pyotr Yakovlevich Chaadayev, 1794~1856)는 러시아의 철학자이자 사상가. 비사리온 그리고리예비치 벨린스키(Vissarion Grigorievich Belinskii, 1811~1848)는 러시아의 사상가이자 비평가로서 도스토옙스키를 등단시킨 인물. 티모페이 니콜라예비치 그라놉스키(Timofey Nikolaevich Granovskii, 1813~1855)는 러시아의 역사가이자 서구주의자로서 모스크바 대학의 교수였다. 알렉산드르 이바노비치 게르첸(Aleksandr Ivanovich Gertsen, 1812~1870)은 러시아의 사상가이자 혁명가.
3) 혁명 전의 러시아는 약 100개의 도(道, gubemiia)로 나뉘고 그 아래 군(郡, uezd), 면(面, volost), 촌(村, selo)이 있었다.

대단한 것인가! 그는 평생 모종의 영역에서 자신이 꾸준히 위협받고 있노라고, 자신의 일거수일투족이 끊임없이 알려지고 고려되고 있다고, 최근 이십 년 동안 우리 도를 거쳐 간 도지사 세 명이 모두 도에 부임할 때, 특히 도의 업무를 인수인계할 때 상부에서 주입된, 그 자신에 대한 모종의 번잡스럽고 특수한 견해를 갖고 왔노라고 진정으로 믿었다. 그때 누가 정말 정직한 스테판 트로피모비치에게 반박할 수 없는 증거를 대며 그를 위협하는 것은 전혀, 아무것도 없노라고 설득했다면 틀림없이 모욕을 느꼈을 것이다. 어쨌든 그는 정말 현명하고 온갖 재능을 갖춘 사람이고, 말하자면 심지어 학문하는 사람인데, 하긴 학문이라면…… 한마디로 학문에 있어서라면 별로 많은 것을, 아니, 아예 아무것도 하지 못한 것 같다. 그러나 우리 루시[4]의 학문하는 사람들에게 이런 일이야 흔하지 않은가.

　해외에서 돌아온 그는 이미 1840년대 막바지에 이르러 대학 강단에서 강사로서 두각을 드러냈다. 한데 강의를 한 건 겨우 세 번 정도였고 아랍인에 관한 것이었던 것 같다. 학위 논문도 통과되었는데, 1413년과 1428년 사이에 있었던, 독일의 소도시 하나우의 한자 동맹[5]이 지닌 시민적 의의, 더불어 이런 의의가 전혀 성립되지 못한 특별하고 불분명한 원인에 대한 것이었다. 이 학위 논문은 기민하고 따끔하게 당대 슬라브주의자들의 허를 찔러 그들 사이에서 단숨에 분노에 찬 수많

---

4) 러시아의 고대 명칭.
5) 중세 중기 북해, 발트해 연안의 독일 여러 도시가 뤼베크를 중심으로 상업상의 목적으로 결성한 동맹.

은 적을 만들고 말았다. 그런 다음 ── 하긴 이미 강의 자리를 잃은 이후지만 ── 그는 디킨스를 번역하고 조르주 상드를 알리는 진보적인 월간지에 아주 심오한 어떤 연구의 도입부를 실을 수 있었는데(말하자면 그들이 어떤 사람을 잃었는지 똑똑히 보여 주기 위한 복수의 형태로) 어느 시대 어느 기사들의 특이한 정신적 귀족성의 근거에 대해서든가 그 비슷한 종류였던 것 같다. 적어도 고귀하고 이례적으로 귀족적인 어떤 사상이 개진되었다. 훗날 연구의 후속편은 서둘러 금지되고 진보적인 잡지조차 발표된 전반부 때문에 수난을 겪었다는 얘기가 있다. 과연 그랬을 법도 한 것이, 당시에야 무엇인들 불가능했겠는가? 하지만 이 경우엔 아무 일도 없었고 그저 저자가 연구를 끝내는 데 게으름을 부렸다는 것이 더 그럴듯하다. 아랍인 강의를 중단한 것은 이러저러한 '상황들'을 진술해서 누구에게 보낸 편지를 어쩌다 누가(분명히 그의 반동적인 적 중 하나였을 것이다.) 가로챘고 그 결과 누가 그에게 어떤 해명을 요구했기 때문이다. 믿을 만한 얘기인지는 알 수 없지만, 바로 그때 페테르부르크에서 열세 명 정도로 구성된, 거의 사회의 토대를 뒤흔들어 놓은 반자연적이고 반국가적인 어떤 거대한 조직이 발각되었다고 주장하기도 했다. 그들이 다름 아닌 푸리에[6]를 번역하려고 했다는 식의 얘기도 있었다. 하필이면 바로 그때 모스크바에서 그 일이 있기 육 년 전, 스테판 트로피모비치가

---

6) 프랑수아 마리 샤를 푸리에(François Marie Charles Fourier, 1772~1837). 프랑스의 공상적 사회주의자.

한창 젊을 때 베를린에서 쓴, 두 명의 애호가와 한 명의 학생 사이에서 필사본으로 떠돌던 서사시가 압수되었다. 이 서사시는 지금 나의 책상 속에도 들어 있다. 나는 길어 봤자 겨우 작년쯤, 아주 최근에 스테판 트로피모비치의 친필로 쓰이고 그의 서명이 있는, 훌륭하고 아름다운 염소 가죽 장정의 그 서사시 복사본을 당사자인 스테판 트로피모비치에게서 직접 받았다. 하긴 거기에는 시가 없는 것도 아니요, 이렇다 할 재능이 없는 것도 아니었다. 이상한 서사시였지만 당시에는(즉, 정확히 1830년대에는) 이런 종류의 것이 종종 쓰였다. 플롯을 얘기하자니 곤혹스러운데, 사실 통 이해가 안 됐기 때문이다. 그것은 무슨 알레고리에 「파우스트」 2부를 연상시키는 서정 드라마 형식이었다. 무대는 여성들의 합창, 그다음에는 남성들의 합창, 그다음에는 무슨 힘들의 합창, 맨 마지막에는 아직 살아 본 적은 없지만 몹시 살고 싶어 하는 영혼들의 합창으로 시작된다. 이 모든 합창단은 뭔가 몹시 불분명한 것, 대부분 무슨 저주를 노래하는데, 고상한 유머의 색조마저 가미되어 있다. 그러나 무대가 갑자기 변하고 심지어 벌레들도 노래하고 무슨 성스러운 라틴어를 웅얼대는 거북이가 등장하고, 기억을 더듬자면, 심지어 광물마저, 즉 더 이상 생명이 없는 물체마저 무슨 노래를 부르는 '생명의 축제'가 펼쳐진다. 대체로 모든 것이 끊임없이 노래하고, 혹시 대화를 나눈다면 어쩐지 애매하게 욕설을 해 대지만 이번에도 역시 고상한 의미의 색조가 가미되어 있다. 마침내 무대가 다시 바뀌어 야생의 장소가 나타나고 절벽들 사이로 문명 세계의 한 젊은이가 이리저리 헤매

다가 무슨 풀을 뜯어 그 즙을 빨아 먹는다. 왜 이 풀들을 빨아 먹느냐는 선녀의 질문에, 그는 자신의 내부에서 삶의 잉여를 느껴 망각을 찾고 있던 중 이 풀들의 즙 속에서 그것을 발견하지만 자신의 주된 소망(어쩌면 지나친 소망인지도 모른다.)은 어서 빨리 이성을 잃어버리는 것이라고 대답한다. 그러자 갑자기 필설로 형언할 수 없을 만큼 아름다운 청년이 검은 말을 타고 달려오고 그 뒤로 엄청나게 많은 모든 민족들이 뒤따라온다. 청년은 죽음을 구현하고 모든 민족들은 그것을 갈망한다. 그리고 마침내 이미 맨 마지막 무대에 이르러 갑자기 바벨탑이 나타나고 바벨탑의 어떤 용사들이 새로운 희망의 노래를 부르면서 마침내 탑을 완성해 가고, 이미 꼭대기까지 완성되자 올림포스의 점유자 같은 자가 희극적인 모습으로 도망치고 이것을 눈치챈 인류는 그의 자리를 점령하기 무섭게 사물들이 새롭게 침투한 새로운 삶을 시작한다. 자, 이런 서사시를 당시에는 위험하다고 생각했던 것이다. 작년에 내가 스테판 트로피모비치에게 요즘은 이런 건 어떤 혐의도 받지 않으니까 발표해 보라고 제안했지만, 그는 대놓고 불만을 표하며 딱 잘라 거절했다. 어떤 혐의도 받지 않는다는 생각이 탐탁지 않았던 것 같은데, 심지어 그 후 두 달 내내 그가 나에게 다소 냉담했던 것도 그 때문이 아닐까 싶다. 한데 이게 또 웬일인가? 내가 이곳에서 발표를 제안했던 그때, 갑자기 '그곳', 즉 외국에서 스테판 트로피모비치에게 알리지도 않은 채 우리의 서사시를 어느 혁명적인 모음집에 수록한 것이다. 그는 우선 너무 놀란 나머지 도지사에게 달려가기도 하고 페테르부르크에 보낼 아주 고상한 사유서를 써서 내게 두 번씩이나 읽어 주기도 했지만 수신인을 누구로 해야 할지 몰라 부치지 못했다. 한마디로, 한 달 내내 흥분해 있었다. 그러나 은밀한 마음 한구석에서는 예사롭지 않게 우쭐댔으리라고 확신한다. 그는 자기 손에 들어온 그 전집의 책자를 껴안고 자다시피 했고 낮에는 그것을 이부자리 밑에 감추어 놓고는 하녀에게 잠자리 정리도 하지 못하게 했으며, 매일 어디서 무슨 전보가 오지나 않을까 학수고대하며 먼 산만 바라보았다. 전보 따위는 오지 않았다. 그때 그는 이미 나와도 화해했는데, 이는 좀처럼 원한을 품지 않는 그의 조용한 심성이 굉장히 선량하다는 것을 보여 주는 증거이기도 하다.

2

나는 그가 전혀 고초를 겪지 않았다고 주장하는 것이 아니다. 그저, 그가 필요한 해명만 했더라면 아랍인 강의를 얼마든지 계속할 수 있었으리라고 이제 완전히 확신하게 됐을 따름이다. 그러나 그 당시 그는 괜한 호기를 부리며 유달리 성급하게 그의 출셋길이 '회오리 같은 상황들' 때문에 완전히 박살 났다고 단번에 영원토록 믿기로 작정했다. 한데 오롯한 진실을 얘기하자면, 그의 경력이 바뀐 진짜 이유는, 육군 중장의 부인이자 상당한 부자인 바르바라 페트로브나 스타브로기나가 이전에 이어 이번에 다시, 휘황찬란한 보수는 말할 것도 없거니와 훌륭한 학자이자 친구로서 외아들의 교육과 모든 지적인 발달을 맡아 달라는 아주 섬세한 제안을 해 왔기 때문이다. 이 제 안을 처음 받은 것은 그가 아직 베를린에 있을 때, 처음으로 홀아비가 되었던 그때였다. 그의 첫 부인은 우리 도(道) 출신의 경박한 처자로서, 그는 한창 젊고 아직 분별이 없던 시절에 그녀와 결혼했으나 그녀의 생활비를 감당할 수 없는 데다 겸사겸사 다소 민감한 다른 이유도 있어서 어떻든 매혹적이긴 했던 이 여성과 많은 괴로움을 겪었던 것 같다. 그녀는 마지막 삼 년 동안 그와 별거하다가 파리에서 사망했으며, 언젠가 내가 함께 있을 때 슬픔에 잠긴 그의 입에서 튀어나온 대로 '아직 음울해지지 않은 즐거운 첫사랑의 열매'인 다섯 살난 아들 하나를 남겼다. 갓난아이는 진즉에 러시아로 보내져 그곳 어디 외진 곳에서 쭉 먼 친척뻘 되는 이런저런 이모들의 품에서 자랐다. 스테판 트로피모비치는 그 당시 바르바라 페트로브나의 제안을 거절하고 상처한 지 일 년도 안 돼서 말수가 적은 베를린 태생의 어느 독일 여자와 재혼했는데, 무엇보다도 아무런 특별한 이유가 없었다. 한데 가정 교사 자리를 거절한 데는 알고 보니 이것 말고 다른 이유가 있었다. 그때 불후의 명성을 날리던 어느 교수의 우레와 같은 소문에 유혹당해서는 자기가 먼저 강단으로 달려갔고 거기서 당장이라도 자신의 독수리 날개를 펼칠 준비가 되어 있었던 것이다. 자, 이제 이미 날개가 타 버린 상황에서 그는 이전에도 결심을 동요시켰던 제안을 자연스레 떠올렸다. 그와 일 년도 살지 못한 두번째 부인의 돌연한 죽음이 모든 것을 완전히 결정해 버렸다. 단도직입적으로 말하자면 모든 것이 바르바라 페트로브나의 열렬한 관심과 그를 향한 귀중한 우정, 우정에 대해 이렇게 표현할 수만 있다면, 말하자면 어떤 고전적인 우정에 의해서 해결되었다. 그는 이 우정의 포옹 속으로 몸을 던졌으며 일은 앞으로 이십 년 남짓 예정으로 확정되었다. 내가 '포옹 속으로 몸을 던졌다'고 표현했다고 해서 행여 누구든 공연히 쓸데없는 생각은 하지 않기를. 이 포옹은 그저 가장 높은 정신적 의미로만 이해되어야 한다. 가장 섬세하고 가장 민감하기 이를 데 없는 관계가 그토록 뛰어난 이 두 존재를 단번에 영원히 결합했던 것이다.

가정 교사 자리를 받아들인 것은 또 스테판 트로피모비치의 첫 부인이 남긴 작은 영지 —— 진짜로 작은 것이다 —— 가 마침 우리 도 근교에 위치한 스타브로긴가(家)의 훌륭한 영지인 스크보레시니키와 바로 붙어 있었기 때문이기도 하다. 게다가 언제나 조용한 연구실에 틀어박힌 채 대학의 방대한 잡무에 신경 쓸 것 없이 학문의 과업에 헌신하며 아주 심오한 연구로 조국의 문학을 풍요롭게 만들 수도 있었다. 결과적으로 연구는 없었지만 대신 이십 년이 넘는 여생 동안 말하자면 국민 시인의 표현을 빌려 '질책의 화신'으로서 조국 앞에 서 있을 수는 있었다.

질책의 화신으로서
너는 조국 앞에 섰구나,
자유주의자 이상주의자여.[7]

---

7) 러시아의 19세기 사실주의 시인 니콜라이 알렉세예비치 네크라소프

그러나 국민 시인이 표현한 이 인물은, 그럴 마음이 있다면 좀 지루해도, 아마 평생토록 이런 의미의 자세를 취할 자격이 있었던 모양이다. 우리의 스테판 트로피모비치는 사실상 이런 인물들과 비교하면 그저 흉내쟁이에 불과해서, 좀 서 있다가 지치면 종종 옆으로 비스듬히 드러눕곤 했다. 그러나 비스듬히 누워 있는 자세로도 질책의 화신으로서의 성격은 보존되었으니, 이 점은 정당하게 평가해야 하고 더욱이 도(道)로서는 이것만으로도 충분한 일이었다. 여러분이 그가 우리 클럽의 카드 판에 앉아 있는 모습을 봤더라면. 그의 표정은 온통 '카드라고! 나는 당신들과 예랄라시[8]를 하고 있다! 아니 이게 창피한 일인가? 대체 이게 누구 책임인데? 누가 나의 활동을 박살 내 예랄라시로 바꿨단 말인가? 에잇, 망해 버려라, 러시아여'라고 말하고 있었으며, 그렇게 거드름을 떨며 하트부터 젖히곤 했다.

그런데 사실 그는 카드 노름을 죽도록 좋아해서 특히 최근에는 바르바라 페트로브나와 빈번하게 불미스러운 충돌까지 빚곤 했는데, 엎친 데 덮친 격으로 줄기차게 지기만 했다. 그러나 이 얘기는 나중에 하자. 다만 지적해 둘 것은 그가 심지어 양심적인(즉 가끔은 말이다.) 사람이라 자주 슬픔에 빠졌다는 점이다. 바르바라 페트로브나와의 우정이 지속된 그 이십 년 내내 일 년에 서너 번 정도는, 정기적으로 우리끼리 하는

(Nikolay Alexeyevich Nekrasov, 1821~1878)의 시.
8) 카드놀이의 일종.

말로 '시민적 비애'에, 즉 그냥 우울증에 빠지곤 했는데, 그 단어가 두루 존경받는 바르바라 페트로브나의 마음에 꼭 들었다. 뒤이어 그는 시민적 비애 외에 샴페인에도 빠졌지만 세심한 바르바라 페트로브나는 평생 온갖 자질구레한 성벽으로부터 그를 지켜 주었다. 정말 그가 유모를 필요로 했던 것은 가끔 너무 이상해질 때가 있었기 때문이다. 즉, 한껏 고양된 비애의 절정에서 갑자기 소박하기 이를 데 없는 민중처럼 웃음을 터뜨릴 때가 있었다. 심지어 자신을 유머러스한 의미로 표현하는 순간도 있었다. 한데 이 유머러스한 의미야말로 바르바라 페트로브나가 가장 무서워한 것이었다. 그녀는 오직 단 하나의 고귀한 상상만을 염두에 두고 행동한 여성 고전주의자이자 문학 애호가였다. 이 고귀한 부인이 이십 년 동안 자신의 가없은 친구에게 미친 영향은 실로 막대한 것이었다. 그녀에 대해서라면 특별히 할 얘기가 있으므로 지금 하겠다.

3

이상한 우정들이 있다. 두 친구가 서로 잡아먹지 못해 안달하고 평생 그렇게 살면서도 헤어질 수는 없는 것이다. 도저히 헤어지지 못하는데, 이런 일이 일어나더라도 변덕을 부려 절교를 선언한 친구 쪽에서 먼저 병이 나 죽어 버릴 것이다. 내가 확실히 아는바, 스테판 트로피모비치는 가끔 바르바라 페트로브나와 눈을 마주 보고 내밀한 감정을 토로한 다음 그녀가 떠난 뒤 갑자기 소파에서 펄쩍 뛰어올라 두 주먹으로 벽을 쾅쾅 친 일이 몇 번이나 있었다.

일말의 알레고리도 없이 그런 일이 있었고 한번은 심지어 벽에서 회칠이 떨어져 나간 적도 있었다. 아마 이런 질문이 나올 것이다. 내가 어떻게 그렇게 섬세한 세부 사항까지 알 수 있었느냐고. 하지만 내가 직접 증인이라면 어쩌겠는가? 스테판 트로피모비치가 내 앞에서 자신의 온갖 은밀한 속사정을 빛나는 색채로 묘사하면서 내 어깨에 기대어 흐느낀 적이 한두 번이 아니라면 어쩌겠는가?(게다가 이런 상황이라면 무슨 말인들 못했을까!) 하지만 이런 흐느낌이 있고 나면 거의 언제나 다음과 같은 일이 일어나곤 했다. 즉, 그는 다음 날이면 이미 자신의 배은망덕한 행동을 탓하며 자신을 십자가에 못 박을 태세였고 오직 바르바라 페트로브나는 '명예와 배려의 천사지만 자신은 완전히 반대'라는 것을 알리기 위해 다급히 나를 불러들이거나 직접 달려오곤 했다. 나에게 달려왔을 뿐만 아니라, 아주 화려한 편지를 통해 당사자인 그녀에게 여러 번이나 이 모든 것을 낱낱이 묘사하고 자신의 온전한 서명까지 곁들여 고백했으며, 또 멀리 갈 것도 없이 어제를 예로 들자면 제삼자에게 다음과 같은 말을 늘어놓았다. 즉, 그녀는 허영심 때문에 그를 붙들고 있고 그의 학식과 재능을 질투한다, 그가 그녀를 떠날까 봐, 또 그 때문에 그녀의 문학적 명성에 해를 입을까 봐 불안해서 그를 증오하면서도 자신의 증오를 겉으로 드러내기를 두려워한다, 이 모든 것 때문에 그는 자신을 경멸하여 비명횡사를 감내하기로 작정했지만 모든 것을 결정해 줄 그녀의 최후의 말을 기다리고 있다 등등 이런 유의 말들 말이다. 이 지경이니 쉰 살 먹은 온갖 갓난애 중에서도 가장 순진무구한 이 사람의 신경 폭발이 가끔 어떤 히스테리에 이를지 충분히 상상할 수 있지 않은가! 어느 날, 그들 사이에 하찮은 이유에서 시작되었지만 독살스럽게 진행된 어떤 다툼이 있은 뒤 그가 쓴 이런 유의 편지 한 통을 직접 읽은 적이 있다. 기겁한 나는 제발 편지를 보내지 말라고 사정했다.

"안 돼……. 좀 더 명예롭게…… 의무라니까……. 그녀에게 모든 것, 모든 것을 고백하지 못한다면 난 죽어 버릴 거요!"

그는 거의 열병에 걸린 듯 대답했고 결국 편지를 보내고 말았다.

바르바라 페트로브나라면 결코 이런 편지는 보내지 않았으리라는 것이 바로 그들의 차이점이었다. 사실 그는 편지 쓰기를 사족을 못 쓸 만큼 좋아해서 그녀와 한집에 살면서도 편지를 썼고 히스테리가 심할 때는 하루에 두 통도 썼다. 나는 그녀가 언제나 아주 주의 깊게 이 편지들을 읽었음을, 하루에 두 통을 받을 때도 전부 다 읽은 다음 날짜를 기입하고 분류하여 특별 보관함 속에 넣어 두었음을, 뿐만 아니라 편지들을 자신의 마음속에도 꼭꼭 접어 간직해 두었음을 확실히 안다. 그러고는 하루 종일 아무 답장도 하지 않은 채 자신의 친구를 그대로 내버려 두었다가, 어제 특별한 일은 전혀 없었다는 듯, 그야말로 아무 일도 없었다는 듯 그와 대면하곤 했다. 그녀가 점차 그를 워낙 가혹하게 다루었기 때문에 그는 더 이상 자기가 나서서 어제 일을 상기시킬 엄두도 내지 못하고 그저 그녀의 눈을 잠깐씩 훔쳐볼 따름이었다. 그러나 그녀가 아무것도 잊지 않은 반면 정작 그는 너무 빨리 잊고는 그녀의 평온함에 기고만장해져서 바로 그날이라도 친구들이 찾아오면 샴페인을 마시며 어린 학생처럼 웃고 떠드는 일도 더러 있었다. 그녀가 분명히 독기를 품은 채 그를 바라보았을 순간에도 어떤 눈치도 채지 못했던 것이다! 일주일, 한 달, 심지어 반년이 지난 다음에도 어떤 특별한 순간에 우연히 그와 같은 편지 중의 어떤 표현이, 나아가 그 편지와 당시의 온갖 정황들이 모조리 떠오르면 그는 너무 수치스러워서 갑자기 얼굴을 새빨갛게 붉히고 예의 그 콜레라 발작을 일으킬 정도로 괴로워했다. 콜레라와 유사한 그의 이 특수 발작은 어떤 경우에는 신경 쇼크의 흔한 결말이었는데, 그의 체질이 지닌 그 나름 흥미진진한 특성에 해당하는 것이었다.

정말로 바르바라 페트로브나는 확실히, 또 극히 자주 그를 증오했다. 그러나 그가 그녀에게서 끝까지 눈치채지 못한 사실이 하나 있는데, 즉 그는 마침내 그녀에게 있어 그녀의 아들, 그녀의 피조물, 말하자면 그녀의 발명품이 되었고 그녀의 살점에서 나온 살점이 되었으니 그녀가 그를 붙잡아 두고 먹여 살리는 것은 단지 '그의 재능에 대한 질투' 때문만은 절대 아니었다. 분명히 그녀는 그런 지레짐작으로 인해 굉장히 심한 모욕감을 느꼈으리라! 그녀의 내부, 즉 끊임없는 증오와 질투와 경멸의 한복판에는 그를 향한 참을 수 없는 어떤 사랑이 숨어 있었던 것이다! 그녀는 이십이 년 동안 혹시 조그만 티끌이라도 묻을까 봐 노심초사하며 그를 지켜 주고 유모처럼 보살폈으며, 시인과 학자, 시민적인 활동가로서의 그의 명성에 신경을 쓰느라 몇 날 며칠 밤을 잠 못 이루기도 했다. 그녀는 그를 고안해 냈고, 직접 나서서 자신의 고안물을 실제로 믿어 버렸다. 그는 그녀의 어떤 몽상과 같은 존재였다……. 그러나 그 때문에 그에게 정말로 많은 것을, 가끔 노예와 같은 복종까지 요구했다. 또 그녀는 믿을 수 없을 정도로 뒤끝이 많은 성미였다. 내친김에 일화 두 개를 더 이야기하겠다.

4

농노 해방에 관한 첫 풍문이 들려올 무렵의 어느 날, 전 러시아가 갑자기 환호성을 지르고 온통 갱생할 만반의 태세를 갖추고 있을 그때, 상류 사회와 인맥이 있어 그 사건과도 극히 밀접한 관계를 맺고 있는 어느 페테르부르크의 남작이 바르바라 페트로브나를 방문했다. 남편의 사망 후 상류 사회의 인맥이 점차 약해지다가 결국에는 완전히 끊겨 버렸기 때문에 바르바라 페트로브나는 이 같은 방문을 굉장히 중시했다. 남작은 한 시간 동안 그녀의 집에 앉아서 차를 마셨다. 다른 사람은 아무도 없었고 스테판 트로피모비치는 바르바라 페트로브나의 초대로 모습을 드러냈다. 남작은 전에도 그에 대해 뭔가 들은 소리가 있거나 그냥 그런 척하긴 했지만 차를 마시는 동안 그에게 말을 거는 일은 거의 없었다. 당연히 스테판 트로피모비치가 자기 얼굴에 먹칠할 리는 없고 몸가짐도 아주 세련된 편이었다. 그렇게 훌륭한 가문 태생은 아니었지만 아주 어릴 때부터 모스크바의 어느 저명한 가정에서 양육되었기 때문에 점잖았고 프랑스어도 파리 사람처럼 할 수 있었다. 이렇듯, 남작은 바르바라 페트로브나가 도(道)의 외진 곳에 살고 있을지라도 어떤 사람들에게 에워싸여 있는지 한눈에 이해해야만 했다. 하지만 어째 심상치 않았다. 남작이 그 당시 처음 울려 퍼진 위대한 개혁에 대한 풍문이 완전히 믿을 만한 것이라고 확고하게 단언하자 스테판 트로피모비치는 더 이상 참지 못하고 갑자기 만세를 외치더니 환희를 표현하는 어떤 손짓까지 서슴지 않았다. 소리도 별로 크지 않고 심지어 세련된 느낌이었다. 심지어 환희도 미리 의도된 것이고 손짓도 차를 마시기 삼십 분쯤 전 거울 앞에서 일부러 연습해 둔 것이었으리라. 하지만 실제로는 분명히 뭐가 제대로 되지 않았고, 따라서 남작은, 당장은 이례적일 만큼 정중하게 이 위대한 사건으로 인한, 러시아의 모든 마음들의 총체적이고도 당위적인 감동에 대해 한두 마디를 덧붙이면서도, 보일락 말락 미소를 머금었다. 그러고서 급히 떠났는데, 떠나면서 스테판 트로피모비치에게도 손가락 두 개를 내미는 것을 잊지 않았다. 거실로 돌아온 바르바라 페트로브나는 삼 분 정도 아무 말 없이 탁자 위에서 뭔가를 찾는 듯하더니 갑자기 스테판 트로피모비치 쪽으로 몸을 돌리며 새하얗게 질린 얼굴로 눈을 번득이면서 속삭이듯 이렇게 내뱉었다.

"난 당신의 이번 일을 절대 잊지 않겠어요!"

다음 날 그녀는 아무 일도 없었다는 듯이 자신의 친구를 대했다. 전날 일어난 일에 대해서는 전혀 언급도 하지 않았다. 그러나 십삼 년이 지난 후 어느 비극적인 순간에 그 일을 기억해 내고는 그를 처음 책망했던 십삼 년 전과 꼭 마찬가지로 새하얗게 질린 얼굴로 그를 책망했다. 평생 그녀가 "난 당신의 이번 일을 절대 잊지 않겠어요!"라고 말한 건 딱 두 번이다. 남작의 경우는 이미 두 번째 경우였다. 첫 번째 경우도 그 나름 무척 특이한 데다가 스테판 트로피모비치의 운명에서 상당히 많은 의미를 지니는 것 같기에, 그 역시 언급하기로 한다.

1855년 봄 5월, 현역군에 임명되어 크림반도로 급히 달려가던 길에 위경련으로 사망한, 경박한 노장 스타브로긴 중장의 부고가 스크보레시니키에 전해진 직후의 일이다. 바르바라 페트로브나는 미망인이 되어 온몸을 상복으로 휘감고 있었다. 사실 그녀로서는 그리 많이 슬플 것도 없었는데, 성격 차이로 인해 최근 사 년 동안 남편과 완전히 별거하고 있었던 데다가 그에게 연금을 대 주고 있었기 때문이다.(당사자인 중장에게는 겨우 오십 명의 농노와 급료, 그 밖에 명성과 인맥이 전부였고 전 재산과 스크보레시니키는 아주 부유한 도매상인의 외동딸인 바르바라 페트로브나의 소유였다.) 그럼에도 워낙 예기치 못한 소식인지라 그녀는 충격을 받고 완전히 고립되었다. 응당, 스테판 트로피모비치는 그녀 곁에 꼭 붙어 있게 되었다.

5월이 한창 무르익는 중이었다. 경이로운 저녁의 연속이었다. 마할레브 벚꽃이 막 피어났다. 두 친구는 매일 저녁 정원에서 만나 서로 자신의 감정과 생각을 토로하며 밤이 될 때까지 정자에 앉아 있었다. 시적인 순간들이 찾아오곤 했다. 바르바라 페트로브나는 자신의 운명이 바뀌고 있다는 느낌에 사로잡혀 평소보다도 말이 많았다. 그녀는 친구의 가슴에 바싹 달라붙다시피 했고 이런 식으로 몇 번의 저녁이 계속되었다. 갑자기 스테판 트로피모비치의 머릿속에서 한 가지 이상한 생각이 떠올랐다. '슬픔을 달랠 길 없는 이 미망인이 그에게 무슨 기대를 걸고 있는 건 아닐까, 혹시 상복을 벗을 때쯤 그의 편에서 먼저 청혼해 주길 기다리는 건 아닐까?' 냉소적인 생각이긴 했다. 그러나 원래 유기체란 단계가 높아지면 그저 발전의 다면성 때문에라도 가끔 냉소적인 생각을 품는 경향이 있잖은가. 그는 깊이 파고들기 시작했고 그런 것 같다고 생각하게 됐다. 그는 골똘히 생각에 잠겼다. '재산이야 엄청나지, 사실, 그러나……' 사실 바르바라 페트로브나가 딱히 미인인 건 아니었다. 그녀는 장신에 노르스름하고 뼈마디가 톡톡 불거진 마른 여인으로서 얼굴이 굉장히 길쭉해서 왠지 말을 연상시켰다. 스테판 트로피모비치는 점점 더 망설이고 각종 의심으로 인해 괴로워하다가 가타부타 결정하지 못해 두어 번 울음을 터뜨리기도 했다.(그는 상당히 자주 울었다.) 한데 저녁마다, 즉 정자에서 그의 얼굴은 왠지 저도 모르게 뭔가 변덕스럽고도 비아냥거리는 것을, 뭔가 아양을 떨면서도 동시에 오만방자한 것을 표현하기 시작했다. 그런 표정은 어쩌다 우연히 자기도 모르게 나타나는 것이기에, 사람이 고상하게 굴수록 더 도드라지는 법이다. 이 문제를 어떻게 판단해야 할지 누가 알까마는 바르바라 페트로브나의 마음속에는 스테판 트로피모비치의 의구심을 전적으로 뒷받침할 만한 건 아예 생겨나지도 않았다고 보는 편이 더 그럴듯하다. 사실 그녀는 스타브로기나라는 자신의 이름을 그의 이름으로, 그것이 아무리 훌륭한 것일지라도, 바꾸지 않았을 것이다. 그녀 쪽에서는 그저 여자의 유희였을 뿐, 그러니까 어떤 굉장한 여자에게는 그토록 자연스러운, 여자의 무의식적 욕구가 발현된 것이었을 뿐이리라. 하긴 장담하지는 못하겠다. 여자의 마음은 오늘날까지도 그 깊이를 헤아릴 수 없다! 어쨌든 계속하자.

그녀가 이내 자기 친구의 이상한 표정을 내심 알아차렸다고 생각해야 한다. 그녀는 예민하고 눈치가 빠른 반면 그는 이따금 너무나 순진무구하지 않은가. 그러나 저녁의 만남은 예전처럼 지속되었으며 대화도 마찬가지로 시적이고 흥미로웠다. 그러던 어느 날, 아주 생기발랄하고 시적인 대화 이후 밤이 찾아오자 스테판 트로피모비치가 사는 곁채의 현관 계단에서 그들은 두 손을 뜨겁게 움켜쥐고 우정 어린 작별 인사를 나누었다. 해마다 여름이면 그는 스크보레시니키의 거대한 지주 저택을 나와 정원 안에 있는 것이나 다름없는 이 조그만 곁채로 옮겨 와 있었다. 자기 집으로 들어온 그가 번잡스러운 상념에 젖어 곧장 시가를 집어 들고 입에 물기 전, 피곤에 지쳐 활짝 열린 창문 앞에 멈추어 선 다음 꼼짝도 하지 않고 깃털처럼 가볍게 살랑거리며 선명한 달 주위를 미끄러지듯 지나가는 솜털 같은 하얀 조각구름을 바라보는데, 갑자기 가벼운 사각거림이 들려 흠칫 떨면서 몸을 돌렸다. 그 앞에는 고작해야 사 분 전에 헤어진 바르바라 페트로브나가 다시금 서 있었다. 그녀의 샛노란 얼굴은 거의 새파랗게 질리고 꽉 다문 입술의 양쪽 언저리가 파르르 떨리고 있었다. 꼬박 십 초 남짓 그녀는 말없이 단호하고 가차 없는 시선으로 그의 눈을 노려보더니 갑자기 아주 빠른 속도로 속삭였다.

"난 당신의 이번 일을 절대 잊지 않겠어요!"

이미 십 년이 지난 다음 스테판 트로피모비치는 우선 문부터 잠가 놓고 속삭이듯 나에게 이 슬픈 이야기를 전해 주었는데, 당시 그는 그 자리에서 꽁꽁 얼어붙어 버려 바르바라 페트로브나가 사라지는 것을 듣지도 보지도 못했노라고 나에게 맹세했다. 그녀가 이후 결코 단 한 번도 그에게 이 사건을 내비친 적이 없고 모든 것이 마치 아무 일도 없었던 양 흘러갔기 때문에 그는 평생 이 모든 것이 발병 직전에 나타난 하나의 환각이었다고 생각하는 경향이 있었는데, 아닌 게 아니라 그날 밤 실제로 병이 나서 꼬박 이 주나 드러누웠고 겸사겸사 정자의 밀회도 중단되었다.

그러나 환각에 대한 몽상에도 불구하고 그는 평생 매일 이 사건의 후속편을, 말하자면 그 대단원을 기다리는 것 같았다. 이렇게 끝났다는 것이 믿어지지 않았던 것이다! 만약 그렇다면 그는 자신의 친구를 가끔 이상한 눈으로 쳐다보았을 것이 분명하다.

5

그녀는 심지어 그에게 손수 옷을 만들어 주기도 했는데 그는 평생 그 옷을 입고 다녔다. 우아하고 독특한 옷이었다. 옷자락이 길고 거의 위쪽까지 단추가 달려 있지만 세련된 멋을 풍기는 검은색 프록코트였다. 거기에 챙이 넓은 부드러운 모자(여름에는 밀짚모자), 매듭이 굵고 끝자락이 달랑거리는 흰색 마직 넥타이, 은색 손잡이가 달린 지팡이가 곁들여지고 머리카락은 어깨까지 내려왔다. 그의 머리칼은 짙은 황갈색이었지만 최근 들어 약간씩 새치가 보이기 시작했다. 콧수염과 턱수염은 깎고 다녔다. 젊었을 때는 굉장히 미남이었다는 얘기도 있다. 하지만 내 생각으로는, 그는 늙어서도 이례적으로 인상적인 구석이 있었다. 사실 쉰세 살인데 늙긴 뭐가 늙었단 말인가? 하지만 모종의 시민적인 아양을 떠느라 젊게 보이려고 하지도 않았을뿐더러 자신의 나이에 맞는 엄숙한 태도를 취하며 멋을 부리는 것 같기도 했는데, 키가 크고 여윈 데다가 머리카락을 어깨까지 드리운 그가 예의 그 옷차림을 하면 대주교를, 아니 그보다는 1830년대에 무슨 출판사에서 석판화로 인쇄한 시인 쿠콜니크[9]의 초상화를 닮은 듯했다. 여름날 정원에 만개한 라일락 덤불 아래 벤치에 앉아 두 손을 지팡이에 얹고 활짝 펼친 책을 곁에 놓아둔 채 저물어 가는 태양을 바라보며 시적인 상념에 빠져 있을 때면 특히 더 그랬다. 책에 관해 지적하자면, 어쩌다 보니 끝에 가서는 독서에서 손을 떼는 지경에 이르렀다. 그래도 그건 그야말로 끝에 가서였다. 바

---

9) 네스토르 쿠콜니크(Nestor Kukolnik, 1809~1868). 러시아의 극작가, 시인. 여기서 말하는 초상화는 카를 브률로프(Karl Bryullov, 1799~1852)가 1836년에 그린 것이다.

르바라 페트로브나가 구독하는 다량의 신문과 잡지 들을 그는 꾸준히 읽어 나갔다. 러시아 문학의 성취에도 꾸준한 관심을 보였으며 그 와중에도 자신의 자존감을 조금도 잃지 않았다. 언젠가는 현대의 대내, 대외 고등 정치 업무 연구에 몰입하는 듯도 했지만 이내 한 손을 내저으며 그 기획을 그만두었다. 토크빌을 들고 정원으로 나오면서 호주머니 속에는 폴 드 콕[10]을 감추고 다니는 일도 있었다. 그러나, 하긴 이건 쓸데없는 얘기다.

말이 나온 김에 쿠콜니크의 초상화에 대해서도 한마디 하겠다. 이 그림은 아직 소녀였던 바르바라 페트로브나가 모스크바의 귀족 기숙사에서 지낼 무렵 처음으로 그녀의 손에 들어왔다. 기숙사의 모든 소녀가 눈에 보이는 모든 것에, 특히 서법과 회화 교사들에게 곧장 반하듯 그녀도 당장 이 초상화에 반해 버렸다. 그러나 여기서 흥미로운 것은 소녀다운 습성이 아니라 바르바라 페트로브나가 쉰 살이나 먹은 지금도 이 그림을 가장 내밀한 보물로 간직하고 있다는 사실이며, 아마 오직 그 때문에 그림에서 묘사된 의상과 약간 닮은 옷을 스테판 트로피모비치에게 만들어 준 것이 아닌가 싶다. 하지만 이 역시 물론 사소한 얘기다.

초창기, 더 정확히는 바르바라 페트로브나 집에 머물던 시절의 전반부, 스테판 트로피모비치는 여전히 어떤 저작을 염

10) 알렉시스 드 토크빌(Alexis de Tocqueville, 1805~1859)은 프랑스의 역사가. 폴 드 콕(Paul de Kock, 1793~1871)은 프랑스의 소설가.

두에 두고서 매일 진지하게 그것을 쓰려고 했다. 그러나 후반부에 가서는 전에 생각했던 것조차 까먹은 것이 분명했다. 그가 우리에게 "집필 준비도 다 된 것 같고 자료도 다 모았는데 통 써지지를 않는군요! 도무지 되는 일이 없어요!"라고 말하며 의기소침하게 고개를 숙이는 일이 잦아졌다. 틀림없이 바로 그 때문에 우리 눈에는 그가 학문의 수난자로서 훨씬 더 위대한 모습으로 비쳤음이 틀림없지만 그 자신은 뭔가 다른 것을 원했다. "나를 잊어버렸어, 난 아무에게도 필요치 않아요!" 그의 입에서 이런 말이 튀어나온 적이 한두 번이 아니었다. 한층 강해진 이런 우울증이 1850년대 막바지에 이르러서는 특히 더 그를 사로잡았다. 바르바라 페트로브나는 마침내 사태가 심각하다는 것을 깨달았다. 더욱이 그녀는 자기 친구가 잊히고 불필요한 존재가 됐다는 생각을 참을 수 없었다. 그래서 그녀는 기분 전환도 시켜 줄 겸 그의 명성도 새롭게 할 겸 그를 모스크바로 데려갔는데, 그곳에는 그녀가 안면을 터놓은 세련된 문학가와 학자 들이 더러 있었다. 그러나 알고 보니 모스크바도 변변치 못했다.

그때는 특별한 시대였다. 예전의 고요와는 아주 다른 뭔가 새로운 것이, 아주 이상하지만 곳곳에서, 심지어 스크보레시니키에서도 감지되는 뭔가가 도래했다. 다양한 풍문이 들려왔다. 대체로 특정 사실들은 다소나마 알려졌지만 사실들 외에 그것을 동반한 어떤 이념들, 무엇보다도 엄청나게 많은 종류의 이념들이 나타난 것도 분명했다. 바로 이 점이 혼란스러웠다. 어떻게 해도 따라갈 수 없고 이 이념들이 도대체 무엇을 의미하는지 정확히 알아낼 수 없었던 것이다. 바르바라 페트로브나는 예의 그 여성적인 기질의 구조상, 그 이념들 속에 틀림없이 어떤 비밀이 있으리라고 믿고 싶었다. 그녀는 직접 신문, 잡지, 금지된 외국 출판물들, 그리고 그 당시 시작된 격문들(이 모든 것이 그녀의 손에 들어왔다.)까지 읽기 시작했다. 하지만 머리만 빙빙 돌 뿐이었다. 편지 쓰기에 착수했다. 답장은 거의 오지 않았고 시간이 갈수록 더욱더 종잡을 수 없었다. '이 모든 이념들'을 단번에 영원히 설명해 주도록 스테판 트로피모비치가 의기양양하게 초대되었다. 그러나 그녀는 그의 설명에 전혀 만족하지 못했다. 전체적인 동향에 대한 스테판 트로피모비치의 시각은 극도로 거만했다. 모든 것이 그 자신은 이제 잊혔고 아무도 그를 필요로 하지 않는다는 것으로 귀결되었다. 그러다 드디어, 처음에는 외국 출판물에서 유배된 수난자로서, 그다음에는 곧이어 나온 페테르부르크의 출판물에서 과거의 기라성 같은 저명인사 중의 한 사람으로 그를 상기했다. 심지어 무슨 이유에선가 라디셰프[11]와 비교하기도 했다. 그리고 나서는 누가 그는 이미 죽었다고 발표하고 추도문을 쓰겠다고 약속했다. 스테판 트로피모비치는 순식간에 부활하여 엄청나게 우쭐거렸다. 동시대인들에 대한 그의 모든 거만한 시각은 단숨에 사라지고 그의 내부에서는 운동에 합류해서 자신의 힘을 보여 주려는 몽상이 불타올랐다. 바르바라 페

---

11) 알렉산드르 라디셰프(Aleksandr Radishchev, 1749~1802). 러시아의 급진적 사상가.

트로브나는 당장 모든 것을 새롭게 확신하고는 끔찍이도 부산을 떨었다. 조금도 지체하지 않고 페테르부르크로 가 사태를 모조리 파악하고 개인적으로 면밀하게 조사한 뒤 가능하다면 물심양면, 본격적으로 새로운 활동을 개시하기로 결정했다. 이참에 그녀는 잡지를 창간하여 지금부터 전 생애를 바치겠노라고 선언했다. 사태가 이 지경에 이르는 것을 본 스테판 트로피모비치는 훨씬 더 거만해져서 여행하는 동안 자신이 거의 무슨 후원자인 양 바르바라 페트로브나를 대하기 시작했고, 그녀는 이 일을 당장 마음속에 꼭꼭 접어 두었다. 하긴 그녀의 이번 여행에는 아주 중요한 다른 이유, 다름 아니라 상류 사회의 인맥을 회복하려는 목적이 있었다. 가능한 한 사교계에서 자신의 존재를 상기시켜야 했고, 적어도 시도는 해 보아야 했다. 한데 이 여행의 공공연한 구실은 그 당시 페테르부르크 리체이[12]의 학과 과정을 마치는 중인 외아들을 만나는 것이었다.

6

그들은 여기저기를 오가면서 거의 겨울 내내 페테르부르크에서 지냈다. 그러나 부활절 전 사순절에 이르러 모든 것이 무지갯빛 비눗방울처럼 터져 버렸다. 몽상은 산산이 흩어졌고

---

12) 러시아의 왕립 귀족 학교.

혼란은 해명되기는커녕 오히려 한층 더 혐오스러워졌다. 우선 상류 사회의 인맥은 굴욕적으로 억지를 부린 결과 그야말로 최소치만 얻었을 뿐, 거의 성사되지 않았다. 상처를 입은 바르바라 페트로브나는 온몸으로 '새로운 이념들'에 투신하여 자기 집에서 저녁 모임을 열었다. 그녀가 문학가들을 초대하자 즉시 그들이 대거 몰려왔다. 그다음에는 초대하지 않아도 알아서 찾아왔고 하나가 다른 하나를 데려오기도 했다. 그때까지 그녀는 그따위 문학가들을 한 번도 본 적이 없었다. 그들은 구제 불능으로 허영심이 강했는데, 그것이 무슨 의무 이행이라도 되는 양 완전히 노골적으로 거들먹거렸다. 심지어 술에 취해 있으면서도 그것이 어제 막 발견된 특별난 아름다움인 양 생각하는 사람들(비록 결코 전부는 아닐지라도)도 있었다. 그들 모두는 뭣 때문인지 이상할 정도로 우쭐거렸다. 모든 얼굴에는 자기가 지금 막 뭔가 굉장히 중대한 비밀을 발견했노라고 쓰여 있었다. 욕지거리를 주고받으면서도 그것을 명예라고 생각했다. 그들이 도대체 무엇을 썼는지를 알아내기란 상당히 어려웠다. 그러나 그 자리에는 비평가, 소설가, 극작가, 풍자 작가, 폭로 전문가 등이 있었다. 스테판 트로피모비치는 그들 중 운동을 주도하는 가장 높은 그룹까지 파고들었다. 주동자들은 믿을 수 없을 만큼 높은 곳에 있었고 그들 중 누구도 당연히 그에 대해 아무것도 알지 못했으며 그가 '이념을 대변한다'는 것 외에는 어떤 소리도 들은 바가 없었지만, 어쨌든 그를 허물없이 맞아 주었다. 그가 그들 주위에서 워낙 요령 있게 군 덕분에, 올림포스만큼이나 지위가 드높은 그들을 두 번씩이나 바르바라 페트로브나의 살롱으로 불러들일 수 있었다. 그들은 매우 진지하고 정중했으며 몸가짐 또한 훌륭했다. 나머지 사람들은 그들을 두려워하는 기색이 역력했지만, 그들은 조금의 여유도 없는 것이 분명했다. 바르바라 페트로브나와 오래전부터 아주 우아한 관계를 유지해 온, 그때 마침 페테르부르크에 있던 이전의 저명한 문학 인사 두세 명도 나타났다. 하지만, 그녀로서는 놀라운 일이었는데, 이미 의심의 여지가 없는 이 진짜 저명인사들은 물보다 고요하고 잡초보다 비천했으며 그들 중 어떤 이들은 이 모든 새 어중이떠중이에게 그저 찰싹 들러붙어 치욕적으로 알랑거렸다. 처음에 스테판 트로피모비치는 운이 좋았다. 사람들이 그를 붙잡아 공개적인 문학 모임에 선보이기 시작했으니 말이다. 그가 처음으로 강연자에 포함되어 어느 공개적인 문학 독회에서 연단에 올라서자 맹렬한 박수갈채가 오 분이 넘도록 그칠 줄 모르고 울려 퍼졌다. 구 년이 지난 후에도 그는 눈물을 흘리며 그 순간을 회상했는데 고마움보다는 오히려 그 자신의 예술적인 기질 때문이었다. "맹세코, 내기해도 좋지만," 하고 그는 나에게 직접 (물론 오직 나한테만 비밀로) 말해 주었다. "그 모든 청중 중에서 나에 대해 손톱만큼이라도 아는 사람은 한 명도 없었어요!" 의미심장한 고백이었다. 고로, 당시 그 모든 환희에도 불구하고 연단에서 자신의 처지를 그토록 분명하게 깨달을 수 있었다면 그에게 날카로운 지성이 있었다는 소리다. 또한 고로, 구 년이 지났음에도 그 일을 회상할 때마다 모욕감을 느낀다면 그에게 예리한 지성이 없었다는 소리다. 그는 두세 개의 집단적인 저항 운동에 서명하라고 강요받았고(무엇에 대한 저항인지는 그 자신도 몰랐다.) 또 서명했다. 바르바라 페트로브나도 무슨 '추악한 행동'에 서명하라고 강요받았고 그녀도 서명했다. 그렇지만 이 새로운 사람들은 대부분 바르바라 페트로브나를 방문하면서도 왠지 자신들이 그녀를 반드시 노골적인 조소와 경멸의 시선으로 쳐다봐야 하는 의무라도 있는 양 생각했다. 스테판 트로피모비치는 훗날 쓰라린 순간이면 그녀가 바로 그때부터 그를 질투하기 시작했다고 나에게 슬쩍 일러 주었다. 그녀는 물론 자신이 이런 종류의 인간들과 노닥거려서는 안 된다는 것을 알면서도 탐욕스러울 정도로 열심히, 히스테리를 부리는 여자처럼 줄곧 초조하게 그들을 맞이했는데, 무엇보다도 계속 뭔가를 기다리고 있었다. 저녁 모임에서 그녀는 말을 할 수 있음에도 말을 삼가고 대신 더욱더 열심히 귀를 기울였다. 화제는 검열과 경음 부호의 폐지, 러시아 철자를 라틴 철자로 바꾸는 것, 어제 이러저러한 자가 유형에 처해진 것, 파사주[13]에서 발생한 어떤 스캔들, 러시아를 자유 연방 관계를 맺는 민족 단위로 분리하는 것의 이점, 군대와 함대의 폐지, 드네프르강 유역 폴란드의 부흥, 농노 개혁과 격문들, 상속 제도와 가족 관계와 친자 관계와 성직 제도의 폐지, 여성의 권리 문제, 결코 누구도 용서할 수 없는 저 크라옙스키[14]의 저택 문제 등이었다. 이 새로운 어중이떠중이 무리 속에 많은 협잡

---

13) 아케이드형 백화점이자 전시장.
14) 안드레이 크라옙스키(Andrey Krayevsky, 1810~1889). 《조국의 기록》 편집자.

꾼이 섞여 있었던 것은 분명하지만, 어쨌든 놀랄 만한 요소에
도 불구하고 정직한, 심지어 몹시 매혹적인 인물도 많았던 것
도 틀림없다. 정직한 사람들은 부정직하고 무례한 사람들보다
훨씬 더 이해하기가 힘들었다. 하지만 누가 누구의 손아귀에
들어 있는지는 통 알 수 없었다. 바르바라 페트로브나가 잡지
를 출간할 생각이 있다고 선언하자 훨씬 더 많은 족속이 흘러
들었지만 당장, 바로 그녀의 눈앞에서 그녀가 자본가로서 노
동을 착취한다는 비난이 쏟아졌다. 참 뜻밖이었던 만큼이나
참 거리낌 없는 비난이었다. 이미 고인이 된 스타브로긴 장군
의 옛 친구이며 동료인, 몹시 위엄 있는(그러나 그 나름으로만)
상당히 연로한 이반 이바노비치 드로즈도프 장군은, 여기 우
리 모두가 알고 있듯, 극도로 쉽사리 발끈하는 성미에 똥고집
이고 엄청 많이 먹고 무신론을 엄청 무서워했는데, 바로 그가
바르바라 페트로브나의 어느 저녁 모임에서 한 저명한 청년
과 언쟁을 벌였다. 청년이 그에게 내뱉은 첫마디는 "그렇게 말
씀하시다니, 그러니까 당신은 장군이군요."였는데, 장군이라는
말보다 심한 욕은 찾아낼 수 없다는 의미에서였다. 그러자 이
반 이바노비치는 "그래, 이 양반아, 나는 장군이자 중장으로서
나의 폐하께 봉사해 왔지만, 이 양반아, 네놈은 어린애에다가
무신론자에 불과해!"라며 굉장히 발끈했다. 용납할 수 없는
스캔들이 발생했다. 다음 날 이 사건은 지면을 통해 폭로되었
고 장군을 당장 쫓아내지 않은 바르바라 페트로브나의 '추악
한 행동'에 반대하는 집단 서명이 전개되었다. 삽화가 곁들여
진 잡지에서는 바르바라 페트로브나, 장군, 스테판 트로피모

비치를 몽땅 세 명의 반동적인 친구들로 몰아 하나의 그림 속에 표독스럽게 그려 놓은 캐리커처가 실렸다. 이 그림에는 오로지 이 사건을 위해 쓰인 국민 시인의 시구도 첨부되었다. 내입장에서 일별하자면, 장군 직위를 가진 많은 고위급 인사들은 정말로 "나는 나의 폐하께 봉사했고……"라고 말하는 우스운 습관이 있었는데, 즉 그들에게는 우리같이 단순한 백성의 폐하와는 다른 그들만의 특별한 폐하가 있다는 투였다.

당연히 그들은 더 이상 페테르부르크에 머물 수가 없었으며 스테판 트로피모비치가 결정적으로 충격(fiasco)을 받았기 때문에 더더욱 그랬다. 그는 더 이상 참지 못하고 예술의 권리를 천명했지만, 그 때문에 훨씬 더 심한 조롱만 샀다. 마지막 강연에서는 시민적인 화려한 웅변으로 깊은 영향을 끼치려고 별렀으며 청중의 마음을 감동시키리라, 자신의 '박해'에 대한 존경을 불러일으키리라 상상했던 것이다. 그는 '조국'이라는 단어의 무용성과 희극성에는 이론의 여지없이 동의했다. 종교의 해악에 대한 견해에도 동의했지만, 신발짝이 푸시킨보다 못하다고, 아니 훨씬 못하다고 큰소리로 강경하게 선언했다. 그를 향해 야유의 휘파람이 무자비하게 몰아쳤기 때문에 그는 연단에서 내려오지도 못하고 바로 그 자리에서 공개적으로 엉엉 울어 버렸다. 바르바라 페트로브나는 초주검이 된 그를 집으로 데리고 왔다. "나는 낡아 빠진 나이트캡 취급을 당했어!(On m'a traité comme un vieux bonnet de coton!)" 이렇게 그는 정신없이 중얼거렸다. 그녀는 밤새도록 그의 시중을 들어주고 월계수와 버찌로 만든 즙을 갖다주며 동이 틀 때까지

"당신은 아직 쓸모 있어요, 아직도 나설 수 있어요, 높은 평가를 받을 거라고요……. 다른 곳에서라면." 하고 되뇌어 주었다.

다음 날 아침 일찍, 다섯 명의 문학가가 바르바라 페트로브나 앞에 모습을 드러냈는데 그중 셋은 그녀가 한 번도 본 적 없는 생면부지의 사람들이었다. 그들은 엄격한 표정으로 그녀의 잡지 사업을 검토한 결과 이 사업에 대해 결단을 내렸다고 선언했다. 바르바라 페트로브나는 결단코, 절대로 누구에게도, 조금이라도 자신의 잡지를 검토하고 무슨 결정을 내려 달라고 맡긴 적이 없었다. 그 결단이란 다름 아니라, 그녀가 잡지를 창간하자마자 자유 연합의 권리에 기초하여 당장 자본과 함께 잡지를 그들에게 넘길 것이며 그녀 자신은 '구닥다리가 된' 스테판 트로피모비치를 잊지 말고 꼭 챙겨 스크보레시니키로 떠나라는 것이었다. 섬세한 예의 차원에서 그녀의 소유권을 인정하여 그녀에게 매년 순수익의 6분의 1을 보내기로 합의했다는 것이다. 무엇보다 감동적인 것은 그들 다섯 명 중 분명히 넷 정도는 여기서 자기 잇속을 차리려는 목적 없이 그저 '공동의 과업'이라는 명분만을 위해 부산을 떨었다는 사실이다.

"우리는 멍청이가 돼서 돌아왔다오." 스테판 트로피모비치가 이야기해 주었다. "아무리 해도 생각을 정리할 수가 없었고, 그래, 기억나는구먼, 덜컹거리는 기차에 박자를 맞춰서 줄곧 이렇게 흥얼거렸지요.

베크 이 베크 이 레프 캄베크

레프 캄베크 이 베크 이 베크[15]

　모스크바에 거의 다 와서도 이게 도대체 뭔지 알 수가 있어야지. 모스크바에 와서야 정신이 번쩍 들었지만 거기에선들 정말 뭔가 다른 것을 발견할 수 있었을까요? 오, 나의 벗들이여!" 그는 이따금 영감에 차서 우리에게 외치곤 했다. "여러분이 오래전부터 성스러운 것으로 존경해 온 위대한 이념을 무능한 자들이 낚아채서 그 못지않게 바보들의 손으로, 길거리로 끌고 나갈 때, 그 이념이 갑자기 형체도 알아볼 수 없이 비례도 조화도 잃고 멍청한 아이들의 장난감처럼 고물 시장 한구석에, 진흙탕 속에 전시된 것을 우연히 목격할 때, 그때 여러분의 온 영혼을 사로잡는 슬픔과 분노가 어떤 것일지는 상상할 수도 없을 거요! 세상에, 이럴 수가! 우리 시대에는 그렇지 않았고 우리는 그런 것을 추구하지 않았어요. 천만에, 절대, 전혀 그런 것이 아니었지. 나는 아무것도 못 알아보겠더라고요……. 우리 시대가 다시 도래하여 지금의 요동치는 모든 것을 다시 튼튼한 길로 향하게 해 줄 거요. 그렇지 않으면 어떻게 되겠소?"

---

15) 1860년대의 풍자 저널리스트들이 애용한 모티프를 도스토옙스키가 패러디한 것이다.

페테르부르크에서 돌아온 즉시 바르바라 페트로브나는 '휴
식을 취하도록' 자신의 벗을 외국으로 보냈다. 정말 그들은 당
분간 헤어져 있을 필요가 있었고 그녀는 이 점을 직감했다. 스
테판 트로피모비치는 환희에 차서 출발했다. 그는 "그곳에서
나는 부활할 거야!" 하고 외쳤다. "그곳에서 드디어 학문에 착
수하는 거야!" 그러나 베를린에서 보낸 첫 편지들에서부터 예
의 그 상투적인 문구가 이어졌다. "마음은 산산조각 나고,"라
고 바르바라 페트로브나에게 쓰고 있었다. "나는 아무것도 잊
을 수가 없답니다! 여기 베를린의 모든 것이 나의 옛날을, 과
거를, 첫 환희를, 첫 고뇌를 상기시켰습니다. 그녀는 어디에 있
는가? 그 두 여인은 지금 어디에 있단 말인가? 나에게는 언제
나 너무 과분했던 두 천사, 그대들은 어디에? 나의 아들, 나의
사랑하는 아들은 또 어디에 있는가? 그리고 지금 무슨 안드레
예프라는 작자가, 턱수염 달린 그 정교 신도 어릿광대가 내 존
재를 두 쪽으로 박살낼 판에(peut briser mon existence en deux)
나, 나 자신, 강철처럼 강하고 절벽처럼 튼튼하던 이전의 나
는 어디에 있단 말인가." 등등. 아들에 관해 말하자면, 스테판
트로피모비치는 그 아들을 평생에 딱 두 번 보았는데, 처음은
아들이 태어났을 때고 두 번째는 최근 페테르부르크에서 그
청년이 대학에 입학하려고 준비할 때였다. 이미 말했듯, 소년
은 평생토록 스크보레시니키에서 700베르스타[16] 떨어진 ○도
(道)의 이모들 손에서(바르바라 페트로브나가 대 주는 생활비로)

자랐다. Andrejeff, 즉 안드레예프에 관해 말하자면, 그는 여기 우리 도시의 상인이자 구멍가게 주인, 대단한 괴짜에 열정적인 러시아 골동품 수집가에 독학자-고고학자로서 주로 사상적 경향성에 대한 지식을 놓고 가끔 스테판 트로피모비치와 말다툼을 벌이곤 했다. 허연 턱수염을 기르고 커다란 은테 안경을 낀 존경받는 이 상인은 스테판 트로피모비치의 영지(스크보레시니키와 붙어 있는) 중 벌채용 숲 몇 데샤티나를 400루블[17]에 구입했는데 아직 돈을 다 지불하지 않았다. 바르바라 페트로브나가 자신의 벗을 베를린으로 보낼 때 경비를 대 주긴 했어도 여행을 떠나기 전 스테판 트로피모비치는 자기 나름 몰래 쓸 데가 있어서 특별히 이 400루블을 염두에 두고 있던 차에 안드레예프가 한 달만 더 말미를 달라고 사정하자 그만 울상이 되었다. 사실 그는 그렇게 연기할 권리가 있었는데, 거의 반년 전 스테판 트로피모비치 쪽에서 특별히 쓸 일이 있다고 하여 1차분 대금을 지급했기 때문이다. 바르바라 페트로브나는 이 첫 번째 편지를 탐욕스럽게 읽은 다음 "그 두 여인은 지금 어디에 있단 말인가?" 하고 탄식하는 부분에 연필로 밑줄을 긋고 날짜를 적어 소지품 함에 넣어 두었다. 그가 떠올린 사람은 물론 고인이 된 두 아내였다. 베를린에서 온 두 번째 편지에는 노래가 좀 변주되어 있었다. "하루에 열두 시간씩 작업하고 있으며("열한 시간씩이라도 용하지." 하고 바르바

---

16) 1베르스타는 약 1킬로미터.
17) 1데샤티나는 약 4000제곱미터. 루블은 러시아의 화폐 단위.

라 페트로브나가 투덜거렸다.) 도서관에 파묻혀 조사하고 발췌하고 뛰어다니고 있어요. 교수들 집에도 갔었고요. 아주 훌륭한 둔다소프가(家)와도 다시 사귀기 시작했습니다. 나제주다 니콜라예브나는 지금까지도 얼마나 매력적인지! 당신에게 안부를 전하더군요. 그녀의 젊은 남편과 세 조카도 베를린에 있습니다. 저녁마다 젊은 친구들과 동이 틀 때까지 담소를 나누고 아테네의 저녁 모임과 다를 바 없지만 오직 섬세함과 우아함에 있어서 그렇다는 겁니다. 많은 음악, 에스파냐풍의 곡조, 전 인류의 갱생에 관한 몽상, 영원한 미의 이념, 시스티나 성당의 마돈나, 어둠을 관통한 빛 등 모든 것이 귀족적이지만 태양 속에도 흑점이 있잖습니까! 오, 나의 벗이여, 귀족적이고 믿음직스러운 벗이여! 내 마음은 늘 당신, 오직 당신과 함께 있고 나는 당신 것입니다. 언제나, 어느 나라에 있을지라도(en tout pays), 기억하실지요, 우리가 페테르부르크에서 출발을 앞두고 전율을 느끼며 이야기했던 대로 마카르와 그의 송아지들의 나라에 있을지라도(dans le pays de Makar et de ses veaux) 말입니다. 미소를 머금으며 회상해 봅니다. 국경을 넘자 신변의 안전을 느꼈는데, 그토록 오랜 세월이 지난 후 처음으로 맛보는 이상하고 새로운 감각이었습니다." 등등.

'뭐, 죄다 헛소리군!' 바르바라 페트로브나는 이 편지를 접으면서 이렇게 단정했다. '동틀 때까지 아테네의 저녁 모임인데 그렇게 열두 시간씩 책 앞에 앉아 있지는 못하지. 술에 취해서 쓴 건 아닐까? 그 둔다소바가 감히 나한테 안부를 전하더라고? 하긴 그도 바람을 좀 쐬긴 해야지…….' 스테판 트로피모비치는 러시아의 속담과 관용구를 프랑스어로 가끔 일부러 아주 멍청하게 번역했는데, 틀림없이 더 잘 이해하고 번역할 수 있는데도 그랬다. 딴에는 유별난 멋을 부리고 싶고 또 그러면 기지가 넘친다고 생각했기 때문이다.

그러나 바람도 별로 많이 쐬지 않고 넉 달도 견디지 못한 채 스크보레시니키로 달려왔다. 그의 마지막 편지들은 오직 자기 곁에 없는 친구를 향한 가장 감상적인 사랑의 토로만이 가득하고 문자 그대로 이별의 눈물로 흠뻑 젖어 있었다. 애완용 강아지처럼 자기 집에 굉장히 애착을 갖는 그런 천성들이 있지 않은가. 벗들의 만남은 환희에 가득 찼다. 이틀 뒤에는 모든 것이 옛날과 똑같이 진행되었지만, 아니 심지어 옛날보다 더 지겨워졌지만 말이다. "내 벗이여," 스테판 트로피모비치는 무슨 엄청 대단한 비밀이나 되는 양 이 주 뒤에 나에게 말했다. "내 벗이여, 나로서는 끔찍한 사실을 새로 발견했어요. 그러니까 내가 단지(je suis un) 단순한 식객일 뿐 그 이상 아무것도 아니라는 것을!(et rien de plus!) 그래요, 그 이상 아-아-아무것도 아니라는 것을!(Mais r-r-rien de plus!)"

8

그런 다음 우리에게는 정적이 찾아와 거의 꼬박 구 년 동안 지속되었다. 여전히 주기적으로 히스테리 발작을 일으켜 내 어깨에 기대어 흐느끼곤 했지만, 우리의 평온을 방해한 것은 전혀 아니었다. 이 시기에 스테판 트로피모비치가 어떻게 뚱 뚱해지지 않았는지 놀라울 따름이다. 그저 코만 좀 빨개져 좀 더 온유해 보였을 따름이다. 그의 주위에는 차츰 친구들 모임 이 형성되었는데, 언제나 크지 않은 규모였다. 바르바라 페트 로브나는 그 모임에 거의 관여하지 않았지만 우리 모두가 그 녀를 우리의 후원자로 인정했다. 페테르부르크의 교훈 이래 그녀는 완전히 우리 도시에 정착하여, 겨울에는 도시의 자기 집에서, 여름에는 도시 근교의 영지에서 살았다. 그녀가 우리 도의 사교계에서 지난 칠 년만큼, 즉 지금의 도지사가 이곳에 임명되기 직전만큼 대단한 의미와 영향력을 가진 적은 결코 없었다. 우리의 전(前) 도지사, 지금도 결코 잊을 수 없는 온화 한 이반 오시포비치는 그녀와 가까운 친척이어서 언젠가 그녀 의 보살핌을 받기도 했다. 그의 부인은 오로지 어떻게 하면 바 르바라 페트로브나의 비위를 맞출까 하는 한 가지 생각으로 몸을 떨었고, 도(道) 사교계에 대한 숭배는 뭔가 죄스러운 것 을 상기시킬 지경이었다. 그래서 스테판 트로피모비치의 상황 도 좋았다. 그는 클럽의 회원으로서 거드름을 피우며 카드 판 에 끼어들어 줄곧 지기만 했고, 많은 이들이 그를 그저 '학자' 로만 보았어도, 어쨌든 존경받았다. 그 후 바르바라 페트로브 나가 그가 다른 집에서 사는 것을 허락하자 우리는 훨씬 더 자유로워졌다. 일주일에 두 번 정도 그의 집에 모였다. 그가 샴페인을 아끼지 않을 때는 특히 더 즐거웠다. 포도주는 바로 그 안드레예프의 상점에서 가져온 것이었다. 바르바라 페트로 브나가 반년마다 외상값을 갚았고 그런 날은 거의 언제나 의

사(疑似) 콜레라 발작의 날이었다.

모임에서 가장 오래된 회원은 이미 젊지 않은 도의 관리 리푸틴으로 도시에서는 무신론자로 통하는 대단한 자유주의자였다. 그는 젊고 예쁜 여자와 재혼하여 그녀의 지참금을 챙겼으며 그 밖에 과년한 딸이 셋 있었다. 신과 같은 공포를 행사하며 모든 가족을 가둬 두다시피 했고 굉장히 인색해서 봉급을 모아 작은 집과 거금을 마련했다. 조급한 성격에 지위도 변변찮아, 도시에서 그를 존경하는 사람은 거의 없고 상류 사회에도 받아들여지지 않았다. 게다가 벌써 여러 번이나 처벌을 받은, 누구나 다 아는 사기꾼으로 한번은 어느 장교에게, 또 한번은 존경받는 가장이자 지주인 어떤 사람에게 처벌을 받았다. 그러나 우리는 그의 날카로운 지성과 지식 욕구, 독특하고도 심술궂은 쾌활함을 좋아했다. 바르바라 페트로브나는 그를 좋아하지 않았지만 그는 언제나 용케도 그녀의 비위를 맞출 줄 알았다.

그녀는 작년에야 모임의 회원이 된 샤토프도 좋아하지 않았다. 샤토프는 이전에는 대학생이었으나 어떤 학생 운동 때문에 대학에서 제명되었다. 어릴 때는 스테판 트로피모비치의 학생이었지만 원래 바르바라 페트로브나의 종복이었던 고(故) 파벨 표도로프[18]에게서 농노로 태어나 그녀의 보살핌을 받았다. 그녀가 그를 좋아하지 않은 것은 그의 오만함과 배은망덕

----

18) 그럼에도 성(姓)이 샤토프인 것은 작가의 실수이거나 샤토프가 개명한 것일 수 있다.

함 때문이다. 대학에서 쫓겨난 뒤 곧장 그녀를 찾아오지도 않
았거니와 그때 그녀가 수고스럽게 써 보낸 편지에 답장도 하
지 않은 채 아이들을 가르치겠다며 어느 개화된 상인의 집에
들어가는 쪽을 택한 것을 결코 용서할 수 없었던 것이다. 그
는 이 상인 가족과 함께 가정 교사보다는 남자 보모 자격으
로 외국으로 가 버렸다. 하긴 그때 그는 무척이나 외국에 나가
고 싶어 했다. 그 아이들에게는 가정 교사가 한 명 더 있었는
데 역시나 출발 직전에 이 집에 들어와 훨씬 더 싼값에 채용
된 생기발랄한 러시아 아가씨였다. 두 달쯤 뒤 상인은 '자유분
방한 사상을 이유로' 그녀를 쫓아냈다. 샤토프도 그녀의 뒤를
따라가 제네바에서 곧 결혼식을 올렸다. 그들은 삼 주 정도 함
께 살다가 헤어져 그 뒤에는 아무것에도 얽매이지 않는 자유
분방한 사이가 되었다. 물론 역시나 가난 때문이었다. 그러고
나서 그는 오랫동안 혼자 유럽을 떠돌았는데 어떻게 먹고살았
는지는 아무도 모른다. 길거리에서 구두를 닦고 무슨 부두에
서 짐꾼 노릇을 했다는 소문이 있긴 했다. 결국 일 년쯤 전에
자신이 태어난 둥지인 우리 도시로 돌아와 연로한 이모와 함
께 살았지만 그녀는 한 달 뒤에 땅속에 묻혔다. 역시 바르바라
페트로브나에 의해 양육되어 가장 귀족적인 수준에서 총아
대접을 받으며 그녀 집에 살고 있는 여동생 다샤와는 아주 뜸
하고 소원한 관계만 유지했다. 우리 사이에서는 언제나 음울
하고 말이 없었다. 하지만 간간이 우리가 자기의 신념을 건드
릴 경우 병적으로 신경질을 내고 그야말로 혀를 함부로 놀렸
다. 가끔 스테판 트로피모비치는 "샤토프는 일단 묶어 놓고 그

런 다음에 함께 논의를 해야 하지요." 하고 농담을 하곤 했다. 어쨌든 그를 좋아했다. 외국에 있는 동안 샤토프는 이전의 사회주의적 신념 중 어떤 것을 과격하게 바꿔서 정반대 극단으로 껑충 옮겨 갔다. 그는 어떤 강한 이념에 충격을 받으면 그 자리에서 단번에 짓눌려 버리는, 가끔은 아예 영원히 그렇게 되는 저 이상적인 러시아인 중 하나였다. 그들은 그 이념을 물리칠 힘이 전혀 없기 때문에 그저 열정적으로 믿을 뿐이며, 그들의 삶 전체가 그들을 덮쳐 눌러 이미 반쯤은 완전히 압살해 버린 돌 밑에서 최후의 경련을 일으키듯 그렇게 흘러간다. 샤토프의 외모는 전적으로 그의 신념에 부합했다. 몸놀림이 어설프고 금발에 텁석부리였으며 키가 작고 어깨가 널찍하고 입술이 두툼하고 하얀 눈썹은 숱이 무척 많고 이마는 잔뜩 찌푸려져 있고 뭐가 그리 부끄러운지 언제나 눈을 뚱하게, 집요하게 내리깔고 있었다. 그의 머리카락에는 어떻게 해도 펴질 기미를 보이지 않는, 위로 돌출한 회오리 뭉치가 영원히 남아 있었다. 나이는 스물일고여덟 살쯤이었다. "마누라가 그에게서 달아난 건 전혀 놀랄 일이 아니군." 바르바라 페트로브나는 어느 날 그를 유심히 들여다보더니 이렇게 평했다. 그는 굉장히 가난했음에도 옷은 깨끗하게 입으려고 노력했다. 이번에도 역시 바르바라 페트로브나에게 도움을 청하러 오지 않고 어떻게든 되는대로 꾸역꾸역 버텼다. 상인들의 상점에서 일하기도 했다. 한번은 가게에서 일했고, 그다음에는 점원 조수로 화물선을 타고 아예 떠나 버릴 참이었지만 출발 직전에 그만 병이 났다. 그가 얼마나 극심한 빈곤을 견뎌 낼 수 있었는지, 더욱이 그것에 대해 아예 생각하지도 않으면서 어떻게 그럴 수 있었는지 상상하기도 어렵다. 그가 병이 나자 바르바라 페트로브나는 그에게 비밀리에 익명으로 100루블을 보내 주었다. 그래도 그는 비밀을 알아내고는 좀 생각한 다음 돈을 받기로 하고 바르바라 페트로브나에게 감사 인사를 드리러 왔다. 그녀 쪽에서는 그를 열렬히 맞이했지만, 그는 그 자리에서 창피하게도 그녀의 기대를 저버렸다. 겨우 오 분 동안 뚝뚝하게 바닥만 응시한 채 멍청한 미소를 지으며 말없이 앉아 있다가 대화가 한창 무르익을 때 그녀의 얘기를 다 듣지도 않고 갑자기 벌떡 일어나 안짱다리처럼 어쩐지 비스듬한 자세로 인사를 했는데, 부끄러워 죽겠는지 몸을 잘못 놀리는 바람에 그녀가 아끼는 작은 사무용 탁자 세트가 마룻바닥으로 쾅 쓰러져 깨지자 너무 창피해 거의 초주검이 되다시피 해서 나갔다. 나중에 리푸틴은 그가 그때 폭군이자 지주였던 부인에게서 받은 그 100루블을 경멸하며 되돌려주기는커녕 덥석 받았을 뿐만 아니라 숫제 감사까지 드리러 갔다고 그를 몹시 나무랐다. 그는 도시의 외곽에 고립된 채 살았고 우리 중 누가 자기를 방문하는 것을 좋아하지 않았다. 스테판 트로피모비치의 저녁 모임에는 꾸준히 나타나 읽을 만한 신문과 책을 빌려 갔다.

저녁 모임에는 이곳의 관리인 비르긴스키라는 청년도 나타났는데, 겉보기에는 샤토프와 모든 점에서 반대였지만 닮은 구석도 좀 있었다. 어쨌든 그도 '가장'이었다. 딱한 데가 있고 굉장히 조용한 이 청년은 그래도 벌써 서른 살쯤 되었고 상당한 교양을 갖추었지만 주로 독학자였다. 그는 가난했고 결혼한 몸이었으며 직장이 있었고 숙모와 처제를 부양하고 있었다. 그의 아내, 아니 모든 부인들이 아주 최신 신념을 지니고 있었으되 그들의 그 모든 것이 다소 조잡한 꼴이 되어 버렸다. 즉, 이것이야말로 언젠가 무슨 다른 이유로 스테판 트로피모비치가 말한, '길거리로 나가떨어진 이념'이었던 것이다. 그들은 모든 것을 소책자에서 얻었기 때문에 우리네 수도의 진보적인 뒷골목에서 무슨 소문이 들려오자마자, 뭘 내던지라는 충고만 한다면, 아무거나 되는대로 창문 밖으로 내던질 태세였다. 마담 비르긴스카야는 우리 도시에서 조산사로 일했다. 처녀 시절에는 페테르부르크에서 오래 살았다. 비르긴스키 자신은 희귀할 만큼 청렴한 마음씨의 소유자인데 나는 그보다도 더 정직한 영혼의 불꽃을 본 적이 거의 없다. 그는 눈을 반짝이며 나에게 "나는 절대, 절대로 이 밝은 희망들을 포기하지 않을 겁니다."라고 말하곤 했다. '밝은 희망들'에 대해서라면 언제나 무슨 비밀인 양 조용히, 달콤하게 반쯤 속삭이며 말했다. 키는 상당히 컸지만 어깨가 굉장히 빈약하고 좁았으며 점점 숱이 줄어드는 머리카락에는 불그스름한 색조가 감돌았다. 그의 어떤 견해에 대해 스테판 트로피모비치가 거만한 조소를 머금어도 온순하게 받아들였지만, 가끔은 매우 진지하게 반박하며 많은 경우 그를 궁지로 몰아넣었다. 스테판 트로피모비치는 그를 상냥하게 대했는데, 실은 대체로 우리 모두에게 아버지 같은 태도를 취했다.

"당신들은 모두 '달을 못 채운 자들'입니다." 스테판 트로피모비치가 비르긴스키에게 농담 삼아 지적하곤 했다. "당신 같은 사람들은, 비르긴스키, 내가 보기에 당신에겐 페테르부르크의 신학도들에게서(chez ces séminaristes) 본 편-협-함은 없지만 그래도 모두 '달을 다 못 채운 자들'이지요. 샤토프는 달을 채우고 싶어 안달했지만, 그 역시 달을 다 못 채운 자예요."

"그러면 저는요?" 리푸틴이 물어보았다.

"당신은 딱 중용이라 어디에나 잘 붙어사는데…… 자기 식으로 말입니다."

리푸틴은 삐졌다.

비르긴스키에 대해서는 그의 부인이 그와 합법적인 결혼을 하고 일 년도 같이 살지 않은 상황에서 갑자기 자기는 레뱌드킨을 더 좋아한다고 선언했다는데, 유감스럽게도 전적으로 신빙성 있는 이야기다. 외지에서 온 이 레뱌드킨이라는 사람은 나중에 알고 보니 전적으로 의심스러운 인물로서 스스로 명명한, 퇴역 이등 대위도 뭣도 아니었다. 그가 할 줄 아는 것이라곤 그저 수염을 배배 꼬고 술을 마시고 상상할 수 있는 온갖 어설픈 헛소리를 지껄이는 것뿐이었다. 이 인간은 극히 무례하게도 당장 그들의 집으로 이사 오더니 얼씨구나 하며 남의 빵을 덥석 쥐고 그들 집에서 먹고 잤는데, 급기야 주인을 얕잡아 보는 지경에 이르렀다. 아내가 퇴출 선언을 하자 비르긴스키가 "나의 벗이여, 지금까지는 당신을 그냥 사랑하기만 했는데 이제는 존경해."라고 말했다는 주장들이 있다. 하지만 실제로 그런 고대 로마식 발언을 했을 리는 없고 오히려 목 놓아 엉엉 울었다고 한다. 퇴출당하고 이 주쯤 지난 어느 날, 그들 모두, 온 '가족'이 지인들과 함께 차를 마시러 도시 외곽의 숲으로 떠났다. 비르긴스키는 어쩐지 열병에 걸린 듯 즐거운 기분이었고 댄스파티에도 참여했다. 하지만 갑자기 앞서 어떤 말다툼도 없이, 솔로 캉캉춤을 추던 거인 레뱌드킨의 머리카락을 두 손으로 움켜쥐고 몸을 구부러뜨린 다음 새된 비명과 고함에 눈물까지 흘리며 질질 끌기 시작했다. 거인은 너무도 겁을 먹어 몸을 보호할 생각도 하지 못하고 그렇게 끌려다니는 내내 거의 침묵을 깨지도 못했다. 하지만 다 끌려다닌 뒤에는 고상한 사람의 격정에 휩싸여 성질을 냈다. 비르긴스키는 밤새도록 무릎을 꿇고 아내에게 용서를 빌었다. 하지만 레뱌드킨에게 사죄하러 가는 데는 동의하지 않았기 때문에 정작 용서라는 말은 입 밖에 내지 않았다. 게다가 자신의 신념의 부실함과 어리석음이 폭로된 것 아닌가. 후자는 여자 앞에서 변명하며 무릎을 꿇었기 때문이기도 했다. 이등 대위는 곧 종적을 감추었다가 아주 최근에 새로운 목적을 갖고 누이동생과 함께 다시 우리 마을에 나타났다. 그러나 그 얘기는 나중에 하자. 이 가련한 '가장'이 우리 모임에서 속마음을 털어놓고 우리와의 교제를 필요로 한 것은 이상할 것이 없다. 그래도 자신의 가정사라면 우리에게 절대 한마디도 하지 않았다. 그저 어느 날, 나와 함께 스테판 트로피모비치의 집을 나오며 에둘러서 신세 한탄을 시작하는가 싶더니 곧 내 손을 꼭 쥐고 열정적으로 외쳤다.

"이건 아무것도 아닙니다. 이건 그저 사적인 일에 불과해요. 이건 '공동의 과업'에 조금도, 조금도 방해가 되지 않을 겁니다!"

우리 모임에 우연히 찾아온 손님들도 있었다. 유대인 럄신이 드나들었고 카르투조프 대위도 드나들었다. 얼마 동안은 지적 호기심이 풍부한 어느 노인도 왔지만, 죽어 버렸다. 그리고 리푸틴이 유형에 처한 가톨릭 사제인 슬론쳅스키를 데려와 얼마 동안은 원칙에 따라 받아들였지만, 나중에는 받아들이지 않게 되었다.

9

한때 이 도시에서는 우리 모임이 자유사상과 방탕과 무신론의 온상이라는 얘기가 전해졌고 이 소문이 아예 굳어졌다. 하지만 우리 모임에는 가장 순진무구하고 사랑스러운, 전적으로 러시아적이고 명랑하며 자유분방한 수다밖에 없었다. '고급 자유주의'와 '고급 자유주의자', 즉 어떠한 목적도 갖고 있지 않은 자유주의자란 러시아에서만 가능하지 않은가. 스테판 트로피모비치는 예리한 지성을 가진 모든 사람처럼 청자가 꼭 필요했고, 그 밖에도 그가 이념의 선전이라는 고귀한 의무를 이행한다는 의식이 꼭 필요했다. 또 끝으로 누구와 샴페인을 마셔야 했고, 유명한 상표의 포도주를 마시면서 러시아와 '러시아의 정신', 보편적인 신과 특별히 '러시아의 신'에 대한 명랑한 사상을 주고받아야 했으며, 누구나 다 알고 누구나 떠드는 러시아의 스캔들 같은 사건들을 백번째 반복해야 했다. 우리는 도시의 험담을 멀리하지 않았던 데다 가끔은 높은 도덕성이 가미된 준엄한 선고를 내리기도 했다. 전 인류적인 것에 천착하여 유럽과 인류의 미래 운명에 대해 준엄하게 논의하기도 했다. 전제 정치 이후의 프랑스가 일시에 이류 국가 수준으로 전락할 것이라고 박사처럼 예언하기도 했고, 엄청나게 빨리, 또 쉽게 그렇게 될 수 있으리라고 전적으로 확신했다. 우리는 통일된 이탈리아에서는 로마의 교황이 단순한 대주교의 역할만 맡게 될 것이라고 옛날 옛적부터 예언했고, 천년 묵은 이 문제가 휴머니즘과 산업, 그리고 철로의 시대인 우리 세기에는 그저 시시껄렁한 일에 지나지 않는다고 전적으로 확신했다. 그러나 '러시아의 고급 자유주의'가 이 문제에 달리 어떤 태도를 취하겠는가. 스테판 트로피모비치는 가끔 예술에 관해 얘기했는데, 전적으로 훌륭했지만 다소간 추상적이었다. 가끔은 젊은 시절의 친구들을 회상하기도 했는데 —— 한결같이 우리 역사 발전에 발자취를 남긴 인물들이었다 —— 감동 어린 경건한 어조였지만 다소간 질투가 곁들여졌다. 너무 지루해지면 (우체국의 말단 관리이자) 피아노의 달인인 유대인 럄신이 연주를 했고 막간에는 돼지 소리, 천둥소리, 막 태어난 갓난애의 응애 소리를 연출했다. 그가 초대된 것은 오직 이것을 위해서였다. 술을 너무 많이 마신 경우에는 —— 자주는 아니었지만 그럴 때도 있었다 —— 다들 황홀경에 빠져들었고 한번은 럄신의 반주에 맞추어 「마르세예즈」[19]를 합창하기도 했지만 제대

---

19) 「라 마르세예즈」, 즉 프랑스의 국가를 말한다.

로 불렀는지는 모르겠다. 2월 19일, 그 위대한 날[20]을 우리는 황홀하게 맞이했으며 사실 벌써 오래전부터 그날을 위해 건배하고 바닥까지 마시기 시작했다. 이건 옛날 옛적의 일로서 그때는 아직 샤토프도, 비르긴스키도 없었으며, 스테판 트로피모비치도 아직 바르바라 페트로브나와 한집에 살고 있었다. 위대한 날이 오기 얼마 전 스테판 트로피모비치에게는 좀 부자연스럽지만 널리 알려진 시구를 혼자 중얼거리는 습관이 생겼는데, 자유주의 성향의 어떤 옛 지주가 지은 것이 분명했다.

농군들이 도끼를 들고 간다,
뭔가 섬뜩한 일이 일어날 것이다.

이런 종류였던 것 같은데, 정확히는 기억나지 않는다. 한번은 바르바라 페트로브나가 엿듣고서 그에게 "헛소리예요, 헛소리!"라고 소리친 적도 있다. 마침 그 자리에 있던 리푸틴은 스테판 트로피모비치에게 독살스럽게 말했다.

"과거에 농노였던 자들이 정말로 기쁨에 차서 지주 나리에게 뭔가 불미스러운 일을 안겨 준다면, 유감이겠군요."

그러고서 그는 집게손가락으로 자신의 목둘레를 싹 그었다.

"친애하는 벗이여.(Cher ami.)" 스테판 트로피모비치가 그에게 상냥하게 말했다. "그런다고 한들(그는 목둘레에 그 손짓을 반복했

---

20) 알렉산드르 2세가 1857년 11월 20일 칙서를 발표한 것을 기념한 12월 28일의 모임을 말하는 듯하다.

다.) 우리의 지주들, 대체로 우리 모두에게는 손톱만큼의 이익도 없을 겁니다. 우리는 머리들 없이 아무것도 건설할 수 없어요, 우리의 머리들이 우리의 이해를 제일 방해한다고 할지라도."

일러 두건대, 우리 나라의 많은 사람이 그 선언의 날에 리푸틴이 예언한 것과 비슷한 종류의 뭔가 심상찮은 일이 일어나리라고 생각했으며, 소위 민중과 국가의 달인들도 하나같이 그러했다. 스테판 트로피모비치도 이런 생각을 공유했던 것 같고 심지어 위대한 날의 바로 전날 밤에 갑자기 바르바라 페트로브나에게 외국으로 나가게 해 달라고 사정할 정도였다. 한마디로, 불안해졌다. 하지만 위대한 날이 지나가고 시간도 좀 지나자 스테판 트로피모비치의 입가에는 다시 거만한 미소가 나타났다. 그는 우리 앞에서 러시아인 전반, 특별히 러시아 농군의 성격에 대해 다소간 주목할 만한 사상을 토로했다.

"우리 농군들을 너무 급하게 다루었어요."라며 그는 일련의 뛰어난 사상에 결론을 내렸다. "우리는 그들을 유행시키고 완전한 문학 분과처럼 만들어 몇 년째 그들을 새로 발견된 보물처럼 대한 거죠. 우리는 이가 득실거리는 머리 위에 월계관을 씌워 주었어요. 러시아의 농촌은 천년 내내 우리에게 오직 코마린스키[21] 하나만을 주었을 뿐인데 말이죠. 나름대로 기지도 갖춘 뛰어난 러시아 시인이 무대에서 처음으로 위대한 라셸[22]을 봤을 때 황홀경에 빠져서 '나는 라셸을 러시아의 농군과 바꾸

---

21) 러시아 민속춤.
22) 엘리자베트 라셸 펠릭스(Elisabeth Rachel Félix, 1821~1858). 프랑스의 연극 배우.

지 않겠다!'라고 외쳤지요. 나는 한술 더 뜰 준비가 되어 있습니다. 라셀 한 사람을 얻기 위해 러시아의 모든 농군을 내놓겠다, 이겁니다. 좀 더 명징한 정신으로 살펴보고 우리 고유의 엉성한 타르와 여제의 부케(bouquet de l'impératrice)를 혼동하지 말아야 할 때지요."

리푸틴은 즉각 동의했지만 지금의 추세로 보아 양심에 어긋나더라도 농군들을 칭찬하는 것은 불가피하다고 지적했다. 사실 상류 사회의 부인들조차 『안톤 고레미카』[23]를 읽으며 눈물을 줄줄 흘렸고 그들 중 몇 명은 파리에서도 러시아의 관리인에게 이제부터는 농부들에게 가능한 한 인도적으로 대하라는 편지를 썼다.

안톤 페트로프에 대한 풍문이 들린 직후 하필이면 우리 도에서도, 또 스크보레시니키에서 겨우 15베르스타쯤 떨어진 곳에서도 뭔가 수상쩍은 사건이 발생했고 때문에 발끈한 당국은 군대까지 파견했다. 이번에 스테판 트로피모비치는 너무 흥분한 나머지 우리까지 깜짝 놀라게 했다. 그는 클럽에서, 군대를 보강해야 한다, 전보를 쳐서 다른 군(郡)에서도 차출해야 한다고 외쳤다. 도지사에게 달려가 자신은 이 일과 아무런 관계가 없다고 주장하기도 했다. 옛 기억을 이유로 자신을 이 일에 연루시키지 말아 달라고 간청하고 자신의 성명서를 페테르부르크의 당국자에게 신속하게 써 보내도록 제안했다. 모든

---

23) 드미트리 그리고로비치(Dmitry Grigovich, 1821~1899)의 소설(1847)로 가난한 농노의 비극적 운명을 다룬다. 한편 그리고로비치는 대학 시절 도스토옙스키의 룸메이트였다.

것이 빨리 지나가고 무사히 해결되어 다행이었지만 난 그때 스테판 트로피모비치에게 적잖이 놀라고 말았다.

삼 년쯤 뒤 주지하다시피 민족성에 대한 논의가 시작되고 소위 '여론'이 싹텄다. 스테판 트로피모비치는 몹시 비웃었다.

"나의 벗들이여," 그는 우리를 가르쳤다. "우리의 민족성은, 만약 그것이 정말로 그들이 지금 그곳 신문에서 주장하는 대로 정말로 '싹튼' 것이라면, 아직 초등학교, 독일의 무슨 페테르슐레²⁴⁾에서 독일어책을 붙들고 앉아 자신의 영원한 독일어 과목을 달달 외우는 수준이고, 독일인 교사는 필요하다면 그 민족성의 무릎도 꿇리겠지요. 나는 독일인 교사를 칭찬하는 쪽입니다. 하지만 제일 그럴듯한 것은, 아무 일도 일어나지 않았다는 것, 그런 건 아무것도 싹트지 않았다는 것, 오히려 모든 것이 예전과 마찬가지, 즉 신의 미명 아래 진행된다는 겁니다. 내 생각엔 러시아를 위해서는, 우리 성스러운 루시를 위해서는(pour notre sainte Russie) 이것으로 충분해요. 게다가 이 모든 전(全) 슬라브주의와 민족성, 이 모든 것이 새것이 되기엔 너무 낡았어요. 민족성이란, 정 그러시다면, 우리 나라에서는 바로 지주 귀족 클럽, 더욱이 모스크바 클럽의 음모라는 형태로 나타났을 뿐입니다. 당연히 난 이고리²⁵⁾ 시대를 말하는 게 아닙니다. 끝으로, 모든 것은 무위에서 나옵니다. 우리 나라에서는 선량한 것도, 좋은 것도 모든 것이 무위에서 나왔어요.

---

24) 18세기에 설립된 독일식 중등 교육 기관.
25) 12세기경 노브고로드의 공후로서 그의 무훈을 담은 「이고리 원정기」가 유명하다.

모든 것이 우리네 교육받은 사랑스러운 지주의 무위에서 나온 것이죠! 나는 삼만 년째 이 얘기를 되뇌고 있습니다. 우리는 자신의 노동으로 살아갈 능력이 없습니다. 그런데 그들은 지금 저기서 우리 나라에서 '싹튼' 무슨 여론 따위를 갖고 난리법석이니, 그게 갑자기 하늘에서 떨어졌습니까, 땅에서 솟았습니까? 아니, 그들은 여론을 얻기 위해서는 무엇보다도 노동이, 자기 자신의 노동이, 업무에 있어 자신의 솔선수범이, 자기 자신의 실행 능력이 필요하다는 것을 모른단 말입니까! 그 어떤 것도 공짜로 얻어지는 법은 없어요. 일하고 우리 자신의 여론을 갖도록 합시다. 우리가 결코 노동하지 않을 것이므로 우리를 대변해 여론을 만드는 자들은 지금까지 우리 대신 일해 온 자들, 즉 바로 그 유럽, 바로 그 독일인들, 이백 년 동안 우리의 교사였던 그들일 겁니다. 게다가 러시아는 독일인도, 노동도 없이 우리 혼자 해결하기엔 너무도 거대한 의혹 덩어리잖습니까. 자, 나는 벌써 이십 년째 경종을 울리며 노동하자고 외치고 있습니다! 이렇게 호소하느라 인생을 바쳤으니, 미치광이처럼 믿었던 것이지요! 이제는 더 이상 믿지 않지만 경종은 계속 울리고 있고 끝까지, 무덤까지 울릴 겁니다! 나의 조종이 울릴 때까지 밧줄을 잡아당길 거란 말입니다!"

맙소사! 우리는 그저 고개를 주억거릴 뿐이었다. 우리는 우리의 스승에게 박수갈채를 보냈다. 그것도 정말 열렬히! 지금도, 여러분, '사랑스럽고' '현명하고' '자유주의적인' 늙은 러시아인의 헛소리가 때때로 줄기차게 울려 퍼지고 있지 않은가?

신을 우리의 스승은 믿었던 것이다. "통 알 수가 없군요, 왜 이곳의 모든 사람은 나를 무신론자로 몰아세우는 걸까요?" 그는 이따금 이렇게 말하곤 했다. "나는 신을 믿지만 구별은 해둡시다.(mais distinguons.) 오로지 내 안에서 자신을 의식하는 존재로서의 신을 믿고 있는 겁니다. 나는 나의 나스타샤(하녀를 말한다.)나 '만일을 생각해서' 믿는 무슨 귀족처럼 믿을 수도 없고, 혹은 우리 사랑스러운 샤토프처럼 믿을 수도 없지만, 아니 샤토프는 빼야겠군요, 샤토프는 모스크바의 슬라브주의자처럼 '억지로' 믿고 있으니까요. 기독교에 관한 한, 내가 그것을 정말 진정으로 존경한다 할지라도, 난 기독교인이 아닙니다. 오히려 위대한 괴테나 고대 그리스인처럼 고대 이교도 쪽입니다. 기독교가 여성을 이해하지 못했다는 사실 하나만 봐도 말이죠, 조르주 상드가 어느 천재적인 소설에서 그토록 멋지게 피력한 대로 말입니다. 경배니 재계니 하는 것들에 관한 한, 이해가 안 되는군요, 그게 도대체 나랑 무슨 상관입니까? 여기 우리네 밀고자들이 아무리 부산을 떨어도 나는 예수회[26] 교도가 되고 싶은 마음은 없어요. 1847년에 벨린스키는 외국에 체류하면서 고골에게 유명한 편지를 보내, 고골이 '무슨 신 같은 것'을 믿는다며 심하게 나무랐습니다. 우리끼리 하는 얘기지만(Entre nous soit dit) 고골(당시의 고골이라니!) 이 이 표현을, 그리고…… 이 편지 전체를 읽었을 순간보다 더 희극적인 순간은 도저히 상상할 수가 없군요! 그러나 우스운 부분을 제쳐 두면 어쨌든 이 일의 본질에는 동의하는 바이므

---

26) 1540년 성 이그나티우스 데 로욜라가 창설한 가톨릭의 한 분파.

로, 바로 이들이야말로 진정 사람이었구나, 하고 말하고 또 그렇게 가르치겠어요. 그들은 민중을 사랑할 줄 알았고 민중 때문에 고통받을 줄 알았으며 민중을 위해 모든 것을 희생할 줄 알았고 그와 동시에, 필요할 때는 민중과 어울리지 않을 줄도, 어떤 의미에선 민중을 봐주지 않을 줄도 알았습니다. 벨린스키는 정말로 재계용 버터나 완두콩을 섞은 순무 요리에서는 구원을 찾을 수 없었던 것이지요……!"

그러나 이 순간 샤토프가 나섰다.

"당신의 그 사람들은 결코 민중을 사랑하지 않았고 민중을 위해 고통받지도 않았고 민중을 위해 희생한 것도 하나 없어요, 당신이 당신 좋을 대로 무슨 상상을 하든 말입니다!" 그는 눈을 내리깐 채 참을성 없이 의자에서 몸을 돌리면서 음울하게 투덜거렸다.

"그들이 민중을 사랑하지 않았다니!" 스테판 트로피모비치가 울부짖었다. "오, 그들이 러시아를 얼마나 사랑했는데!"

"러시아도, 민중도 사랑하지 않았습니다!" 샤토프도 두 눈을 번득이며 울부짖었다. "자기가 모르는 것을 사랑할 수는 없잖습니까, 그들은 러시아 민중에 대해 아무것도 알지 못했다고요! 그들 모두, 그들과 한패인 당신도 러시아 민중을 손가락 사이로 훑어보았을 따름이죠, 벨린스키는 특히 더 그랬고요. 고골에게 보낸 바로 그 편지를 보면 알 수 있어요. 벨린스키는 꼭 크릴로프의 호기심쟁이[27]처럼 자연사 박물관에서 코

---

27) 이반 안드레예비치 크릴로프(Ivan Aadreevich Krylov, 1769~1844)의

끼리는 보지 못하고 모든 주의를 작은 곤충에 불과한 프랑스 사회주의에 쏟아부은 격입니다. 그래서 결국 거기서 끝나 버린 거죠. 그래도 그가 당신들 중 제일 현명했잖습니까! 당신들은 민중을 훑어보는 것으로는 부족했는지, 숫제 추잡한 경멸감까지 드러냈는데, 당신들이 민중이라면 그저 프랑스 민중, 더욱이 파리 사람만 떠올리고는 러시아 민중이 그들 같지 않다는 것을 수치스러워한 것만 봐도 그래요. 이게 적나라한 진실입니다! 민중이 없는 자에게는 신도 없어요! 분명히 알아두세요, 민중을 이해하길 멈추고 민중과의 유대를 잃어버린 자들은, 그러기가 무섭게 즉시 조국에 관한 믿음을 잃어버리고 무신론자가 되거나 만사에 무심한 사람이 됩니다. 정말입니다! 이건 증명되고 있는 사실입니다. 바로 이 때문에 당신들 모두, 그리고 우리 모두는 이제 더러운 무신론자 아니면 무심하고 방탕한 걸레쪽에 불과할 뿐, 더 이상 아무것도 아니란 말입니다! 스테판 트로피모비치, 당신도 마찬가집니다, 난 당신도 결코 배제하지 않습니다, 오히려 당신을 염두에 두고 한 말이라는 점, 명심하세요!"

보통 이런 독백을 한 다음(이런 일이 자주 있었다.) 샤토프는 모자를 낚아채고는, 이제 모든 것이 끝났고 스테판 트로피모비치와의 우호적인 관계를 영영 끊어 버렸노라고 완전히 확신한 채 문 쪽으로 치달았다. 그러나 상대편은 언제나 적시에 그를 만류할 수 있었다.

동명 우화 「호기심쟁이」의 주인공.

"샤토프, 이렇게 귀여운 말들을 풀어놓았으니 우리 화해하는 게 어떨까요?"

그는 의자에 앉은 채 온화하게 손을 뻗으며 말하곤 했다.

동작이 굼뜨면서도 수줍음을 잘 타는 샤토프는 상냥한 표현을 좋아하지 않았다. 겉으로는 거친 사람이었지만 속으로는 섬세하기 그지없는 사람이었다. 종종 정도가 지나치긴 했지만 그 때문에 제일 고통받는 사람은 그 자신이었다. 스테판 트로피모비치의 호소 어린 말을 듣자 혼자 뭐라고 웅얼거리며 제자리에서 곰처럼 발을 쿵쿵 구르더니 갑자기 뜻밖에도 싱글거리며 모자를 한쪽으로 밀쳐 놓고 원래 의자에 앉아 땅바닥만 뚫어져라 쳐다보는 것이었다. 당연히 포도주가 나왔고 스테판 트로피모비치는 누구든 적절한 사람을 들먹거리며, 가령 과거의 활동가 중 아무개를 끌어와 그를 기리는 의미에서 건배를 외쳤다.

2장

해리 왕자. 혼담

1

이 땅에는 바르바라 페트로브나가 스테판 트로피모비치 못지않게 애착을 갖는 인물이 하나 더 있었는데, 바로 그녀의 외아들인 니콜라이 프세볼로도비치 스타브로긴이었다. 스테판 트로피모비치가 교육자로 초청된 것도 그를 위해서였다. 소년은 당시 여덟 살 정도였지만, 그의 아버지인 경박한 스타브로긴 장군이 그때 이미 아이의 어머니와 별거 상태였기 때문에 오직 어머니의 보살핌 속에서 자라났다. 스테판 트로피모비치를 정당하게 평가해야 하는데, 그는 제자가 자신에게 애착을 갖도록 할 줄 알았다. 이 모든 비결은 그 자신도 아이였다는 점에 있었다. 그 당시는 아직 내가 없었고 그는 꾸준히 진정한 친구를 필요로 했다. 그렇다고 해서 그 어린 것을 자라기가 무섭게 친구로 만들겠노라 생각한 것은 아니었다. 어쩌다 자연스럽게 그렇게 된 까닭에 그들 사이에는 손톱만큼의 거리도 없었다. 고작해야 열 살이나 열한 살 먹은 친구 앞에서 눈물을 줄줄 흘리며 상처받은 감정을 토로하기 위해, 또 이러면 절대 안 된다는 것을 알아채지도 못한 채 무슨 집안의 비밀 같은 것을 털어놓기 위해 한밤중에 소년을 깨우는 일도 여러 번 있었다. 그들은 서로 껴안고 엉엉 울었다. 어머니에 관한 한, 소년은 어머니가 자기를 몹시 사랑한다는 건 알았지만 그 자신은 어머니를 별로 사랑하지 않았다. 어머니는 그와 거의 말도 하지 않고 무슨 압력을 가하는 일도 드물었지만, 그는 자신을 좇는 어머니의 주의 깊은 시선을 내적으로 언제나 어쩐지 병적일 정도로 감지하고 있었다. 그나저나, 학업과 정신 발달에 관한 한 모든 일을 어머니는 전적으로 스테판 트로피모비치에게 위임했다. 당시만 해도 그를 전적으로 믿었던 것이다. 이 교육자가 제자의 신경을 다소 흩뜨려 놓았다는 사실을 생각해야 한다. 열여섯 살이 되어 리체이에 갈 즈음 그는 병약하고 창백했으며 이상하리만큼 조용하고 생각에 골몰하는 아이였다.(이후에는 남달리 굉장한 완력의 소유자가 되었다.) 이 친구들이 한밤중에 서로 껴안고 엉엉 울긴 했지만 언제나 집안 얘기만 한 것은 아니었으리라는 점도 가정해야 한다. 스테판 트로피모비치는 친구의 마음속 깊디깊은 현(絃)을 건드려 신성하고도 영원한 우수의 아직은 불분명한 첫 감각을 불러일으킬 줄 알았는데, 어느 선택받은 영혼이 한번 그것을 맛보고 그 맛을 알게 되면 그 뒤로는 그것을 절대로 값싼 만족과 바꾸려 들지 않을 터였다.(이 우수를 가장 과격한 만족보다, 물론 그런 만족이 존재할 수 있다면, 더 소중히 여기는 그런 애호가들도 있다.) 그러나 좀 늦긴 했어도 이 어린 것과 교육자를 다른 방향으로 갈라놓은 것은 잘한 일이었다.

리체이의 첫 이 년 동안 청년은 방학마다 집에 왔다. 바르바라 페트로브나와 스테판 트로피모비치가 페테르부르크에 와 있는 동안에는 모친의 집에서 열린 저녁 문학 모임에 가끔 참석하여 경청하고 관찰했다. 말수도 적고 여전히 예전처럼 조용하고 다소곳한 성격이었다. 스테판 트로피모비치에게는 예전처럼 상냥한 주의를 기울였지만 이미 어딘가 좀 절제했다. 고상한 주제나 옛 추억에 관해서는 대화를 꺼리는 눈치였다. 학교를 졸업한 다음에는 모친의 바람대로 군대에 들어가 이내 아주 훌륭한 기병 근위대 중 하나에 배속되었다. 군복을 입은 모습을 보여 주려고 모친을 찾아오는 일도 없었으며 페테르부르크에서 편지를 써 보내는 일도 드물었다. 돈이라면 바르바라 페트로브나가, 개혁 이후 초창기에 영지의 수입이 예전의 절반도 되지 않을 정도로 감소했음에도, 아낌없이 보내 주었다. 그래도 그녀는 오랜 근검절약 덕분에 적잖은 자본을 얼마간 모아 두었다. 그녀의 주된 관심사는 페테르부르크 상류 사회에서 아들이 성공한 것이었다. 그녀로서는 이루지 못한 것을 전도유망한 젊고 부유한 장교가 이룬 것이었다. 그는 그녀로서는 더 이상 꿈도 꿀 수 없는 교제를 재개했으며 가는 곳마다 대환영을 받았다. 그러나 정말 곧이어 바르바라 페트로브나에게 상당히 이상한 소문이 들려왔다. 젊은이가 어쩐지 미친 듯 갑자기 방탕해졌다는 것이다. 도박이나 과음을 일삼는다는 말이 아니었다. 그저 고삐 풀린 야생마처럼 날뛰고, 거침없이 질주하다가 사람을 치고, 평소 알고 지내던 어느 훌륭한 사교계 부인에게 짐승 같은 짓을 해 놓고는 나중에 그녀를 공개적으로 모욕했다는 식이었다. 이 일에는 너무나 노골적으로 지저분한 어떤 것마저 가미되어 있었다. 거기다가 그가 무슨 싸움꾼처럼 모욕을 주는 데서 오는 만족감을 맛보기 위해 괜히 시비를 걸고 모욕을 일삼는다는 얘기가 덧붙여졌다. 바르바라 페트로브나는 흥분과 걱정에 사로잡혔다. 스테판 트로피모비치는 그녀에게 단언하길, 이건 단지 너무 풍요로운 조직체에서 터져 나온 폭풍우와 같은 첫 발작일 뿐이다, 바다는 곧 잠잠해질 것이다, 이 모든 것이 셰익스피어의 극에 나오는 팔스타프와 포인스, 미스트리스 퀴클리와 방탕을 일삼은 해리 왕자의 젊은 시절과 흡사하다,[28] 라고 했다. 바르바라 페트로브나도 이번만은 최근 들어 스테판 트로피모비치에게 몹시 자주 습관적으로 내뱉어 온 "헛소리예요, 헛소리!"라는 말을 외치지 못하고 오히려 몹시 열심히 경청하며 더 자세히 설명해 달라고 부탁했고 심지어 직접 셰익스피어를 붙잡더니 심혈을 기울여 이 불멸의 연대기를 다 읽었다. 그러나 연대기는 그녀의 마음을 가라앉히기는커녕 별로 닮았다는 생각도 들지 않았다. 그녀는 열병에라도 걸린 듯 자신의 편지 몇

---

28) 셰익스피어의 「헨리 4세」에 나오는 인물들.

통에 대한 답장을 기다렸다. 답장은 즉시 온 셈이었다. 즉, 해리 왕자가 거의 일시에 두 번의 결투를 치러 적수 중 한 명은 한 발로 즉사시켰고 다른 한 명은 불구로 만들어 버리는 등 두 경우 모두 전적으로 잘못했고 이런 행동의 결과로 재판에 회부되었다는 치명적인 소식이 곧장 전해졌다. 사건은 사병으로 강등되고 권리를 박탈당한 채 어느 보병 부대로 좌천되는 것으로 끝났지만, 그나마도 특별히 봐준 것이었다.

1863년에 그는 발군의 공로를 세워 십자훈장을 받고 하사관에 임명되었다가 그다음에는 어떻게 또 빨리 장교가 되었다. 그 기간 내내 바르바라 페트로브나는 간청과 청원이 담긴 편지를 100통은 족히 수도로 보냈을 것이다. 이런 특별한 경우에는 다소 굴욕을 자처하기도 했다. 승진 이후 젊은이는 갑자기 퇴역했지만 이번에도 스크보레시니키에는 오지 않았을 뿐더러 어머니에게 편지 쓰는 일도 아예 그만두었다. 드디어 제삼의 통로를 통해 그가 다시 페테르부르크에 나타났으나 예전 사교계에는 전혀 받아들여지지 못했다는 사실이 알려졌다. 어디론가 종적을 감춘 것 같았다. 추적해 본 결과 그는 무슨 이상한 사람들과 함께 살고 있었는데, 페테르부르크 사회의 무슨 인간쓰레기들, 그러니까 신발도 없는 무슨 관리나 점잖게 구걸을 일삼는 퇴역 군인이나 주정뱅이와 어울리게 되었고 그들의 지저분한 가정을 방문하고 컴컴한 빈민굴이나 도통 알 수 없는 무슨 뒷골목에서 밤낮을 보내는 등 영락과 남루 그 자체였고 자기가 좋아서 그런다는 것이었다. 어머니에게 돈을 요구하지도 않았는데, 그에겐 예전 스타브로긴 장군 소유의 조그만 마을인 영지가 있어 적으나마 수입이 나왔고 그가 이 영지를 작센주 태생의 어느 독일인에게 임대했다는 소문도 있었다. 결국 어머니는 제발 좀 와 달라고 간청했고 드디어 해리 왕자가 우리 도시에 나타났다. 그때 나는 처음으로 그를 자세히 보았고, 그 전까지는 한 번도 본 적이 없었다.

그는 스물다섯 살쯤 된 매우 잘생긴 청년으로서, 고백하건대, 내게 충격을 안겨 주었다. 나는 방탕에 절어 보드카 냄새를 풍기는 더럽고 지저분한 부랑자 같은 사람을 보게 될 줄 알았다. 하지만 정반대로 그는 내가 그동안 만난 여느 신사 중에서도 가장 우아한 신사로서 굉장히 멋진 옷차림에 가장 세련된 단정함이 몸에 밴 신사만이 취할 수 있는 절제된 몸가짐을 보여 주었다. 나만 놀란 것이 아니었다. 스타브로긴의 전기를 물론 이미 모조리 다 알고 있는, 더욱이 어떻게 저런 것까지 입수할 수 있었는지 상상도 할 수 없을 정도로 상세히 알고 있는 도시 전체가 깜짝 놀랐는데, 가장 놀라운 것은 소문 중 절반이 맞는 것이었다는 점이다. 우리네 부인들은 모두 새로운 손님에게 완전히 넋을 놓았다. 그들은 격하게 두 편으로 갈라서서 한쪽에서는 그를 숭배했고 다른 쪽에서는 피의 복수를 감행할 만큼 증오했다. 하지만 넋을 놓은 건 이쪽이나 저쪽이나 매한가지였다. 어떤 사람들은 그의 영혼 속에 아마 뭔가 숙명적인 비밀이 있으리라는 것에 특히 더 매혹되었다. 그가 살인자라는 사실을 아주 좋아한 사람들도 있었다. 알고 보니 또한 그는 극히, 상당히 교양 있는 사람, 심지어 어느 정도의 지식까지 갖춘 사람이었다. 물론 우리를 놀래는 데 많은 지식이 요구되는 것은 아니었다. 하지만 그는 극히 흥미롭고 긴요한 주제를 논할 수 있었고, 가장 귀중한 점인데, 판단력이 뛰어났다. 이상하지만 꼭 언급해야 할 것이, 우리 도시의 모든 사람이 거의 첫날부터 그를 판단력이 굉장히 뛰어난 사람으로 생각했다는 점이다. 그는 말수가 적고 느끼함 없이 우아했으며 놀라울 정도로 겸손하면서도 동시에 우리 도시의 그 누구보다 용감하고 자신만만했다. 우리네 멋쟁이들은 그를 선망의 눈길로 바라보았고 그 앞에서는 완전히 움츠러들었다. 그의 얼굴도 나에게 충격을 주었다. 머리카락은 어쩐지 몹시 검었고, 빛나는 두 눈은 어쩐지 몹시 평온하고 맑았으며, 얼굴빛은 어쩐지 몹시 부드럽고 새하얬으며, 볼의 홍조는 어쩐지 너무 밝고 깨끗했으며, 치아는 진주알 같고 입술은 산호 같아 절세 미남 같으면서도 동시에 혐오스러운 구석이 있었다. 그의 얼굴이 가면을 연상시킨다는 얘기도 있었다. 하긴 겸사겸사 그의 엄청난 완력에 관한 얘기도 많이 오갔다. 키도 거의 큰 편이었다. 바르바라 페트로브나는 그를 자랑스러워했지만, 언제나 불안이 깃든 눈길로 바라보았다. 그는 우리 도시에서 반년 동안 시들시들, 조용하고 상당히 음울하게 살았다. 사교계에 나와 확고부동한 주의를 기울이며 우리 도(道)의 모든 예의범절을 지켰다. 도지사와 아버지 쪽으로 가까운 사이였기 때문에 그 집에서는 가까운 친척처럼 받아들여졌다. 하지만 몇 달이 지나자 야수는 갑자기 자신의 발톱을 드러냈다.

겸사겸사 지적하자면, 우리의 전(前) 도지사였던 사랑스럽고도 부드러운 이반 오시포비치는 아줌마를, 그러나 훌륭한 가문 태생에 인맥도 좋은 아줌마를 닮은 데가 좀 있었는데 그 덕분에 그는 손사래를 치며 온갖 업무를 마다하고서도 우리 도시에서 그 많은 세월을 버텼던 것이다. 사람을 좋아하고 손님 접대를 즐기는 성격상 그는 요즘 같은 번잡한 시대의 도지사가 아니라 옛날 좋았던 시절의 귀족단장(貴族團長)에 어울렸다. 도시에서는, 도를 통치하는 사람이 그가 아니라 바르바라 페트로브나라는 얘기가 꾸준히 나왔다. 물론 신랄한 발언이었지만 그래 본들 결단코 거짓이었다. 더욱이 이와 관련하여 우리 도시에서는 비꼬는 말도 나왔다. 실은 정반대로, 바르바라 페트로브나는 모든 사교계의 굉장한 존경에도 불구하고 최근에는 특별히, 또 의식적으로 온갖 고귀한 임무를 멀리했고 그녀 스스로 그어 둔 엄격한 한계선 안에 갇혀 버렸다. 고귀한 임무 대신 갑자기 살림에 전념하기 시작하여 이삼 년 만에 영지 수입을 예전 수준으로 끌어 올렸다. 예전의 시적인 격정(페테르부르크 여행, 잡지 출간 계획 등) 대신 차곡차곡 돈을 모으고 아끼기 시작했다. 심지어 스테판 트로피모비치조차 멀리하여 그가 다른 집에 세 들어 사는 것도 허락했다.(이 일로 그는 벌써 오래전부터 온갖 핑계를 대며 그녀를 졸라 댔다.) 스테판 트로피모비치는 점차 그녀를 산문적인 여자라고, 혹은 더 농담조로 '나의 산문적인 벗'이라고 부르기 시작했다. 이런 농담은 응당 굉장히 공손한 형태로만, 또 오랫동안 적절한 순간을 골라서 사용했다.

그의 측근인 우리는 모두 —— 스테판 트로피모비치는 우리 모두보다 훨씬 더 감상적으로 —— 이제 아들이 새 희망의 모습으로, 심지어 새 몽상의 모습으로 그녀 앞에 나타났음을 이해하고 있었다. 아들에 대한 그녀의 열정은 그가 페테르부르크 사교계에서 승승장구할 무렵 시작되었고 사병으로 강등되었다는 소식이 전해진 그 순간에 특별히 더 강화되었다. 그러면서도 분명히 그를 두려워했기 때문에 그 앞에서는 노예처럼 보였다. 그녀 자신도 발설할 수 없는 뭔가 모호하고 은밀한 일이 일어날까 봐 두려워하고 있음이 역력했으며, 벌써 몇 번이나 어떤 생각을 정리하고 지레짐작을 해 보며 눈에 띄지 않도록 주의 깊게 니콜라를 지켜보았는데…… 그런데 갑자기 야수가 발톱을 드러낸 것이다.

2

우리의 왕자는 밑도 끝도 없이 갑자기 여러 인물에게 도저히 있을 수 없는 두세 가지 뻔뻔스러운 짓을 저질렀는데, 중요한 것은 그 뻔뻔스러운 짓이 한 번도 들어 보지 못한 것, 그 어떤 것과도 닮지 않은 것, 흔히 통용되는 것이 전혀 아닌, 완전히 걸레짝 같고 어린애 같은 짓, 도무지 목적도, 동기도 전혀 없다는 점이었다. 우리 클럽에서 가장 존경받는 어르신이자 공로도 세운 바 있는, 나이 지긋한 파벨 파블로비치 가가노프는 말끝마다 열렬히 "아니, 내 코를 잡고 끌 수는 없을걸!"이라고 덧붙이는 순진한 습관이 있었다. 그건 그렇다고 치자. 한데 어느 날 그가 클럽에서 발끈할 만한 어떤 일로 인해 그의 주변에 모여 있던 클럽 방문객 무리(다들 막돼먹은 사람은 아니었다.)에게 예의 그 경구를 말했을 때 구석에 혼자 서 있느라 그 누구의 주의도 끌지 않던 니콜라이 프세볼로도비치가 갑자기 파벨 파블로비치에게 다가가 뜻밖에도, 그러나 두 손가락으로 힘껏 그의 코를 움켜쥐더니 홀 안을 두세 걸음 정도 질질 끌고 다닌 것이다. 가가노프 씨에게 무슨 악의를 품었을 리는 만무하다. 순전히 초등학생 같은 장난, 응당 용서하지 못할 장난이라고 생각할 수도 있었다. 그래도 나중에는 그가 이런 행동을 하던 그 순간에 '꼭 미친 것처럼' 거의 생각에 빠진 모습이었다는 이야기가 돌았다. 그래 본들 이미 오랜 시간이 지난 후 회상하여 생각을 종합한 결과였다. 처음에는 다들, 그가 이미 모든 것을 있는 그대로 잘 이해했으되 당황하지도 않았을뿐더러 오히려 '일말의 후회도 없이' 악의에 찬 즐거운 미소를 짓던 두 번째 순간만을 열렬히 기억할 뿐이었다. 아주 끔찍한 소란이 일고 다들 그를 에워쌌다. 니콜라이 프세볼로도비치는 몸을 돌린 다음 누구에게 대답도 해 주지 않고 소리 지르는 얼굴들을 호기심에 찬 듯 살펴보며 주위를 둘러보았다. 마침내, 갑자기 다시 생각에 잠긴 듯 ― 적어도 전해진 내용으로는 그렇다 ― 얼굴을 찌푸리더니 모욕을 당한 파벨 파블로비치를 향해 씩씩하게 걸어가 짜증이 역력한 빠른 어조로 중얼거렸다.

"물론 사과를 받아 주시겠죠……. 정말이지, 잘 모르겠어요, 갑자기 그러고 싶어져서…… 바보짓을……."

이 무성의한 사과는 새로운 모욕이나 다름없었다. 야유의 외침은 더욱 거세졌다. 니콜라이 프세볼로도비치는 어깨를 으쓱하고 나가 버렸다.

이 모든 것이 아주 바보짓인 데다가 추태였다는 건 더 이상 말할 필요도 없고 척 보기에도 미리 계산되고 의도된 추태, 그러니까 우리 사교계 전체를 겨냥한 극도로 뻔뻔스럽고 의도적인 모욕 같았다. 이 일은 모두에게 그렇게 이해되었다. 먼저 스타브로긴 씨를 만장일치로 즉각 클럽에서 제명하는 것부터 시작했다. 그다음에는 전 클럽의 이름으로 도지사를 찾아가 '그에게 위임된 행정적인 권한으로'(이 사건이 공식적인 재판에 회부될 때까지 기다리지 말고) 즉각 이 해로운 난봉꾼, 수도에서 온 '싸움꾼'의 고삐를 조이고 '그로써 우리 도시의 모든 점잖은 모임의 안녕을 해로운 침해로부터 보호해 달라'고 부탁하기로 결정했다. 여기에 심술궂은 순진무구함을 곁들여 "스타브로긴 씨에게도 무슨 법이 적용될지도 모르지."라고 덧붙이는 사람들도 있었다. 도지사를 위해 이 어구를 준비해 둔 것은 이참에 바르바라 페트로브나의 일로 그에게 일침을 가하기 위해서였다. 쾌감을 곁들여 온갖 말이 다 나왔다. 하필이면 그때 도지사가 도시에 없었다. 얼마 전 임신 중에 남편을 잃은 어느 매력적인 미망인의 아이에게 세례를 주기 위해 멀지 않은 곳으로 떠났기 때문이다. 어쨌든 다들 그가 곧 돌아오리라는 것을 알았다. 그를 기다리며 모욕을 당한, 존경하는 파벨 파블로비치에게 우레 같은 박수갈채를 퍼부을 준비를 했다. 그를 껴안고 키스를 퍼부었다. 온 도시가 앞다투어 그의 집을 방문했다. 심지어 그의 명예를 기리는 차원에서 미리 신청을 받아 만찬을 열자는 안도 있었는데 그의 완강한 간청 때문에 이 의견은 철회되었다. 결국에는 어쨌든 사람이 남의 손에 코를 잡힌 채 질질 끌려다녀 놓고서 그렇게 기고만장할 것은 없다는 점을 깨달은 것이리라.

그런데 어떻게 이런 일이 일어난 것일까? 어떻게 이런 일이 일어날 수 있었단 말인가? 실로 주목할 만한 정황은 우리 도시를 통틀어 아무도 이 야만적인 행동을 광기 탓으로 돌리지 않았다는 점이다. 즉, 니콜라이 프세볼로도비치처럼 영리한 사람이라면 그런 행동을 저지르리라 은근히 기대하는 경향이 있었다. 나로서는, 곧 잇따른 사건이 모든 것을 설명해 준 듯싶고 외견상 모두를 진정시켰음에도, 지금까지도 어떻게 설명해야 할지 모르겠다. 사 년 뒤에 내가 그 클럽 사건에 대해 조심스레 질문을 던지자 니콜라이 프세볼로도비치가 얼굴을 찌푸리며 "예, 그때 저는 건강이 썩 좋지 않았습니다."라고 대답했다는 사실도 덧붙이고자 한다. 하지만 미리 앞서갈 이유는 없겠다.

나에게 흥미진진했던 것은 우리 도시의 모든 사람이 '난봉꾼이자 수도의 싸움꾼'에게 퍼부은 저 총체적인 증오의 폭발이다. 그들은 일시에 전 사교계를 모욕하려는 뻔뻔스러운 책략과 미리 계산된 음모를 기필코 보고 싶었던 것이다. 이 인간은 진정 그 누구의 비위도 맞추지 않고 오히려 모두를 무장시켰는데 대체 무엇으로 그랬을까? 최근 사건이 일어나기 전에는 누구와 말다툼을 한 적도, 누구를 모욕한 적도 없고 오히려 말을 꺼낼 수만 있다면 유행하는 그림 속의 무도회 파트너처럼 정중했다. 그가 미움을 받은 것은 오만함 때문이었던 것 같다. 처음에는 그를 숭배했던 우리네 부인들조차 이제는 남자들보다 훨씬 더 거세게 그를 향해 아우성쳤다.

바르바라 페트로브나는 끔찍할 정도로 충격을 받았다. 그녀는 훗날 스테판 트로피모비치에게 오래전부터 이 모든 것을, 요 반년 동안 매일 꼭 '바로 이와 같은 일'을 예상하고 있었노라고 고백했는데 생모의 입에서 나온 주목할 만한 고백이다. '시작됐구나!' 그녀는 전율하며 이렇게 생각했다. 그 치명적인 클럽의 저녁 모임 이후 이튿날 아침, 조심스럽지만 단호하게 아들의 해명을 듣고자 했지만, 그러고서도, 그 결의에도 불구하고 가엾게도 계속 벌벌 떨 뿐이었다. 밤새도록 한숨도 자지 못하고 아침 일찍 스테판 트로피모비치를 찾아가 상의하다가 그의 집에서 울음을 터뜨렸는데, 그녀가 사람들이 있는 데서 그러는 일은 결코 없었다. 그녀는 니콜라가 적어도 무슨 말이든 좀 해 주기를, 해명이라도 좀 해 주기를 바랐다. 어머니에게 언제나 정중하고 공손했던 니콜라는 미간을 찌푸린 채, 그러나 몹시 진지한 표정으로 한동안 어머니의 말을 경청하더니, 갑자기 일어나서 대답 한마디 하지 않고 어머니의 손에 입을 맞춘 다음 나가 버렸다. 바로 그날 저녁, 일부러 꾸민 듯 또 다른 스캔들이 일어났고 처음 것보다 훨씬 약하고 흔한 것이었음에도 총체적인 분위기상 도시의 아우성을 몹시 거세게 만들었다.

바로 우리의 친구 리푸틴이 갑자기 등장한 것이다. 그는 니콜라이 프세볼로도비치와 모친의 저 해명 직후에 니콜라이 프세볼로도비치 앞에 나타나, 아내의 생일 때문에 마련한, 바로 그날 있을 저녁 모임에 참석해 주십사 간곡하게 부탁했다. 바르바라 페트로브나는 이미 오래전부터 니콜라이 프세볼로도비치가 저렇게 저열한 부류와 사귀는 것을 지켜보며 진저리를 쳤지만 그렇다고 뭐라고 한소리 할 엄두는 내지 못했다. 그러잖아도 그는 이미 우리 사회의 이런 삼류 계층, 심지어 더 낮은 계층과도 다소간의 친분을 유지하지 않았던가, 아니, 진즉에 그런 성향이 있지 않았던가. 리푸틴과는 직접 만난 적이 있어도 그의 집에 가 본 적은 지금까지 없었다. 리푸틴이 자기를 초대하는 것은 어제 클럽의 스캔들 때문이라고, 그가 지방의 자유주의자로서 그 스캔들에 열광한 나머지 진심으로 클럽의 어르신들은 그렇게 대해야 하며 그것은 매우 잘한 일이라고 생각해서라고 짐작했다. 니콜라이 프세볼로도비치는 웃음을 터뜨리면서 가겠다고 약속했다.

많은 손님이 몰려들었다. 꾀죄죄하지만 쾌활한 족속이었다. 자존심과 질투심이 강한 리푸틴은 겨우 일 년에 두 번만 손님을 불렀을 뿐이지만 그때만은 돈을 아끼지 않았다. 가장 존경하는 손님인 스테판 트로피모비치는 병 때문에 오지 못했다. 차가 나오고 풍성한 먹거리와 보드카가 연이어 나왔다. 세 개의 탁자에서는 카드 판이 벌어졌고 젊은이들은 저녁을 기다리는 동안 피아노에 맞춰 춤을 추기도 했다. 니콜라이 프세볼로도비치는 마담 리푸티나를 — 그의 앞에서 끔찍이도 겁을 집어먹은 굉장히 예쁜 부인이었다 — 일으켜 세워 그녀와 두 바퀴를 돌며 춤을 춘 다음 나란히 앉아 이야기를 나누고 그녀를 웃겨 주었다. 그녀의 웃는 모습이 예쁘다는 것을 드디어 알아챈 그는 모든 손님이 보는 앞에서 갑자기 그녀의 허리를 감싸더니 입술에 연이어 세 번쯤 키스를, 그것도 단맛을 쪽 쪽 빨아 먹듯이, 하고 말았다. 가엾은 여인은 너무 놀란 나머지 기절하고 말았다. 니콜라이 프세볼로도비치는 모자를 집어 들고 일대 혼란이 일어난 가운데 망연자실한 남편에게 다가가더니 그를 쳐다보며 그 자신도 당황하면서 "화내지 마십시오."라고 다급히 중얼거린 다음 나가 버렸다. 리푸틴은 현관까지 그를 쫓아가 자기 손으로 직접 코트를 내주고 계단에서 고개 숙여 인사까지 하며 배웅했다. 그러나 그다음 날 때마침 상당히 재미있는 후속편이 상대적으로 본질상 순진무구한 이 사건에 덧붙여졌는데, 그때부터 리푸틴에게 모종의 존경마저 안겨 준 후일담으로서 그는 그것을 자기에게 유리하게 활용할 줄 알았다.

오전 10시경, 스타브로기나 부인의 집에 발랄하고 민첩하며 볼이 발그스레한 서른 살쯤 된 아줌마인 리푸틴의 하녀 아가피야가 나타나, 그의 위임으로 니콜라이 프세볼로도비치를 찾아왔고 반드시 '그분을 직접 뵙기를' 원한다고 말했다. 그는 두통이 몹시 심했지만 나왔다. 바르바라 페트로브나는 그 위임받은 말을 전하는 자리에 동석할 수 있었다.

"세르게이 바실리치(즉 리푸틴)께서는," 하고 아가피야는 빠른 말투로 민첩하고 수다스럽게 말했다. "우선 나리께 안부를 전하고 건강은 어떠신지 여쭈라고 분부하셨어요. 어제의 일 이후에 편히 주무셨는지요? 어제의 일 이후 지금 상태는 어떠신지요?"

니콜라이 프세볼로도비치는 씩 웃었다.

"안부와 감사 인사를 전해 주고, 아가피야, 너의 주인어른께, 내가 그분은 이 도시를 통틀어 제일 현명하다고 말하더라고 해 줘."

"그분은 그 점에 대해서도 나리께 이렇게 대답하라고 명령하셨습니다." 아가피야는 훨씬 더 민첩하게 말을 받았다. "나리의 말씀이 아니더라도 그분은 그 점을 잘 안다, 나리도 꼭 그런 사람이기를 바란다, 라고요."

"어렵쇼! 아니, 그 양반은 내가 너한테 무슨 말을 할지 어떻게 알 수 있었지?"

"어떤 식으로 아셨는지 저로서는 알 수 없지만, 제가 집을 나와 골목 하나를 다 지나왔을 때 그분이 모자도 쓰지 않고 저를 쫓아오셔서 필사적으로 '만약 그분이, 아가피예쉬카, '너의 주인어른께, 온 도시를 통틀어 제일 현명한 분이라고 전해 줘.'라고 하거든 너는 그분에게 당장 '그분은 이 점을 매우 잘 아시며 나리께서도 정녕 그런 사람이기를 바랍니다.'라고 말하는 걸 잊지 말라고 명령하셨습니다."

3

마침내 도지사에게도 해명을 하게 되었다. 사랑스럽고도 부드러운 우리 이반 오시포비치는 이제 막 돌아와 이제 막 클럽

84

의 열띤 청원을 듣게 되었다. 의심의 여지없이 무슨 조치를 취해야 했으나 그는 당혹스러웠다. 손님 접대를 좋아하는 우리 영감님도 자신의 젊은 친척을 두려워하는 듯싶었다. 그래도 클럽과 모욕당한 사람 앞에서 만족스러운 형식의 사과를 하도록, 혹시 상대방의 요구가 있을 경우 서면 형식까지 취하도록 권유하기로, 그다음엔 우리를 떠나도록, 가령 지식욕을 충족시킬 겸 이탈리아나 어디 외국으로 가 버리도록 부드럽게 설득하기로 결심했다. 이번에 그가 니콜라이 프세볼로도비치를 맞으러 나간 홀에서는(다른 때라면 친척의 권리로 온 집을 어디든 가릴 것 없이 왔다 갔다 했다.) 관리면서 동시에 도지사의 집안사람이기도 한, 행실이 바른 알료샤 텔랴트니코프가 구석의 책상에서 소포에 직인을 찍고 있었다. 옆방, 홀의 문에서 가장 가까운 창문 옆에는 이반 오시포비치의 옛 동료이자 친구인 뚱뚱하고 건강한 어느 떠돌이 대령이 자리를 잡고 앉아 《목소리》[29]를 읽고 있었는데, 당연히 홀에서 일어나고 있는 일에는 전혀 주의를 기울이지 않았을뿐더러 아예 등을 돌린 채 앉아 있었다. 이반 오시포비치는 완곡하게 에둘러 거의 속삭이듯이 얘기를 꺼냈지만 줄곧 다소간 횡설수설이었다. 니콜라는 전혀 친척답지 않은, 몹시 불손한 눈초리에 창백한 얼굴을 한 채 심한 고통을 참고 있는 사람처럼 눈을 내리깔고 눈썹을 치켜뜬 채 듣기만 했다.

"마음도 참 착하고, 니콜라, 고상하고," 하며 영감님은 그래

---

29) 19세기에 발행된 러시아 신문.

도 운을 뗐다. "훌륭한 교육을 받은 사람으로서 상류 사회에 출입하고 게다가 이곳에서도 지금까지 본보기답게 행동해 왔으며 그 덕택에 우리 모두에게 소중한 당신 모친을 안심시키기도 했지요……. 그런데 지금 모든 것이 다시 모두에게 이토록 수수께끼 같고 위험한 색채를 띠고 있으니! 집안의 친구로서, 진실로 당신을 사랑하는 피붙이 늙은이로서 말하는 것이니 언짢아하지 말아요. 말 좀 해 봐요, 무엇이 당신에게 온갖 유쾌한 상황과 정도를 뛰어넘어 그렇게 고삐 풀린 행동을 하도록 부추기는 거요? 미망 상태에서나 나올 법한 그런 행동은 대체 무얼 의미하는 거요?"

니콜라는 짜증스러운 듯 초조하게 듣고 있었다. 갑자기 그의 시선 속에 뭔가 간교하고 냉소적인 것이 스치는 듯싶었다.

"무엇이 그렇게 부추기는지 말씀드리지요." 그는 무뚝뚝하게 말한 다음 주위를 둘러보더니 이반 오시포비치의 귀 쪽으로 몸을 기울였다. 행실이 바른 알료샤 텔랴트니코프는 창문 쪽으로 세 걸음쯤 다가갔고 대령은 《목소리》 뒤에서 기침하고 있었다. 가엾은 이반 오시포비치는 신뢰를 가득 담아 서둘러 자신의 귀를 들이밀었다. 호기심이 극에 달했던 것이다. 바로 그 순간 도저히 있을 수 없는, 다른 한편 어떤 의미에서는 너무도 분명한 어떤 일이 일어났다. 영감님은 갑자기 니콜라가 뭔가 흥미진진한 비밀을 귀띔해 주는 대신 귀의 윗부분을 이빨로 살짝 깨문 다음 상당히 힘껏 잘근잘근 씹고 있음을 느꼈다. 몸이 부르르 떨리고 숨이 턱 막혔다.

"니콜라, 이게 무슨 짓이오!"

그는 기계적으로 신음했지만 더 이상 그 자신의 목소리가 아니었다.

알료샤와 대령은 미처 뭘 이해할 틈도 없었고 제대로 보이는 것도 없어 끝까지 저들이 뭔가 속닥이고 있는 것으로 생각했다. 그러다가 영감님의 절망적인 얼굴을 보고는 화들짝 놀랐다. 그들은 이럴 때 흔히 하듯 도와주러 달려가야 할지, 좀 더 기다려야 할지를 몰라서 서로 눈만 휘둥그렇게 뜨고 쳐다보았다. 니콜라는 이 점을 알아차렸는지 귀를 더 아프게 씹어 댔다.

"니콜라, 니콜라!" 희생양은 다시 신음했다. "자…… 장난은 그만……."

한순간만 더 지났어도 가엾은 사람은 너무 경악해 죽어 버렸을 것이다. 그러나 불한당은 자비를 베풀어 귀를 놓아주었다. 이 죽음과도 같은 공포가 꼬박 일 분은 지속되었고 그 후 영감에게는 어떤 발작이 일어났다. 하지만 삼십 분 뒤 니콜라는 체포되어 영창으로 호송된 다음 그곳 독방에 감금되었고 문 옆에는 특별 간수까지 붙었다. 과격한 결정이었지만 우리네 부드러운 도지사는 너무 화가 난 나머지, 바르바라 페트로브나 앞에서도 자기가 모든 책임을 떠맡기로 결심했다. 발끈한 부인이 즉각적인 해명을 듣기 위해 서둘러 도지사의 집으로 왔으나, 모두가 깜짝 놀라게도, 현관 계단에서 접견을 거절당한 것이다. 그래서 그녀 자신도 믿어지지 않는다는 듯 마차에서 내리지 않고 집으로 되돌아갔다.

그런데 드디어 모든 것이 해명되었다! 새벽 2시, 지금까지 놀라울 정도로 평온한, 심지어 잠들어 있던 수감자가 갑자기 소란을 피우며 광포하게 주먹으로 문을 두드리기 시작하더니 기상천외한 완력을 써서 문에 달린 작은 창문의 철제 격자를 뜯어내고 유리를 박살 냈으며 자기 손도 갈기갈기 찢어 놓았다. 당번을 서던 장교가 소대를 이끌고 열쇠 꾸러미를 들고 달려왔고 미친 듯 날뛰는 자에게 달려들어 붙들어 매기 위해 감방 문을 열라고 명령했을 때 그가 아주 심한 섬망(譫妄) 상태임이 밝혀졌다. 그는 곧 모친의 집으로 옮겨졌다. 모든 것이 단번에 해명된 셈이다. 우리네 의사 세 명 모두 이 일이 있기 사흘 전부터 환자는 이미 미망에 빠져 있었을 수 있다, 비록 외견상으로는 의식과 지력이 있어 보여도 이미 건전한 분별력과 의지력은 아니었다, 라는 의견을 내놓았고, 이 점은 사실들에 의해서도 확증되었다. 그리하여 결국 리푸틴이 제일 먼저 제대로 알아맞힌 셈이었다. 이반 오시포비치, 이 섬세하고도 감상적인 사람은 몹시 당황했다. 하지만 흥미롭게도, 그 역시 니콜라이 프세볼로도비치가 분별력이 멀쩡한 상태에서도 온갖 미친 행동을 할 수 있는 사람으로 여겼던 것이다. 클럽에서도 역시 다들 코끼리를 알아보지 못한 채[30] 이 모든 기적을 해명해 줄 만한 유일한 가능성은 어쩌다 놓쳤는지 부끄러워하고 의아스러워했다. 회의론자들도 당연히 있었지만 오래 버티지는 못했다.

---

30) 1장에서도 언급된 크릴로프의 우화 「호기심쟁이」의 일화로서 자연사 박물관의 자잘한 곤충은 보면서 정작 코끼리는 못 보았음을 말한다.

니콜라는 두 달 남짓 누워 있었다. 모스크바에서 저명한 의사가 왕진을 왔고 온 도시가 바르바라 페트로브나를 방문했다. 그녀는 용서해 주었다. 봄이 왔을 무렵 니콜라가 건강을 완전히 회복하고 이탈리아에 다녀오라는 모친의 제안을 어떤 말대꾸도 없이 승낙하자 그녀는 우리 도시의 모두에게 고별 방문을 하고 더불어 그럴 필요가 있는 곳에서는 가능한 한 많이 사과하라고 간청했다. 니콜라는 기꺼이 동의했다. 클럽에 알려진 바로, 파벨 파블로비치 가가노프의 집에서는 직접 그에게 아주 섬세한 해명을 했으며 가가노프는 그것에 완전히 만족했다고 한다. 방문을 다니는 동안 니콜라는 몹시 진지하고 다소 음울하기까지 했다. 다들 외견상으로는 대단한 관심을 보이며 그를 맞이했지만 어쩐지 다들 당황했고 그가 이탈리아로 떠난다는 사실에 기뻐했다. 이반 오시포비치는 눈물까지 흘렸지만 마지막 작별의 순간에도 왠지 그를 선뜻 껴안지는 못했다. 사실 우리 도시의 몇몇 사람은 여전히 이 못된 놈이 그저 모두를 비웃었을 뿐, 병이라는 것도 그렇고 그런 것이라고 철석같이 믿고 있었다. 그는 리푸틴에게도 들렀다.

"말씀 좀 해 보시죠." 그가 그에게 물었다 "어떻게 내가 당신의 지성에 관해 얘기할 줄 미리 짐작하고 아가피야에게 대답을 준비시킬 수 있었던 거죠?"

"그야," 하고 리푸틴이 웃었다. "내가 당신을 현명한 사람으로 여기기 때문에 당신의 답을 미리 예상할 수 있었던 거죠."

"어쨌든 멋지게 들어맞았군요. 그나저나 실례지만, 그렇다면 아가피야를 보냈을 때 나를 미친 사람이 아니라 현명한 사람으로 생각했다는 거로군요?"

"아주 현명하고 분별력 있는 사람으로 여겼지만, 그저 분별력을 잃은 사람이라고 믿는 척했을 뿐이죠. 게다가 당신이 직접 그때 내 생각을 즉시 알아차리고는 아가피야를 통해 예지의 특허장을 보낸 준 셈이죠."

"그렇지만 당신이 여기서 좀 착각한 게 있어요. 나는 정말로…… 건강이 좋지 않았거든요." 니콜라이 프세볼로도비치는 얼굴을 찌푸리며 중얼거렸다. "아하!" 그가 소리쳤다. "과연 당신은 정말로 내가 분별력이 멀쩡한 상태에서도 사람들한테 달려들 수 있으리라고 생각하는 건가요? 대체 무엇을 위해 그런 짓을 하겠어요?"

리푸틴은 잔뜩 움츠러들어 대답하지 못했다. 니콜라는 약간 창백해졌는데, 그저 리푸틴의 눈에만 그렇게 보였던 것일지도 모르겠다.

"어쨌든 매사에 재미있는 생각을 하는 경향이 있군요." 니콜라가 계속했다. "아가피야에 관해서라면 나는 당연히 당신이 나를 비난하기 위해 보낸 것이라고 이해해요."

"혹시 결투 신청을 하는 건 아닌가 하고요?"

"아, 그렇군요! 사실 당신이 결투를 좋아하지 않는다던가 하는 소리를 들었거든요."

"뭐 하러 프랑스식 관습을 따릅니까!" 리푸틴은 다시 움츠러들었다.

"민족성을 견지하는 건가요?"

리푸틴은 더욱더 움츠러들었다.

"아하, 아하! 이게 뭐람!" 니콜라는 갑자기 책상의 가장 눈에 띄는 곳에서 콩시드랑[31]의 책을 발견하고는 소리쳤다. "아니, 당신은 푸리에주의자가 아닙니까? 이보다 더 좋을 순 없군요! 이거야말로 프랑스어 번역이 아닙니까?" 그는 손가락으로 책을 톡톡 치면서 웃었다.

"아니오, 이건 프랑스어 번역이 아닙니다!" 리푸틴은 악의마저 드러내면서 펄쩍 뛰었다. "이건 그저 프랑스어 하나의 번역이 아니라 인류의 전 세계어에서 나온 번역이라고요! 전 세계 인류의 사회주의 공화국과 조화의 언어에서 번역됐다, 이 말입니다! 프랑스어 하나가 아니라요!"

"후후, 젠장, 그런 언어란 아예 있지도 않아요!" 니콜라는 계속 웃었다.

가끔 사소한 것마저 예외적으로, 또 오랫동안 주의를 교란하는 일이 있지 않은가. 스타브로긴 씨에 관한 중요한 얘기는 나중에 전부 하겠다. 지금은 그저 호기심에서 한 가지 지적하자면, 우리 도시에서 보낸 시간 동안 그가 받은 인상을 통틀어 그의 기억 속에 제일 예리하게 각인된 것은 도(道)의 이 말단 관리의 볼썽사납고 거의 비열한 형상이었는데, 그는 질투심이 강하고 가족에겐 거친 폭군이며 먹다 남은 음식 찌꺼기와 양초 토막조차 자물쇠로 잠가 두는 수전노이자 고리대금업자이자 동시에 아무도 모르는 무슨 미래의 '사회적 조화' 따

---

31) 빅토르 프로스페르 콩시드랑(Victor Prosper Considérant, 1808~1893). 프랑스의 철학자, 경제학자, 공상적 사회주의자.

위를 옹호하는 맹렬한 종파주의자로서 밤마다 미래의 팔랑스 테르[32]의 환상적인 그림 앞에서 황홀감에 젖고 가까운 시일 안에 러시아에서, 그것도 우리 도에서 팔랑스테르가 실현될 것을 자신의 존재처럼 믿는 사람이었다. 더구나 그것도 그 스스로 한 푼 두 푼 모아 '누추한 집'을 마련한 곳, 재혼한 다음 아내의 돈을 싹 취한 곳, 얼핏 봐도 '전 세계적인 인류의 사회 적[33] 공화국과 조화'의 미래 회원이 될 만한 사람이라곤 당사 자인 그를 필두로 해서 이 부근의 100베르스타 안에서 단 한 명도 없는 이런 곳에서 말이다.

'이런 인간들이 어떻게 될지 누가 알겠어!' 니콜라는 가끔 이 뜻밖의 푸리에주의자를 회상하며 의혹에 빠지곤 했다.

4

우리의 왕자는 삼 년 남짓 여행을 다녔고, 그 때문에 도시 에서는 거의 잊힌 존재가 되었다. 스테판 트로피모비치를 통 해 우리에게 알려진 바로, 그는 유럽을 두루 돌아다녔고 심지 어 이집트에도 갔고 예루살렘에도 들렀다. 그다음에는 어딘가 에서 아이슬란드로 떠나는 어떤 학술 탐사단에 끼여 실제로 아이슬란드에도 다녀왔다고 한다. 어느 겨울에는 독일의 어느

---

32) 프랑스의 공상적 사회주의자 샤를 푸리에(Charles Fourier, 1772~1837) 가 구상한 일종의 유토피아적 공동 주택.
33) 맥락상 '사회주의적'이 되어야 할 것 같다.

대학에서 강의를 들었다는 소식도 전해졌다. 어머니에게 편지 쓰는 일은 많지 않아, 반년에 한 번, 심지어 그보다 더 드물었다. 바르바라 페트로브나는 화를 내지도, 언짢아하지도 않았다. 그녀는 한번 굳어진 아들과의 관계를 불평 없이 순순히 받아들였지만 물론 그 삼 년 동안 매일 끊임없이 자신의 니콜라를 그리워하고 그에 대한 몽상에 잠겨 있었다. 아무에게도 자신의 몽상을, 또 불평을 알리지 않았다. 심지어 스테판 트로피모비치조차 다소 멀리했던 것 같다. 속으로 무슨 계획을 세우고 있는지, 예전보다 훨씬 더 인색해진 듯했고 저축을 훨씬 더 많이 했으며 스테판 트로피모비치가 카드 노름에서 돈을 잃으면 화를 냈다.

드디어 올해 4월, 그녀는 파리에 있는 소꿉동무이자 장군 부인인 프라스코비야 이바노브나 드로즈도바로부터 편지 한 통을 받았다. 편지에서 프라스코비야 이바노브나는 — 바르바라 페트르로브나는 이미 팔 년 동안 그녀를 만난 적도, 편지를 주고받은 적도 없었다 — 니콜라이 프세볼로도비치가 잠시 자기 가족과 어울리며 리자(그녀의 외동딸)와 친해졌다, 지금은 파리에 머무는 K백작(페테르부르크에서 극히 영향력이 있는 인물이다.) 집을 친아들처럼 드나들며 거의 거기서 살다시피 하지만 여름에는 스위스의 베르네-몽트뢰(Vernex-Montreux)에 갈 때 그들도 함께 데려갈 생각이다, 라고 썼다. 편지는 짧았고 위에서 언급한 사실 외에는 어떤 결론도 없었으나 그 목적은 분명하게 드러났다. 바르바라 페트로브나는 오래 생각할 것도 없이 순식간에 마음을 정하고 떠날 채비를 마친 다음 수양딸 다샤(샤토프의 누이동생)를 데리고 4월 중순쯤 파리로, 그다음에는 스위스로 떠났다. 7월에 그녀는 다샤를 드로즈도프 집에 남겨 두고 혼자 돌아왔다. 그녀가 가져온 소식에 의하면 드로즈도프가(家)도 8월 말에는 우리 도시에 오겠노라고 약속했다는 것이다.

드로즈도프가도 우리 도의 지주였지만 이반 이바노비치(바르바라 페트로브나의 예전 친구이자 그녀 남편의 동료)의 업무 때문에 언제든 번번이 자기들의 훌륭한 영지를 방문할 기회를 얻지 못했다. 작년에 장군이 죽은 이후 슬픔을 달랠 길 없었던 프라스코비야 이바노브나는 포도 치료법을 받아 보고 싶은 마음도 있고 해서 딸과 함께 외국으로 떠났는데, 올 하반기에 베르네-몽트뢰(Vernex-Montreux)에서 받을 예정이었다. 귀국한 다음에는 우리 도에 영구 정착할 생각이었다. 도시에는 몇 년째 창문에 못이 박히고 텅 빈 채 버려진 그녀의 큰 저택이 있었다. 부자였던 것이다. 첫 번째 결혼에서 투시나 부인이었던 프라스코비야 이바노브나는 기숙사 시절의 친구인 바르바라 페트로브나처럼 지난 시대 거상(巨商)의 딸로서 시집갈 때 역시나 막대한 지참금을 가져갔다. 퇴역한 기병 이등 대위인 투신도 재력과 다소간의 능력을 갖춘 사람이었다. 죽을 때 일곱 살 먹은 외동딸 리자에게 상당한 자본을 물려주었다. 리자베타 니콜라예브나는 이미 스물두 살이 다 된 지금, 아무리 줄잡아도 20만 루블은 족히 되는 돈을 갖고 있다고 할 수 있는데, 두 번째 결혼에서 아이를 낳지 않은 어머니가 나중에 남겨 줄 재산에 대해서는 더 말할 것도 없겠다. 바르바라 페트로브나는 자신의 여행에 전적으로 만족한 듯 보였다. 그녀 생각으로는 프라스코비야 이바노브나와 만족할 만한 타협을 보았고 집에 온 직후에는 스테판 트로피모비치에게 모든 것을 알렸다. 심지어 그를 몹시 격정적으로 대했는데, 오랫동안 없던 일이었다.

"만세!" 스테판 트로피모비치는 이렇게 외치면서 손가락을 톡톡 튀겼다.

그는 자신의 친구와 떨어져 있으면 언제나 극도의 우울증에 빠지곤 했던 터라 더더욱 완전한 황홀경에 들떴다. 외국으로 떠날 때 그녀는 그와 으레 나누던 작별 인사도 나누지 않았고 혹시 '이 아줌마'가 무슨 쓸데없는 말을 지껄일까 봐 염려하여 자신의 계획도 전혀 알리지 않았다. 그 당시 그가 상당한 금액의 카드 빚을 졌다는 사실이 느닷없이 드러나는 바람에 그녀는 화가 나 있었다. 하지만 스위스에 있을 때부터 귀국하면 그동안 버려두었던 친구에게 보상을 해 주어야겠다고, 벌써 오랫동안 엄하게 대한 만큼 더더욱 그래야겠다고 절실히 느끼고 있었다. 급속하고도 비밀스러운 이별은 스테판 트로피모비치에게 충격을 주고 소심한 그의 마음을 갈기갈기 찢어 놓았으며, 일부러인 양 또 다른 의혹들이 한꺼번에 찾아들었다. 그를 괴롭힌 것은 몹시 큰 금액의 해묵은 채무였는데 바르바라 페트로브나의 도움 없이는 도저히 해결할 길이 없었다. 그 밖에도 올해 5월에 우리의 착하고 부드러운 이반 오시포비치의 도지사 임기가 드디어 끝났다. 불미스러운 일까지 있어서 경질된 것이다. 그런 다음, 바르바라 페트로브나가 없는 동안 우리의 신임 도지사인 안드레이 안토노비치 폰 렘브케가 도착했다. 그와 더불어 당장 우리 도의 사교계가 전체가 바르바라 페트로브나에 대한 태도에 있어 눈에 띄는 변화를 보였는데, 스테판 트로피모비치에 대해서도 마찬가지였다. 적어도 그는 이미 귀중하긴 하되 다소 불미스러운 어떤 관측들을 수집했으며 바르바라 페트로브나 없이 혼자라서 겁을 잔뜩 먹은 상태 같았다. 자기가 위험인물이라는 식의 보고가 벌써 신임 도지사에게 들어간 건 아닐까 싶어 몹시 흥분하고 있었다. 그는 우리네 부인 중 몇 명이 바르바라 페트로브나를 더 이상 방문하지 않기로 했다는 사실을 확실히 알게 되었다. 미래의 도지사 부인(가을 무렵에야 우리 도시에 올 예정이었다.)에 대해서는 오만하긴 해도 '우리의 불운한 바르바라 페트로브나 같은 여자'와는 달리 진정한 귀부인이라는 식의 얘기가 반복되었다. 다들 어디서 들었는지 확실히, 또 상세히 알고 있는바, 신임 도지사 부인과 바르바라 페트로브나가 언젠가 벌써 사교계에서 마주쳤다가 서로에게 적의를 품고 헤어졌고 그 때문에 바르바라 페트로브나는 폰 렘브케 부인에 대해 입만 벙끗해도 병적인 반응을 보인다는 말도 있었다. 바르바라 페트로브나의 원기 왕성하고 승리에 찬 모습, 또 우리 부인네의 견해와 사교계의 흥분에 관한 얘기를 들으며 보여 준 그 경멸 섞인 무심함은 겁을 먹었던 스테판 트로피모비치의 의기소침해진 기상을 부활시키고 순식간에 즐겁게 만들어 주었다. 그는 유달리 기쁨에 넘쳐 그녀의 비위를 맞출 유머를 써 가며 신임 도지사의 도착을 묘사하기 시작했다.

"당신은, 뛰어난 벗이여(excellente amie), 의심의 여지없이 잘 알고 있겠군요." 그는 아양을 떨듯, 멋을 부리듯 말꼬리를 늘이며 말했다. "러시아의 행정관이 무엇을 의미하는지, 대체로 말해, 러시아의 새 행정관, 즉 새로 만들어지고 새로 제시된 행정관이 무엇을 의미하는지……. 러시아어 단어란 도무지 끝이 없구먼…….(Ces interminables mots russes…….) 아무튼 행정적인 황홀이 무엇을 의미하는지, 이게 대체 무슨 장난인지는 사실상 거의 알 수 없을 테지요?"

"행정적인 황홀이라뇨? 무슨 소리인지 모르겠어요."

"그러니까……. 아시다시피 우리에게는……(Vous savez, chez nous……) 한마디로(En un mot), 걸레쪽 같은 기차표를 파는 매표구 옆에 아무나 가장 쓰레기 같은 하찮은 자를 세워 두면, 당신이 표를 사러 올 때 당신에게 자신의 권력을 과시하기 위해(pour vous montrer son pouvoir) 이 하찮은 자는 당장 주피터라도 된 것처럼 당신을 쳐다볼 거요. '이봐, 당신한테 내 권력을 보여 주지' 하는 식이죠. 그들의 작태가 행정적 황홀의 지경에 이르는 거죠……. 한마디로(En un mot), 마침 내가 읽은 얘기가 하나 있는데요, 외국에 있는 우리네 교회에서 어떤 불목하니가 ── 그런데 아주 재미있는 얘기랍니다(mais c'est trés curieux) ── 사순절 예배가 시작되기 바로 직전 ── 당신도 저 찬송가들과 「욥기」를 아시겠지만(vous savez ces chants et le livre de Job) ── 오직 '외국인이 러시아 교회에서 얼쩡대는 것은 무질서한 행위이므로 꼭 정해진 시간에만 찾아오도록 하라' 하는 식의 핑계를 대면서 어느 훌륭한 영국인 가족을, 매력적인 부인들을(les dames charmantes) 교회에서 쫓아냈는데, 문자 그대로 쫓아내는 바람에 그들은 기절하고 말았다더군요……. 이 불목하니는 행정적 황홀이 발작 수준에 달해 자신의 권력을 과시했던 겁니다…….(et il a montré son pouvoir…….)"

"할 수 있으면 요약 좀 해 보세요, 스테판 트로피모비치."

"폰 렘브케 씨는 지금 현을 시찰하기 시작했어요. 한마디로 (En un mot), 이 안드레이 안토노비치라는 작자는 러시아 정교를 믿는 러시아계 독일인이고 심지어 — 이 점은 양해해 줘야죠 — 상당한 미남에 사십 대……."

"무슨 근거로 미남이라는 거예요? 그 사람 눈이 꼭 숫양 같던데."

"극도로 그렇지요. 하지만 우리 부인네들의 견해가 그렇다면야 할 수 없죠, 양보할 수밖에……."

"스테판 트로피모비치, 화제를 좀 바꿔요, 제발! 그런데 빨간 넥타이를 매고 있네요, 오래됐어요?"

"이건…… 오늘 막……."

"그런데 운동은 하고 있어요? 의사의 처방대로 매일 6베르스타씩 걷고 있는 거냐고요?"

"아니…… 언제나 하는 건 아니고요."

"내 이럴 줄 알았어! 스위스에 있을 때부터 그런 예감이 들더라니까!" 그녀는 짜증스러운 듯 소리쳤다. "이제부터는 6베르스타가 아니라 10베르스타씩 걷도록 해요! 끔찍이도 해이해졌어요, 끔-찍이도! 그냥 늙어 버린 것이 아니라 폭삭 삭아 버렸다고요……. 방금 당신을 보고서 충격을 받았어요,

아무리 빨간 넥타이를 맸어도…… 참 기막힌 발상이지 뭐예요!(quelle idée rouge!) 정말로 얘기할 게 있다면 폰 렘브케 얘기나 계속하고 언제든 끝을 내 줘요, 제발요. 피곤하거든요."

"한마디로(En un mot), 내가 하고 싶었던 말은 오직, 그가 마흔 살에 첫발을 내딛는 신참 행정 관리, 즉 마흔 살까지 하찮은 일이나 하며 썩다가 느닷없이 얻은 부인의 도움 덕분에, 혹은 뭐든 그보다 덜하지는 않았을 필사적인 방법으로 갑자기 출세하는 행정 관리 중 한 명일 것이라는 점입니다……. 즉, 지금은 떠났지만…… 즉 내가 하고 싶었던 말은, 당장 나를 두고서 젊은이를 타락시키는 자이자 이 도의 무신론의 온상이라는 말을 그의 두 귀에다 속삭여 댄 자들이 있다는 거죠……. 그는 당장 조사에 착수했어요."

"정말인가요?"

"나는 조치도 취해 놨어요. 당신을 두고서 '현을 통치했다'라고 '아-뢰-었을' 때는, 알다시피(vous savez), 그가 서슴지 않고 '그 같은 일은 더 이상 없을 것이다.'라는 표현까지 썼다더군요."

"정말 그렇게 말했대요?"

"'그 같은 일은 더 이상 없을 것이다.'라고, 그것도 그토록 거만하게……(avec cette morgue……) 부인인 율리야 미하일노브나는 8월 말쯤 보게 될 텐데, 페테르부르크에서 바로 이리로 온답니다."

"외국에서 오는 거예요. 우리는 그곳에서 만났어요."

"정말로요?(Vraiment?)"

"파리에서도, 스위스에서도 만났어요. 그녀가 드로즈도프 집안과 친척이거든요."

"친척이라고요? 참 잘 들어맞는군요! 공명심도 크고…… 인맥도 대단하다고 하던데?"

"헛소리예요, 인맥은 무슨! 마흔다섯 살까지 땡전 한 푼 없는 처녀로 있다가 이제 폰 렘브케한테 시집간 건데, 이제 그녀의 모든 목적은 물론 그를 출세시키는 거예요. 둘 다 음모자라니까요."

"게다가 남편보다 두 살 연상이라던데요?"

"다섯 살이에요. 모스크바에 있을 때 그녀의 어머니가 우리 집 문지방이 닳도록 들락날락했고 프세볼로드 니콜라예비치 생전에는 무도회에 좀 불러 달라고 나한테 애걸복걸하기도 했어요. 한데 그 여자는 이마에 예의 그 파리처럼 생긴 터키옥을 단 채 춤도 추지 못하고 밤새도록 혼자 구석에 처박혀 있었고, 그래서 불쌍한 마음에 새벽 2시가 지날 무렵 내가 그녀에게 첫 파트너를 보내 주었어요. 그때 벌써 스물다섯 살이었는데 그 집 사람들은 소녀처럼 짤막한 치마를 입힌 채 데리고 나오더라고요. 집에 들이는 것도 꺼림칙할 정도였어요."

"그 파리가 눈에 선하군요."

"분명히 나는 도착하자마자 곧바로 음모에 부닥친 거예요. 당신도 지금 드로즈도바의 편지를 읽으셨지만, 이보다 더 분명한 게 어디 있어요? 내가 발견한 게 무엇이겠어요? 이 드로즈도바라는 바보가 — 얘는 언제나 바보였지만 — 갑자기 의아스럽다는 듯 쳐다보는 거예요. 도대체 네가 왜 왔냐는 거죠.

상상이 되죠, 내가 얼마나 놀랐을지! 보니까 거기서 이 렘브케라는 여자가 잔재주를 부리고 있고 그 옆에는 드로즈도프 영감의 조카인 사촌이라는 작자가 붙어 있지 뭐예요. 모든 게 분명해진 거죠! 당연히 눈 깜짝할 새에 모든 것을 손봐 주고 프라스코비야는 다시 내 편이 되었지만, 음모, 음모가 있어요!"

"그렇지만 그 음모를 분쇄하셨잖습니까. 오, 당신은 비스마르크야!"

"비스마르크까지는 아니더라도 눈에 띄는 사기 행각과 바보짓을 꿰뚫어 볼 능력은 있어요. 렘브케 쪽은 사기 행각이고, 프라스코비야는 바보짓이에요. 그렇게 불어 터진 여자는 거의 본 적이 없는 데다가 또 다리는 어찌나 부어올랐는지, 속은 또 얼마나 좋은지. 속 좋고 멍청한 인간보다 더 멍청한 게 어디 있겠어요?"

"못된 바보가, 나의 선량한 벗이여(ma bonne amie), 못된 바보가 훨씬 더 멍청한 법이지요." 스테판 트로피모비치가 점잖게 반박했다.

"옳을지도 모르겠지만, 혹시 리자 기억나요?"

"그 깜찍한 아이!(Charmante enfant!)"

"하지만 이제는 더 이상 아이(enfant)가 아니라 여자, 그것도 성깔 있는 여자예요. 귀족적이면서도 불같은 성미인데, 그 애가 남을 잘 믿는 바보 같은 제 어머니한테 고분고분하지 않은 게 좋아요. 거기서 그 사촌 때문에 사건이 터질 뻔했거든요."

"아하, 그럼 실은 그가 아예 리자베타 니콜라예브나의 친척이 아니라는 거군요…… 그럼 무슨 꿍꿍이라도?"

"아니, 이 젊은 장교는 몹시 과묵하고 겸손하기까지 해요. 난 언제나 공명정대하고 싶거든요. 내 생각으론, 그는 이 모든 음모에 반대하고 아무것도 바라지 않는데 오직 렘브케 혼자만 잔재주를 피우는 것 같아요. 그는 니콜라를 몹시 존경했어요. 모든 일이 리자에게 달려 있다는 걸 아시겠지만, 나는 리자가 니콜라와 훌륭한 관계를 갖도록 내버려 두었고 그 애도 11월에는 꼭 우리에게 오겠다고 약속했어요. 그러니까 바로 렘브케 혼자 음모를 꾸미는 것이고 프라스코비야는 눈먼 여자일 뿐이에요. 갑자기 나의 모든 의심이 환상일 뿐이라고 말하더라고요. 나는 그 애의 눈에다 대고 너야말로 바보라고 말해 주었어요. 최후의 심판에서도 그렇게 단언할 준비가 되어 있어요. 때가 올 때까지 내버려 달라는 니콜라의 부탁만 아니었어도 이 사기꾼 같은 여자의 정체를 폭로하지 않고는 그곳을 떠나지 않았을 거예요. 그 여자는 니콜라를 통해 K백작에게 아첨하고 어머니와 자식 사이를 이간질하려고 했어요. 하지만 리자는 우리 편이고 프라스코비야와는 합의를 봤어요. 카르마지노프가 그녀의 친척인 건 알죠?"

"뭐라고요? 마담 폰 렘브케의 친척이라고요?"

"예, 그래요. 먼 친척."

"카르마지노프, 그 소설가?"

"그래요, 그 작가 말인데, 왜 그렇게 놀라요? 물론 그는 자신이 위대하다고 생각하죠. 허파에 바람이 잔뜩 든 작자니까! 그 여자가 그와 함께 올 텐데, 지금 거기서 그를 얼러 주고 있어요. 그녀는 여기서 무슨 문학 모임인가 하는 걸 꾸릴 작정이거든요. 그는 한 달 예정으로 와서 이곳의 영지를 팔려는 거고요. 스위스에서 그와 마주칠 뻔했는데 정말 그러기 싫었어요. 그래도 그쪽에서는 나를 알아봐 주었으면 해요. 옛날에는 나한테 편지도 쓰고 우리 집에도 왔었거든요. 당신이 옷을 좀 잘 입었으면 좋겠어요, 스테판 트로피모비치, 나날이 이렇게 칠칠찮아지고…… 아, 정말 나를 못살게 굴잖아요! 요즘은 뭘 읽고 있죠?"

"난…… 난……."

"알 만하군요. 예전처럼 친구들, 예전처럼 술판, 클럽과 카드, 또 무신론자 논쟁. 나는 그놈의 논쟁이 영 못마땅해요, 스테판 트로피모비치. 당신이 무신론자로 불리는 게 싫거든요. 특히 지금은 더 싫어요. 전에도 싫었어요. 그 모든 게 그저 쓸데없는 수다에 불과하니까. 결국은 말해야겠군요."

"그러나 나의 친애하는…….(Mais, ma chère…….)"

"잘 들어요, 스테판 트로피모비치, 모든 학문적인 것에 관한 나는 물론 당신 앞에서 무식쟁이지만 여기 와서 당신에 대해 많이 생각했어요. 한 가지 확신에 도달했고요."

"어떤 확신인데요?"

"당신과 나만이 이 세상에서 제일 똑똑한 것이 아니다, 우리보다 더 똑똑한 사람도 있다는 확신요."

"예리하고 적확하군요. 즉 우리보다 더 똑똑하고 옳은 자도 있고, 따라서 우리는 오류를 범할 수 있다, 그거 아닙니까? 그러나 나의 선량한 벗이여(Mais, ma bonne amie), 내가 오류를 범한다고 쳐도 나도 자유로운 양심이라는 전 인류적이고 항

구적인 최고의 권리를 갖고 있지 않습니까? 내가 원하면 위선자나 광신도가 되지 않을 권리가 있고 바로 그로 인해, 자연스럽게도, 이 세기가 끝나도록 온갖 양반들에게서 미움을 받게 될 겁니다. 게다가 언제나 이성보다는 수도사가 더 많은 법이니까(Et puis, comme on trouve toujours plus de moines que de raison), 이 점에 전적으로 동의하는 바요."

"뭐, 뭐라고 말했죠?"

"내 말인즉, 언제나 이성보다는 수도사들이 더 많이 있는 법이니까(on trouve toujours plus de moines que de raison), 나는 이 점에……."

"그건 분명 당신 생각이 아니에요. 분명히 어디서 가져온 거죠?"

"파스칼이 한 말이오."

"그럴 줄 알았어요……. 당신 말일 리가 없지! 왜 스스로는 그렇게 간결하고 적확하게 말하지 못하는 거죠, 왜 언제나 그렇게 길게 질질 끄는 거예요? 아까 행정적 황홀 어쩌고 하는 것보다는 훨씬 낫지만."

"맹세코 친애하는 이여……(Ma foi, chère……), 왜냐고요? 첫째, 어쨌거나 나는 분명히 파스칼이 아니고 게다가(et puis) 둘째, 우리 러시아인은 자기 언어로는 아무것도 말할 줄 몰라요……. 적어도 지금까지는 아무것도 말하지 못했으며……."

"흠! 그런 것 같지는 않은데요. 적어도 그런 말을 메모해 두었다가, 그러니까 대화를 나눌 때 기억해 내는 편이 나을 텐데……. 아, 스테판 트로피모비치, 난 당신과 진지, 진지한 얘기를 하러 왔단 말이에요!"

"친애하는, 친애하는 벗이여!(Chère, chère amie!)"

"이제 이런 렘브케들, 이런 카르마지노프들이 죄다 몰려올 텐데…… 오, 맙소사, 어쩜 이렇게 해이해졌을까! 오, 어쩜 나를 이렇게 못살게 굴어요……! 나는 이 사람들이 우리에게 존경심을 가졌으면 해요. 이들은 당신의 손가락, 당신의 새끼손가락만 한 값어치도 없으니까. 그런데 당신의 몸가짐은 이게 뭐예요? 저들이 뭘 보겠어요? 내가 저들에게 뭘 보여 주겠어요? 귀족적인 증거가 되기는커녕, 계속하여 본보기가 되기는커녕 무슨 부랑자 무리에 휩싸여 있질 않나, 무슨 도저히 불가능한 습관까지 생겨 가지고 폭삭 삭은 데다가 술과 카드 없이는 살 수 없는 지경이고 저쪽에서는 다들 뭘 쓰고 있는 판에 오직 폴 드 콕만 읽을 뿐, 아무것도 쓰지조차 않잖아요. 당신의 시간은 모조리 수다 속으로 떠나가고 있다니까요. 아니, 리푸틴 같은 부랑아와 찰떡궁합이 되어 어울리다니, 이게 가당키나 해요? 가능한 일이냐고요?"

"아니 왜 그가 나와 **찰떡궁합**이라는 거죠?"

스테판 트로피모비치가 소심하게 항의를 해 보았다.

"그는 지금 어디 있어요?" 바르바라 페트로브나가 엄격하고도 예리한 어조로 계속했다.

"그는…… 그는 당신을 한없이 존경하고 어머니의 유산을 받기 위해 S-k시(市)로 떠났어요."

"돈 받는 일만 하는 사람인 모양이군요. 샤토프는요? 여전한가요?"

"발끈하는 성미지만 착하죠.(Irascible, mais bon.)"

“나는 당신의 그 샤토프를 참을 수가 없어요. 못됐고 자기 생각만 잔뜩 하죠!”

“다리야 파블로브나의 건강은 어때요?”

“다샤 말인가요? 왜 그런 생각이 떠오른 거죠?” 바르바라 페트로브나는 호기심을 보이며 그를 쳐다보았다. “건강해요, 드로즈도프 집에 두고 왔는데…… 스위스에서 당신 아들에 대해 무슨 소리를 들었는데, 좋지 못한, 고약한 소리였어요.”

“오, 그건 정말 바보 같은 이야기인걸요! 나의 선량한 벗이여, 내가 당신을 기다린 건 얘기를 좀 하려고…….(Oh, c'est une histoire bien bête! Je vous attendais, ma bonne amie, pour vous raconter…….)”

“됐어요, 스테판 트로피모비치, 좀 쉬게 해 줘요. 진이 다 빠졌어요. 질리도록 지껄일 기회는 얼마든지 있을 거예요, 특히 고약한 얘기라면. 당신, 웃을 때 침이 고이기 시작하네요. 벌써 삭았다는 소리야! 웃는 모양새도 이제 이상해졌고……. 맙소사, 고약한 버릇이 엄청나게 많이 생겼군요! 카르마지노프는 당신에게 오지 않을 거예요! 안 그래도 이 모든 꼴을 보면 기뻐할 테죠. 당신은 이제 자신을 전부 까발리고 말았어요. 자, 이제 그만, 됐어요, 됐어, 피곤해 죽겠네! 이제 그만 이 몸을 봐줄 만도 한데!”

스테판 트로피모비치는 ‘그 몸을 봐주’면서도 어리둥절한 상태로 물러갔다.

5

우리 친구에게는 정말로 고약한 버릇이 적잖이 생겼는데, 특히 최근 들어서 그랬다. 그는 눈에 뜨일 만큼 급속도로 해이해졌고, 칠칠찮아진 것도 사실이다. 전보다 술도 많이 마시고 눈물도 헤퍼지고 신경도 쇠약해져서 우아한 것에 대해 너무나 예민해졌다. 그의 얼굴은, 가령, 가장 엄숙한 표정에서 가장 웃기고 심지어 바보 같은 표정으로 이례적으로 빨리 변하는 이상한 능력을 갖추게 되었다. 고독을 견디지 못해 어서 빨리 자기를 즐겁게 해 주기를 끊임없이 갈구했다. 반드시 무슨 험담이든, 도시의 일화든, 더욱이 매일 새로운 것을 이야기해 주어야 했다. 오랫동안 아무도 찾아오지 않으면 우수에 젖어 이방 저 방을 어슬렁거리며 창가로 다가가기도 하고 생각에 잠긴 채 입술을 씹으며 깊은 한숨을 내쉬기도 하다가 결국에는 거의 훌쩍거렸다. 그는 줄곧 뭔가를 예감하고 피하지 못할 뭔가 예기치 못한 일이 일어날까 봐 두려워했다. 깜짝 놀라기도했다. 꿈에도 지대한 관심을 보였다.

그는 이날 밤낮을 굉장히 슬프게 보내다가 사람을 보내 나를 불렀는데, 몹시 흥분해서 오랫동안 말하고 오랫동안 이런 저런 얘기를 늘어놓았으되 죄다 상당히 뒤죽박죽이었다. 바르바라 페트로브나는 벌써 오래전부터 그가 나에게는 아무것도 숨기지 않는다는 것을 알고 있었다. 나는 마침내, 뭔가 특별한 것, 아마 그 자신도 상상할 수 없는 그런 것이 그의 신경을 긁고 있는 것 같은 생각이 들었다. 보통 예전에는 단둘이 만난 자리에서 그가 나에게 넋두리를 늘어놓기 시작하고 시간이 좀 지나면 거의 언제나 술병이 들어오고 그는 한층 위안을 얻었다. 이번에는 포도주도 없었으며 그것을 내오라는 욕망을 수차례나 억누르는 것이 역력히 보였다.

"그녀는 왜 언제나 화만 내는 걸까!" 그는 어린애처럼 수시로 넋두리를 늘어놓았다. "러시아의 모든 천재적인 사람, 모든 진보적인 사람은 언제나 과거에도(Tous les hommes de génie et de progrès en Russie éaient, sont et seront toujours des) des 카드꾼이자 et des 술꾼, 폭음을 일삼는 술꾼(qui boivent en zapoï)이었고 지금도 그렇지만…… 난 그따위 카드꾼도 그따위 술꾼도 아니거든……. 대체 왜 아무것도 안 쓰는 거냐고 꾸짖지 뭡니까? 이상한 생각이죠……! 대체 왜 누워 있냐고요? 당신은 '모범이자 질책'이 되어야 해요, 라고 말하더군요. 그러나 우리끼리 하는 말로(Mais, entre nous soit dit) '질책'의 소명을 타고난 사람이 누워 있지 않으면 대체 뭘 하겠어요, 대체 그녀는 이걸 알까요?"

그리고 나는 이번에야 마침내 그를 그토록 집요하게 괴롭혀 온 저 특별한, 주된 우수가 무엇인지 분명히 알게 됐다. 그날 저녁 그는 수차례나 거울로 가 오랫동안 그 앞에 멈춰 서곤 했다. 마침내 거울에서 나 쪽으로 몸을 돌리고는 어쩐지 이상한 절망에 가득 차 말했다.

"친애하는 이여, 난 그저(Mon cher, je suis un) 해이해진 사람일 뿐이라오!"

그렇다, 정말로 그는 지금까지도, 바로 그날까지도 바르바라 페트로브나의 모든 '새로운 시각'과 모든 '이념의 변화'에도 불구하고 한 가지 점, 다름 아니라 자기가 여전히 여자인 그녀의 마음을 혹하게 할 만하다고, 즉 추방자나 뛰어난 학자로서뿐만 아니라 미남으로서 그렇다고 철석같이 믿고 있었다. 평온을 안겨 준 이 달콤한 신념이 이십 년 동안이나 그의 내부에 뿌리내려 왔기에, 아마 자신의 모든 신념 중에서도 이것과 결별하기가 제일 힘겨웠을 것이다. 그날 저녁 그는 그토록 가까운 미래에 자기에게 얼마나 거대한 시련이 닥칠지 예감했던 것일까?

6

이제 나는 일정 부분 웃기기도 한 사건을 묘사하려고 하는데, 여기서 나의 연대기가 진짜로 시작된다.

8월 말, 마침내 드로즈도프 집안도 돌아왔다. 그들의 출현은 온 도시가 학수고대해 온 그들의 친척이자 우리 신임 도지사 부인의 도착보다 다소 앞선 것으로서 대체로 사교계에 주목할 만한 인상을 남겼다. 그러나 이 모든 흥미진진한 사건은 나중에 이야기하겠다. 지금은 그저 프라스코비야 이바노브나가 그녀를 그토록 초조하게 기다려 온 바르바라 페트로브나에게 아주 어수선한 수수께끼 하나를 갖고 왔다는 것만 지적하려고 한다. 다름 아니라, 니콜라가 이미 7월에 그들과 헤어진 다음 라인에서 K백작을 만나 그들 가족과 함께 페테르부르크로 출발했다는 것이다.(N. B.[34] 백작의 딸 셋은 모두 결혼할 나이였다.)

"리자베타가 오만하고 완강하게 나와서 아무것도 못 알아냈어요." 프라스코비야 이바노브나가 말을 끝맺었다. "하지만 그 애와 니콜라이 프세볼로도비치 사이에 무슨 일이 있었다는 것은 내 눈으로 알겠더라고요. 이유는 모르겠지만, 그러니까 바르바라 페트로브나, 당신의 다리야 파블로브나에게 그 이유를 물어봐야 할 것 같아요. 내 생각으로는 리자가 정말 마음이 상한 것 같거든요. 드디어 당신의 귀염둥이 아가씨를 데리고 와 내 손에서 당신 손으로 넘겨주게 되니 기쁘기 한량없네요. 한시름 덜었어요."

이렇듯 독기 서린 말에는 주목할 만한 짜증까지 곁들여졌다. '팅팅 불어터진 여자'는 그것을 미리 준비해 두고 그 효과를 지레 탐닉했음이 분명했다. 하지만 그런 감상적인 효과와 수수께끼 따위로 어리둥절해질 바르바라 페트로브나가 아니었다. 그녀는 엄격하게 가장 정확하고 만족할 만한 해명을 요구했다. 프라스코비야 이바노브나는 즉시 어조를 낮추더니 급기야 울음까지 터뜨리며 가장 우정 어린 감정을 토로하기 시작했다. 신경질적이지만 스테판 트로피모비치처럼 감수성이 예민한 이 부인은 끊임없이 진정한 우정을 필요로 했는데 자기 딸 리자베타 니콜라예브나에 대한 그녀의 가장 주된 하소연은 바로 '딸이 친구가 되어 주지 않는다'는 것이었다. 하지만

---

34) 라틴어 'Nota Bene(주의하라)'의 약자.

그녀의 모든 설명과 토로를 통해 명확해진 것은 단 하나, 리자와 니콜라 사이에 정말로 무슨 사소한 불화가 있었다는 사실뿐이고 어떤 종류의 불화였는지는 프라스코비야 이바노브나도 제대로 파악하지 못하고 있음이 분명했다. 다리야 파블로브나를 겨냥한 비난의 화살에 관한 한 끝에 가서 완전히 부인했을뿐더러 심지어 아까 자기가 한 말은 단지 '짜증이 나서' 내뱉은 것에 불과하니까 무슨 의미를 부여하지 말라고 특별히 사정했다. 한마디로, 모든 것이 몹시 불분명하고 의심스럽기까지 했다. 그녀의 이야기에 따르면, 사소한 불화는 '고집이 세고 냉소적인' 리자의 성격에서 비롯되었고 '오만한 니콜라이 프세볼로도비치는 사랑에 빠지긴 했으되 리자의 냉소를 참을 수 없어 그 자신도 냉소적으로 되었다'는 것이다.

"그 뒤에 곧 우리는 한 청년을 알게 되었는데, 당신 댁 '교수'의 조카인지 성이 똑같더라고요……."

"아들이에요, 조카가 아니라." 바르바라 페트로브나가 고쳐 주었다. 프라스코비야 이바노브나는 전에도 스테판 트로피모비치의 성을 도무지 외우지 못해 언제나 '교수'라고 불렀다.

"그럼 아들인가 봐요. 그편이 더 낫겠지만 나한테는 상관없어요. 몹시 생기 있고 자유분방하고 평범한 청년이지만 이렇다 할 만한 건 전혀 없더군요. 자, 그런데 여기서 리자가 좀 좋지 못한 행동을 했는데, 니콜라이 프세볼로도비치에게 질투심을 불러일으킬 요량으로 이 청년을 가까이한 거죠. 이런 일은 별로 비난하지 않겠어요. 처녀들에게 흔히 있는, 평범하고, 심지어 귀여운 일이니까요. 한데 니콜라이 프세볼로도비치가 질투는커녕 오히려 아무것도 모른다는 듯, 아니면 자기는 아무 상관 없다는 듯 자기가 나서서 이 청년과 친구가 된 거예요. 그 때문에 리자가 폭발한 거고요. 청년은 곧 떠났고(그것도 어디론가 몹시 서둘러서) 리자는 건수가 있을 때마다 니콜라이 프세볼로도비치에게 트집을 잡기 시작했어요. 그가 가끔 다샤와 이야기하는 것을 알아채고는 미친 듯 날뛰고, 이러니 부인, 나는 사는 게 말이 아니에요. 의사가 짜증은 금물이라고 했지만 그들의 저 잘났다는 호수도 신물 나요. 그것 때문에 치통만 심해지고 류머티즘마저 생겼지 뭐예요. 제네바의 호수 때문에 치통이 생긴다는 글도 있던데, 원래 그런 성질이래요. 그때 니콜라이 프세볼로도비치가 백작 부인에게서 갑자기 편지를 받고는 당장 하루 만에 짐을 챙겨 우리를 떠나 버렸어요. 그들은 우정 어린 모습으로 작별 인사를 나눴는데, 리자는 그를 배웅할 때 몹시 명랑하고 경쾌하고 또 많이 깔깔댔어요. 이 모든 것이 가짜였던 거죠. 그가 떠나자 깊이 생각에 잠겼고 더욱이 그에 대해선 숫제 상기하지도 않고 나한테도 그러지 말라고 했어요. 그러니, 친애하는 바르바라 페트로브나, 이제 이 문제에 관해서 리자에게 아무 말도 먼저 꺼내지 말았으면 해요, 일을 망칠 뿐이니까요. 당신이 잠자코 있으면 그 애가 먼저 말을 꺼낼 거고 그러면 더 많은 걸 알게 될 거예요. 내 생각엔, 니콜라이 프세볼로도비치가 약속한 대로 제때 도착하기만 한다면 다시 어울리게 될 거예요."

"당장 그 애에게 편지를 쓰겠어요. 전부 그런 것이라면 쓸데없는 불화지 뭐예요. 전부 헛소리예요! 게다가 다리야라면 내가 너무 잘 아는걸요, 헛소리예요."

"다셴카 얘기는 죄송해요, 내가 잘못했어요. 그냥 평범한 잡담이었는데 큰 소리로 떠들어 댔으니. 하지만 그때는 이 모든 것 때문에 속이 뒤집혔어요. 가만 보니까 리자도, 자기 쪽에서 다시 그 애와 정겹게 어울리더라고요."

바르바라 페트로브나는 바로 그날 니콜라에게 편지를 써서 예정된 기일보다 한 달이라도 좀 빨리 와 달라고 사정했다. 그럼에도 불구하고 그녀에게는 불분명하고 애매한 것이 남아 있었다. 그녀는 저녁 내내, 밤새도록 생각을 해 보았다. 프라스코비야의 견해가 그녀에게는 너무 순진무구하고 감상적인 것으로 여겨졌다. '프라스코비야는 평생 너무 감상적이었어, 기숙사 시절부터.' 하고 그녀는 생각했다. '니콜라는 계집애의 냉소 때문에 도망이나 칠 애가 아니야. 정말로 불화가 있었던 거라면 여기에는 다른 이유가 있어. 한데 이 장교라는 자는 그들과 여기로 함께 와서 친척처럼 그들 집에 살고 있어. 게다가 다리야에 관해서 프라스코비야는 너무 빨리 사과를 했어. 분명히 말하고 싶지 않은 뭔가를 속에 남겨 둔 거야.'

아침 녘에 바르바라 페트로브나에게는 적어도 한 가지 의혹만이라도 단번에 해결하자는 기획안이, 상당히 뜻밖의 어떤 계획이 무르익었다. 이런 기획안을 만들어 냈을 때 그녀의 마음속에는 과연 무엇이 들어 있었을까? 무엇인지 단정 짓기는 어렵고 더욱이 그 기획안이 가진 모든 모순을 미리 해석하지도 않겠다. 나는 연대기 작가로서 그저 사건들이 정확히 어떻게 일어났는지, 그 정확한 모습을 제시하는 일만 할 것이므로, 설령 그것이 터무니없어 보이더라도 내 탓은 아니다. 하지만 그래도 한 번 더 증언할 것이 있는바, 아침 녘에는 다샤에 대한 의심은 하나도 남아 있지 않았고, 사실, 애초에 생기지도 않았다. 다샤를 너무나 믿었던 것이다. 더욱이 그녀는 자신의 니콜라가 자신의…… '다리야'에게 매혹될 수 있다는 생각 자체를 허용할 수 없었다. 아침에 다리야 파블로브나가 다탁 앞에서 차를 따를 때 바르바라 페트로브나는 오랫동안 유심히 그녀를 들여다보았고 아마 어제부터 스무 번은 족히 될 법한 확신에 찬 말을 혼자 중얼거렸다.

"전부 헛소리야!"

그녀가 주목한 건 그저 다샤가 왠지 피곤한 기색을 내보이고 이전보다 훨씬 더 조용해지고 냉담해졌다는 것뿐이었다. 차를 마신 다음 한 번 만에 영원히 굳어진 습관에 따라 두 여자는 수틀 앞에 앉았다. 바르바라 페트로브나는 그녀에게 외국에서 받은 인상, 특히 자연, 주민들, 도시들, 관습들, 그들의 예술이며 산업 등 그녀가 주목했던 모든 것에 대한 인상을 보고하라고 했다. 드로즈도프 집안, 또 드로즈도프 집안과의 생활에 대해서는 한마디도 묻지 않았다. 작업용 탁자 앞에 나란히 앉아 그녀의 자수를 돕던 다샤는 벌써 삼십 분째 예의 그 고르고 단조롭되 약간 힘없는 목소리로 이야기하고 있었다.

"다리야." 바르바라 페트로브나가 갑자기 그녀의 말을 끊었다. "특별히 전하고 싶은 건 아무것도 없는 거냐?"

"예, 아무것도 없습니다." 다샤는 잠깐 생각하더니 예의 그 빛나는 두 눈으로 바르바라 페트로브나를 쳐다보았다.

"영혼 속에도, 마음속에도, 양심 속에도?"

"아무것도 없어요." 다샤는 조용하지만 어쩐지 침울한 확고함이 섞인 목소리로 되풀이했다.

"내 그럴 줄 알았지! 다리야, 명심해라, 난 결코 너를 의심하지 않을 거다. 이제 앉아서 들어 봐라. 이 의자로 옮겨 와 내가 너를 다 볼 수 있도록 마주 보고 앉아라. 옳지. 들어 봐라. 시집가고 싶으냐?"

다샤는 의문이 깃든, 그럼에도 별로 놀란 기색은 없는 긴 시선으로 대답했다.

"잠깐만, 잠자코 있어. 첫째, 우선 나이 차이가, 그것도 엄청난 나이 차이가 있어. 하지만 그런 건 헛소리라는 것을 네가 제일 잘 알겠지. 너는 사리 분별력이 있으니 너의 인생에 오류가 있어서는 안 돼. 그래도 그는 아직 미남이고, 한마디로, 네가 언제나 존경해 온 스테판 트로피모비치를 말하는 거다. 어떠냐?"

다샤는 더욱더 의문이 깃든 시선으로 쳐다보았는데, 이번에는 놀랐을 뿐만 아니라 눈에 뜨일 정도로 새빨개졌다.

"잠깐만, 잠자코 있어. 서두르지도 말고! 내 유산 덕에 돈은 있겠지만 내가 죽으면 돈이 있다고 한들 넌 어떻게 되겠니? 남에게 속고 돈을 빼앗기고 폭삭 망할 게 아니냐. 그런데 그에게 가면 넌 유명한 사람의 아내가 되는 거야. 이제 다른 측면에서 따져 봐라. 내가 지금 당장 죽는다면, 내가 그의 생활을 보장해 준다고 한들, 그는 어떻게 되겠느냐? 그런데 난 너에게 희망을 걸고 있단다. 잠깐만, 아직 내 말이 다 끝나지 않았다.

그는 경박하고 우물대고 잔인하고 이기주의자이고 질 나쁜 습관도 있지만, 너는 그를 높이 평가해 줘라. 첫째, 그보다 더 나쁜 사람도 있으니까. 내가 너를 추잡한 놈한테 시집보내 내 손에서 털어 버리려는 건 아니잖니, 설마 그렇게 생각한 건 아니겠지? 무엇보다도 내가 이렇게 부탁하기 때문에 너는 그를 높이 평가해 줘야 할 거다." 그녀는 갑자기 짜증스럽다는 듯 말을 끊었다. "듣고 있니? 도대체 뭘 그렇게 뚫어져라 보는 거냐?"

다샤는 계속 침묵하며 듣고만 있었다.

"잠깐만, 조금만 더 기다려. 그는 아줌마 같지만 너한테는 훨씬 좋을 거다. 하긴 불쌍한 아줌마지, 여자의 사랑을 받을 가치가 전혀 없는. 그러나 의지할 데 없는 처지를 생각해서 사랑해 줄 가치는 있으니까 너도 그 처지를 생각해서 그를 사랑해 줘라. 내 말, 알아듣겠니? 알아들은 거냐?"

다샤는 알겠다는 뜻으로 고개를 끄덕였다.

"내 이럴 줄 알았다, 너라면 이 정도는 돼야지. 그는 너를 사랑하게 될 거다, 당연히 그래야만, 그래야만 하니까. 그는 너를 숭배해야만 해!" 바르바라 페트로브나는 어쩐지 유달리 짜증이 깃든 날카로운 소리를 질렀다. "하긴 굳이 의무가 없더라도 너한테 홀딱 빠지고 말 거야, 내 그를 잘 알지. 게다가 내가 직접 그 자리에 있을 거야. 염려하지 마라, 언제나 그 자리에 있을 테니까. 그는 너에 대한 넋두리를 늘어놓고 너를 헐뜯기 시작하고 처음 마주치는 사람에게 너를 두고 이러쿵저러쿵 쑥덕대고 푸념을, 영원토록 푸념을 늘어놓을 거야. 이 방에서 저

방으로, 하루에 두 통씩 너에게 편지를 써 대겠지만 어쨌든 너 없인 못 살아, 이게 핵심이야. 고분고분하도록 만들어야 해. 그 능력이 없으면 넌 바보가 되는 거다. 목을 매겠다고 협박해도 믿지 마라. 그냥 헛튼소리일 뿐이야! 믿지는 않아도 귀는 쫑긋 세워야 하고, 수틀리면 목을 맬지도 몰라. 이런 족속들한테는 종종 일어나는 일이지. 강해서가 아니라 약해서 목을 매는 거야. 그러니까 절대로 극단까지 몰고 가면 안 돼. 이게 결혼 생활의 첫 번째 원칙이란다. 그가 시인이라는 점도 기억해 둬라. 들어 봐, 다샤야. 자신을 희생하는 것보다 더 큰 행복은 없어. 게다가 너는 나에게 큰 만족을 줄 것이고, 바로 이게 핵심이야. 지금 내가 멍청하게도 허튼소리를 한다고 생각해서는 안 돼. 나도 내가 무슨 말을 하고 있는지는 알고 있거든. 내가 이기주의자니까 너도 이기주의자가 되렴. 그렇다고 강요하는 건 아니야. 모든 건 너의 뜻에 달려 있으니까 네 말대로 될 거야. 아니, 왜 가만히 앉아만 있는 거냐, 뭐든 말해 봐!"

"저는 아무래도 좋아요, 바르바라 페트로브나, 꼭 시집가야 한다면요." 다샤가 확고하게 말했다.

"꼭? 그건 무슨 소리더냐?" 바르바라 페트로브나는 엄격한 얼굴로 유심히 그녀를 쳐다보았다.

다샤는 말없이 바늘로 수틀을 누빌 뿐이었다.

"너는 똑똑한 아이지만 허튼소리를 한 거다. 내가 너를 꼭 지금 시집보내겠다고 생각한 건 사실이지만 그건 어떤 필요성 때문이 아니라 그저 그런 생각이 떠올랐기 때문이고, 그것도 꼭 스테판 트로피모비치만 염두에 둔 거야. 스테판 트로피모비치가 없었다면, 네가 벌써 스무 살이긴 해도, 지금 시집보낼 생각은 하지 않았겠지…… 자, 어떠냐?"

"말씀하신 대로 할게요, 바르바라 페트로브나."

"그러니까 승낙한 거로구나! 잠깐만, 잠자코 있어, 뭘 그리 서두르니, 내 말이 다 끝나지도 않았는데. 나는 네 앞으로 1만 5000루블의 유산을 떼 놨다. 이제 결혼하면 그 돈을 줄 거다. 너는 그 돈 중 8000루블은 그에게, 그러니까 그가 아니라 너에게 주는 거야. 그는 빚이 8000루블이거든. 물론 내가 갚아 주는 것이지만 그는 그게 네 돈이라는 것을 알아야 해. 너의 손에는 7000루블이 남을 텐데 그때부터 그에게 절대 1루블도 주면 안 돼. 빚은 절대 갚아 주면 안 돼. 한 번 갚아 주면 나중에 감당이 안 될 거다. 하긴, 내가 언제나 그 자리에 있을 거야. 너희는 나한테 매년 1200루블씩 생활비를 받고 지금처럼 나에게서 집과 가구를 빌려 쓰는 것 외에 별도로 1500루블을 더 받을 거야. 하인만 따로 부리도록 해. 일 년 치 생활비를 한꺼번에 전부 너에게, 곧장 네 손에다 쥐여 주마. 하지만 가끔 선심 쓰는 척 돈 몇 푼쯤은 쥐여 주고 일주일에 한 번쯤은 친구들이 찾아오는 것도 너그럽게 봐주되 더 자주 찾아오면 쫓아 버려라. 어떻든 내가 직접 그 자리에 있을 테지만. 내가 죽더라도 그가 죽을 때까지는 너의 연금도 끊이지 않을 거다, 알겠느냐, 오직 '그'가 죽을 때까지야, 이건 네 연금이 아니라 그의 연금이니까. 지금 네가 고스란히 쥐고 있는 7000루블 외에도 네가 멍청하게 굴지만 않는다면 유산으로 8000루블을 더 남겨 주마. 더 이상은 아무것도 없을 테니 이 점 명심해야 한

118

다. 어때, 괜찮겠니? 자, 마지막으로 무슨 말이든 해 줄 테지?"

"벌써 말씀드렸는걸요, 바르바라 페트로브나."

"완전히 네 뜻대로 할 수 있어, 네가 원하는 대로 될 거라는 점을 기억해라."

"그저 실례지만, 바르바라 페트로브나, 스테판 트로피모비치께서는 부인께 벌써 무슨 말씀을 하셨던가요?"

"아니, 아무 말도 하지 않았고 알지도 못하지만…… 당장 말을 꺼낼 테지!"

그녀는 눈 깜짝할 새에 벌떡 일어나더니 검은 숄을 걸쳤다. 다샤는 다시 약간 얼굴이 새빨개져서 의문이 담긴 시선으로 그녀의 뒤를 쫓았다. 바르바라 페트로브나는 갑자기 너무 분에 받쳐서 활활 타오르는 얼굴을 하고서 그녀에게로 몸을 돌렸다.

"넌 바보야!" 그녀는 매처럼 다샤에게로 달려들었다. "배은망덕한 바보 같으니! 도대체 네 머릿속엔 뭐가 들어 있는 거냐? 설마 내가 어떻게든 조금이라도 네 인생을 망치려 한다고 생각하는 건 아닐 테지! 그래, 그가 직접 무릎을 꿇은 채 설설 기어와 사정하겠지. 그는 틀림없이 행복해서 죽을 지경이 될 거야, 바로 그렇게 될 거란 말이다! 내가 너를 모욕 속에 내팽개치지 않으리라는 정도는 알잖니! 혹시 그가 8000루블이 탐나서 너를 취할 거고 난 지금 너를 팔기 위해 달려가는 거라고 생각하는 게냐? 바보, 바보 같으니, 너희 모두 배은망덕한 바보들이야! 우산이나 내와!"

그러고서 그녀는 비에 젖은 벽돌 포도(鋪道)와 목조 다리를 지나 스테판 트로피모비치에게로 날듯이 걸어갔다.

7

그녀가 '다리야'를 모욕 속에 내팽개치지 않으리라는 것은
사실이었다. 오히려 그녀는 지금이야말로 자신이 다리야의 은
인이라고 생각했다. 숄을 걸치며 수양딸의 당혹감과 의구심에
찬 눈길을 포착했을 때 그녀의 영혼 속에서는 나무랄 수 없
는 귀족적 분노가 불타올랐다. 그녀는 다샤를 아주 어릴 때부
터 진정으로 사랑해 왔다. 프라스코비야 이바노브나가 다리
야 파블로브나를 그녀의 귀염둥이라고 부른 것은 맞는 얘기
였다. 벌써 오래전부터 바르바라 페트로브나는 '다리야의 성
격은 오빠(즉, 그녀의 오빠인 이반 샤토프)와는 다르다'고, 그녀
는 조용하고 온순하여 자기를 완전히 희생할 능력이 있다고,
탁월할 정도로 헌신적이고 비상할 정도로 겸손하며 보기 드
물 정도로 신중하고 무엇보다도 은혜를 안다고 단번에 영원
히 단정 지었다. 지금까지 다샤는 그녀의 이 모든 기대를 저버
리지 않은 모양이었다. '이 인생에 오류는 없을 것이다.' 소녀가
열두 살이었을 때 바르바라 페트로브나는 이렇게 말한 적이
있는데, 원래 그녀는 자기를 사로잡은 모든 몽상, 자신의 모든
새로운 지시, 그리고 찬란하게 여겨진 모든 생각에 집요하고
열정적으로 집착하는 기질이었고 그 때문에 당장 다샤를 친
딸처럼 키우기로 마음먹었다. 즉시 그녀 앞으로 돈을 떼어 두

고 가정 교사 미스 크릭스를 집으로 초빙했는데, 그녀는 수양딸이 열여섯이 될 때까지 그들 집에서 함께 살았으나 무엇 때문인지 갑자기 해고되었다. 김나지움의 교사들도 왔고 그중에는 다샤에게 프랑스어를 가르친 진짜 프랑스인도 한 명 있었다. 이 사람 역시 갑자기 거의 쫓겨나다시피 해고당했다. 귀족 가문 출신의 미망인이자 외지에서 온 어느 가난한 부인은 피아노를 가르쳤다. 하지만 주된 가정 교사는 어쨌든 스테판 트로피모비치였다. 진정, 다샤를 제일 먼저 발견한 사람은 그였다. 그는 바르바라 페트로브나가 그녀에 대해 생각하지도 않았던 그때부터 이 조용한 아이를 가르치기 시작했다. 다시 반복하거니와, 아이들은 놀라울 정도로 그를 잘 따랐다! 리자베타 니콜라예브나 투시나는 여덟 살 때부터 열한 살 때까지 그에게 배웠다.(물론 스테판 트로피모비치는 드로즈도프 집안으로부터 보수를 받지 않고 그녀를 가르쳤으며 결코 받으려 하지도 않았을 것이다.) 그런데 그 자신이 이 깜찍한 아이에게 반한 나머지, 세계와 지구의 구조나 인류의 역사에 관한 무슨 서사시를 이야기해 주었다. 원시 민족과 원시인 강의는 아랍 동화보다 훨씬 흥미진진했다. 이 이야기에 넋이 나간 리자는 집에 간 다음 굉장히 웃기게 스테판 트로피모비치 흉내를 냈다. 이 사실을 알게 된 그가 어쩌다 그만 리자를 엿본 적이 한 번 있었다. 당황한 리자는 그의 품으로 달려들어 엉엉 울었다. 그러자 스테판 트로피모비치 역시 황홀한 나머지 엉엉 울었다. 그러나 리자는 곧 멀리 떠나고 다샤만 남게 되었다. 다샤에게 선생들이 찾아오자 스테판 트로피모비치는 그녀를 가르치는 일을 접고 점차 그녀에 대한 주의도 완전히 끊었다. 그렇게 긴 시간이 흘렀다. 그녀가 열일곱 살이 되었을 때 한번은 그녀의 사랑스러운 모습에 갑자기 충격을 받고 말았다. 바르바라 페트로브나 집 탁자 앞에서의 일이었다. 그는 젊은 아가씨와 이야기를 나누고 그녀의 대답에 몹시 만족해서 진지하고 광범위한 러시아 문학사 강의를 해 주면 어떻겠냐고 제안하기에 이르렀다. 바르바라 페트로브나는 그의 멋진 생각을 칭찬하며 감사를 표했으며 다샤는 몹시 기뻐했다. 스테판 트로피모비치는 특별히 강의 준비를 했고 드디어 강의가 시작되었다. 고대부터 시작되었다. 첫 강의가 멋지게 끝났다. 바르바라 페트로브나도 참석해 있었다. 스테판 트로피모비치가 강의를 끝내고 나가면서 여학생에게 다음번에는 『이고리 원정기』 분석에 들어갈 것이라고 알리자 갑자기 바르바라 페트로브나가 벌떡 일어나 강의는 앞으로 더 이상 없을 거라고 알렸다. 스테판 트로피모비치는 우거지상이 되었지만 입을 다물었고 다샤는 갑자기 얼굴을 확 붉혔다. 그로써 하여튼 이 기획은 끝났다. 바르바라 페트로브나가 지금의 예기치 못한 환상을 갖기 삼 년 전에 있었던 일이다.

가엾은 스테판 트로피모비치는 혼자 앉아 있었고 아무것도 예감하지 못했다. 서글픈 상념에 잠긴 채 벌써 오래전부터 혹시 누구든 지인이 오지나 않을까 창문을 힐끔힐끔 쳐다보고 있었다. 하지만 아무도 올 것 같지 않았다. 마당에는 가랑비가 내리고 날씨가 쌀쌀해졌다. 페치카를 피워야만 했다. 그는 한숨을 내쉬었다. 그때 갑자기 섬뜩한 환영이 그의 눈앞에 나타났다. 바르바라 페트로브나가 이런 날씨에, 이런 때 아닌 시각에 그를 찾아온 것이다! 그것도 걸어서! 너무 충격을 받아서 옷을 갈아입는 것도 잊고 언제나 입는 예의 그 솜을 넣은 장밋빛 스웨터를 입은 채 그녀를 맞았다.

"나의 선량한 벗이여……!(Ma bonne amie……!)" 그는 그녀를 마중하며 힘없이 외쳤다.

"혼자 있네요, 다행이에요. 당신의 친구들은 딱 질색이거든요! 언제나 담배는 어찌나 많이 피워 대는지, 맙소사, 공기 좀 봐! 아직 차도 다 마시지 않았군요. 바깥은 11시가 지났는데! 당신의 지복이란 무질서로군요! 당신의 쾌감이란 쓰레기 더미에 있고! 마룻바닥에 뒹구는 찢어진 종이들은 다 뭐예요? 나스타샤, 나스타샤! 당신의 나스타샤는 도대체 뭘 하는 거예요? 이봐, 창문이고 환기창이고 문이고 모조리 활짝 열어젖혀. 그럼 우리는 홀로 가요. 당신에게 볼일이 있어서 온 거니까. 이봐, 대체 일생에 한 번이라도 제대로 비질을 하는 거야!"

"저렇게 어질러 놓으시는걸요!" 짜증스럽고 불만스러운 목소리로 나스타샤가 중얼거렸다.

"너는 비질이나 해, 하루에 열다섯 번씩! 당신네 집은 홀도 지저분하군요. (그들은 홀로 나왔다.) 문을 더 굳게 걸어 잠가요, 저 여자가 엿들을지도 모르니까. 벽지도 꼭 바꿔야겠어요. 당신한테 도배장이와 견본을 보냈잖아요, 어떤 걸로 골랐어요? 앉아서 들어 봐요. 제발 좀 앉으라니까요. 어디 가요? 어디요? 어디 가냐니까요!"

"난…… 지금," 하고 스테판 트로피모비치가 다른 방에서 소리쳤다. "자, 다시 왔어요!"

"아, 옷을 갈아입었군요!" 그녀는 비웃으며 그를 훑어봤다. (그는 스웨터 위에 재킷을 걸쳐 입었다.) 그편이 우리의 이야기에 는…… 좀 더 잘 어울리겠군요. 이제 제발 좀 앉으세요."

그녀는 모든 것을 일사천리로 날카롭고 확고하게 설명했다. 그가 죽도록 필요로 하는 8000루블 얘기도 내비쳤다. 지참금 에 대해서는 자세히 얘기했다. 스테판 트로피모비치는 눈을 크게 뜬 채 벌벌 떨었다. 다 들었어도 생각을 분명하게 종합할 수 없었던 것이다. 말을 꺼내고 싶어도 자꾸만 목이 턱턱 막혔 다. 오직 모든 것이 그녀가 말한 대로 될 것이다, 동의하지 않 고 반박하는 것은 헛된 일이다, 그가 기혼자가 되는 것은 돌 이킬 수 없다, 라는 사실만을 알았다.

"하지만 나의 선량한 벗이여(Mais, ma bonne amie), 세 번씩 이나, 그것도 내 나이에…… 그것도 그런 어린애랑!" 그가 드디 어 말문을 열었다. "그러나 아직 어린애가 아닙니까!(Mais, c'est une enfant!)"

"스무 살이나 된 어린애죠, 다행히도! 제발 눈알 좀 굴리지 말아요, 지금 연극 하는 게 아니잖아요. 당신은 몹시 현명하고 학식이 있지만 인생에 대해서는 아무것도 모르기 때문에 당 신을 꾸준히 돌봐 줄 유모가 있어야 해요. 내가 죽으면 당신은 어떻게 되겠어요? 그 애는 당신에게 훌륭한 유모가 되어 줄 거예요. 겸손하고 신실하고 신중한 처녀예요. 게다가 내가 직 접 거기 있을 거예요. 지금 당장 죽는 건 아니니까. 그 애는 가 정주부에 천사같이 온순해요. 이 행복한 생각은 스위스에 있을 때부터 떠올랐어요. 내가 당신에게 그 애는 천사같이 온순하다고 말한다면, 그게 무슨 뜻인지 알기나 하겠어요!" 그녀는 갑자기 광포하게 소리쳤다. "당신 집은 쓰레기 더미지만 그 애가 청결과 질서를 가져오고 모든 것이 거울처럼 되겠죠……. 에이, 설마 내가 이런 보물을 들고 당신한테 굽실대면서 모든 이익을 합산하고 중매를 서야 한다는 꿈을 꾸는 건 아닐 테죠! 당신이 무릎을 꿇어야 할 판에……. 오, 한심, 한심하고 옹졸한 사람 같으니!"

"그러나…… 나는 이미 늙은이잖아요!"

"고작 쉰셋인데 뭐가 어때서요! 쉰 살은 인생의 끝이 아니라 한창때라고요. 당신이 미남인 거, 당신이 더 잘 알잖아요. 그 애가 당신을 얼마나 존경하는지도 알고. 내가 죽으면 그 애는 어떻게 되겠어요? 당신에게 시집가면 그 애도 안심이고 나도 안심이에요. 당신에게는 무게와 명성, 사람을 사랑하는 마음이 있어요. 내가 의무적으로 떼 놓을 연금도 받을 테고요. 당신이 그 애를 구원, 구원하는 거죠! 어쨌거나 당신으로선 명예로운 일을 하는 거예요. 당신은 그 애의 삶에 공식을 만들어 주고 그 애의 모든 마음을 발달시키고 사상의 방향을 잡아 줘요. 요즘은 얼마나 많은 사람이 고약한 사상에 빠져 파멸하는지! 당신의 저작이 완성될 무렵이면 단번에 당신의 존재를 알리게 될 거예요."

"나는 다름 아니라," 하고 그는 벌써 바르바라 페트로브나의 사탕발림에 혹해서 이렇게 중얼거렸다. "나의 '스페인 역사의 일화들'에 착수할 참이었는데……."

"자, 거봐요, 아귀가 딱 맞잖아요."

"그러나…… 그 애는? 그 애에게 말했습니까?"

"그 애는 염려하지 말아요. 게다가 당신이 궁금해할 건 아무것도 없어요. 물론 당신이 직접 당신에게 경의를 표해 달라고 부탁하고 간청해야 해요, 알겠어요? 하지만 염려하지 말아요, 내가 거기 있을 테니까요 게다가 당신은 그 애를 사랑하니까……."

스테판 트로피모비치는 머리가 빙빙 돌았다. 벽들이 원을 그렸다. 그러자 어찌해도 감당할 수 없는 섬뜩한 생각이 들었다.

"훌륭한 벗이여!(Excellente amie!)" 그의 목소리가 갑자기 떨렸다. "난…… 난 당신이 나를…… 다른 여자에게…… 시집보낼 거라곤 상상도 못 했어요!"

"당신은 계집애가 아니잖아요, 스테판 트로피모비치. 시집은 계집애들을 보내는 것이고요, 당신은 그냥 결혼하는 거예요." 바르바라 페트로브나는 독살스럽게 씩씩거렸다.

"맞아요, 말을 뒤바꾸고 말았군요. 그러나…… 그게 그거잖아요.(Oui, j'ai pris un mot pour un autre. Mais…… c'est égal.)" 그는 멍한 표정으로 그녀를 응시했다.

"그게 그거라는 건(c'est égal) 나도 알아요." 그녀는 멸시하듯 딱 잘라 말했다. "맙소사 이 사람, 기절했군! 나스타샤, 나스타샤! 물!"

하지만 물까지 갈 필요도 없었다. 그는 곧 정신을 차렸다. 바르바라 페트로브나는 우산을 챙겼다.

"이제는 당신과 할 말이 전혀 없을 것 같은데요……."

"그래, 그래요, 못 하겠어요.(Oui, oui, je suis incapable.)"

"하지만 당신은 내일까지 쉬면서 곰곰 생각해 봐요. 집에 있다가 무슨 일이 생기면 밤이라도 알려 주고요. 편지는 쓰지 말아요, 안 읽을 테니까. 내일 이 시간에 확답을 들으러 내가 혼자서 직접 올 텐데, 만족스러운 답을 주면 좋겠네요. 아무도 없도록, 쓰레기도 없도록 애써 주고요. 근데 이건 뭐야? 나스타샤, 나스타샤!"

당연히 다음 날 그는 승낙했다. 아니, 승낙하지 않을 수 없었다. 여기에는 어떤 특수한 정황이 개입되어 있었던 것이다…….

8

우리 도시에 있는 소위 스테판 트로피모비치의 영지(옛날 계산법으로 오십 명의 농노를 보유하고 있으며 스크보레시니키와 인접해 있다.)란 전혀 그의 소유가 아니라 첫 부인, 따라서 그의 아들 표트르 스테파노비치 베르호벤스키의 소유였다. 스테판 트로피모비치는 그저 후견인으로서 새끼 새가 다 자랄 때까지 형식적인 위임을 받아 영지 관리 권한을 행사해 온 것에 불과했다. 그 계약은 청년에게 유리했다. 그는 아버지에게서 영지 수입 명목으로 매년 1000루블까지 받았으나 새 계산법을 적용하면 500루블도 나오지 않았을 것이다.(더 적었을지도 모른다.) 어떻게 이런 관계가 형성되었는지는 아무도 모른다. 하지만 바르바라 페트로브나가 1000루블을 고스란히 보내 주었기 때문에 스테판 트로피모비치는 그 돈에 단돈 1루블도 보태지 않았다. 오히려 영지의 모든 수입을 자기 호주머니에 챙겨 넣었을뿐더러 영지를 어떤 사업자에게 임대하고 바르바라 페트로브나 몰래 숲 벌목권, 즉 영지의 가장 주된 재산을 팔아 버림으로써 영지를 완전히 말아먹었다. 이 숲은 이미 오래전부터 야금야금 팔아 왔다. 전부 합하면 최소 8000루블의 값어치는 되었지만 그가 받은 돈은 겨우 5000루블이었다. 그러나 그는 가끔 클럽에서 돈을 너무 많이 잃으면서도 바르바라 페트로브나에게 손을 내미는 것은 두려웠다. 마침내 이 모든 것을 알게 된 그녀는 이를 갈았다. 그런데 이제 갑자기 아들 녀석이 무슨 일이 있어도 영지를 팔러 직접 가겠노라고 통보하고 당장 매매 문제를 아버지에게 위임했다. 스테판 트로피모비치의 귀족적이고 사리사욕 없는 성품을 생각하면, 분명히 그는 이 소중한 아이, 이 소중한 아이(ce cher enfant)에게 (아들을 마지막으로 본 것은 꼬박 구 년 전 페테르부르크에서, 아들이 대학생일 때였다.) 부끄러움을 느꼈으리라. 처음에는 영지 전체가 1만 3000루블이나 1만 4000루블의 값은 족히 나갔겠지만 이제는 5000루블을 내놓으려는 사람도 거의 없을 정도였다. 형식적인 위임의 의미에 따르면 스테판 트로피모비치에게는 틀림없이 숲을 팔 온전한 권리가 있었고, 그토록 오랜 세월 동안 매년 착실하게 송금한, 불가능에 가까운 1000루블의 소득을 자기 셈에 넣을 권리도, 또 합산할 때 제 몫을 확실히 지킬 권리도 있었다. 그러나 스테판 트로피모비치는 귀족적인 품성에 고귀한 갈망을 지니고 있었다. 그의 머릿속에는 놀라울 정도로 아름다운 생각 하나가 반짝 스쳤다. 다름 아니라 페트루샤[35]가 오면 탁자 위에 그야말로 최대한의(maximum) 금액을, 즉 지금까지 송금한 총액에 대해서는 조금도 내비치지 말고 1만 5000루블을 내놓고 눈물을 펑펑 쏟으며 이 소중한 아들(ce cher fils)의 가슴에 힘껏, 힘껏 안기고 바로 그로써 모든 셈을 끝내자는 것이었다. 그는 에둘러 조심스럽게 바르바라 페트로브나 앞에서 이 그림을 펼쳐 보였다. 그는 이것이 그들의 우정 어린 관계에…… 그들의 '이념'에 뭔가 특수한 귀족적 색채까지 부여하리라 암시했다. 그로써 이전의 아버지들, 아니 대체로 이전의 사람들이 경박하고 사회주의적인 새 젊은이들과 비교할 때 얼마나 사리사욕 없고 관대한지를 보여 주리라고. 그는 더 많은 말을 했지만 바르바라 페트로브나는 시종일관 침묵을 고수했다. 결국 그녀는 그들의 땅을 사는 데 동의하며 최대한의(maximum) 가격을, 즉 6000루블이나 7000루블(4000루블에도 살 수 있었지만)을 내놓겠다고 선언했다. 숲과 함께 날려 버린 나머지 8000루블에 대해서는 한마디도 하지 않았다.

이것이 중매가 있기 한 달 전의 일이다. 스테판 트로피모비치는 충격을 받아 곰곰 생각에 잠겼다. 무엇보다도 아직은 아들이 아예 오지 않을지도 모른다는 희망이, 즉 제삼자의 관점에서 판단하면, 누구든 제삼자의 견해에 따르면 그런 희망이

---

35) 표트르 스테파노비치 베르호벤스키의 애칭.

있을 수도 있었다. 하지만 스테판 트로피모비치는 아비로서 격노하며 이런 희망에 대한 생각 자체를 부정했을 것이다. 그건 그렇고 어쨌든 지금까지 페트루샤에 대해서는 계속 아주 이상한 소문만 전해졌다. 우선 육 년쯤 전 대학을 마친 다음 그는 페테르부르크에서 하는 일 없이 빌빌거렸다. 갑자기 그가 무슨 몰래 뿌리는 격문을 만드는 일에 가담하여 그 일에 연루되었다는 소식이 들려왔다. 그다음에는 갑자기 외국에, 스위스의 제네바에 나타났다는데 망명한 것이리라.

"나로서는 너무 놀라운 일이군요." 스테판 트로피모비치는 심히 당혹스러워하며 우리에게 일장 설교를 늘어놓았다. "페트루샤 이놈은 정말 한심한 녀석이지요!(c'est une pauvre tête!) 그 애가 심성도 착하고 귀족적이고 감수성도 몹시 예민해서 그때 페테르부르크 갔을 때 그 애를 요즘 젊은이들과 비교하고 정말 기뻐했지만, 어쨌든 한심한 놈이지요……(c'est une pauvre sire tout de même……) 그러니까 모든 게 달을 못 채웠기 때문, 감상적이기 때문입니다! 그들을 사로잡은 것은 사회주의의 실제가 아니라 감상적이고 이상적인 측면, 말하자면 그것의 종교적인 색조, 그것의 시…… 그마저도 물론 타인의 목소리에서 가져온 것입니다. 그나저나 나, 나는 어떻겠어요! 여기에도 너무 많은 적이 있는데, '그곳'에는 더 많으니 아비 탓을 할 게 아닙니까……. 맙소사! 페트루샤가 주동자라니! 우리가 대체 어떤 시대에 사는 건지!"

하지만 페트루샤는 스위스에서 의례적인 그 송금을 받기 위해 몹시 다급하게 자신의 정확한 주소를 알려 왔다. 고로,

완전히 망명자인 것은 아니었다. 그러다가 지금, 외국에서 사 년을 머문 다음 갑자기 다시 우리 조국에 나타나서는 곧 도 착하리라는 소식을 전하고 있다. 고로, 아무런 혐의도 없다는 소리였다. 더욱이 누군가가 관여해 그를 보호해 주고 있는 것 도 같았다. 지금 그가 편지를 쓰고 있는 곳은 러시아 남부인 데, 누군가에서 받은 사적인, 그러나 중대한 임무 때문에 그곳 에 머물며 무슨 일인지 몹시 부산하다는 것이었다. 이 모든 것 이 멋졌지만, 하지만 영지값인 최대한의(maximum) 품위 있는 돈을 만들기 위한 나머지 7000~8000루블은 대체 어디서 구 한단 말인가? 혹시 장엄한 그림은커녕 고함을 지르고 소송까 지 가게 되면 어떡할까? 뭔가가 스테판 트로피모비치에게 감 수성이 예민한 페트루샤는 자신의 이익에 대해서는 한 발짝 도 물러서지 않으리라고 말해 주었다. 스테판 트로피모비치는 당시 나에게 "무엇 때문인지 알아챘어요." 하고 속닥댄 적이 한 번 있었다. "그러니까 모든 필사적인 사회주의자들과 공산 주의자들은 동시에 그토록 대단한 구두쇠이자 탐욕가이자 자 본가인데, 심지어 철저한 사회주의자일수록 더 철저한 자본가 가 되죠…… 도대체 무엇 때문일까요? 이 또한 감상적인 탓일 까요?" 스테판 트로피모비치의 이 지적 속에 진실이 들어 있 는지 어떤지는 모른다. 내가 유일하게 아는 것은, 페트루샤가 숲 매매와 그 밖의 사항에 대해 얼마간의 정보는 갖고 있었고 스테판 트로피모비치도 페트루샤가 그런 정보를 갖고 있다는 것을 알았다는 점이다. 페트루샤가 아버지에게 보낸 편지를 읽을 기회도 있었다. 그는 극도로 드물게, 일 년에 한 번이나 그보다 더 드물게 편지를 썼다. 최근에 와서야 곧 도착할 것임을 알리는 편지 두 통을 거의 연속적으로 보내왔다. 그의 편지는 모두 짧고 건조한 데다가 오직 지시뿐이었고, 아버지와 아들은 페테르부르크에서부터 유행에 발맞춰 '너나들이'하는 사이였기 때문에 페트루샤의 편지는 이전의 지주들이 수도에서 자기 영지를 관리하도록 임명한 아랫사람들에게 보내는 저예스러운 서한의 모습을 띠었다. 그러던 차에 지금 갑자기 바르바라 페트로브나의 제안에서 사태를 해결해 줄 8000루블이 굴러들어온 것이며, 게다가 그녀는 그 돈이 다른 곳에서는 절대 굴러들어올 수 없음을 분명히 느끼게 해 준 것이다. 스테판 트로피모비치는 물론, 동의했다.

그는 그녀가 떠나자마자 즉시 나를 부르러 사람을 보냈고 다른 모두를 멀리하고 하루 종일 틀어박혔다. 물론 울기도 하고 말도 많이, 그리고 잘했고, 계속 갈피를 못 잡다가 우연히 말장난을 하고는 흐뭇해했고, 그다음에는 가벼운 의사 콜레라 증상을 보였고 한마디로 모든 것이 순서대로였다. 그런 연후에는 사망한 지 이십 년도 더 된 독일인 부인의 초상화를 끄집어내 "나를 용서해 주겠지?"라며 애처롭게 호소했다. 대체로 어째 정신이 나간 것 같았다. 괴로운 나머지 우리는 술을 좀 마셨다. 하지만 그는 곧 단잠에 빠져들었다. 아침이 되자 그는 능수능란하게 넥타이를 매고 세심하게 차려입은 다음 자기 모습을 살펴보기 위해 자주 거울 앞을 오갔다. 손수건에 향수를 뿌렸지만 살짝이었고, 창문으로 바르바라 페트로브나를 보자마자 어서 빨리 다른 손수건을 집어 들었고 향수 뿌린 손수건은 쿠션 밑에 감추었다.

"멋지군요!" 바르바라 페트로브나는 그의 승낙을 듣자 칭찬을 했다. "첫째, 귀족적인 결단이며 둘째, 당신은 당신의 사적인 일에서는 좀처럼 사리 분별의 목소리에 주의를 기울이지 않는 편임에도 그 목소리에 귀를 기울였다는 거예요. 하긴 서두를 건 전혀 없어요." 그녀는 하얀 넥타이의 매듭을 알아보고는 덧붙였다. "당분간은 잠자코 있어요, 나도 아무 말 하지 않을 테니까. 곧 당신 생일이잖아요. 내가 그 애와 함께 당신 집으로 오겠어요. 저녁에 차를 들어요, 부디 포도주와 안주는 빼고요. 하긴 어차피 내가 다 준비하겠지만. 당신 친구들도 초대하되 우리 함께 선별해요. 필요하다면 당신이 전날에 그 애와 얘기를 좀 나눠 봐요. 당신 집의 저녁 모임에서 우리는 무슨 선언을 한다거나 무슨 서약을 하는 것이 아니고 그냥 어떤 격식도 없이 암시를 한달까, 아니면 알린다고나 할까 해요. 그러고 나서 이 주쯤 뒤에 결혼식을 올리는데 가능한 한 법석을 떨지 않고……. 당신 둘은 결혼식을 마치자마자 잠시 어디에 다녀와도 돼요, 가령 모스크바라도. 아마 나도 당신들과 함께 갈 거예요……. 무엇보다, 그때까지는 잠자코 있어요."

스테판 트로피모비치는 깜짝 놀랐다. 그가 약혼녀와 얘기를 좀 주고받아야 하다니, 그로서는 불가능한 일이라며 더듬거렸지만 바르바라 페트로브나는 짜증을 내며 되받아쳤다.

"아니, 왜요? 첫째, 아직은 아무 일도 없고, 앞으로도 없을 텐데……."

"어떻게 없을 거라는 거요!" 약혼자는 이미 완전히 망연자

실해져서 중얼거렸다

"그냥요. 좀 더 지켜볼 테지만⋯⋯. 하긴 모두 내 말대로 될 테니 염려 말고, 내가 직접 그 애를 준비시킬 거예요. 당신이 신경 쓸 건 아무것도 없어요. 필요한 것은 전부 말해지고 실행될 테니까 당신이 끼어들 데라곤 하나도 없어요. 뭘 위해서요? 무슨 역할을 위해서요? 직접 가지도 말고 편지도 쓰지 말아요. 찍소리도 내지 말아요, 제발. 나도 잠자코 있을 테니까요."

그녀는 단연코 해명을 하려고도 하지 않고 심란한 기색이 역력한 상태로 떠났다. 스테판 트로피모비치의 도가 지나친 준비에 충격을 받은 것 같았다. 아, 그는 자신의 처지를 단연코 이해하지 못했던 것이며, 이 문제를 어떤 다른 관점에서는 아예 떠올리지도 않았던 것이다. 오히려 어떤 새로운 어조, 의기양양하고 경박한 뭔가가 나타났다. 그는 허세를 부려 댔다.

"이거 참 마음에 드는군!" 그는 내 앞에 멈춰 서서 양손을 펼치면서 외쳤다. "들었죠? 그녀는 결국엔 내가 원하지 않는 지경까지 몰아가려는 속셈이에요. 나도 인내심을 잃을 지경이고⋯⋯ 원하지 않을 수도 있다고요! '앉아요, 당신이 거기 갈 이유는 하나도 없으니까.' 하지만 결국엔 내가 왜 반드시 결혼해야 한다는 겁니까? 단지 그녀에게 웃긴 환상이 생겨났기 때문에? 하지만 나는 진지한 사람으로서 무분별한 여자의 하릴없는 환상에 굴복하고 싶어 하지 않을 수도 있잖습니까! 나는 내 아들과⋯⋯ 또 나 자신에 대한 의무가 있습니다! 내가 희생을 하는 건데 그녀가 이것을 알기나 할까요? 내가 승낙한 건 삶에 염증을 느꼈고 어떻게 되든 상관없기 때문이었을 겁니다. 그러나 그녀가 이렇게 짜증을 북돋우면 그때는 이미 나도 어떻게 되든 상관없지는 않을 거예요. 화를 내며 거절할지도 몰라요. 어쨌든, 너무 웃긴 일이지요…….(Et enfin, le ridicule…….) 클럽에서는 뭐라고들 하겠어요? 리푸틴은…… 또 뭐라고 할까요? '아무 일도 없을 거'라니, 세상에! 그러나 이건 정말 극치잖습니까! 이건 정말…… 이게 뭐냐고요? 바딩게 같은 유형수란 말입니까(Je suis un forçat, un Badinguet), un 벽에 붙박인 인간이란 말이냐고요……!"

이와 동시에 불평불만 가득한 이 모든 넋두리 와중에 어떤 변덕스러운 자기만족이, 경박하고 장난기 어린 뭔가가 고개를 들이밀었다. 저녁에 우리는 다시 술을 마셨다.

3장

타인의 죄업

1

일주일쯤 지나자 일이 다소 진척되기 시작했다.

이 불행한 한 주 동안 내가 가장 가까운 벗으로서 혼담의
당사자인 가련한 친구 곁을 거의 떠나지 않고 많은 괴로움을
감수했다는 것을 살짝 언급하겠다. 무엇보다도 그를 괴롭힌
것은 수치심이었는데, 이 한 주 동안 우리는 아무도 만나지 않
고 줄곧 우리끼리만 있었음에도 그랬다. 그는 나에게도 수치
심을 느꼈고 털어놓은 것이 많을수록 바로 그 때문에 더 많
이 신경질을 부렸다. 결벽증 탓에 온 도시가, 모두가 모든 것을
알리라는 의심이 들어 클럽뿐만 아니라 자기 모임에도 모습을
드러내길 두려워했다. 꼭 필요한, 운동 삼아 나가는 산책도 완

전히 어두워진 캄캄한 황혼에야 했다.

한 주가 지났음에도 그는 여전히 자기가 약혼자인지 아닌지도 몰랐고 아무리 버둥거려도 이 점에 대해 정확히 알 수 없었다. 약혼녀하고는 아직 만나지도 못했고 도대체 그녀가 자신의 약혼녀이기는 한 건지도 몰랐다. 이 모든 일에 진지한 뭔가가 조금이라도 들어 있는지도 몰랐던 것이다! 바르바라 페트로브나는 왠지 결단코 그를 자기 집에 들이지 않으려 했다. 그가 처음에 보낸 편지들 중 하나에 대해서는(그는 그녀 앞으로 많은 편지를 썼다.) 너무 바쁘니까 부디 당분간 그와의 모든 관계로부터 자기를 해방해 달라, 그녀 자신도 그에게 알릴 중대한 일이 많고 그러려고 일부러 지금보다 더 여유로운 시간을 기다리고 있다, 때가 되면 그녀가 직접 언제 자기를 찾아와도 되는지 알려 주겠다, 하는 내용의 답장을 곧장 보내왔다. 편지들은 '한낱 어리광'에 불과하기 때문에 아예 뜯지도 않은 채 되돌려 보내겠노라고 못 박았다. 나는 이 메모를 직접 읽었다. 그가 보여 주어서 말이다.

하지만 이 모든 무례하고 모호한 일, 이 모든 것은 그의 주된 근심거리에 비하면 아무것도 아니었다. 그 근심거리가 한 치의 양보도 없이 그를 사정없이 괴롭혔다. 그는 홀쭉해지고 의기소침해졌다. 그건 그가 제일 부끄러워한 뭔가로서 심지어 나에게도 입도 벙긋하지 않으려고 했다. 오히려 기회만 되면 내 앞에서 어린 소년처럼 거짓말하고 둘러대곤 했다. 그러면서도 매일 자기가 먼저 나를 부르러 사람을 보냈고 내가 없으면 단 두 시간도 살지 못할 형편, 즉 나를 물이나 공기처럼 필요로 했다.

그런 작태는 나의 자존심을 적잖이 건드렸다. 내가 오래전부터 속으로 그의 이 중대한 비밀을 짐작했으며 모든 것을 꿰뚫어 보았음은 자명한 일이다. 당시 나의 심오한 확신에 따르면, 스테판 트로피모비치의 주요 근심거리인 그 비밀이 드러날 경우 그의 명예에 도움이 될 건 하나도 없거니와 아직 젊은 사람으로서 나는 그의 조잡한 감정과 곱지 못한 어떤 의혹에 신경질이 났다. 흥분한 나머지 ── 또 고백하건대 상담역을 맡는 것이 너무 지겨워진 나머지 ── 그를 너무 많이 비난했는지도 모르겠다. 나는 잔혹하게 굴어서 그의 입으로 내 앞에서 모든 것을 고백하도록 했고 그러면서도 어떤 것들은 고백하기 참 곤란하겠다는 점은 참작해 주었다. 그도 나를 속속들이 이해하고, 즉 내가 그를 속속들이 이해하며 그에게 화가 나 있다는 것조차 분명히 알았으며, 그도 내가 자기에게 화가 나 있고 자기를 속속들이 안다는 그 이유 때문에 나에게 화가 나 있었다. 나의 짜증은 사소하고 어리석은 것이었을 터다. 그러나 상호적인 고립은 가끔 진실한 우정에 굉장한 해를 입힌다. 어떤 관점에서 보자면 그는 자기 처지의 어떤 측면을 잘 이해했으며 숨길 필요가 없는 부분에서는 극히 섬세하게 자신의 처지를 규정짓기도 했다.

"오, 그 당시 그녀가 어땠는지!" 그는 가끔 바르바라 페트로브나에 대해서 무심코 지껄이곤 했다. "이전에 우리가 이야기 나눌 때 그녀가 어땠는지……. 당시에는 그녀가 말을 할 줄 알았다는 거, 알겠습니까? 믿으실지 모르겠지만, 그때 그녀는 생각이, 자기 생각이 있었어요. 이제는 모든 것이 변했습니다!
그녀는 이 모든 것이 한낱 낡아 빠진 수다에 불과하다고 말하
는군요! 이전의 것을 경멸하고…… 이제는 무슨 집사처럼 깐
깐하고 지독한 사람이 되어 언제나 화만 내고 있어요……."

"부인의 요구를 들어주셨는데 부인은 지금 대체 뭐가 그렇
게 화가 나실까요?" 내가 반박을 해 보았다.

그는 섬세한 시선으로 나를 쳐다보았다.

"친애하는 벗이여(Cher ami), 내가 승낙하지 않았다면 끔찍
할 정도로 화를 냈을 겁니다, 끔-찍-이도! 그러나 어쨌든 승
낙한 지금보다는 덜했겠지요."

그가 자신의 이 한마디에 만족했고 우리는 그날 저녁 술
한 병을 싹 비워 버렸다. 하지만 이건 순간에 지나지 않았다.
다음 날 그는 그 어느 때보다도 더 끔찍하고 더 침울해졌다.

그러나 내가 제일 신경질이 난 것은, 친분을 재개하는 차원
에서 이곳에 온 드로즈도프 집안을 의무적으로 방문해야 함
에도 그가 선뜻 결단을 못 내렸기 때문인데, 들리는 바론, 그
의 안부를 물은 것으로 보아 그들 쪽에서도 이걸 바라고 그
역시 그 때문에 매일 가슴앓이를 했다. 리자베타 니콜라예브
나에 관한 한, 그는 언제나 내가 이해할 수 없는 어떤 황홀감
에 들떠서 이야기했다. 의심할 바 없이 그는 그녀를 자신이 언
젠가 그토록 사랑했던 어린애로 기억하고 있었다. 그 밖에도
무엇 때문인지는 모르지만 그녀 곁에 가면 당장이라도 현재
의 모든 번뇌가 완화될 것이라고, 심지어 아주 중요한 의심이
풀릴 것이라고 상상했다. 리자베타 니콜라예브나에게서 어떤

비범한 존재를 만나리라고 기대했던 것이다. 그럼에도, 매일 그녀를 보러 갈 준비를 하면서도 정작 가지는 못했다. 무엇보다도 그때 나 자신이 그녀에게 소개되고 추천되고 싶어서 안달했는데, 이 점에 관한 한 오직 스테판 트로피모비치 한 사람만 믿고 있었다. 그녀가 고(故) 드로즈도프 장군의 조카, 즉 소위 그녀의 친척이라는 미남 장교를 대동한 채, 부인용 승마복을 입은 모습으로 멋진 말을 타고 산책하러 다닐 때, —— 당시 나는 물론 길거리에서 그녀와 자주 마주쳤고 굉장히 강한 인상을 받았다. 나의 맹목은 겨우 한순간 지속했을 뿐, 나는 바로 나의 몽상이 완전히 실현 불가능하다는 점을 의식했지만 —— 비록 순간일지라도 그것이 실제로 존재했던 것이기에, 내가 그 당시 나의 가련한 친구의 집요한 칩거 때문에 가끔은 얼마나 분개했는지 충분히 상상할 수 있으리라.

우리 모든 회원은 처음부터, 스테판 트로피모비치가 당분간 손님을 받지 않을 것이니 가만히 내버려 두라는 내용을 공식적으로 사전에 통보받았다. 그는 그러지 말라는 내 충고에도 불구하고 일일이 사전에 통보해야 한다고 고집을 부렸다. 나는 그의 간청에 따라 모든 사람을 방문해 그들 모두에게, 바르바라 페트로브나가 우리 '영감'(우리끼리는 스테판 트로피모비치를 이렇게 불렀다.)에게 몇 년 동안 오간 무슨 서한을 정리하라는 특수 업무를 맡겼노라고 말했다. 그래서 그는 칩거에 들어갔고 나는 그를 돕고 있다, 등등. 단 리푸틴의 집만은 들르지 못하고 줄곧 미루었는데 더 정확히 말하자면, 거기에 들르는 것이 두려웠다. 나는 그가 내 말은 한마디도 믿지 않을 것임을, 꼭 여기에는 오직 자기 한 명에게만 감추려고 하는 무슨 비밀이 있으리라고 상상할 것임을, 내가 그의 집을 나가자마자 온 도시를 휘젓고 다니며 상세히 알아보고 유언비어를 남발할 것임을 미리부터 알았다. 내가 이 모든 생각을 하는 동안 우연히 그와 길거리에서 마주치는 일이 발생했다. 알고 보니 그는 나에게서 막 통보받은 우리 회원들로부터 이미 모든 것을 들은 뒤였다. 그러나 이상하게도 스테판 트로피모비치에 대해서 궁금해하지도, 이것저것 캐묻지도 않았을뿐더러 내가 좀 더 일찍 들르지 못해 미안하다고 사과를 하려고 하자 그가 먼저 나를 저지하고는 당장 다른 문제로 건너뛰었다. 사실 그는 하고 싶은 이야기가 산더미처럼 쌓여 있었다. 그 때문에 굉장히 흥분한 상태였고 나 같은 청자를 붙잡은 것을 기뻐했다. 그는 도시의 뉴스며 도지사 부인이 '새로운 이야깃거리'를 갖고 올 것이고 클럽에서는 벌써 반발이 일고 모두가 새로운 이념을 외치고 이것이 모두에게 달라붙고 말았다 등등의 이야기를 시작했다. 그가 이십오 분 동안 이야기를 어찌나 신나게 하는지, 떨어져 나올 수 없을 정도였다. 나는 그를 참을 수 없었지만 그럼에도, 인정하건대, 그에게는 타인이 자기 말을 경청하게 만드는 재능이 있었고 뭔가 몹시 화가 나 있을 때는 특히 더 그랬다. 내 생각에 이 사람은 진정 타고난 간첩이었다. 그는 매 순간 가장 최신 뉴스와 우리 도시의 속내 얘기를 모두 알았고 특히 추잡한 부분에 관해서는 더 그랬으며, 가끔은 자기와 전혀 상관없는 문제까지 저 정도로 마음에 담아 두나 싶어 놀랍기도 했다. 내 생각에 그의 성격에서 주요한 특성은 언제나 질투인 것 같았다. 그날 저녁 내가 스테판 트로피모 비치에게 아침에 리푸틴을 만난 일과 우리의 대화 내용을 전했을 때 그는 굉장히 흥분하며 "리푸틴이 알고 있는 건가요, 예?"라는 조잡한 질문을 던져 나를 깜짝 놀라게 했다. 나는 그렇게 빨리 알아냈을 가능성은 전혀 없음을, 더욱이 알려 줄 사람도 없음을 증명했다. 그러나 스테판 트로피모비치는 한사코 고집을 부렸다.

"당신이 믿든 믿지 않든 말입니다." 마지막에 가서 그는 예기치 못한 결론을 내렸다. "나는 그가 이미 '우리의' 처지를 모조리, 속속들이 알고 있을뿐더러 뭔가를 더, 당신도 나도 아직 모르는 뭔가를 더 알고 있다고 확신하고요, 아마 우리로서는 그것을 절대 알 수 없거나 설령 알게 되더라도 그때는 이미 돌이킬 수 없을 만큼 늦었을 겁니다……!"

나는 침묵을 고수했지만 이 말들은 많은 것을 암시했다. 그로부터 꼬박 닷새 동안 우리는 리푸틴에 대해서는 한마디도 하지 않았다. 나는 스테판 트로피모비치가 입을 잘못 놀려 내 앞에서 그런 의혹을 드러냈음을 몹시 유감스러워한다는 것을 분명히 알 수 있었다.

2

어느 날 아침 — 그러니까 스테판 트로피모비치가 약혼자가 되겠노라고 승낙한 지 칠팔 일째 되는 날 — 11시경 여느 때처럼 비탄에 잠긴 나의 친구에게 서둘러 가던 길에 한 가지 사건이 일어났다.

나는 리푸틴이 붙여 준 대로 '대작가' 카르마지노프를 만났다. 카르마지노프라면 어릴 때부터 읽어 왔다. 그의 중단편 소설들은 이전의 모든 세대, 심지어 우리 세대에게도 알려져 있다. 나로 말하자면 흠뻑 빠졌을 만큼, 그것은 내 유년기와 청년기의 희열이었다. 이후에는 그의 문체에 다소 냉담해졌다. 최근 들어 계속 써 대는 경향 소설들은 더 이상, 막 떠오른 사상이 많이 담겨 있던 그의 원래 초기작들만큼 마음에 들지 않았다. 가장 최근작들은 아예 마음에 들지 않았다.

대체로 말해서, 이 민감한 일에 관한 나의 견해를 감히 표현하자면 생전에는 보통 천재나 다름없이 받아들여지는, 우리의 이 모든 범재(凡才) 양반들은, 죽으면 어쩐지 갑자기 사람들의 기억에서 거의 흔적도 없이 사라지지만, 살아 있을 때조차도 그가 활동한 세대를 대체할 새로운 세대가 자라나면 이해할 수 없을 만큼 급속도로 모두에게 잊히고 무시된다. 이런 일은 어쩐지 극장의 무대 장치가 바뀌듯 갑자기 일어난다. 오, 이런 경우 푸시킨, 고골, 몰리에르, 볼테르 등 자기만의 새로운 말을 하기 위해 온 이 모든 활동가는 전혀 그렇지 않았다! 사실 이런 범재 양반들은 나이가 지긋해질 때쯤이면 흔히 가장 처량한 방식으로 필력을 탕진하지만 스스로 그것을 알아채지도 못한다. 종종 있는 일이지만, 오랫동안 굉장히 심오한 이념의 대변자로서 사회의 움직임에 굉장하고 진지한 영향을 주리라는 기대를 받아 온 작가가 끝에 가서는 자신의 이념이 너무 엉성하고 시시한 것임을 드러내기 때문에 그가 그토록 급속도로 필력을 탕진한 것을 아무도 안타까워하지 않는다. 그러나 머리털이 희끗희끗한 이 영감들은 그것을 알아채지 못하고 화만 낸다. 그들의 자존심은, 바로 그들의 활동 무대가 끝날 무렵이면, 때때로 놀랄 만한 규모를 갖는다. 그들이 자신을 무엇으로 여기는지 누가 알랴마는 적어도 신이라도 되는 줄 아는 모양이다. 카르마지노프를 두고 사람들은 그가 유력 인사들, 즉 상류 사회와의 인맥을 거의 자신의 영혼보다 더 소중히 여긴다고들 이야기했다. 당신과 마주치면 상냥하고 아양을 떨고 솔직담백함으로 당신을 홀린다는, 특히 당신이 왠지 그에게 필요한 존재고 사전에 소개받은 적이 있다면 더 그렇다는 이야기도 있다. 하지만 최고의 공작, 최고의 백작 부인, 그가 두려워하는 최고의 인간이 나타나면, 당신이 미처 그를 떠나지 않았음에도 당신을 나무토막이나 파리 취급하며 가장 모욕적인 무시로써 깡그리 망각하는 것을 아주 성스러운 의무로 여길 것이다. 진정으로 그것을 가장 고상하고 멋진 태도로 여기는 것이다. 그는 자제력이 강하고 훌륭한 예의범절을 완전히 잘 알고 있음에도 자존심이 너무 강하고 히스테리가 심해서 문학에 별로 관심을 보이지 않는 사교계 모임에서도 자신의 작가적 초조함을 도저히 숨기지 못한다는 말도 있다. 누가 우연히 무심한 태도를 보여 그를 어리둥절하게 만들면 병적인 모욕을 느끼며 복수할 궁리만 한다는 것이다.

일 년 전쯤 잡지에서 아주 순진한 시정, 덧붙여 심리 분석을 너무 과시하려고 쓰인 그의 기사를 읽은 적이 있다. 영국의 해안 어디, 한 기선의 침몰을 묘사하는데 그 자신은 죽어 가는 사람들을 구조하고 익사자들을 건져 올리는 장면을 본 증인이었다. 상당히 길고 장황한 이 기사는 통째로 오로지 자신을 과시하려는 목적에서 쓰인 것이었다. 다음 구절도 그렇게 읽혔다. '나에게 관심을 갖고 내가 그 순간에 어떠했는지를 보라. 이 바다, 폭풍, 절벽, 부서진 선박의 나무토막들이 여러분에게 무슨 상관인가? 이 모든 것을 나의 힘찬 붓으로 충분히 묘사해 주지 않았던가. 여러분은 뭐 하러 죽은 아이를 죽은 품에 안은 이 익사한 여인을 쳐다보는가? 오히려 나를, 내가 이 광경을 어떻게 견뎌 냈으며 어떻게 그것에서 몸을 돌렸는지를 보라. 자, 나는 등을 돌린 채 섰다. 공포에 휩싸인 채 뒤를 돌아볼 힘도 없어 두 눈을 살며시 감는다. 사실 이것이야말로 흥미로운 일 아닌가?' 카르마지노프의 기사에 대한 나의 견해를 스테판 트로피모비치에게 전하자 그도 동의했다.

카르마지노프가 올 것이라는 소문이 최근 우리 도시에 전해졌을 때 나는 당연히 그를 만나고 싶어 안달했고 가능하다면 그와 인사도 나누고 싶었다. 나는 스테판 트로피모비치를 통해 그럴 수 있으리라는 것을 알았다. 그들이 언젠가 친구였으니 말이다. 그러던 차에 갑자기 교차로에서 그와 마주치게 되었다. 나는 그를 금방 알아보았다. 이미 사흘 전쯤에 그가 도지사 부인과 함께 마차를 타고 지나갈 때 사람들이 그를 가리키며 알려 주었기 때문이다.

그는 키가 참 작고 깐깐한 노인, 그래 본들 쉰다섯 살도 안 된 나이에 얼굴은 상당히 불그스름하고 둥근 중절모 밑으로

삐져나온 희끗희끗하고 숱 많은 곱슬머리 타래가 말끔하고 조그만 장밋빛의 두 귀 주변으로 돌돌 말려 있었다. 말끔한 얼굴은 잘생긴 편은 아니었는데, 얇고 긴 입술은 간교하게 다 물어져 있고 코는 살집이 붙어 약간 뭉툭하고 작고 날카로운 두 눈은 영악해 보였다. 옷차림은 어쩐지 구닥다리 같았고 스위스나 이탈리아 북부 어디에서 이런 계절에 입을 법한 무슨 망토를 걸치고 있었다. 그러나 적어도 커프스단추, 깃, 단추, 검고 가느다란 리본을 맨 거북이 껍질의 오페라글라스, 보석 반지 등 그의 옷에 딸린 자잘한 물건은 모두 틀림없이, 나무랄 데 없이 훌륭한 품행을 갖춘 사람에게서나 볼 수 있는 것이었다. 나는 그가 틀림없이 여름에도 옆쪽에 자개단추를 박은 무슨 총천연색 플란넬 신발을 신고 다니리라고 확신한다. 우리가 마주쳤을 때 그는 길모퉁이에서 잠깐 발걸음을 멈추더니 주의 깊게 주위를 둘러보았다. 내가 호기심 어린 눈으로 자기를 쳐다보고 있음을 알아챈 그는 약간 째지는 듯하지만 달착지근한 목소리로 물었다.

"실례지만, 브이코바 거리로 좀 빨리 나가려면 어떻게 해야 할까요?"

"브이코바 거리라고요? 여기서, 지금 당장" 하며 나는 여느 때와는 다른 흥분에 휩싸여 소리쳤다. "이 거리를 곧장 쭉 따라가신 다음 두 번째 모퉁이에서 왼쪽으로 도세요."

"정말 감사합니다."

젠장, 이 순간 나는 아마 겁을 먹고 아첨의 눈빛으로 그를 쳐다보았던 것 같다! 그는 이 모든 것을 한순간에 알아챘고 물론 즉시 모든 것을 알게 됐으니, 즉 그가 누구인지 내가 이미 알고 있음을, 내가 어린 시절부터 그를 읽어 왔고 숭배해 왔음을, 지금 내가 겁을 먹은 채 아첨의 눈빛으로 그를 바라보고 있음을 알게 된 것이다. 그는 미소를 지으며 다시 한번 머리를 끄덕이더니 내가 가르쳐 준 대로 곧장 걸어갔다. 내가 무엇 때문에 그의 뒤를 쫓아 되돌아갔는지, 무엇 때문에 그의 옆을 따라 열 걸음쯤 뛰어갔는지도 모르겠다. 그는 갑자기 다시 발걸음을 멈추었다.

"혹시 여기서 가장 가까운 마차가 어디 있는지 가르쳐 주실 수 있겠습니까?" 그는 다시 나에게 소리쳤다.

추악한 외침, 추악한 목소리!

"마차라고요? 여기서 가장 가까운 마차라면…… 성당에 있어요, 언제나 그곳에서 대기하고 있거든요." 그러고는 하마터면 마차를 부르러 달려간답시고 몸을 돌릴 뻔했다. 그가 나한테서 기대한 것이 바로 이게 아니었나 하는 의심까지 들었다. 당연히 나는 재빨리 정신을 차리고 멈추어 섰지만, 나의 움직임을 그는 매우 잘 알아차렸고 예의 그 추악한 미소를 지으며 계속 나를 응시했다. 그때 내가 도저히 잊지 못할 일이 일어나고 말았다.

그는 갑자기 왼손에 들고 있던 조그만 배낭을 떨어뜨렸다. 하긴 배낭도 아니고 무슨 상자, 더 정확히 무슨 서류 가방, 더 적절하게는, 고풍스러운 부인용 핸드백과 비슷한 손가방이랄까, 아무튼 무엇인지는 모르겠으나 내가 그것을 주우러 달려든 것 같다는 사실만은 잘 알겠다.

내가 그것을 주워 올리지 않았다는 점은 완전히 확신하지만 내가 행한 첫 번째 동작은 의심의 여지가 없었다. 나는 그것을 더 이상 숨길 수 없어서 바보처럼 새빨개졌다. 이 간교한 자는 이 상황에서 얻어 낼 수 있는 모든 것을 즉각 얻어 냈다.

"염려 마십시오, 내 직접 하리다." 그는 이렇게 매력적으로 말하면서, 즉 내가 핸드백을 주워 주지 않으리라는 것을 벌써 완전히 눈치채고는 마치 자기 쪽에서 나를 제지하듯 직접 주운 다음 다시 한번 고개를 끄덕였고 나를 등신으로 만들어 놓은 채 제 갈 길을 갔다. 사실 내가 직접 주워 준 것이나 다를 바 없었다. 한 오 분쯤 나는 나 자신을 완전히, 그리고 영원히 치욕에 빠진 놈이라고 생각했지만 스테판 트로피모비치의 집이 가까워지자 갑자기 웃음이 터져 나왔다. 이 만남이 너무 익살스럽게 느껴져, 재빨리 이 이야기로 스테판 트로피모비치를 위로해 주기로, 각각의 역할을 연기하며 모든 장면을 묘사해 주기로 결심했다.

3

그러나 막상 가 보니 이번에는, 놀랍게도, 그가 굉장히 달라져 있었다. 사실상 내가 들어가자마자 왠지 나를 잡아먹을 듯 달려들었고 내 말을 듣기는 하지만 처음에는 통 이해하지 못하겠다는 듯 멍한 표정이었다. 하지만 카르마지노프라는 이름을 내뱉자마자 갑자기 완전히 정신이 나가고 말았다.

"말하지 말아요, 아예 입 밖에 내지도 말아요!" 그는 거의 광란에 휩싸여서 소리쳤다. "여기, 여기를 봐요, 읽어 봐요! 읽어 보란 말이오!"

그는 서랍을 열더니 연필로 급하게 쓴 크지 않은 석 장의 종잇조각을 꺼냈는데 모두 바르바라 페트로브나가 보낸 것이었다. 첫 번째 쪽지는 그저께, 두 번째 것은 어제, 마지막 것은 오늘, 그것도 겨우 한 시간 전에 온 것이었다. 내용인즉 온통 카르마지노프에 관한 정말 쓸데없는 것으로서 카르마지노프가 그녀를 방문하는 것을 잊으면 어떡하나 하는 공포심에서 비롯된, 바르바라 페트로브나의 덧없고 야심 찬 흥분이 역력히 드러나 있었다. 바로 이것이 그저께(사흘 전, 아니, 나흘 전일 수도 있다.) 쓴 첫 번째 쪽지다.

혹시 그가 마침내 오늘 당신을 찾아온다면 부디 나에 대해서는 한마디도 하지 말아요. 손톱만큼의 암시도. 말도 꺼내지 말고 상기시키지도 말아요.

V. S.[36]

어제의 쪽지는 이렇다.

혹시 그가 마침내 오늘 아침에 당신을 방문하기로 결심한다면, 내 생각으론, 당신이 그를 아예 받아들이지 않는 편이 가장

---

36) 바르바라 스타브로기나의 이니셜.

귀족적일 거예요. 내 생각은 그런데 당신 생각은 어떤지 모르겠
군요.

V. S.

맨 마지막, 오늘의 쪽지는 이렇다.

틀림없이 당신 집에는 쓰레기가 짐마차처럼 쌓이고 담배 연
기가 기둥처럼 솟아 있을 테죠. 마리야와 포무시카를 보낼게
요. 삼십 분이면 다 치울 거예요. 당신은 청소하는 동안 방해가
안 되도록 부엌에 가 있어요. 오래전부터 당신에게 선물하려고
했던 부하라산 양탄자와 중국산 화병 두 개, 나의 테니르스[37]
를(잠깐 동안이에요.) 보내요. 화병은 창문에 세워 두고 테니르
스는 괴테의 초상화 오른쪽 위에 걸어 둬요, 그곳이 더 잘 보이
고 언제나 아침마다 빛이 드니까. 마침내 그가 나타나면 세련되
고 정중하게 맞이하되 쓸데없이 학문적인 얘기 같은 거나 나누
고 어제 막 헤어진 사람을 대하는 것 같은 표정을 지어요. 나에
대해서는 한마디도 하지 말아요. 저녁에 잠깐 보러 당신 집에
들를지도 모르겠네요.

V. S.

P. S. 오늘도 안 온다면 아예 안 오는 거예요.

---

37) 다비트 테니르스(David Teniers, 1582~1649). 벨기에의 화가. 역사화,
풍속화를 주로 그렸다.

다 읽은 다음 나는 그가 이토록 쓸데없는 것에 이토록 흥분한 것을 보고 깜짝 놀랐다. 미심쩍은 눈으로 그를 바라보다가 갑자기 내가 쪽지를 읽는 동안 그가 예의 그 하얀 넥타이를 빨간 것으로 바꿔 맸다는 것을 알아챘다. 그의 모자와 지팡이는 탁자 위에 놓여 있었다. 그 자신은 하얗게 질려서 손까지 파르르 떨었다.

"그녀의 흥분 따위는 내 알 바 아니야!" 그는 미친 듯 소리침으로써 내 미심쩍은 눈길에 대답했다. "아무 상관 없어!(Je m'en fiche!) 카르마지노프 때문에 호들갑을 떨 정신은 있으면서도 내 편지에는 답장 한 장 해 주지 않고 있어요! 자, 그녀가 어제 뜯어 보지 않고 내게 돌려보낸 편지가 바로 여기 탁자 위에, 책 밑에, 『웃는 남자(L'homme qui rit)』[38] 밑에 있어요. 그녀가 니-콜-렌카 때문에 죽도록 괴로워한들 나랑 무슨 상관이오? 나와는 아무 상관 없고 나의 자유를 선언하는 바요. 빌어먹을 카르마지노프! 빌어먹을 렘브케 여편네!(Je m'en fiche et je proclame ma liberté. Au diable Karmazinoff! Au diable la Lembke!) 난 화병은 현관에, 테니르스는 장롱에다 숨겨 놓고 그녀에게는 지금 당장 나를 만나 달라고 요구했어요. 듣고 있냐고요, 요구했다는 말입니다! 봉인도 안 된 이 종이 뭉치를 나스타샤를 통해 그녀에게 보냈고 지금 기다리고 있어요. 나는 다리야 파블로브나가 몸소 자기 입으로, 하늘의 얼굴 앞, 적어도 당

---

[38] 빅토르 위고의 소설. 이 소설의 주인공은 어릴 때 납치되어 잔혹한 폭행을 당한 나머지 얼굴 모양이 웃는 표정으로 굳어졌다.

신 앞에서 선언하기를 원합니다. 친구로서, 증인으로서 나와 함께해 주겠지요.(Vous me seconderez, n'est-ce pas, comme ami et témoin.) 나는 얼굴을 붉히기도 싫고 거짓말도 싫고 비밀도 싫고, 이 일에서 비밀을 허용하지도 않을 거요! 모든 것을 솔직하고 소박하고 귀족적으로 고백하면, 그러면…… 나는 관대함을 발휘하여 전 세대를 놀래 주리다……! 친애하는 선생, 내가 비열한이오, 아니오?" 그는 내가 자기를 비열한으로 생각하기라도 하는 듯 위협적으로 노려보며 갑자기 말을 끝맺었다.

나는 물이라도 좀 마시라고 했다. 그가 이러는 모습을 여태껏 본 적이 없었다. 그는 이야기하는 내내 방 안을 이 구석 저 구석 뛰어다니다가 갑자기 왠지 심상치 않은 자세로 내 앞에 멈추어 섰다.

"설마!" 그는 나를 머리끝에서 발끝까지 훑어보며 다시 병적으로 거만한 태도로 말을 시작했다. "설마 나, 스테판 베르호벤스키가 명예와 위대한 독립심이라는 원칙의 요구가 있을 때 나의 짐짝을 — 나의 헐벗은 짐짝을! — 연약한 두 어깨에 짊어지고 대문 밖을 나가 이곳에서 영원히 사라져 줄 만큼의 정신적 힘을 갖추지 못했으리라 생각하는 거요! 스테판 베르호벤스키가 넓은 아량으로 독재에, 설령 미친 여자의 독재라고 해도, 즉 친애하는 선생, 지금 내 말을 비웃을지도 모르겠지만 이 세상에 존재할 수 있는 가장 모욕적이고 혹독한 독재에 반격을 가하는 건 처음이 아니오! 오, 내가 상인의 집에서 가정 교사로 생을 마감하거나 담장 밑에서 굶어 죽을 수도 있을 정도의 관대함을 갖추었으리라곤 믿지 않을 테지요! 대답해 봐요, 당장 대답해 보란 말입니다. 그렇게 믿는 거요, 아닌 거요?"

그러나 나는 일부러 침묵했다. 차마 부정적인 답으로 그를 모욕할 결심은 서지 않지만 그렇다고 해서 긍정적인 답을 줄수도 없는 척했다. 이 모든 짜증에는 뭔가 확실히 내 마음을 언짢게 하는 것이 있었지만 물론 개인적인 것은 아니었다. 오, 절대로! 그러나…… 이건 나중에 설명하겠다.

그는 심지어 새하얗게 질리기까지 했다.

"나와 같이 있는 게 지겨운 모양인데, G-v(이게 나의 성이다.), 아예 오지 말았어야 했다고…… 후회하는 거요?"그는 예의 그 창백한 평안함이 깃든 어조로 말했는데 대개 그 이후에는 뭐든 심상치 않은 폭발이 뒤따랐다. 나는 소스라치게 놀라며 벌떡 일어섰다. 바로 그 순간 나스타샤가 들어와서 말없이 연필로 뭔가가 쓰인 종이를 스테판 트로피모비치에게 내밀었다. 그는 힐끔 쳐다보고는 내게로 던졌다. 종이에는 바르바라 페트로브나의 친필로 단 두 단어가 적혀 있었다. "집에 계세요."

스테판 트로피모비치는 말없이 모자와 지팡이를 쥐더니 재빨리 방을 나갔고 나는 기계적으로 그를 따라갔다. 복도에서 갑자기 누군가의 목소리와 다급한 발소리가 들려왔다. 그는 벼락이라도 맞은 듯 멈추어 섰다.

"이건 리푸틴이야, 난 끝장났어요!"그는 내 팔을 꽉 잡으며 속삭였다.

그 순간 리푸틴이 방으로 들어왔다.

4

나는 왜 그가 리푸틴 때문에 끝장날 것이라고 했는지는 몰랐지만 그 말에 별로 가치를 두지도 않았다. 그저 모든 것을 신경 탓으로 돌렸다. 하지만 그럼에도 그의 경악은 심상찮은 것이어서 유심히 관찰하기로 결심했다.

막 들어오는 리푸틴은 그 표정 하나만으로도 이번만은 모든 금지에도 불구하고 집 안에 들어올 특권이 있음을 천명했다. 타지에서 온 것이 분명한 어느 미지의 신사도 데리고 왔다. 망연자실해진 스테판 트로피모비치의 정신없는 시선에 대한 대답이랍시고 그는 이내 큰 소리로 외쳤다.

"손님을 모셔 왔어요, 특별한 손님을! 감히 고독을 깨뜨리려고요. 키릴로프 씨라고, 아주 뛰어난 건축 기사입니다. 무엇보다도 존경해 마지않는 당신의 아드님인 표트르 스테파노비치를 알고 계시죠. 더욱이 아주 막역한 관계로서 그분에게서 모종의 임무를 받으셨습니다. 지금 막 도착하셨고요."

"임무 어쩌고 덧붙였지만," 손님이라는 사람은 딱 잘라 말했다. "임무 따위는 전혀 없고, 하지만 베르호벤스키라면 정말로 압니다. 열흘 전에 우리보다 먼저 X도(道)를 떠났지요."

스테판 트로피모비치는 기계적으로 한 손을 내밀어 자리에 앉도록 권했다. 나를 쳐다보고 또 리푸틴을 쳐다보고 나서는 갑자기 정신이 번쩍 들었는지 그 자신도 급히 앉았지만, 여전히 모자와 지팡이를 손에 쥐고 있었으되 이 사실은 알아채지 못했다.

"아하, 당신도 외출하려던 참이군요! 업무 때문에 완전히 편찮으시다는 얘기를 들었거든요."

"예, 아파서, 그래서 지금 산책을 하고 싶어서, 나는……." 스테판 트로피모비치는 말을 멈춘 다음 모자와 지팡이를 재빨리 소파 위로 내던지고는 얼굴을 붉혔다.

그사이에 나는 재빨리 손님을 뜯어보았다. 그는 스물일곱 살쯤 된 아직은 젊은 사람으로서 차림새는 점잖고 늘씬하고 여윈, 갈색 머리의 소유자였으며 창백한 얼굴에는 다소간 흙빛의 색조가 감돌고 검은 눈에는 광채가 없었다. 그는 자기만의 생각에 빠져 좀 멍해 보였고 어쩐지 단속적으로, 문법에 맞지 않게 말했고 어구가 좀 길어지면 단어를 어쩐지 희한하게 바꾸고 어리둥절해했다. 리푸틴은 스테판 트로피모비치의 굉장한 경악을 완전히 알아채고는 만족한 기색이 역력했다. 그는 왕골 의자를 거의 방 한가운데로 끌고 나와 거기에 앉았는데, 서로 마주 보도록 놓인 두 소파에 자리 잡은 주인과 손님에 대해 똑같은 거리를 유지하기 위해서였다. 그의 날카로운 눈은 호기심을 머금은 채 이 구석, 저 구석을 탐색하듯 누비고 다녔다.

"저는…… 이미 오래전부터 페트루샤를 보지 못했습니다. 외국에서 만나셨고요?" 스테판 트로피모비치는 손님에게 간신히 중얼거렸다.

"여기서도, 외국에서도요."

"알렉세이 닐리치는 사 년 동안의 공백 끝에 지금 막 외국에서 돌아오신 겁니다." 리푸틴이 말을 받았다. "본인의 전공을 한층 발전시키기 위해 돌아다니시다가 우리 도시의 철교 건설 현장에서 일자리를 구할 수 있을까 싶어 오셨고 지금 답변을 기다리시는 중입니다. 이분은 표트르 스테파노비치를 통해 드로즈도프 가족, 리자베타 니콜라예브나와도 아는 사이입니다."

기사는 얼굴을 잔뜩 찌푸린 채 앉아서 어색하고 초조하게 귀를 기울였다. 무언가에 화가 난 것 같았다.

"이분은 니콜라이 프세볼로도비치와도 아는 사이입니다."

"니콜라이 프세볼로도비치를 아신다고요?" 스테판 트로피모비치가 물어보았다.

"그 사람도 압니다."

"저는…… 벌써 굉장히 오랫동안 페트루샤를 못 봐서…… 사실 아버지라 불릴 자격도 별로 없는 몸입니다만…… 정말 그래요.(c'est le mot.) 저는…… 당신이 떠나오실 때 그 애의 모습이 어땠는지요?"

"그냥 그저 그랬고…… 그가 직접 올 텐데요." 키릴로프 씨는 이번에도 얼른 발을 빼려고 했다. 단연코 화가 난 것이었다.

"올 거라고요! 마침내 저는…… 아시다시피, 벌써 너무 오랫동안 페트루샤를 못 봤거든요!" 스테판 트로피모비치는 이 문구에 완전히 빠지고 말았다. "지금 저의 가련한 아이를 기다리고 있지만…… 그 애, 오, 그 애 앞에서 전 정말 죄인입니다! 즉 허심탄회하게 말하고 싶은데, 당시 페테르부르크에서 그 애를 떠나올 때, 저는…… 한마디로, 그 애를 아무것도 아닌 존재로, 그 비슷한 종류(quelque chose dans ce genre)로 간주

했어요. 그 애는 그러니까 신경질적이고 감수성이 아주 예민하고…… 겁이 많은 소년이었지요. 잠자리에 들 때마다 밤중에 죽는 일이 없도록 머리가 땅에 닿도록 절을 올리고 베개에다 성호를 그었고…… 이게 기억나는군요.(je m'en souviens.) 어쨌든(Enfin) 세련된 어떤 것도, 즉 미래 이념의 무슨 고상하고 근본적인 맹아 따위는 없는…… 꼬마 백치 같은 아이였지요.(c'était comme un petit idiot.) 하긴 너무 두서없이 지껄여 댄 것 같아 죄송하군요, 저는…… 이럴 때 오셔서……."

"그가 베개에다 성호를 그었다니, 진담입니까?" 기사는 갑자기 특별한 호기심을 보이며 물어보았다.

"예, 그러곤 했지요."

"아무것도 아닙니다, 전 그냥. 계속하시지요."

스테판 트로피모비치는 의아스럽다는 듯 리푸틴을 잠시 쳐다보았다.

"이렇게 찾아 주셔서 정말 감사드립니다만, 솔직히 저는 지금…… 상태가 좋지 않습니다……. 그나저나 어디에 기거하시는지 알 수 있겠습니까?"

"보고야블렌스카야 거리의 필리포프 집입니다."

"아, 거긴 샤토프가 사는 곳이군요." 나도 모르게 내가 지적했다.

"예, 바로 그 집입니다." 리푸틴이 큰 소리로 외쳤다. "단, 샤토프는 위층 다락방에 살고 있고 이분은 아래층 레뱌드킨 대위 집에 묵고 있지요. 이분은 샤토프도, 샤토프의 부인도 아십니다. 부인하고는 외국에 있을 때 아주 친하게 지냈지요."

"그렇군요!(Comment!) 그럼, 당신은 그 가련한 친구의(de ce pauvre ami) 불행한 결혼 생활에 대해서도 그 여자분에 대해서도 뭘 좀 아시겠군요?" 스테판 트로피모비치는 갑자기 감정에 도취하여 외쳤다. "개인적으로 알고 있는 사람을 만나기는 당신이 처음입니다. 혹시 그렇다면……."

"무슨 헛소리람!" 기사는 정말 발끈하며 딱 잘라 말했다. "리푸틴, 잘도 갖다 붙이는군요! 난 샤토프의 아내를 본 적이 아예 없어요. 가깝기는커녕 기껏해야 멀리서 한 번이었나……. 샤토프라면 알아요. 무엇 때문에 이런저런 것을 갖다 붙이는 거요?"

그는 소파에서 몸을 획 돌리며 모자를 움켜쥔 다음 다시 내려놓았다가 이번에도 아까처럼 자리에 앉아 무슨 도전이라도 하듯 활활 타오르는 검은 눈으로 스테판 트로피모비치를 응시했다. 나는 이토록 이상한 신경질을 도무지 이해할 수 없었다.

"죄송합니다." 스테판 트로피모비치가 근엄하게 말했다. "워낙 민감한 일이다 보니, 저도 이해합니다."

"여기 민감한 건 전혀 없어요, 심지어 부끄럽기까지 하고, 제가 '헛소리'라 소리친 건 당신이 아니라 리푸틴한테고요. 뭣 때문에 헛소리를 갖다 붙이느냐고요. 당신에게 하는 말로 들으셨다면 죄송합니다. 저는 샤토프는 알지만 그의 아내는 전혀 모르거든요……. 전혀 몰라요!"

"알겠습니다, 알겠고요, 제가 고집을 부린 건 오직 우리의 가련한 친구, 걸핏하면 발끈하는 우리 친구(notre irascible ami)

를 몹시 사랑하고 언제나 관심이 있기 때문이랍니다……. 이 사람은, 제 관점으론, 말하자면 너무 젊긴 하지만 어쨌든 올바른 자신의 이전 사상들을 너무 과격하게 바꿔 버렸습니다. 지금은 우리의 성스러운 루시(notre sainte Russie)에 대해 온갖 것을 부르짖는데 정도가 너무 심해서 그의 유기체 — 달리 부를 말이 없군요 — 의 이런 붕괴가 가정의 어떤 심각한 와해, 다름 아니라 불운한 결혼 탓이라고 생각한 지 벌써 오래됐습니다. 저는 가련한 러시아를 저의 두 손가락처럼 연구했으며 저의 일생을 러시아 민중에게 바친 몸인지라 그가 러시아 민중을 전혀 모른다는 점을 단언할 수 있고 덧붙여……."

"저도 러시아 민중은 전혀 모르고…… 연구할 시간도 전혀 없어요!" 기사는 다시 딱 잘라 말하고서 다시 소파에서 몸을 획 돌렸다. 스테판 트로피모비치는 말의 허리를 뚝 잘린 신세였다.

"이분은 연구를, 연구를 하고 계세요." 리푸틴이 말을 받았다. "벌써 연구를 시작하셨고 러시아에서 자살이 증대하는 원인, 그리고 대체로 사회에서 자살의 확산을 가속하거나 억제하는 원인에 대한 흥미진진한 논문을 쓰고 계십니다. 놀랄 만한 결과에 도달하셨지요."

기사는 끔찍이도 흥분했다.

"당신은 이럴 권리가 전혀 없어요." 그는 격노하며 툴툴거렸다. "논문 따위는 전혀 안 쓸 거요. 멍청한 짓거리는 전혀 하지 않을 거라고요. 당신한테 은밀하게, 그것도 어쩌다 그만 말이 나온 건데 그건 전혀 논문이 아니에요. 발표하지도 않을 거고,

당신은 권리도 없이……."

리푸틴은 즐기는 기색이 역력했다.

"잘못했어요, 당신의 문학적 저작을 논문이라고 부른 것이 실수였나 보군요. 이분은 그저 관찰한 사실을 수집하고 있지만 문제의 본질, 말하자면 문제의 도덕적인 측면은 전혀 취급하지 않으며 아예 도덕성 자체를 거부하고 최종의 선한 목적을 위한 총체적 파괴라는 아주 새로운 원칙을 고수하십니다. 유럽에서는 건전한 상식을 확립하기 위해, 최근 세계 회의에서 요구했던 것보다 훨씬 더 많은, 이미 10억 개 이상의 머리를 요구하십니다. 이런 의미에서 알렉세이 닐리치는 그 누구보다도 멀리 나가신 거죠."

기사는 경멸에 찬 창백한 미소를 지으며 듣고 있었다. 삼십 초가량 모두 침묵했다.

"이 모든 게 멍청한 짓이오, 리푸틴." 마침내 다소간 당당하게 키릴로프 씨가 말했다. "어쩌다 그만 당신에게 몇몇 사항을 말하는 바람에 주워들은 게 있다면, 좋을 대로 하시오. 하지만 당신은 그럴 권리가 없소, 왜냐하면 난 절대 아무에게도 말하지 않으니까. 말하는 것을 경멸하니까……. 신념들이 있다면 나로서는 분명히……. 그런데 이건 멍청한 짓을 한 거요. 나는 완전히 끝난 사항에 대해서는 왈가왈부하지 않아요. 왈가왈부하는 것을 참을 수 없으니까. 절대 왈가왈부하지 않을 거요……."

"잘하시는 것 같습니다." 스테판 트로피모비치가 더 이상 참지 못했다.

"당신에게는 죄송합니다만, 이곳의 누구한테도 화를 내는 건 아닙니다." 손님은 빠른 어투로 열렬하게 말을 이어 갔다. "저는 사 년 동안 사람을 거의 보지 못했거든요······. 사 년 동안 대화를 나눈 적도 거의 없고 사 년 동안 저의 목표를 위해 제 일과 상관이 없는 자들은 만나지 않으려고 애썼습니다. 리푸틴은 이걸 알아내고서 비웃는 겁니다. 이해는 하지만 저는 거들떠보지도 않습니다. 저도 쉽게 마음이 상하는 사람은 아닙니다만, 단, 이 사람이 제멋대로 구는 건 짜증이 나서요. 제가 당신에게 사상을 늘어놓지 않는다면," 하고 그는 확고한 시선으로 우리 모두를 둘러보며 예기치 않게 말을 끝맺었다. "당신이 관청에 밀고할까 봐 두려워서가 결코 아닙니다. 전혀 그렇지 않아요. 이런 의미에서 쓸데없는 생각은 접어 두시길······."

이 말에는 이미 아무도, 아무 대답도 하지 못하고 눈짓만 주고받았다. 리푸틴조차 히죽거리는 것을 잊을 정도였다.

"여러분, 몹시 유감스럽습니다만," 하고 스테판 트로피모비치가 결심한듯 소파에서 일어났다. "제가 몸이 좋지 않고 좀 심란해서요. 죄송합니다."

"아, 그러니까 그만 가 달라는 얘기군요." 키릴로프 씨는 모자를 쥐며 갑자기 생각났다는 듯 말했다. "이렇게 말씀해 주시니 좋군요, 안 그러셨으면 그만 까먹었을 텐데."

자리에서 일어난 그는 천진난만한 표정으로 손을 내밀며 스테판 트로피모비치에게 걸어갔다.

"몸도 편찮으신데 이렇게 찾아와서 유감이군요."

"하시는 일 두루 잘되길 바랍니다." 스테판 트로피모비치는 천천히 우호적으로 악수를 하면서 대답했다. "당신 말씀대로 당신이 그토록 오랫동안 외국에 계시면서 자신의 목적을 위해 사람들을 멀리하고 또 러시아를 잊으셨다면 물론 뼛속까지 러시아인인 우리를 저도 모르게 놀란 눈으로 바라보실 수밖에 없다는 점, 이해합니다만, 우리 역시 당신에 대해서 마찬가지입니다. 그러나 이런 건 지나갈 테지요.(Mais cela passera.) 다만 한 가지 곤혹스러운 것이 있군요. 당신은 우리의 다리를 건설하고 싶다면서 동시에 총체적인 파괴의 원칙을 고수하노라 천명하십니다. 우리의 다리 건설을 당신에게 맡기지는 않을 겁니다!"

"뭐라고요? 어떻게 그런 말씀을…… 에이, 빌어먹을!" 충격을 받은 키릴로프는 이렇게 외치며 갑자기 가장 명랑하고 해맑은 웃음을 터뜨렸다. 순간적으로 그의 얼굴은 가장 어린애 같은, 내 생각으로는 그에게 아주 잘 어울리는 표정이 되었다. 리푸틴은 스테판 트로피모비치의 적확한 말에 황홀해져서는 두 손을 싹싹 비벼 댔다. 나는 속으로 줄곧 놀란 상태였다. 스테판 트로피모비치는 리푸틴의 소리를 듣고서 왜 그렇게 경악했으며 또 왜 "나는 끝장났어요."라고 외쳤던 것일까.

5

우리는 모두 문지방에 서 있었다. 주인과 손님들이 서둘러 가장 친절한 마지막 말을 주고받고 그다음 멋지게 헤어지는 그런 순간이었다.

"이분이 오늘 이렇게 음울한 것은 모두," 하고, 이미 완전히 방을 빠져나가서 갑자기, 말하자면 획 던지듯 리푸틴이 말을 꺼냈다. "바로 이분 댁의 레뱌드킨 대위가 아까 그의 여동생 때문에 소란을 피웠기 때문이에요. 레뱌드킨 대위는 정신이 나간 아름다운 여동생을 매일 밤낮을 가리지 않고 가죽 채찍으로, 그것도 진짜 카자크 채찍으로 휘갈겨요. 그래서 알렉세이 닐리치는 간섭하지 않으려고 그 집에 붙은 곁채를 빌린 거랍니다. 그럼 안녕히 계세요."

"여동생을요? 그것도 병든 사람을? 가죽 채찍으로?" 스테판 트로피모비치는 갑자기 자기가 가죽 채찍으로 얻어맞은 것처럼 소리쳤다. "어떤 여동생을 말하는 거요? 레뱌드킨은 어떤 사람이오?"

아까의 경악이 한순간에 되살아났다.

"레뱌드킨 말인가요? 아, 그 사람은 퇴역 대위인데, 이전에는 자신을 이등 대위라고 불렀……."

"에이, 관등이 나한테 무슨 소용인가요! 어떤 여동생을 말하는 거요? 맙소사…… 레뱌드킨이라고요? 하지만 우리 도시에도 레뱌드킨이 있었는데……."

"바로 그 우리 레뱌드킨인데, 비르긴스키 집의 일, 기억나시죠?"

"그러나 위조지폐 건으로 사라졌잖습니까?"

"그런데 이제 돌아와 거의 삼 주나 됐고 아주 특수한 상황에 처했답니다."

"그래, 그 못된 놈!"

"꼭 우리 도시에는 못된 놈이 있을 수 없다는 말투로군요?"
리푸틴은 예의 그 날카로운 눈으로 스테판 트로피모비치를 더
듬듯 쳐다보다가 갑자기 이를 드러내며 히죽히죽 웃었다.

"아, 맙소사, 전혀 그런 얘기가 아니었는데……. 하긴 못된
놈이라는 점에 대해서는 당신, 바로 당신 생각에 전적으로 동
의해요. 하지만 그래서, 그래서 어쨌다는 거요? 이걸로 무슨
말을 하려고 했던 거요……? 이걸로 틀림없이 뭔가 말하고 싶
은 게 있을 텐데요!"

"이 모든 게 쓸데없는 헛소리죠……. 즉, 그 대위는 모든 정
황으로 보건대 그 당시 위조지폐 건 때문이 아니라 오직 여동
생을 찾아내기 위해 우리 도시를 떠났던 것이고, 그 여동생은
그를 피해 미지의 장소에 숨어 있었던 것 같아요. 자, 이제 데
리고 왔으니 이게 사건의 전말입니다. 아니, 스테판 트로피모
비치, 정말 놀라신 건가요? 하긴 내 얘기는 모두 그의 술주정
에서 나온 거고요, 맨정신일 때는 자기가 알아서 이것에 대해
선 입을 다물죠. 신경질적인 사람인 데다가 말하자면 군대식
미학이라고나 할까, 단, 취향이 고약하죠. 그런데 이 여동생은
미쳤을 뿐만 아니라 다리도 절어요. 누군가에게 능욕당한 적
이 있는 듯하고 이 건으로 레뱌드킨 씨는 벌써 수년째 그 유
혹자에게서 고상한 모욕의 대가로 연공(年貢)을 받고 있어요.
적어도 그의 수다에 따르면 그렇지만 내 생각으로는 어쨌든
술주정에 지나지 않아요. 허세가 심하거든요. 게다가 돈이 드

는 일도 아니고요. 그에겐 돈뭉치가 가득 있다는데, 전적으로 믿을 만한 얘기예요. 열흘 전만 해도 맨발로 돌아다녔는데 지금은, 내 눈으로 봤지만, 손에 수백 루블이 들려 있었어요. 여동생은 매일 무슨 발작을 일으켜 비명을 질러 대지만 그는 가죽 채찍으로 그녀의 '기강을 바로잡는' 거예요. 여자에게 존경심을 주입해야 한다면서 말이죠. 이러니 샤토프가 어떻게 아직도 그들과 용케 붙어사는지 이해를 못 하겠어요. 알렉세이 닐리치는 페테르부르크에 있을 때부터 아는 사이인데 사흘을 버티다가 신경이 쓰여 지금은 곁채를 빌려 쓰고 있죠."

"그게 전부 사실이오?" 스테판 트로피모비치가 기사에게 물었다.

"리푸틴, 너무 많이 지껄여 대는군요." 기사는 격노해서 중얼거렸다.

"신비들, 비밀들! 갑자기 어디서 우리에게 이토록 많은 신비와 비밀이 생겨난 것일까!" 스테판 트로피모비치는 자제력을 잃고 소리쳤다.

기사는 인상을 쓰고 얼굴을 붉히고 어깨를 추어올리더니 방을 나가려고 했다.

"알렉세이 닐리치는 심지어 가죽 채찍을 빼앗아 짓밟은 다음 창밖으로 던져 버리고 심한 말다툼도 했어요."

리푸틴이 덧붙였다.

"대체 왜 이렇게 떠벌리는 거요, 리푸틴, 이건 멍청하잖아요, 왜 이러는 거요?" 알렉세이 닐리치가 다시 순식간에 몸을 돌렸다.

"자신의, 즉 당신의 영혼에서 우러나온 아주 귀족적인 움직임을 왜 겸손함 때문에 숨겨야 하나요, 내가 지금 내 얘기를 하는 것도 아니잖아요."

"이건 너무 멍청하고…… 전혀 필요도 없고…… 레뱌드킨은 멍청하고 완전히 쓸모없는 인간에, 행동에 있어선 무용지물에…… 전적으로 해롭기만 한 인간입니다. 대체 왜 미주알고주알 떠벌리는 거요? 그만 가 보겠습니다."

"아, 유감이군요!" 리푸틴은 해맑은 미소를 지으며 외쳤다. "안 그러면, 스테판 트로피모비치, 웃긴 일화 하나를 더 들려드렸을 텐데. 분명히 직접 들으셨겠지만, 이걸 알려 주려고 들렀다고 해도 과언이 아니거든요. 뭐, 다음번에 하죠, 알렉세이 닐리치가 저렇게 서두르시니……. 그럼 안녕히 계세요. 바르바라 페트로브나와 관련된 일화인데, 부인이 그저께 나를 웃겼거든요, 일부러 나를 부르러 사람을 보내셨는데 어찌나 웃겼던지. 그럼 안녕히 계십쇼."

그러나 바로 여기서 스테판 트로피모비치가 그를 제대로 낚아챘다. 그의 어깨를 거머쥐고 방 쪽으로 몸을 획 돌려 의자에 앉힌 것이다. 리푸틴이 겁을 먹을 정도였다.

"아니, 왜요?" 그는 의자에서 스테판 트로피모비치를 예의 주시하며 먼저 말을 꺼냈다. "갑자기 나를 부르셔서 니콜라이 프세볼로도비치가 정신이 나간 거냐, 아니면 제정신인 거냐며 나의 개인적인 생각은 어떤지 '내밀하게' 물으셨어요. 어떻게 놀라지 않을 수 있겠어요?"

"미쳤군!" 스테판 트로피모비치는 갑자기 정신이 나간 듯 중얼거렸다. "리푸틴, 당신은 너무도 잘 알고 있어요, 당신은 오직 이런 종류의 추잡한 것을…… 훨씬 더 나쁜 것을 알리려고 왔음을!"

한순간에 나의 머릿속에서는 리푸틴이 우리의 일에 있어 우리보다 더 많은 것을 알 뿐만 아니라 우리가 결코 알아내지 못할 것까지 안다는 추측이 떠올랐다.

"무슨 말씀을, 스테판 트로피모비치!" 리푸틴은 끔찍한 공포에 사로잡힌 듯 중얼거렸다. "무슨 당치도 않은 말씀을……."

"잔말 말고 시작하시오! 키릴로프 씨, 제발 당신도 다시 와서 동석해 주십시오, 부탁입니다! 앉으시죠. 그리고 리푸틴, 당신은 단도직입적으로 그냥…… 손톱만큼의 발뺌도 하지 말고 시작하시오!"

"이 때문에 당신이 이토록 기겁할 줄 알았다면 아예 시작을 안 했을 텐데요……. 나는 그저 당신이 이미 바르바라 페트로브나를 통해 모든 것을 알고 있으리라 생각했지 뭡니까!"

"전혀 그렇게 생각하지 않았으면서! 시작하시오, 시작하라고요, 당신에게 말하고 있잖소!"

"다만, 부디 먼저 자리에 앉으시지요, 안 그러면 내가 어떻게 앉겠어요, 당신이 내 앞에서 이토록…… 길길이 날뛰시는데. 보기 흉하지 않겠습니까."

스테판 트로피모비치는 자신을 억누르고 근엄하게 의자에 앉았다. 기사는 침침한 표정으로 집요하게 땅바닥을 응시했다. 리푸틴은 광포한 희열에 휩싸여 그들을 바라보았다.

"뭐부터 시작해야 할까요……. 이렇게 당혹스러워하시니……."

6

"그저께 그분께서 갑자기 사람을 보내셨더라고요. 내일 12시에 와 주었으면 한다고요. 상상이 되세요? 나는 모든 일을 내팽개치고 정확히 어제 정오에 초인종을 눌렀습니다. 바로 거실로 안내받았지요. 일 분 정도 기다리자 부인이 나오셨어요. 나를 앉히시고 부인도 맞은편에 앉으셨어요. 앉아 있으면서도 정말 믿어지지 않더라고요. 아시겠지만, 부인이 언제나 나를 얼마나 냉대해 왔습니까! 부인은 예의 그 방식대로 전혀 술수를 부리지 않고 단도직입적으로 나오시더군요. '당신은 사 년전에 니콜라이 프세볼로도비치가 병을 앓고 있는 상태에서 몇가지 이상한 행동을 했기 때문에 모든 것이 해명되기 전까지온 도시가 의혹에 빠졌던 일을 기억할 겁니다. 그 행동 중 하나는 당신과 개인적으로 관계된 것이었지요. 그때 니콜라이프세볼로도비치는 건강도 완쾌되었고 나의 부탁도 있고 해서당신 집에 들렀었습니다. 저는 그가 전에도 당신과 몇 번 이야기를 나누었다는 것을 압니다. 거리낌 없이 솔직하게 말씀해주세요. 당신은……(여기서 약간 어물거렸습니다.) 그때 당신이니콜라이 프세볼로도비치를 어떻게 생각하셨는지……. 대체로 그를 어떻게 보셨고…… 그에 대해 어떤 견해를 갖고 계셨으며…… 지금은 어떠신지요?'

여기서 완전히 말이 꼬여 꼬박 일 분을 가만히 계시다가 갑자기 얼굴을 붉히셨어요. 저는 몹시 놀랐어요. 부인은 다시 감동적인 어조가 아니라, 이런 건 부인께 어울리지 않지만요, 극히 위압적인 어조로 말을 시작하셨어요.

　'당신이 저를 오해 없이 잘 이해해 주셨으면 합니다. 제가
방금 당신을 부르러 사람을 보낸 것은 당신을 총명하고 재치
있는 사람으로, 믿을 만한 관찰력을 갖춘 사람으로(칭찬 한번
하곤!) 생각하기 때문입니다. 당신은 물론 제가 어미로서 말
하고 있다는 점, 이해하시겠지요……. 니콜라이 프세볼로도비
치는 인생에서 몇 가지 불행을, 산전수전을 겪었습니다. 그 모
든 것이 그 애의 정신 상태에 영향을 끼쳤을 수 있겠지요. 당
연히 저는 광기 얘기를 하려는 건 아닙니다. 그런 건 절대 있
을 수 없으니까요!(확고하고 도도하게 말씀하시더라고요.) 하지만
이상하고 특별한 뭔가, 어떤 사상의 전환이라든가 어떤 특수
한 관점에 경도된다든가 할 수는 있었겠지요.(이 모든 것이 정
확히 그분의 말인데요, 스테판 트로피모비치, 바르바라 페트로브나
가 사태를 얼마나 정확히 설명할 수 있는지, 깜짝 놀랐지 뭡니까. 드
높은 지성을 가진 부인이죠!) 적어도 저 자신이 그 애에게 특수
한 경향들에 대한 어떤 지속적인 불안과 지향이 있다는 것을
알아챘습니다. 하지만 저는 어미이고 당신은 제삼자니까 당신
의 지성으로 저보다 독자적인 견해를 가질 수 있겠지요. 간청
하는데, 끝으로(정말로 간청이라는 단어를 쓰셨어요.) 우물쭈물
할 것 없이 모든 진실을 말씀해 주시고요, 제가 당신에게 내밀
하게 말씀드린다는 사실을 훗날에도 절대 잊지 않겠다고 약
속해 주신다면 앞으로 가능할 때마다 언제나 감사를 표할 각
오가 되어 있다는 것, 이 점은 기대하셔도 좋습니다.' 자, 어떻
습니까!"

"당신이…… 나를 너무 놀라게 해서……" 스테판 트로피모비치는 말을 우물거렸다. "당신을 믿을 수가 없소."

"아닙니다, 보세요, 한번 보시라고요." 리푸틴은 스테판 트로피모비치의 말을 듣지도 못한 듯 말을 받았다. "그토록 높은 곳에서 그 같은 질문을 하고자 저 같은 사람을 찾았으니, 더욱이 그분이 직접 비밀로 해 달라고 부탁하실 만큼 굽히셨으니 그분의 흥분과 불안이 가히 어떤 것인지 알 만합니다. 도대체 이게 뭘까요? 혹시 니콜라이 프세볼로도비치에 관해 뭔가 뜻밖의 소식을 받은 건 아닐까요?"

"잘 모릅니다……. 어떤 소식도…… 며칠 동안 만난 적이 없어서, 그러나…… 일침을 가할 게 있는데……." 스테판 트로피모비치는 보아하니 자기 생각조차 가눌 수 없는 지경이 되어 우물거렸다. "하지만 리푸틴, 일침을 가하건대, 당신은 내밀하게 전해진 얘기라면서 지금 모든 사람 앞에서……."

"완전히 내밀했죠! 설령 나한테 벼락이 떨어진다고 해도……. 하지만 여기서라면…… 그게 무슨 상관이에요? 여기 알렉세이 닐리치까지 포함시킨다 해도, 아니, 우리가 남입니까?"

"그런 견해에는 공감하지 못하겠군요. 여기 우리 세 명은 틀림없이 비밀을 지키겠지만 네 번째인 당신이 두려워요, 절대로 당신을 못 믿겠소!"

"대체 왜 이러는 거예요? 나야말로 이 일에 직접 개입된 몸인 데다가 영원한 보은까지 약속받은걸요! 이와 관련하여 지적하고 싶었던 것은 바로, 굉장히 이상한 사건 하나, 말하자면 단순히 이상하다기보다는 오히려 심리학적인 사건입니다. 어제 저녁, 바르바라 페트로브나 댁에서 나눈 대화의 영향에서 헤어 나오지 못한 채(내가 얼마나 대단한 인상을 받았는지 짐작되시겠지요.) 알렉세이 닐리치를 찾아가 이런 질문을 완곡하게 던졌어요. 즉, 당신은 외국과 페테르부르크에 있을 때부터 니콜라이 프세볼로도비치를 알고 계셨는데 그의 지성과 능력을 어떻게 생각하느냐 하는 것이었죠. 이분은 예의 그 방식대로 무척 간결하게 섬세한 지성과 건전한 판단력을 가진 사람이라고 말씀하시더군요. 시간이 흐르는 동안 그에게서 혹시 무슨 이념의 변화랄지, 사상의 특수한 전환이랄지, 말하자면 어떤 광기 같은 것을 알아채지 못했느냐고 물었지요. 한마디로, 바로 바르바라 페트로브나의 질문을 반복한 셈이죠. 그러자 글쎄, 알렉세이 닐리치는 갑자기 생각에 잠기더니, 저 봐요, 꼭 지금처럼 얼굴을 찌푸리며 '그래요, 더러 뭔가 이상해 보이는 것이 있었소.' 하시더군요. 그러니까 생각해 봐요, 알렉세이 닐리치마저 뭔가 이상한 것을 느낄 수 있었다면 정말로 무슨 일이 있는 것 아닐까요, 예?"

"정말 그렇습니까?" 스테판 트로피모비치가 알렉세이 닐리치에게 물었다.

"그 얘기는 하지 않았으면 합니다." 알렉세이 닐리치는 갑자기 고개를 들고 두 눈을 반짝이며 대답했다. "리푸틴, 나는 당신의 권리를 문제 삼고 싶소. 당신은 이 사건에서 나를 들먹일 권리가 없소. 나는 나의 견해를 전부 말한 적이 전혀 없어요. 페테르부르크 친분이 있었다 해도 오래전 일이고 지금 만났다 해도 어쨌든 니콜라이 스타브로긴에 대해서는 아는 바가 거의 없어요. 제발 나는 좀 빼 주시고…… 게다가…… 이 모든 게 유언비어 같거든."

리푸틴은 지은 죄도 없이 박해받는 듯 두 팔을 펼쳤다.

"떠벌이라는 소리군! 혹시 간첩은 아니고요? 모든 일에서 자기는 좀 빼 달라고 하면서, 알렉세이 닐리치, 비판하는 건 좋은 모양이군요. 그런데 스테판 트로피모비치, 믿지 못하시겠지만, 레뱌드킨 대위가 그러니까 뭐처럼 명청한…… 즉 얼마나 명청한지를 말하는 것만도 창피할 정도입니다. 왜 정도를 나타내는 비유가 하나 있잖습니까. 어쨌든 그는 자기가 그에게서 모욕을 받았다고 생각하고, 그럼에도 니콜라이 프세볼로도비치의 기지 앞에서는 고개를 숙여요. '이 사람한테 충격을 받았어. 현명한 뱀이야.'(그 자신의 말이죠.) 그런데 내가 그에게 (모두 바로 어제의 영향에서 헤어 나오지 못한 데다가 이미 알렉세이 닐리치와 대화를 나눈 뒤에) 이렇게 말했죠. 이봐요, 대위, 당신의 그 현명한 뱀이 미친 것 같은지, 당신 생각은 어때요? 믿으실지 모르겠지만, 그는 갑자기 뒤에서 내가 그의 허락도 없이 채찍으로 후려갈긴 듯 다짜고짜 자리에서 펄쩍 뛰어 일어났어요. '맞아요…….' 하고 말하더군요. '맞지만, 다만, 그것이 무슨 영향을 미치지는 않겠지…….' 무엇에 영향을 미친다는 것인지는 끝까지 말하지 않았어요. 그런 다음 괴로운 듯 생각에 깊이 잠기더군요, 술기운이 싹 가실 만큼 생각에 잠기더라고요. 우리는 필리포프 음식점에 있었거든요. 그러다가 삼십 분쯤 지났을 때 그가 갑자기 주먹으로 탁자를 쾅 쳤어요. '맞아, 미쳤을 수도 있지, 하지만 그게 무슨 영향을 미치진 않겠지……' 이번에도 무엇에 영향을 미치는지는 다 말하지 않았어요. 나는 물론 대화의 핵심만 뽑아서 전하는 것이지만 그래도 생각은 이해될 겁니다. 이전까지는 누구의 머릿속에도 떠오르지 않았던 생각이겠지만 이제는 누구를 붙잡고 물어도 다들 한 가지 생각인 거죠. '그래, 미쳤어. 몹시 현명하지만 미쳤을 수도 있지.'"

스테판 트로피모비치는 생각에 잠긴 채 열심히 머리를 굴렸다.

"그런데 레뱌드킨은 어떻게 아는 거요?"

"그 점이라면, 방금 여기서 나를 간첩이라고 부른 알렉세이 닐리치에게 알아보는 편이 나을 것 같은데요. 나는 간첩인데도 잘 모르지만 알렉세이 닐리치는 온갖 속내를 알면서도 입을 다물고 있거든요."

"나는 아무것도, 혹은 거의 몰라요." 예의 그 짜증을 내면서 기사가 대답했다. "알아내기 위해 레뱌드킨이 취하도록 술을 퍼먹이는 거죠. 나를 여기로 데리고 온 것도 알아내기 위해, 내가 말을 하도록 하기 위해서요. 그러니까 간첩인 거지!"

"나는 그에게 술을 먹인 적도 없고 그 작자도, 그의 모든 비밀도 그만한 돈을 쓸 가치가 없고, 나한테는 이런 의미인데 당신에게는 어떤지 모르겠군요. 오히려 돈을 뿌리는 건 그이고, 십이 일 전에 나한테 15코페이카를 꾸러 왔을 때도 내가 그에게 샴페인을 먹인 게 아니라 그가 나에게 먹였어요. 하지만 당신이 나에게 생각을 제공하는군요. 필요하다면 모조리 알아내기 위해 그에게 술을 먹이고…… 당신의 모든 비밀을 알아 낼지도 몰라요." 리푸틴은 표독스럽게 이를 갈았다.

스테판 트로피모비치는 의혹에 찬 눈으로 두 논쟁자를 바라보았다. 둘 다 자신을 까발리고 무엇보다 거리낌이 없었다. 나는 리푸틴이 우리에게 이 알렉세이 닐리치라는 사람을 데리고 온 것이 제삼의 인물을 통해 그를 요긴한 대화 속으로, 그가 애용하는 술책 속으로 끌어들이려는 목적 때문이라는 생각이 들었다.

"알렉세이 닐리치는 니콜라이 프세볼로도비치를 너무 잘 아시지만," 하고 그는 짜증스러운 어조로 계속했다. "그저 숨기고 있을 뿐이에요. 레뱌드킨 대위에 대해 물어보시지만 그 작자는 우리 모두보다도 먼저, 그러니까 오륙 년쯤 전 페테르부르크에 있을 때부터 니콜라이 프세볼로도비치와 인사를 나누었는데, 그가 황송하게도 이곳을 방문할 생각조차 하지 않았던, 니콜라이 프세볼로도비치 인생의, 이런 표현이 가능하다면, 거의 알려진 바 없는 그 시기부터 그랬어요. 우리 왕자는 그 당시 페테르부르크에서 상당히 이상한 패거리와 어울렸다는 결론을 내릴 수밖에 없지요. 그때 알렉세이 닐리치와도 알게 된 것 같아요."

"조심하시길, 리푸틴, 경고하건대, 니콜라이 프세볼로도비치가 곧 여기에 올 생각인데, 그는 자기를 지킬 줄 아는 사람이오."

"그런데 무엇 때문에 나한테 경고를 하는 거죠? 나는 그가 가장 섬세하고 우아한 지성을 지닌 사람이라고 처음 외친 사람이고 어제도 이런 의미로 바르바라 페트로브나를 완전히 안심시켜 드렸는걸요. '그분의 성격은 장담할 수 없지만요.' 하고 말씀드렸지요. 레뱌드킨도 어제 '그는 자기 성격 때문에 고생했던 거야.'라면서 똑같은 말을 하더군요. 에잇, 스테판 트로피모비치, 명심하세요, 나에게서 이미 모든 것을 낱낱이, 더욱이 그토록 굉장한 호기심을 보이며 캐낸 판에 유언비어니 간첩질이니 하고 외치시다니 정말 장하십니다. 그런데 바르바라 페트로브나는 바로 어제 '당신이 이 일에 개인적으로 관련되어 있기 때문에 이렇게 부른 겁니다.'라고 정곡을 찌르셨어요. 여부가 있을까요! 온 사교계가 보는 앞에서 그 나리로부터 개인적인 모욕을 감수한 판에 여기에 무슨 목적이 있었겠어요! 굳이 유언비어를 퍼뜨리기 위해서가 아니더라도 관심을 가질 이유는 있지요. 오늘 당신의 손을 쥔 사람이 내일 아무런 이유도 없이 당신의 환대에 보답한답시고 내키는 대로, 명예로운 사교계 전체가 지켜보는 가운데 당신의 뺨을 때리는 격입니다. 그것도 복에 겨워서! 그런데 무엇보다도 이런 족속에게 여자가 붙는다는 거예요. 나방들과 용맹스러운 수탉들! 고대의 큐피드처럼 날개 달린 지주들, 페초린[39] 같은 심장을 가진 자들이죠! 골수 독신남으로서 그런 말씀을 하시고 그 나리 일로 저를 떠벌이라고 부르시다니, 스테판 트로피모비치, 참 장하십니다. 당신은 지금도 이렇게 멋진 남자니까 젊고 예쁜 여자와 결혼도 할 수 있겠고 그러면 우리 왕자가 못 들어

---

39) 미하일 레르몬토프(Mikhail Lermontov, 1814~1841)의 소설 『우리 시대의 영웅』의 주인공으로서 스타브로긴의 문학사적 원형으로 정리된다.

오도록 문고리를 걸어 잠그고 집에다 바리케이드를 쳐야 할 걸요! 이 마당에 뭘 숨기겠어요. 채찍질당하는 이 마드무아젤 레뱌드키나가 미치지도 않았고 다리도 절지 않았다면, 그녀야 말로 능히 우리 장군님의 정열의 희생물이구나, 바로 그 때문에 레뱌드킨 대위가 그 자신의 표현대로 '가족의 명예'로 고통받았겠구나, 하는 생각도 했겠지요. 단, 그분의 우아한 취향에는 어긋나는 듯도 싶지만 그분에게는 큰 문제도 아닐 테고요. 어떤 딸기든 그분의 입맛에 맞기만 하면 되니까요. 당신은 유언비어라고 하시지만, 이미 온 도시가 입방아를 찧는 판에 어째 나만 떠들어 댄다는 건지, 그저 들은 대로 맞장구를 칠 뿐인걸요. 맞장구치는 건 금지되어 있지 않으니까요."

"도시가 외쳐 댄다고요? 도시에서 뭐라고들 외쳐 댄다는 거요?"

"그러니까 레뱌드킨 대위가 술에 취해 온 도시에다 외치는 것이지만 온 광장이 외치는 거나 마찬가지 아닙니까? 도대체 내가 뭘 잘못했다는 거예요? 나는 단지 친구들끼리 관심을 가져 보자는 거예요, 어쨌든 나는 지금 내가 친구들 사이에 있다고 생각하거든요." 아무 죄도 없다는 표정을 지으면서 그는 우리를 쭉 둘러보았다. "이때 사건이 터졌으니, 생각 좀 해 보세요. 그 나리가 아직 스위스에 있을 때 몹시 귀족적인 한 아가씨, 명예스럽게도 나도 익히 아는, 말하자면 겸손한 고아 아가씨와 함께 레뱌드킨 대위에게 전달하라면서 300루블을 부친 듯해요. 그런데 레뱌드킨은 시간이 좀 지나서, 누구인지는 말하지 않겠지만, 아무튼 역시나 몹시 귀족적인, 고로 아주 믿을 만한 한 인물로부터 300루블이 아니라 1000루블이 송금되었다는 아주 정확한 소식을 입수한 겁니다! 레뱌드킨은, 그렇다면 그 아가씨가 내 돈 700루블을 떼먹었구나, 라고 외치고 경찰서에 신고라도 할 심산인지 적어도 그런 기세로 위협하며 동네방네 입방아를 찧고 있거든요……."

"이건 비열해, 이렇게 나오다니 정말 비열하군!" 기사는 갑자기 의자에서 벌떡 일어났다.

"바로 당신이 니콜라이 프세볼로도비치의 이름으로 송금된 돈은 300루블이 아니라 1000루블이었다고 레뱌드킨에게 확신시킨 몹시 귀족적인 사람이잖아요. 대위가 술에 취해 직접 나에게 알려 줬어요."

"그건…… 그건 불행한 의심이오. 누가 오해해서 나온……. 그건 헛소리고, 당신은 비열해……!"

"사실 나도 헛소리라고 믿고 싶고 그 소리를 들으면서 비애마저 느낍니다. 몹시 귀족적인 그 아가씨가, 첫째는 700루블에, 둘째는 니콜라이 프세볼로도비치와 명백한 내연 관계에 연루되어 있거든요. 사실 그 나리로서는 그 귀족적인 아가씨를 욕보이거나, 그 당시 내 경우처럼 남의 아내의 명예를 훼손하는 것이 뭐 그리 힘들었겠어요? 우연히 관대함으로 가득 찬 사람이 나타나면 그 사람에게 정직한 이름으로 타인의 죄업을 덮으라고 할 거예요. 내가 참았던 것과 마찬가지로요. 제 얘기를 하는 겁니다."

"조심하시오, 리푸틴!" 스테판 트로피모비치는 의자에서 벌떡 일어났는데, 새하얗게 질려 있었다.

"믿지 마십시오, 믿지 말아요! 누가 오해한 것이고, 레뱌드 킨은 술에 취해서……." 기사는 말로 표현할 수 없는 흥분에 휩싸여 외쳤다. "전부 해명될 것이고 저는 더 이상은 도저히…… 저열하다는 생각이 들어서…… 됐어요, 그만 됐습니다!"

그는 방을 뛰쳐나갔다.

"아니, 왜 이러십니까? 어쨌든 나도 함께!" 리푸틴은 화들짝 놀란 듯 벌떡 일어나더니 알렉세이 닐리치의 뒤를 쫓아 뛰어갔다.

7

스테판 트로피모비치는 잠깐 생각에 잠긴 채 서서 어쩐 일인지 나를 보는 둥 마는 둥 쳐다보다가 모자와 지팡이를 들고 조용히 방을 나갔다. 나는 아까처럼 다시 그를 따라갔다. 대문을 나올 때 그는 내가 자기를 따라오고 있음을 알아채고서 말했다. "아, 그럼 당신이 증인이 돼 주시고……이 사건의.(de l'accident.) 함께 가 주겠지요?(Vous m'accompagnerez, n'est-ce pas?)"

"스테판 트로피모비치, 정말 다시 거기에 가시려고요? 어떻게 될지 생각 좀 해 보세요, 예?"

그는 불쌍하고 난처한 미소를, 수치심과 완벽한 절망이 담긴 미소를, 동시에 어떤 이상한 환희가 담긴 미소를 지으며 잠깐 걸음을 멈추더니 이렇게 속삭였다.

"타인의 죄업'과 결혼할 수는 없어!"

나는 오직 이 말만을 기다려 왔다. 일주일 동안 배배 꼬고 거드름을 피우며 계속 나에게 숨겨 온 이 진정 어린 말이 드디어 튀어나온 것이다. 나는 완전히 정신이 나가고 말았다.

"어떻게, 스테판 트로피모비치, 당신의 해맑은 머릿속에, 당신의 선량한 마음속에 그런 더러운…… 그런 저열한 생각이 깃들 수 있는지…… 그것도 리푸틴이 말을 하기 전부터!"

그는 나를 처다볼 뿐 아무 대답도 하지 않고서 가던 길을 갔다. 나는 뒤처지고 싶지 않았다. 바르바라 페트로브나 앞에서 증인이 되고 싶었다. 그가 예의 그 여자처럼 옹졸한 마음에 리푸틴 말만 믿고 저런다면 그를 용서했을 것이지만, 이제 보니 리푸틴보다 훨씬 먼저 이 모든 생각을 했고 리푸틴은 그저 그의 의혹을 확증해 준 것에, 불에 기름을 들이부은 것에 불과했음이 분명해졌다. 그는 바로 첫날부터 어떤 근거도, 심지어 리푸틴과 같은 근거도 없는 상황에서 심사숙고할 것도 없이 처녀를 의심했다. 바르바라 페트로브나의 폭군 같은 행위를 그저, 저 귀중한 니콜라가 귀족이라면 흔히 범하는 죄업을 존경받는 사람과의 결혼을 통해 서둘러 무마하려는 필사적인 소망으로 이해했던 것이다! 나는 그가 이 때문에 꼭 벌을 받았으면 좋겠다 싶었다.

"오! 너무 위대하시고 너무 선하신 주여!(O! Dieu qui est si grand et si bon!) 오, 누가 나를 진정시켜 주리오!" 그는 100걸음쯤 가다가 갑자기 걸음을 멈추고 외쳤다.

"지금 집으로 갑시다. 내가 모든 걸 설명해 드리겠어요!" 나는 완력을 써서 그를 집 쪽으로 돌려놓으며 소리쳤다.

"저 사람이 그분이에요! 스테판 트로피모비치, 정말 선생님
이신가요? 예?" 우리 옆으로 생기 넘치고 발랄한 젊은 목소리
가 음악처럼 울려 퍼졌다.

아무것도 보이지 않았지만 갑자기 우리 옆으로 말을 탄 리
자베타 니콜라예브나가 언제나 데리고 다니는 안내자와 함께
나타났다. 그녀는 말을 멈춰 세웠다

"이리 와 봐요, 어서요!" 그녀는 큰 소리로 명랑하게 그를
불렀다. "십이 년 동안이나 못 뵈었어도 알아봤는데 선생님
은…… 정말 저를 못 알아보시겠어요?"

스테판 트로피모비치는 그녀가 자기를 향해 뻗은 손을 잡
고 경건하게 입을 맞추었다. 그는 기도하듯 그녀를 바라볼 뿐,
아무 말도 하지 못했다.

"알아보시곤 반가워하시는군요! 마브리키 니콜라예비치, 이
분은 나를 보자 황홀해하시는걸요! 그런데 두 주가 다 지나도
록 왜 오시지 않은 거예요? 이모는 선생님이 편찮으시니까 심
려를 끼쳐서는 안 된다고 하시더라고요. 하지만 이모가 거짓
말을 한다는 거 알아요. 저는 발을 동동 구르고 선생님을 원
망했지만 꼭, 꼭 선생님이 먼저 찾아와 주시길 바랐기 때문
에 사람을 보내지 않은 거예요. 맙소사, 하나도 변하지 않으셨
네!" 그녀는 말안장에서 몸을 숙여 그를 뜯어보았다. "이분은
우스울 정도로 변하지 않으셨어요! 아, 아니구나, 주름도 있네
요, 눈 주변과 뺨에 주름이 가득하고 흰머리까지 생겼지만 눈
은 그대로예요! 제가 변했나요? 변했다고요? 하지만 왜 줄곧

아무 말씀도 안 하세요?"

그 순간 나는 열한 살인 그녀를 페테르부르크로 데려갈 때 그녀가 좀 아팠다는 이야기가 떠올랐다. 아픈 와중에도 울면서 스테판 트로피모비치를 찾았다는 것이다.

"당신은…… 나는……" 하고 그제야 그가 반가움에 겨워 탁탁 끊기는 목소리로 중얼거렸다. "방금 '누가 나를 진정시켜 주리오!'라고 외쳤는데 그때 당신의 목소리가 울려 퍼졌어요……. 이것을 기적으로 생각하고 믿기 시작했어요.(et je commence à croire.)"

"신을 말씀하시는 건가요? 저 높은 곳에 계시며 너무 위대하시고 너무 선하신 신을요?(En Dieu? En Dieu, qui est là haut et qui est si grand et si bon?) 보세요, 전 선생님의 강의를 전부 외우고 있어요. 마브리키 니콜라예비치, 이분은 그 무렵 너무 위대하시고 너무 선하신 신에 대한(en Dieu, qui est si grand et si bon) 큰 믿음을 가르쳐 주셨죠! 콜럼버스가 아메리카를 발견하고 다 함께 '육지다, 육지야!'라고 외친 이야기를 해 주신 거, 기억하실 거예요. 유모 알료냐 프롤로브나는 그런 다음 밤중에 제가 잠꼬대를 하며 '육지다, 육지야!'라고 외쳤다고 하더군요. 햄릿 왕자 이야기를 해 주신 건 기억나세요? 가난한 이민자들을 유럽에서 아메리카로 어떻게 데려갔는지 묘사해 주셨던 건 기억나세요? 모두 사실이 아니었어요, 나중에야 어떻게 데려갔는지 전부 알게 되었지만, 마브리키 니콜라예비치, 그때 이분이 거짓말을 얼마나 멋지게 하셨던지, 거의 사실보다 더 훌륭했다니까요! 이분은 전 지구상에서 가장 훌륭하고 가장 믿음직스러운 분이니까 이분을 반드시 사랑해야 해요, 나를 사랑하듯! 이 사람은 내가 원하는 건 다 해 줘요.(Il fait tout ce que je veux.) 그런데, 사랑하는 스테판 트로피모비치, 길거리에서 누가 선생님을 진정시켜 주리오, 하고 외치신 걸 보니 또다시 불행하신 거로군요? 불행하신 거죠, 예? 그렇죠?"

"이제 행복합니다만……."

"이모가 속상하게 하나요?" 그녀는 듣지도 않고 계속했다. "언제나 한결같이 못됐고 공정하지 못하지만 우리에겐 영원토록 귀중한 이모! 기억나세요? 선생님이 정원에서 제 품으로 달려들었고 저는 선생님을 달래며 울음을 터뜨렸죠. 마브리키 니콜라예비치는 두려워하지 마세요. 선생님에 대한 모든 것, 모든 것을 오래전부터 알고 있는 사람이니까 선생님 원하시는 만큼 실컷 이 사람 어깨에 대고 우실 수도 있어요, 이이는 얼마든지 서 있어 줄걸요……! 모자를 들어 올리시고 일 분만 벗고 계세요, 머리를 쭉 빼시고 발뒤꿈치를 들어 보세요, 지금 선생님 이마에 입을 맞추려고요, 우리가 헤어질 때 마지막으로 했듯. 저것 좀 보세요, 저기 아가씨가 창문에서 우리를 감상하고 있네요……. 자, 더 가까이, 가까이. 맙소사, 이분, 흰머리 좀 봐!"

그리고 그녀는 말안장에서 몸을 살짝 굽혀 그의 이마에 입을 맞추었다.

"자, 이제 선생님 댁으로 가요! 선생님이 어디 사시는지 알아요. 이제 곧 제가 선생님 댁을 찾아갈 거예요. 고집쟁이 선생님, 제가 먼저 선생님 댁을 방문하는 거니까 다음번엔 선생님을 하루 종일 우리 집에 붙잡아 둘 거예요. 어서 가세요, 저를 맞을 준비를 하셔야죠."

그러고 나서 그녀는 자신의 파트너와 함께 말을 타고 가 버렸다. 우리는 되돌아왔다. 스테판 트로피모비치는 소파에 앉아 울음을 터뜨렸다.

"신이시여! 신이시여!(Dieu! Dieu!)" 그가 외쳤다. "드디어 행복의 한순간이!(Enfin une minute de bonheur!)"

오 분도 지나지 않아 그녀는 약속대로 자신의 마브리키 니콜라예비치를 대동하고 나타났다.

"당신과 행복이, 둘이 동시에 오다니!(Vous et le bonheur, vous arrivez en même temps!)" 그는 일어나서 그녀를 맞이했다.

"자, 꽃다발이에요. 지금 마담 슈발리에 댁에 다녀왔는데, 영명축일을 맞는 사람을 위한 꽃다발이 겨울 내내 준비되어 있더라고요. 자, 이쪽은 마브리키 니콜라예비치고요, 서로 인사 나누세요. 꽃다발 대신 피로그[40]를 사려고 했지만 마브리키 니콜라예비치가 그건 러시아 정서에 맞지 않는다고 해서요."

마브리키 니콜라예비치라는 사람은 서른세 살쯤 되는 포병 대위로서 장신에 미남이고 외모가 나무랄 데 없이 단정했고 강렬한, 첫눈에는 심지어 엄격하다는 인상까지 주었으나, 누구든 거의 안면을 트는 첫 순간부터 경이롭고 몹시 섬세하며 선량한 사람임을 알 수 있었다. 그래도 워낙 말수가 적고 몹시 차가워 보였으며 구태여 친구를 만들려고 하지도 않았다. 훗

─────────────

40) 밀가루 반죽 안에 다양한 소를 채워 만든 러시아 전통 파이.

날 우리 도시의 많은 사람들이 그가 좀 덜떨어진 사람이라고 말하기도 했지만 완전히 옳은 얘기는 아니었다.

리자베타 니콜라예브나의 아름다움에 대해서는 묘사하지 않겠다. 도시 전체가 벌써 그녀의 아름다움에 대해 떠들어 댔지만 어떤 부인들과 처자들은 분개하며 반박하기도 했다. 그들 중에는 벌써 리자베타 니콜라예브나를 증오하는 자들마저 있었는데, 첫째, 그녀의 오만함 때문이었다. 즉, 드로즈도프 집안은 여태껏 방문 인사를 거의 시작도 하지 않고 있었는데, 지체된 이유가 정말로 프라스코비야 이바노브나의 건강 상태였음에도 사람들에게는 모욕이 됐다. 둘째, 그녀가 도지사 부인의 친척이라는 이유로, 셋째, 그녀가 매일 말을 타고 산책한다는 이유로 미워했다. 지금까지 우리 도시에는 아마존카[41]가 있었던 적이 없다. 당연히, 아직 방문 인사도 하지 않고서 말이나 타고 다니는 리자베타 니콜라예브나의 출현이 사교계를 모욕한 것이 분명했다. 하긴 그녀가 의사의 처방에 따라 말을 타고 다닌다는 것을 다들 벌써 알고 있었고 이참에 그녀의 병을 두고 신랄한 얘기들이 오갔다. 그녀는 정말로 아팠다. 첫눈에도 도드라지는 것이 바로 그녀의 병적이고 신경질적인 끊임없는 불안이었다. 아! 나중에 모두 해명되었듯이 그 가련한 아가씨는 그 당시 몹시 고통스러워하고 있었다. 지난 일을 회상하는 지금, 그녀가 미인이었다는, 당시에 내게 그렇게 보였다는 얘기는 더 이상 하지 않겠다. 어쩌면 전혀 예쁘지 않았

---

41) 아마존족. 말 타는 여성을 비유적으로 표현한 것.

는지도 모르겠다. 그녀는 키가 크고 가늘었으되 유연하고 힘이 있었으며 얼굴선이 너무 불규칙적이어서 충격을 줄 정도였다. 그녀의 눈은 어쩐지 칼미크[42]처럼 비뚜름하게 붙어 있었다. 광대뼈가 튀어나오고 창백하면서도 거무스름한 얼굴은 여위어 있었다. 그러나 그 얼굴에는 무언가 압도적이고 매력적인 것이 있었다! 검은 눈의 불타는 시선에서는 어떤 저력마저 느껴졌다. 그녀는 '정복을 위한 정복자'로서 나타난 듯했다. 오만하고 가끔은 뻔뻔해 보이기도 했다. 그녀가 착하게 살 수 있을지는 잘 모르겠다. 그러나 그녀가 그것을 끔찍이도 원해서 자신을 조금이라도 착하게 만들기 위해 괴로워한다는 것만은 안다. 이런 천성 속에는 물론 아름다운 지향과 가장 공명정대한 시작이 많이 들어 있었다. 그러나 그 속의 모든 것이 영원히 자신의 수준을 찾다가 끝내 그것을 못 찾아냈고 모든 것이 혼돈과 흥분과 불안 속을 헤매는 듯했다. 자신에게 이미 너무 엄격한 요구를 하면서도 내부에서 그 요구를 만족시킬 힘을 결코 발견하지 못한 건지도 몰랐다.

그녀는 소파에 앉아 방을 둘러보았다.

"왜 나는 이런 순간이면 언제나 슬퍼지는 건지, 학자님이 한번 맞혀 보실래요? 전 평생 선생님을 만나서 모든 것을 회상하면 얼마나 기쁠까 생각해 왔는데, 선생님을 이렇게 사랑하는데도 전혀 기쁜 것 같지 않아요……. 아, 맙소사, 이분 댁에 내 초상화가 걸려 있네! 이리 줘 보세요, 기억나는군요, 기억

---

42) 러시아의 몽골 유목 민족 중 하나.

나요!"

열두 살의 리자를 수채 물감으로 그린 이 훌륭한 작은 초상화는 드로즈도프 집안이 페테르부르크에서 스테판 트로피모비치에게 보낸 것이었다. 그때부터 쭉 그의 벽에 걸려 있었다.

"제가 정말 이렇게 예쁜 아이였나요? 이게 정말 제 얼굴인가요?"

그녀는 일어나서 초상화를 두 손에 든 채 자신의 모습을 거울에 비추어 보았다.

"어서 가져가세요!" 그녀는 초상화를 내주며 소리쳤다. "이제는, 앞으로는 걸어 두지 마세요, 보기 싫으니까요." 그녀는 다시 소파에 앉았다. "하나의 삶이 지나가고 다른 삶이 시작되고 그다음엔 그 다른 삶이 지나가고 세 번째 삶이 시작되고, 이렇듯 모든 것이 끝이 없어요. 꼭 모든 끝을 가위로 싹둑 잘라 내는 것 같아요. 보세요, 제가 얼마나 닳고 닳은 얘기를 늘어놓는지, 얼마나 많은 진실이 담겨 있는지!"

그녀는 미소를 머금으며 나를 바라보았다. 벌써 여러 번이나 나를 쳐다보았지만 스테판 트로피모비치는 너무 흥분한 나머지 나를 소개해 주겠다던 약속을 잊은 것이다.

"아니, 제 초상화가 왜 선생님 댁 단검 밑에 걸려 있는 거죠? 선생님 댁에는 단검과 군도가 왜 이렇게 많아요?"

무엇 때문인지는 모르지만 그의 집 벽에는 정말로 야타간[43] 두 개가 십자로 걸려 있고 그 위에는 진짜 체르케스 검이 걸

---

43) 터키의 장검으로 날밑이 없는 것이 특징이다.

려 있었다. 질문을 던지며 그녀가 나를 너무 똑바로 쳐다보았기 때문에 나는 뭐라고 대답하고 싶었지만 그만두었다. 스테판 트로피모비치가 드디어 눈치를 채고서 나를 소개했다.

"알아요, 알아." 그녀가 말했다. "몹시 반갑네요. 엄마도 당신 얘기를 많이 들었어요. 마브리키 니콜라예비치와도 인사를 나누세요, 이이는 멋진 사람이거든요. 저는 당신에 대해 진작부터 우스운 생각을 하고 있었어요. 그러니까 스테판 트로피모비치의 상담역인 거죠?"

나는 얼굴이 새빨개졌다.

"아이, 제발 용서하세요, 제가 단어를 완전히 잘못 썼네요. 우습다는 말이 전혀 아니고 그러니까……(그녀는 얼굴을 붉히며 당혹스러워했다.) 하지만 당신이 멋진 사람이라는 게 부끄러워할 일인가요? 어쨌든, 마브리키 니콜라예비치, 그만 일어나요! 스테판 트로피모비치, 삼십 분 후에는 선생님이 우리 집에 오셨으면 해요. 맙소사, 우리는 얼마나 많은 얘기를 나누게 될까요! 이제는 제가 선생님의 상담역이에요. 모든 것, '모든 것'에 있어서, 아시겠죠?"

스테판 트로피모비치는 당장 경악하고 말았다.

"오, 마브리키 니콜라예비치는 모든 것을 아니까 불편하게 생각하지 마세요!"

"뭘 아신다는 겁니까?"

"무슨 말씀이세요!" 그녀는 깜짝 놀라며 외쳤다. "어라, 이분들이 숨기고 있다는 게 사실인가 봐요! 믿고 싶지 않았는데. 이분들은 다샤마저 숨겨요. 이모는 오래전부터 저를 다샤에게 못 가게 하더라고요, 다샤가 머리가 아프다면서요."

"그러나…… 그러나 당신이 어떻게 알게 된 거죠?"

"아, 맙소사, 모든 사람과 마찬가지 방식으로요. 이 무슨 희한한 일이람!"

"아니, 그럼 모든 사람이……?"

"아니, 어떻게라뇨? 사실 엄마는 처음에 제 유모인 알료냐 프롤로브나를 통해서 알게 됐어요. 선생님의 나스타샤가 유모에게 달려와 이야기해 준 거고요. 선생님이 나스타샤에게 얘기하신 거잖아요? 선생님이 직접 자기한테 얘기하셨다고 하던데."

"나는…… 나는 언젠가 말했지만……"스테판 트로피모비치는 얼굴을 확 붉히며 우물거렸다. "그러나…… 그저 암시만…… 나는 너무 초조하고 아프고 게다가…….(j'étais si nerveux et malade et puis…….)"

그녀는 깔깔 웃기 시작했다.

"마침 상담역이 옆에 없을 때 나스타샤가 나타난 거로군요, 어쨌든 그만해요! 그 여자한테는 온 도시가 수다쟁이거든요! 아무튼 됐어요, 어차피 다 마찬가지죠. 다들 안다면 그게 더 나은 거죠. 서둘러 오도록 하세요, 우리는 식사를 일찍 하거든요. 아참, 잊을 뻔했네."그녀는 다시 앉았다. "있잖아요, 샤토프는 대체 어떤 사람인가요?"

"샤토프? 그 사람은 다리야 파블로브나의 오빠인데요……."

"오빠라는 건 알아요, 선생님도, 참!"그녀가 초조해하며 말을 막았다. "제가 알고 싶은 건 그가 어떤 사람이냐는 거예요."

"이곳의 공상가죠. 세상에서 가장 훌륭하면서도 가장 성마른 사람입니다······(C'est un pense-creux d'ici. C'est le meilleur et le plus irascible homme de monde······.)"

"저도 그가 좀 이상한 사람이라는 얘기는 들었어요. 하긴 그런 얘기는 아니지만. 그가 세 개의 언어에다가 영어도 알고 문학적인 일에 종사한다든가 하는 얘기를 들었어요. 그렇다면 그에게 의뢰할 일이 많거든요. 저는 조력자가 필요하고 빠르면 빠를수록 좋아요. 그가 일을 맡아 줄까요? 그를 추천하던데······."

"오, 틀림없이 그럴 테고요, 당신이 호의를 베푸시는 셈이죠······.(et vous fairez un bienfait······.)"

"저는 호의(bienfait)를 베풀려는 게 아니고요, 저야말로 조력자가 필요해요."

"샤토프라면 제가 상당히 잘 압니다만." 내가 말했다. "그에게 전하고 싶은 말씀이 있으면 제가 지금 당장 다녀오겠습니다."

"내일 오후 12시에 좀 와 달라고 전해 주세요. 기적 같은 일이네요! 감사합니다. 마브리키 니콜라예비치, 그만 갈까요?"

그들은 떠났다. 나는 당연히, 당장 샤토프의 집으로 뛰어갔다.

"나의 벗이여!(Mon ami!)" 스테판 트로피모비치는 현관까지 나를 쫓아왔다. "10시나 11시에 꼭 와 줘요. 그때는 나도 돌아와 있을 테니까. 오, 나는 당신한테 지은 죄가 너무, 너무 많아요······. 모든 사람한테, 모든 사람한테."

샤토프는 집에 없었다. 두 시간 뒤에 다시 달려 갔더니 이번에도 없었다. 결국 이미 7시가 넘은 시간에 그를 만나든, 아니면 쪽지라도 남겨 두기 위해서든 그에게로 향했다. 이번에도 없었다. 집은 잠겨 있었고, 그는 아예 하인도 없이 혼자 살고 있었다. 아래층의 레뱌드킨 대위에게 뛰어가 샤토프에 대해 물어볼까도 생각했다. 그러나 거기도 잠긴 채로 빈집처럼 아무 소리도, 빛 한 줄기도 없었다. 나는 아까 들은 이야기의 영향 때문에 레뱌드킨 집 문 옆을 지날 때는 호기심이 동했다. 결국은 내일 좀 더 일찍 들르기로 했다. 사실 쪽지에는 별 기대를 걸지 않았다. 샤토프라면 쪽지 따위는 그냥 무시할 수 있었는데, 너무 고집이 세고 숫기가 없기 때문이었다. 허탕을 쳤다고 투덜대며 벌써 대문 밖으로 나왔을 때 갑자기 키릴로프 씨와 마주쳤다. 그는 집 안으로 들어올 때 먼저 나를 알아보았다. 그가 나서서 질문을 던지기 시작하기에 나는 요점만 간추려 모든 것을 이야기해 주고 나에게 쪽지가 있다는 말도 했다.

"갑시다." 그가 말했다. "내가 다 처리해 주리다."

그가 오전부터 마당에 있는 목조 곁채를 쓰고 있다는 리푸틴의 말이 떠올랐다. 그에게는 너무 넓은 이 곁채에는 어떤 귀머거리 할멈이 함께 살며 시중을 들어 주었다. 집의 주인은 다른 거리에 있는, 자신의 다른 새 집에서 식당을 경영하고 그의 친척으로 보이는 이 할멈이 남아 낡은 집 전부를 돌보았다. 곁채의 방들은 상당히 깨끗했지만 벽지는 지저분했다. 우리가 들어간 방에는 각양각색의 가구들이 완전히 구색을 갖추고 있었다. 카드놀이용 책상 두 개, 개암나무 장롱, 무슨 오두막이나 부엌에서 가져온 큰 널빤지 책상, 의자, 격자무늬 등받이에 딱딱한 가죽 덮개를 씌운 안락의자 등이 말이다. 구석에는 고풍스러운 성상이 있고 그 앞의 램프에는 우리가 오기 전부터 할멈이 불을 밝혀 놓았고 벽에는 크고 흐릿한 유화 초상화가 걸려 있었다. 하나는 외모로 보건대 1820년대에 그려진 고(故) 니콜라이 파블로비치[44] 황제의 초상화였고 다른 것은 어떤 대주교를 그린 것이었다. 방에 들어온 키릴로프 씨는 양초에 불을 붙인 다음 아직 풀지 않은 채 구석에 놓여 있는 트렁크에서 봉투, 밀랍, 크리스털 인장을 꺼냈다.

"당신의 쪽지를 봉한 다음 봉투에 서명하세요."

나는 그럴 필요가 없을 것이라고 반박했지만 그는 강경했다. 봉투에 서명하고 나서 모자를 집어 들었다.

"차를 대접하고 싶은데요." 그가 말했다. "차를 사 왔거든요. 드시겠습니까?"

나는 거절하지 않았다. 할멈은 곧 차를, 즉 뜨거운 물을 담은 커다란 찻주전자와 진하게 끓인 차를 담은 작은 찻주전자, 조잡한 그림이 그려진 커다란 머그잔 두 개, 그리고 칼라치[45]와 각설탕이 담긴 밑이 깊은 접시를 가져왔다.

---

44) 니콜라이 1세(Nikolai I, 1796~1855, 재위 1825~1855). 그의 즉위식 때 12월당 사건이 일어났다.
45) 도넛처럼 구멍이 뚫린 크고 흰 빵으로 보통 흑빵보다 고급스러운 빵.

"난 차를 좋아합니다." 그가 말했다. "밤에는 많이 걸어 다니고 많이 마십니다. 동이 틀 때까지. 외국에 있을 때는 밤에 차를 마시기가 여의치 않았어요."

"동이 틀 때 주무십니까?"

"언제나 그래요. 별로 안 먹어요. 그저 차만. 리푸틴은 간교하지만 조바심이 많아요."

나는 그가 이야기를 하고 싶어 하는 걸 보고 놀랐다. 이 순간을 이용하기로 했다.

"아까는 불미스러운 착오가 있었습니다." 내가 말했다.

그는 양미간을 잔뜩 찌푸렸다.

"그건 멍청한 일입니다. 아주 쓸데없는 거죠. 몽땅 쓸데없는 건데, 레뱌드킨이 술에 취해 있기 때문입니다. 난 리푸틴에게 말은 하지 않고 오직 쓸데없는 거라고만 설명했어요. 거짓말만 하는 작자니까요. 리푸틴은 워낙 공상을 많이 해서 쓸데없는 소리로 산을 쌓았어요. 난 어제만 해도 리푸틴 말을 믿었습니다."

"그럼 오늘은 제 말을?" 나는 웃었다.

"당신은 이미 모든 것을 아시잖습니까. 리푸틴은 나약하거나 조바심이 많거나 해롭거나…… 질투하는 겁니다."

마지막 단어가 충격을 주었다.

"하긴 그렇게 많은 범주를 내놓으니까 뭐라도 손쉽게 걸려들겠군요."

"아니면 모든 것이 함께."

"그래요, 맞는 얘기입니다. 리푸틴, 이 사람은 혼돈입니다!

사실 그는 당신이 무슨 글을 쓰고 싶어 한다고 거짓말하지 않았습니까?"

"왜 거짓말이라는 겁니까?" 그는 다시 양미간을 찌푸리더니 땅바닥을 응시했다.

나는 사과한 다음 뭘 캐내려는 것은 아니라고 주장하기 시작했다. 그는 얼굴을 붉혔다.

"그의 말은 사실입니다. 저는 쓰고 있거든요. 단, 그건 아무래도 좋아요."

우리는 잠시 침묵했다. 갑자기 그가 아까처럼 어린아이 같은 미소를 지었다.

"그가 머리 얘기를 한 건 책을 보고 스스로 생각한 다음 자기 입으로 나에게 말해 준 건데, 이해력이 나쁜 사람이고요, 저는 그저 사람들이 왜 감히 자살하지 못하는가에 대한 원인을 찾고 있을 따름입니다. 그게 전부입니다. 이것도 아무래도 좋아요."

"감히 못 한다니요? 아니, 자살 사건이 적단 말입니까?"

"몹시 적습니다."

"정말 그렇게 생각하십니까?"

그는 대답하지 않고 일어나더니 생각에 잠긴 듯 이리저리 걷기 시작했다.

"당신 생각으론, 대체 무엇이 사람들의 자살을 방해하는 것 같습니까?" 내가 물었다.

그는 우리가 무슨 얘기를 하고 있는지 상기하는 듯 멍한 눈으로 쳐다보았다.

"저로서는…… 저는 아직 아는 것이 별로 없지만…… 두 가지 편견이 방해하는 것 같습니다, 두 가지. 오직 두 가지. 한 가지는 몹시 작은 것이고, 다른 한 가지는 몹시 큰 것입니다. 그러나 작은 것도 몹시 큰 것이지요."

"작은 것이란 무엇입니까?"

"고통입니다."

"고통이라고요? 그게 과연 그렇게…… 중요한가요, 이 경우에?"

"제일 우선적이지요. 두 종류가 있습니다. 큰 슬픔이나 악의 혹은 광기나, 이 경우엔 뭐든 상관없지만…… 그런 것 때문에 자살하는 사람들은 갑자기 해요. 이 사람들은 고통에 대해서는 별로 생각하지 않고 갑자기. 하지만 이성에 따라 하는 경우, 이 사람들은 생각을 많이 하지요."

"그럼 이성에 따라 하는 사람들이 있다는 겁니까?"

"아주 많습니다. 편견만 없다면 훨씬 더 많을걸요. 몹시 많을 겁니다. 모두."

"아니, 모두라니요?"

그는 입을 다물었다

"고통 없이 죽을 수 있는 방법은 정말 없을까요?"

"그러니까," 그는 내 앞에서 걸음을 멈추었다. "집채만큼 커다란, 그런 크기의 바윗돌을 떠올려 보세요. 그것이 매달려 있고 당신은 그 밑에 있습니다. 그것이 당신 머리 위로 떨어진다면, 아플까요?"

"집채만 한 바윗돌이라고요? 물론 무섭겠지요."

"저는 공포에 대해 묻는 게 아닙니다. 아플까요?"

"산만 한 바위, 100만 푸드[46]나 되는 바위 말입니까? 당연히, 아플 건 전혀 없지요."

"그런데 사실, 그것이 매달려 있는 동안 당신은 아플까 봐 몹시 두려워할 겁니다. 제일가는 학자, 제일가는 의사, 누구나 몹시 두려워할 겁니다. 누구나 아프지 않다는 것을 알면서도 누구나 아플까 봐 몹시 두려워할 겁니다."

"어쨌든, 그럼 두 번째 원인, 큰 원인은 뭡니까?"

"저 세계입니다."

"즉, 벌을 말하는 건가요?"

"그건 아무래도 좋아요. 저 세계. 오직 저 세계입니다."

"저 세계를 전혀 믿지 않는 무신론자들은 정말 없는 걸까요?"

그는 다시 입을 다물었다.

"아마도 당신 자신의 기준에 따라서 판단하시는 것이겠지요?"

"누구나 자신의 기준에 따라서 판단할 수밖에 없습니다." 그는 얼굴을 붉히며 말했다. "사느냐 죽느냐가 아무래도 좋게 되면 그때는 완전한 자유가 있을 겁니다. 그것이 모든 것의 목표지요."

"목표라고요? 하지만 그때는 아무도 사는 걸 원치 않을 텐데요?"

"그렇죠, 아무도." 그는 단호하게 말했다.

"인간은 삶을 사랑하기 때문에 죽음을 두려워한다, 제가 이

---

46) 1푸드는 약 16.38킬로그램.

해하는 바로는 그렇습니다." 내가 지적했다. "자연이 그렇게 명령했으니까요."

"그건 비열합니다, 거기에 모든 기만이 있습니다!" 그의 눈이 번득였다. "삶은 고통이고 삶은 공포며 인간은 불행합니다. 지금은 모든 것이 고통이고 공포입니다. 지금 인간은 고통과 공포를 사랑하기 때문에 삶을 사랑합니다. 그리고 그렇게 해 왔지요. 삶은 지금 고통과 공포의 대가로 주어지며 여기에 모든 기만이 있는 겁니다. 지금 인간은 아직 그 인간이 아닙니다. 새로운 인간, 행복하고 오만한 인간이 나타날 겁니다. 고통과 공포를 극복하는 사람, 바로 그 사람이 신이 될 겁니다. 그런데 원래의 그 신은 아닐 테죠."

"고로, 당신 생각에 그 신은 존재하는 겁니까?"

"그 신은 존재하지 않지만 존재합니다. 바윗돌 자체에는 고통이 없지만 바윗돌에서 비롯된 공포 속에는 고통이 있습니다. 신은 죽음의 공포라는 고통입니다. 고통과 공포를 극복할 사람, 그 사람이 신이 될 겁니다. 그때는 새로운 삶이, 그때는 새로운 인간이, 모든 것이 새롭게…… 그때는 역사가 두 부분으로 나누어질 겁니다. 고릴라에서 신의 파괴 이전까지, 신의 파괴에서부터……."

"고릴라 이전까지인가요?"

"……지구와 인간의 물리적인 변화 이전까지. 인간은 신이 되면서 물리적으로 변화될 겁니다. 그리고 세계도 변화되고 사건들도 변화되며 사상과 모든 감정도 변화될 겁니다. 그때는 인간도 물리적으로 변화되지 않겠습니까, 당신은 어떻게 생각하십니까?"

"사느냐 죽느냐가 아무래도 좋다면 모두 자살할 것이고 바로 그런 것이 변화일 수 있겠지요."

"그건 아무래도 좋습니다. 기만을 죽일 겁니다. 주된 자유를 원하는 사람은 모두 자살할 용기가 있어야 합니다. 자살할 용기가 있는 사람이 기만의 비밀을 알게 되었습니다. 더 이상 자유는 없습니다. 바로 여기에 모든 것이 있고 더 이상은 아무것도 없어요. 자살할 용기가 있는 사람, 그가 신입니다. 이제는 누구나 신이 존재하지 않도록, 아무것도 존재하지 않도록 할 수 있습니다. 하지만 아직까지 아무도, 단 한 번도 그러지 않았습니다."

"자살자들이 수백만이나 있었는데요."

"하지만 모두 그것 때문이 아니었어요. 모두 공포를 안고 행한 것이지, 그것을 위해서는 아니었습니다. 공포를 죽이기 위해서가 아니었다고요. 오직 공포를 죽이기 위해서 자살하는 사람만이 그 즉시 신이 되는 겁니다."

"잘 안 될 겁니다, 아마." 내가 말했다.

"그건 아무래도 좋습니다." 그는 조용히, 경멸마저 깃든 평온하고 오만한 어조로 대답했다. "비웃으시는 것 같아 유감입니다." 삼십 초쯤 뒤에 그가 덧붙였다.

"한데 이상한 것이 있는데요, 아까는 그렇게 신경질을 내시더니 지금은 말씀은 열렬하셔도 이렇게 침착하시니."

"아까요? 아까는 아주 웃겼지요." 그가 미소를 지으며 대답했다. "저는 욕하는 걸 좋아하지도 않고 절대로 비웃지도 않습니다." 슬픈 어조로 덧붙였다.

"그래요, 차를 마시면서 울적하게 당신의 그 밤들을 보내시는군요."

나는 일어나서 모자를 집었다.

"그렇게 생각하십니까?" 그는 다소 놀란 듯 미소를 지었다. "왜요? 아니, 저는…… 저는 모르겠군요." 그가 갑자기 당황했다. "다른 사람들이 어떤지는 모르고요, 제가 누구나처럼 할 수 없음을 느낍니다. 누구나 생각을 하고 그다음에는 즉시 다른 것을 생각합니다. 저는 다른 것을 생각할 수 없어요, 평생 한 가지만 생각해 왔습니다. 신이 평생 저를 괴롭혔거든요." 그는 갑자기 놀라울 정도로 격정적으로 말을 끝맺었다.

"혹시 실례가 안 된다면, 당신은 러시아어가 왜 그렇게 정확하지 않은 겁니까? 오 년 동안 외국에 나가 살아서 그렇습니까?"

"제가 정확하지 않은가요? 모르겠어요. 아니, 외국에 있었기 때문은 아닙니다. 저는 평생 이렇게 말해 왔거든요……. 아무래도 좋아요."

"좀 더 민감한 질문 하나만 더요. 저는 당신이 사람들과 만나는 것을 꺼리고 사람들과 말도 거의 나누지 않는다고 철석같이 믿고 있습니다. 지금 저와는 왜 이렇게 대화를 나눈 것인지요?"

"당신과 말입니까? 아까 당신이 앉아 있는 모습이 좋았고 또 당신은…… 하긴 아무래도 좋지만…… 저의 형을 몹시 닮았습니다, 굉장히 많이." 그는 얼굴을 붉히면서 말했다. "형은 칠 년 전에 죽었어요. 저보다 나이가 많았어요, 몹시, 몹시 많이."

"분명히 당신의 사상의 윤곽에 지대한 영향을 끼쳤겠지요."

"아-아닙니다, 형은 말이 거의 없었어요. 아무 말도 하지 않았습니다. 당신 쪽지는 제가 전해 주지요."

그는 나를 보내고 문을 잠그기 위해 램프를 들고 대문까지 바래다주었다. 나는 마음속으로 '당연히, 정신이 나간 사람이야.'라고 단정했다. 대문에서 새로운 만남이 있었다.

9

내가 쪽문의 높은 문턱 위로 발을 내딛자마자 갑자기 누군가의 억센 손이 나의 가슴팍을 움켜쥐었다.

"이건 누구냐?" 누군가의 목소리가 으르렁거렸다. "아군이냐, 적군이냐? 자백해라!"

"이분은 우리 편이야, 우리 편!" 옆에서 리푸틴이 째지는 소리를 냈다. "이분은 G-v씨, 그러니까 고전 교육을 받은 데다가 가장 상류 사회에 인맥이 있는 젊은이야."

"상류 사회에 인맥, 좋아하지, 고-전…… 그러니까 교-양까지 갖춘 인물이라니……. 퇴역 대위 이그나트 레뱌드킨은 세계와 친구들의 시중을 들 준비가 돼 있지, 믿을 만한, 믿을 만한 놈들이라면, 비열한들!"

레뱌드킨 대위는 키가 10베르쇼크[47]나 되고 뚱뚱하고 살

---

47) 1베르쇼크는 약 4.4센티미터로 19세기의 신장 단위였다. 앞에 2아르신

집이 두둑한 데다가 곱슬머리에 얼굴이 불그스름했는데 너무 술에 취한 나머지 내 앞에 제대로 서 있지도 못하고 말도 간신히 내뱉었다. 하긴 전에도 그를 멀리서 본 적이 있었다.

"아, 이 사람도 있군!" 그는 등불을 든 채 아직도 떠나지 못한 키릴로프를 보고 다시 으르렁거렸다. 거의 주먹까지 들 태세였지만 곧 내렸다.

"학식을 봐서 용서하노라! 이그나트 레뱌드킨은 교-양이 철철 넘치는 사람이라……

불타오르는 사랑의 석류가
이그나트의 가슴속에서 터져 버렸네.
다시금 쓰라린 고통으로 울기 시작했지.
세바스토폴[48] 이후 팔을 잃어버린 사내가.

세바스토폴에는 간 적도 없고 팔이 없는 것도 아니지만 각운 하나는 끝내 주는군!" 그는 취한 낯짝을 내 앞으로 바싹 들이댔다.

"이분은 시간이 없어, 시간이. 집에 가시는 길이거든!" 리푸틴이 설득했다. "이분은 내일 리자베타 니콜라예브나에게 죄다 전해 주고 말 거야."

"리자베타라고……!" 그는 다시금 으르렁거렸다. "잠깐만, 가

(32베르쇼크)이 생략되어 대위의 키는 약 185센티미터다.
48) 크림 전쟁(1853~1856) 중에 있었던 세바스토폴 전투를 말한다.

지 마! 변주곡이 있으니까.

> 말 탄 별이 날아오르네,
> 또 다른 아마존카들의 합창 속에서
> 말 위에서 나에게 미소를 보내네,
> 귀-족-적인 어린아이가.

> 샛별 같은 아마존카에게.

이건 찬송가라고! 이건 찬송가야, 네가 당나귀가 아니라면 말이야! 백수건달은 이해하지 못해! 잠깐만!" 내가 있는 힘껏 쪽문 쪽으로 달려가려고 했음에도 그는 나의 외투 자락을 잡고 늘어졌다. "내가 명예의 기사라고 전해 주고 다시카는……. 다시카를 나는 이 손가락 두 개로…… 농노 출신의 노예년 주제에 감히……."

내가 있는 힘을 다해 그의 손을 뿌리치는 바람에 그는 그 자리에서 넘어졌고 나는 거리를 달리기 시작했다. 리푸틴이 달라붙었다.

"알렉세이 닐리치가 저놈의 뒤처리를 해 줄 거예요. 지금 저놈한테서 뭘 알아냈는지 아세요?" 그가 두서없이 수다를 떨었다. "그 시 나부랭이, 들었죠? '샛별 같은 아마존카'에게 부치는 그 시를 봉인했고 내일 자기 이름을 모두 쓴 채로 리자베타 니콜라예브나에게 부칠 거랍니다. 대단한 양반이에요!"

"장담컨대, 당신이 나서서 그를 부추겼겠죠."

"당신이 졌군요!" 리푸틴은 껄껄 웃기 시작했다. "저놈은 사랑에 빠졌어요, 고양이처럼 홀딱 빠졌고요. 그런데 그게 증오에서 시작됐거든요. 처음에는 말을 타고 다닌다며 리자베타 니콜라예브나를 너무 증오해서 길거리에서 큰 소리로 욕까지 했어요. 정말로 욕을 했다니까요! 그저께만 해도 그녀가 말을 타고 지나갈 때 욕을 해 댔지만, 다행히도 그녀가 알아듣지 못한 건데, 오늘은 갑자기 시라니! 그가 청혼의 모험까지 감수하려는 건 아세요? 그것도 진지하게, 진지하게 말이죠!"

"당신이야말로 놀랍군요, 리푸틴, 이런 걸레 같은 일이 생기는 곳이면 어디든 당신이 있고 어디서나 당신이 조종하고 있으니!" 나는 분노에 휩싸여 말했다.

"하지만 말이 좀 지나친데, G-v 씨. 연적에게 깜짝 놀라서 가슴이 철렁한 건 아니신지, 예?"

"뭐-뭐-라고요?" 나는 걸음을 멈추며 소리쳤다.

"바로 이게 당신한테 내리는 벌이올시다. 더 이상은 아무 말도 하지 않겠어요! 실은 듣고 싶은 얘기가 있으실 텐데? 한 가지만 말하면, 니콜라이 프세볼로도비치가 모든 영지와 자기 소유였던 200명의 농노를 최근에 레뱌드킨에게 팔았고 그 때문에 이 멍청이는 지금 한낱 평범한 대위가 아니라 우리 도의 지주, 그것도 대단한 지주라는 사실인데, 하느님께 맹세코, 거짓말이 아니올시다! 방금 알게 됐지만 대신 아주 믿을 만한 출처를 통해서 들었어요. 자, 이제 직접 더듬어서 알아보시죠. 더 이상은 말하지 않을 테니까. 그럼 이만!"

10

스테판 트로피모비치는 히스테리처럼 초조한 상태에서 나를 기다리고 있었다. 돌아온 지는 벌써 한 시간쯤 되었다. 내가 도착했을 때 그는 마치 술에 취한 사람 같았다. 적어도 처음 오 분 동안은 나는 그가 술에 취했다고 생각했다. 슬프게도, 드로즈도프 집안을 방문하느라 그의 마지막 혼마저 날아가 버린 것이다.

"나의 벗이여(Mon ami), 나는 완전히 실마리를 잃고 말았다오……. 리즈(Lise)…… 난 이 천사를 예전처럼 사랑하고 존경합니다, 정확히 예전처럼. 하지만 두 모녀는 오로지 뭔가를 알아내기 위해, 즉 그저 끄집어내기 위해 나를 기다렸던 것 같고 그런 다음에는 그만 안녕히 가십쇼, 라는 식이었어요……. 정말 그랬다오."

"아니, 부끄럽지도 않으세요!" 내가 더 이상 참지 못하고 소리쳤다.

"나의 벗이여, 난 이제 완전히 혼자요. 어쨌든 이건 웃긴 일이야.(Enfin, c'est ridicule.) 세상에, 그곳도 온통 비밀투성이더라고요. 그들은 나한테 달려들어 미주알고주알, 게다가 무슨 페테르부르크 비밀들까지 캐물었어요. 두 여자는 니콜라가 사년 전 이곳에서 일으킨 사건들을 여기 와서 처음 알았답니다. '당신은 거기에 계셨으니까요. 그가 정말로 미쳤다고 생각하시나요?' 어디서 이런 생각이 나왔는지 통 모르겠습니다. 프라스코비야는 왜 니콜라가 꼭 그렇게 미쳤기를 바라는 걸까요? 그 여자는 바라고 있어요, 바란다고요! 그 모리스(ce Maurice), 그 사람 이름이 마브리키 니콜라예비치든가, 어쨌든 멋진 사람이지만(brave homme tout de même) 이게 정말 그에게 무슨 이득이 될지 모르겠는데, 그녀 쪽에서 먼저 파리에서 이 가련한 벗(cette pauvre amie)에게 편지를 보낸 마당에……. 결국 소중한 벗이(Enfin cette chère amie) 부르는 방식대로 이 프라스코비야, 이 여자는 저 유형, 영원히 기억될 고골의 코로보치카[49]를 상기시키지만 단, 무한히 확대한 모습의 못된 코로보치카, 혈기 왕성한 코로보치카요."

"그러다가는 트렁크가 나오겠네요, 그렇게 확대하면요?"

"뭐, 축소한 모습이라고 해도 상관없지만요. 단, 모든 것이 뒤죽박죽이니까 내 말을 가로막지나 말아 줘요. 그곳에서 그들은 대판 싸웠어요. 리즈는 빼고요. 이쪽은 여전히 '이모, 이모'라고 하지만 리즈는 영악하니까 뭔가가 더 있는 거요. 비밀들이라니까요. 하지만 그 노파와 다퉜어요. 저 가엾은(Cette pauvre) 이모가 정말로 모두에게 폭군 행세를 하고…… 여기에 도지사 부인이니, 사교계의 불경스러움이니, 카르마지노프의 '불경스러움'까지 합세했어요. 여기에 또 갑자기 누가 미쳤다는 생각이며 그 리푸틴(ce Lipoutine)이며 내가 이해하지 못하는 것(ce que je ne comprends pas)이 난무하고 또 그녀는 식초로 머리를 적시고 있는데, 여기에 당신과 나는 우리의 불평과

---

49) 니콜라이 바실리예비치 고골(Nikolai Vasilievich Gogol, 1809~1852)의 『죽은 혼』에 나오는 욕심 많은 여지주. '상자'라는 뜻이 있다.

편지까지……. 오, 내가 그녀를 얼마나 못살게 했는지, 이런 때에! 배은망덕한 인간!(Je suis un ingrat!) 한번 생각해 봐요, 돌아오니까 그녀가 편지를 보내 놨더라고요. 읽어 봐요, 읽어 보라고요! 오, 나란 놈이 얼마나 배은망덕했는지."

그는 지금 막 받은 바르바라 페트로브나의 편지를 내놓았다. 그녀는 "집에 계세요."라고 쓴 아침 편지에 대해 후회하는 것 같았다. 편지는 정중했으되 어쨌든 단호하고 별로 장황하지 않았다. 그녀는 스테판 트로피모비치에게 일요일인 모레 정각 12시에 와 달라고 부탁했고 누구든 친구(괄호 속에 내 이름이 적혀 있었다.)를 데려오면 좋겠다고 했다. 그녀 쪽에서는 다리야 파블로브나의 오빠인 샤토프를 부르겠다고 약속했다. "그 아이에게서 최종적인 답을 들을 수 있을 것이고, 이 정도면 만족하시겠죠? 이런 형식적인 절차가 당신이 그토록 얻어내려고 했던 건가요?"

"끝에 쓰인 형식적인 절차에 대한 이 짜증스러운 어구를 눈여겨봐요. 가엾은, 가엾은 내 한평생의 친구여! 고백하건대, 이 돌연한 운명의 결정이 나를 짓누르는 것만 같아요……. 고백하건대, 여전히 희망을 품었지만 이제는 모든 것이 결판났고(tout est dit), 끝장났다는 것을 나는 알아요. 끔찍한 일이죠.(c'est terrible.) 오, 이놈의 일요일이 아예 없어지고 모든 것이 옛날과 같다면. 당신이 나를 찾아와 주고 나는 여기서……."

"아까 리푸틴이 말한 추잡한 유언비어 때문에 제정신이 아니신데요."

"나의 벗이여, 지금 당신의 우정 어린 손가락으로 또 다른 아픈 곳을 찌르셨군요. 그 우정 어린 손가락이란 대체로 인정 사정없지만, 가끔은 터무니없고, 미안합니다만(pardon) 어쨌든 믿지 않으실지도 모르지만 그 모든 것, 그 추잡한 것들은 거의 잊어버렸고, 즉 전혀 잊어버리지 않았고, 그래도 참 멍청하게도 리즈의 집에 있는 내내 행복해지려고 애썼고, 나는 행복하다고 자신을 설득했답니다. 하지만 이제는…… 오, 이제는 저 관대하고 인간적인, 나의 비열한 결함에 대해 참을성이 강한 저 여자를 생각하면, 즉 참을성이 강하지는 않지만 어쨌든 나라는 인간은 어떻습니까, 정말 한심하고 추악한 성격이죠! 변덕스러운 어린애, 온갖 이기주의를 뿜어내는 어린애지만 어린애다운 순진무구함은 없는 놈입니다. 그녀는 나를 이십 년이나 유모처럼 보살펴 왔어요, 리즈가 우아하게 부르는 방식대로 저 가련한(cette pauvre) 이모가 말입니다……. 그러다가 갑자기 이십 년 뒤 어린애는 결혼이 하고 싶어져서 결혼, 결혼 노래를 부르며 편지 공세를 퍼붓고, 그녀는 머리에 식초를 얹고 있고…… 그리고 마침내 이 신랑감은 일요일에 말장난까지……. 왜 고집을 부렸을까요, 뭐 하러 편지를 써 댔을까요? 참, 잊고 있었군, 리즈는 다리야 파블로브나를 숭배하는데, 적어도 말로는 그래요. 그녀에 대해 '이분은 천사지만(C'est un ange) 약간 내성적인 천사예요.'라고 말하더군요. 두 여자, 프라스코비야마저 충고한 건데…… 하긴 프라스코비야가 충고한 건 아니었고요, 오, 이 코로보치카에게는 얼마나 많은 독이 감춰져 있는 걸까! 게다가 리즈도 사실 충고를 한 건 아니었어요. '굳이 왜 결혼을 하시려고요, 학문적인 쾌락만으로 충분하실 텐데.' 그러고는 깔깔댔어요. 이런 깔깔거림은 용서했어요. 그녀야말로 속이 탈 테니까. 어쨌든 그들은 당신은 여자가 없으면 안 될 텐데, 라고 말하더군요. 조만간 기력이 쇠해지시면 그녀가 당신을 감싸 줄 테고, 아니면 그때쯤 저어기……사실(Ma foi) 나 자신도 당신과 앉아 있으면서 줄곧 하느님의 섭리가 나의 폭풍 같은 나날이 저물어 갈 무렵 그녀를 보내 준 것이라고 생각했고 그녀가 나를 감싸 주든지, 아니면 그때쯤 저어기…… 끝으로(enfin), 살림을 돌봐 주어야 하는 것이지요. 여기 내 방은 이렇게 엉망진창이잖아요. 좀 봐요, 죄다 나뒹굴어서 방금도 청소를 하라고 시켰지만 여전히 책 한 권이 마룻바닥에 있잖습니까. 그 가련한 벗(La pauvre amie)은 줄곧 내 방이 지저분하다고 화를 냈지요……. 오, 이제 더 이상 그녀의 목소리가 울려 퍼지지 않을 거예요! 이십 년이라니!(Vingt ans!) 또 그들에게 익명의 편지가 온 것 같은데, 생각해 보세요, 니콜라가 레뱌드킨에게 영지를 판 것 같아요. 이놈이 괴물은 괴물인데 어쨌든(C'est un monstre, et enfin), 레뱌드킨은 대체 어떤 작자요? 리즈는 경청, 경청하더라고요, 어찌나 경청하던지! 나는 그녀의 깔깔거림은 용서하고 그녀가 어떤 얼굴로 듣는지 봤는데, 그 모리스라는 청년은(ce Maurice)……나라면 지금 그의 역할은 정말 맡기 싫을 것 같은데, 어쨌든 멋있는 사람이지만(brave homme tout de même) 숫기가 좀 없어요. 하긴 어쩔 수 없지……."

그는 입을 다물었다. 지쳐서 갈팡질팡했고 고개를 떨어뜨린 다음 지친 눈을 마룻바닥에 고정시킨 채 앉아 있었다. 나는 막간을 이용해 필리포프 집을 방문한 얘기를 했고, 레뱌드킨의 여동생(나는 그녀를 본 적이 없었다.)이 정말로 리푸틴의 표현대로 수수께끼 같은 시절 언젠가에 니콜라의 희생양같이 되었을 수도 있겠다고, 레뱌드킨이 무슨 이유에서든 니콜라에게서 돈을 받고 있을 가능성은 상당히 크지만 그게 전부라고 예리하고 건조하게 나의 견해를 피력했다. 다리야 파블로브나에 관한 유언비어는 모두 헛소리, 모두 추잡한 리푸틴의 억지소리에 불과하다고, 적어도 신뢰하지 않을 수 없는 알렉세이 닐리치가 그렇다고 열렬히 주장한다고 말이다. 스테판 트로피모비치는 자기와는 상관없다는 듯 멍한 표정으로 확신에 찬 나의 말을 쭉 들었다. 내친김에 키릴로프와 나눈 대화도 언급하고 키릴로프가 미친 것 같다고 덧붙였다.

　"미친 것이 아니라 생각이 짧은 사람에 속하지요." 그는 내키지 않는다는 듯 힘없이 웅얼거렸다. "그런 사람들은 자연과 인간 사회를 신이 만든 그것, 실제로 존재하는 그것과는 다른 모습으로 상상하지요.(Ces gens-là supposent la nature et la société humaine autres que Dieu ne les a faites et qu'elles ne sont réellement.) 사람들은 그들과 시시덕거리기도 하지만 적어도 이 스테판 베르호벤스키는 아니올시다. 나는 그런 사람들을 당시 페테르부르크에서 그 소중한 벗과 함께(avec cette chère amie)(오, 그때 나는 그녀를 얼마나 모욕했던가!) 보았는데, 그들의 비방뿐만 아니라 그들의 칭찬을 듣고도 놀라지 않았어요. 지금도 놀라지 않지만 어쨌든 딴 얘기를 합시다……(mais parlons d'autre chose……) 내가 끔찍한 일을 저지른 것 같아서요. 생각해 보

세요. 내가 어제 다리야 파블로브나에게 편지를 보내고 말았
는데…… 그 일로 나 자신을 얼마나 저주하는지!"

"무슨 얘기를 쓰셨는데요?"

"오, 나의 벗이여, 믿어 주오, 이 모든 것이 그토록 고결한 마
음에서 이루어졌음을. 그녀에게 내가 니콜라에게 이미 닷새
전에 역시나 고결한 마음에서 편지를 썼다는 걸 알렸습니다."

"이제야 알겠군요!" 나는 열렬하게 소리쳤다. "도대체 당신
은 무슨 권리로 그들을 그렇게 갖다 붙이는 겁니까?"

"하지만 이봐요(mon cher), 나를 그렇게 끝까지 짓누르지 말
아요, 소리도 치지 말고요. 안 그래도 완전히 짓눌렸어요, 마
치…… 바퀴벌레처럼, 게다가 끝으로, 나는 이 모든 것이 그토
록 고결한 일이라고 생각하거든요. 가정하건대, 저어기 정말로
그곳 스위스에서(en Suisse)…… 뭔가가 있었거나…… 시작되었
다고. 내가 미리 그들의 속마음을 물어봐야 하는 것은…… 결
국(enfin) 그들의 마음이 상하지 않도록, 그리고 그들의 앞길에
기둥이 되지 않도록 하기 위해서요."

"맙소사, 얼마나 멍청한 짓을 하셨는지!" 내 입에서는 나도
모르게 이런 소리가 튀어나왔다.

"멍청, 멍청이라니!" 그는 심지어 탐욕스럽게 말을 받았다.
"그보다 더 영리한 말은 없겠군요, 그건 멍청한 짓이었지만 어
쩌겠소, 다 끝난 일인걸.(c'était bête, mais que faire, tout est dit.)
어쨌든 결혼할 텐데, 비록 '타인의 죄업'과 하는 것이지만, 대
체 왜 편지를 썼을까요? 안 그래요?"

"다시 그 얘기군요!"

"오, 이제 그렇게 소리를 질러서 나를 놀라게 하지 말아요. 지금 당신 앞에 있는 건 이미 그 스테판 베르호벤스키가 아니올시다. 그 베르호벤스키는 매장됐어요. 결국, 다 끝난 일인 걸.(Enfin, tout est dit.) 뭐 하러 소리를 질러요? 오로지 당신이 결혼하는 것이 아니고 또 당신이 저 유명한 머리 장식을 쓰는 것이 아니기 때문입니다. 내가 또 당신 속을 긁었나요? 나의 가련한 벗이여, 당신은 여자를 모르지만 나는 여자를 연구하는 일만 했어요. '전 세계를 정복하려면 자신을 정복하라.' 이건 오로지 당신 같은 제삼자나 내 아내가 될 사람의 오빠인 낭만주의자 샤토프나 멋지게 할 수 있었던 말이지요. 그의 이말을 기꺼이 빌리리다. 어쨌든 나는 자신을 정복할 준비가 되어 있고 결혼도 하겠지만 그나저나 전 세계 대신 무엇을 쟁취하는 겁니까? 오, 나의 벗이여, 결혼이란 온갖 오만한 영혼, 온갖 독립성의 정신적 죽음입니다. 결혼 생활은 나를 방탕에 빠뜨리고 업무에 필요한 남성적인 기상과 에너지를 빼앗아 갈 것이며 아이들이 생겨날 것이고, 아마 내 아이가 아닐 테지만, 즉 당연히 내 아이가 아닐 테지만요, 현명한 자는 진실의 얼굴을 직시하는 것을 두려워하지 않는다오……. 리푸틴은 아까 바리케이드를 쳐서 니콜라로부터 자신을 구하라고 했지요. 멍청해요, 이 리푸틴은요. 여자는 모든 것을 꿰뚫어 보는 눈 자체를 속일 테니까요. 선하신 신(Le bon Dieu)은 여자를 창조할 때 자기가 무슨 꼴을 당할지 당연히 알았지만, 나는 여자가 직접 신을 방해해서 자신을 그런 모습으로…… 또 그런 자질을 가진 존재로 창조하게 했다고 확신합니다. 그렇지 않고

서야 누가 이런 골칫거리를 자처했겠어요? 나스타샤가 나의 이런 자유분방한 사상에 화를 낼지도 모르겠지만, 나도 알지만…… 어차피 다 끝난 일이오.(Enfin, tout est dit.)"

만약 그가 자기 시대에 그토록 만개한 흰소리 같은 값싼 자유사상 없이도 괜찮았다면 그는 원래의 그가 아니었을 테고 적어도 지금은 그 흰소리로 스스로 위안을 삼았지만 오래 가지는 못했다.

"오, 이 모레가, 이 일요일이 왜 완전히 없어지면 안 될까!" 그는 갑자기 소리를 질렀는데 이미 완전히 절망에 빠져 있었다. "왜 이 한 주만이라도 일요일이 없으면 안 될까. 기적이 존재한다면?(si le miracle existe?) 아니, 신의 섭리로서는 무신론자에게 자신의 전능을 증명하기 위해 달력에서 일요일 하나만 싹 지워 주면 될 텐데, 모든 것이 끝장날지라도!(et que tout soit dit!) 오, 내 그녀를 얼마나 사랑했던가! 이십 년 동안, 이십 년 내내. 그런데도 그녀는 나를 이해해 준 적이 결코 없어!"

"그런데 지금 누구 얘기를 하시는 겁니까, 무슨 얘기인지 통 모르겠어요!" 내가 놀라서 물었다.

"이십 년!(Vingt ans!) 단 한 번도 나를 이해해 주지 않았어, 오, 이 얼마나 잔인한 일인가! 설마 그녀는 내가 공포 때문에, 궁핍 때문에 결혼한다고 생각하지는 않겠지? 오, 치욕이다! 이모, 이모, 난 그대를 위해서……! 오, 그녀, 이 이모는 자기가 내가 이십 년 동안 존경해 온 유일한 여자라는 사실을 알아야 하거늘! 그녀가 이 사실을 알아야 하는데, 안 되면 하는 수 없이 오직 완력으로 나를 소위 저(ce qu'on appelle le) 화촉 밑으로 끌고 갈 테지!"

난 처음으로 그토록 정력적으로 발설된 그 고백을 들었다. 웃고 싶어서 미칠 지경이었다는 것을 굳이 숨기지 않겠다. 내가 옳지 못했다.

"이제 나에게는 한 사람, 한 사람만 남았어요, 나의 단 하나뿐인 희망!" 그는 이 새로운 생각에 느닷없이 충격을 받은 듯 갑자기 손뼉을 탁 쳤다. "이제 그 아이 하나만이, 나의 가련한 소년만이 나를 구원할 것이며, 오, 왜 그 아이는 오지 않는 걸까! 오, 나의 아들, 오, 나의 페트루샤…… 내 비록 아비라 불릴 가치가 없는 몸이나, 차라리 호랑이랄까, 하지만…… 나를 내버려 두오, 내 벗이여!(laissez moi, mon ami!) 좀 누워서 생각을 정리해야겠어요. 너무 지쳤어요, 너무 지쳤고 내 생각에는 당신도 잘 시간인 것 같군요, 봐요(voyez-vous), 12시입니다……."

4장

절름발이 여자

1

샤토프는 고집을 부리지 않고 나의 쪽지대로 정오에 리자
베타 니콜라예브나의 집에 왔다. 우리는 거의 함께 들어갔다.
나도 첫 방문을 하기 위해 온 것이었다. 그들, 즉 리자, 엄마,
마브리키 니콜라예비치는 모두 큰 홀에 앉아 말다툼하고 있
었다. 엄마가 리자에게 피아노로 무슨 왈츠를 연주해 달라고
요구했고, 리자가 요구받은 왈츠를 연주하기 시작하자 엄마는
당장 그 왈츠가 아니라고 우겼다. 마브리키 니콜라예비치가
순진하게도 그만 리자 편을 들며 바로 그 왈츠라고 주장했다.
그러자 노파는 악에 받쳐 엉엉 울고 말았다. 그녀는 아파서 걷
는 것조차 힘들어했다. 다리가 팅팅 부어올라 벌써 며칠 동안,

언제나 리자를 두려워했음에도, 하는 일이라곤 오직 변덕을 부리고 모두에게 트집을 잡는 것뿐이었다. 그들은 우리가 도착하자 반가워했다. 리자는 만족한 듯 얼굴을 붉히더니 물론 샤토프를 데려와 준 것에 대해 나에게 고맙다(merci)고 말하고는 호기심 어린 눈으로 뜯어보며 그에게로 다가갔다.

샤토프는 굼뜨게 문 근처에 멈추어 섰다. 이렇게 와 주어서 고맙다고 한 뒤 그녀는 그를 엄마에게 데려갔다.

"이분이 내가 말했던 샤토프 씨고 이분이 나와 스테판 트로피모비치의 절친한 친구인 G-v 씨예요. 마브리키 니콜라예비치도 어제 인사를 했어요."

"그런데 어느 분이 교수님이냐?"

"교수님은 아예 없어요, 엄마."

"아니야, 있어, 네 입으로 교수님이 올 거라고 했잖아. 분명히 이분일 테지." 그녀는 꺼림칙하다는 듯 샤토프를 가리켰다.

"교수님이 올 거라고 말한 적은 절대 없어요. G-v 씨는 관청에서 근무하시고 샤토프 씨는 이전에 대학생이셨어요."

"대학생이나 교수님이나 대학에서 온 건 똑같잖아. 말다툼하고 싶어 안달이구나. 그런데 스위스에 있던 사람은 콧수염과 턱수염이 있었는데."

"엄마는 스테판 트로피모비치의 아들을 언제나 교수라고 불러요." 리자는 이렇게 말하면서 샤토프를 홀의 다른 쪽 끝에 있는 소파로 데려갔다.

"엄마는 다리가 부어오르면 언제나 저러세요, 이해하세요, 편찮으시니까요." 그녀는 계속 아까처럼 굉장한 호기심이 담긴 눈으로 샤토프를, 특히 머리 위의 곱슬머리를 뜯어보며 속삭였다.

"군인이신가요?" 리자에게서 인정사정없이 내팽개쳐진 노파가 나에게 관심을 보였다.

"아닙니다. 관청에서 근무합니다……."

"G-v 씨는 스테판 트로피모비치의 절친한 친구예요." 당장 리자의 말이 들려왔다.

"스테판 트로피모비치 댁에서 근무하시나요? 그분은 정말 교수님인가 봐요?"

"아, 엄마, 정말 밤새도록 교수 꿈만 꾸나 봐." 리자는 짜증 난다는 듯 외쳤다.

"생시에 보는 것만으로도 지긋지긋하단다. 그런데 너는 언제나 이 어미에게 대들려고만 하는구나. 니콜라이 프세볼로도비치가 와 있었을 때, 사 년 전에 여기에 계셨던가요?"

나는 그랬다고 대답했다.

"그 무슨 영국인도 그때 당신과 함께 계셨던가요?"

"아니요, 없었습니다."

리자는 웃기 시작했다.

"거봐라, 영국인은 아예 없었다잖니, 다 거짓부렁이야. 바르바라 페트로브나와 스테판 트로피모비치 둘 다 거짓말을 하는 거다. 아니, 모두 거짓말을 하고 있어."

"무슨 말이냐 하면요, 어제 이모와 스테판 트로피모비치가, 니콜라이 프세볼로도비치와 셰익스피어의 「헨리 4세」에 나오는 해리 왕자가 서로 닮은 것 같다고 하자 엄마는 그걸 두고

서 영국인은 없었다고 말씀하시는 거예요." 리자가 우리에게
설명해 주었다.

"해리가 없었다면 영국인도 없었던 거지. 니콜라이 프세볼
로도비치 혼자 추태를 부렸나 봐."

"분명히 말씀드리는데요, 엄마는 일부러 저러시는 거예요."
리자는 샤토프에게 설명할 필요가 있다고 생각했다. "엄마는
셰익스피어를 매우 잘 아시거든요. 내가 직접 『오셀로』의 1막
을 읽어 준 적도 있어요. 하지만 지금은 몹시 편찮으세요. 엄
마, 12시 종이 울리는 거 들리시죠, 약 드실 시간이에요."

"의사 선생님께서 오셨습니다." 문에서 하녀가 나타났다.

노파는 살짝 일어나 개를 부르기 시작했다. "제미르카, 제미
르카, 너라도 나와 함께 가자꾸나."

못생기고 늙은 작은 개 제미르카는 말을 듣기는커녕 리자
가 앉아 있는 의자 밑으로 기어들어 갔다.

"싫어? 그렇다면 나도 네가 싫다. 그럼 저는 이만 들어가 보
겠어요, 선생님, 당신의 이름과 부칭을 모르겠네요." 그녀가
나에게 말을 걸었다.

"안톤 라브렌티예비치입니다만……."

"아무래도 좋아요, 저는 한 귀로 듣고 다른 귀로 흘리니까
요. 마브리키 니콜라예비치, 나를 따라올 필요는 없어요. 그냥
제미르카를 불렀을 뿐이니까. 천만다행으로 아직은 혼자서도
걸을 수 있고 내일은 마차 타고 산책하러 나갈 거예요."

그녀는 화가 난 채로 홀을 나갔다.

"안톤 라브렌티예비치, 그동안 마브리키 니콜라예비치와 얘

기 좀 나누고 계세요. 두 분이 친해지시면 서로 이득이 될 거예요, 진짜로요." 리자는 이렇게 말한 다음 마브리키 니콜라예비치에게 우정 어린 미소를 보냈는데, 그는 그녀의 눈길만 받으면 정녕 온몸이 빛났다. 나는 어쩔 수 없이 남아 마브리키 니콜라예비치와 이야기를 나누었다.

2

정말 놀랍게도, 리자베타가 샤토프를 만나고자 했던 것은 정말로 오직 문학 사업 때문이었다. 왠지는 모르겠지만 나는 줄곧 그녀가 뭔가 다른 이유로 그를 불렀으리라고 생각했다. 우리, 즉 나와 마브리키 니콜라예비치는 그들이 우리에게 숨기는 기색도 없이 몹시 큰 소리로 얘기하는 것을 보고 조금씩 귀를 기울이기 시작했다. 나중에는 우리를 불러 조언을 구하기도 했다. 내용인즉, 리자베타 니콜라예브나가 이미 오래전부터 자기 생각에 유용해 보이는 어떤 책을 출판하려고 생각했지만 경험이 전혀 없었기 때문에 동업자가 필요했다는 것이다. 샤토프에게 자신의 계획을 설명하는 그녀의 태도는 나마저 놀랄 정도로 진지했다. '분명히 신여성에 속해.' 나는 생각했다. '스위스에 간 데는 이유가 있었어.' 샤토프는 땅바닥에 시선을 고정한 채, 방만한 사교계 아가씨가 자기에게는 전혀 어울리지 않을 법한 일에 착수한다는 사실에 조금도 놀라지 않고 주의 깊게 들었다.

문학 사업이란 이런 종류였다. 러시아에서는 수도 신문과 지방 신문, 또 다른 잡지들이 많이 출간되는데 거기에는 매일 많은 사건이 보도된다. 한 해가 지나면 신문은 곳곳의 창고에 쌓이거나 쓰레기가 되어 찢기고 포장지와 덮개로 사용된다. 출간된 많은 사건이 모종의 감화를 불러일으켜 대중의 기억 속에 남기도 하지만 세월이 지나면 잊힌다. 많은 사람이 뒤에 다시 조회해 보고 싶어도 사건의 발생 날짜도, 장소도, 심지어 연도도 모르는 일이 허다하니 이 종이의 바다 속을 헤적이는 것이 얼마나 중노동인가? 그런데 한 해에 걸친 이 모든 사건을 어떤 기획안과 어떤 사상에 따라 월별로, 날짜별로 구분하고 장(章)과 색인을 달아 한 권의 책으로 묶으면, 실제 모든 사건과 비교하면 굉장히 적은 분량만 출간되는 것임에도, 이렇게 하나의 전체로 모아 놓은 묶음을 통해 한 해 동안 러시아 전체의 삶의 특징을 그려 볼 수 있을 것이다.

　　"많은 종잇장 대신에 두꺼운 책 몇 권이 나올 뿐입니다, 그게 전부입니다." 샤토프가 말했다.

　　그러나 리자베타 니콜라예브나는 표현에 어려움이 있고 그 능력이 서툴렀음에도 자신의 구상을 열렬히 고집했다. 책은 한 권이어야 하고 아주 두껍지는 않아야 한다고 그녀는 단언했다. 그러나 두껍다고 해도 분명해야 하는데, 사건 제시의 기획안과 특성이 핵심이기 때문이다. 물론 모든 것을 다 모아 재인쇄하는 것은 아니다. 정부의 지침과 활동, 지방 행정과 법률 등 이 모든 것도 너무 중대한 사건이긴 하지만 지금 생각 중인 출판물에서는 이런 종류의 사건은 완전히 생략할 수 있다. 많은 것을 생략하고 특정한 순간에 러시아 민족의 정신적이고 개성적인 삶을, 민족의 개성을 다소나마 표현해 주는 사건만 선별하도록 한다. 물론 기상천외한 사건, 화재, 기부, 온갖 좋고 나쁜 일, 온갖 말들과 연설, 심지어 강의 범람 뉴스나 정부의 어떤 지시까지 다 포함될 수도 있지만 모든 것 중 시대를 묘사하는 것만 선택해야 한다. 모든 것이 어떤 시각, 방향, 의도, 그리고 모든 전체와 모든 묶음을 계몽시키는 어떤 사상을 지닌 채 포함될 것이다. 그리고 끝으로, 책은 참고 자료로서 꼭 필요한 것임은 말할 것도 없고 가벼운 독서용으로도 흥미를 끌어야 한다! 이건 말하자면, 꼬박 일 년 동안 러시아의 정신적이고 도덕적이고 내적인 삶을 그린 그림이 될 것이다. 리자는 "다들 구입하는, 책상용 책이 되어야 해요."라고 단호하게 말했다. "저는 모든 일이 기획안에 달려 있다는 것을 알아요. 그 때문에 당신에게 여쭈어보는 거예요."라고 말을 끝맺었다. 몹시 흥분한 그녀가 애매하고 불완전하게 설명했음에도 샤토프는 이해했다.

"즉, 경향성을 가진 어떤 것이, 어떤 경향성에 따라 선별된 사건들이 출판될 거라는 말이군요." 그는 여전히 고개를 들지 않고 중얼거렸다.

"전혀 아닌데요, 경향성에 따라 선별할 필요도 없고, 경향성은 숫제 필요도 없어요. 공정함만이 경향성이에요."

"경향성이 꼭 나쁜 건 아닙니다." 샤토프가 사부작거렸다. "게다가 어떻게든 선별이 이루어지면 경향성은 피할 수 없습니다. 사건의 선별 속에 그것을 이해하는 지표가 들어 있을 테니까요. 꽤 괜찮은 생각입니다."

"그럼 그런 책이 가능하다는 거로군요?"

리자는 기뻐했다.

"좀 살펴보고 생각해야 합니다. 이것은 상당히 방대한 일입니다. 성급하게 해서는 아무것도 생각해 낼 수 없어요. 경험이 필요합니다. 게다가 책을 출판할 때 어떻게 해야 할지 배운 바가 거의 없을 겁니다. 많은 경험을 쌓은 다음이라면 모를까요. 하지만 생각은 쓸 만합니다. 유익한 생각입니다."

드디어 그가 눈을 들어 올렸는데 두 눈이 만족감에 젖어 반짝반짝 빛날 만큼 흥미가 생긴 것이었다.

"이런 생각은 직접 하신 겁니까?" 그는 상냥하게, 부끄럼을 타듯 리자에게 물었다.

"생각하는 건 문제가 아닌데 기획이 문제예요. 저는 이해력이 부족하고 별로 영리하지도 않아서 제 눈에 분명해 보이는 것만 추적하는 편이거든요······." 리자가 미소를 지었다.

"추적한다고요?"

"단어를 잘못 골랐나요, 그런가요?" 리자가 급히 물었다.

"그 단어도 가능하겠군요. 아무것도 아닙니다."

"외국에 있을 때는 저도 무슨 일을 해서든 유익한 사람이 될 수 있을 것 같았어요. 제 돈이 공짜로 놀고 있는데 공공사업 차원에서 일을 좀 하지 못할 이유는 없잖아요? 게다가 이 생각은 갑자기 저절로 떠오른 거예요. 전혀 고안해 낸 것이 아니어서 몹시 기뻤어요. 하지만 나 자신은 아무것도 할 능력이 없으니 동업자가 없으면 안 되겠다는 것을 지금 알게 됐어요.

동업자는 당연히 책의 공동 출판자가 될 거고요. 우리 반반씩 나눕시다. 당신의 기획안과 작업, 저의 원래 착상과 출판 자본금. 책이 팔리긴 할까요?"

"그럴듯한 기획만 발굴하면 책은 나가겠죠."

"미리 말씀드리지만, 이익을 노리는 건 아니지만, 저는 책이 잘 팔렸으면 좋겠고 이익을 보면 뿌듯할 거예요."

"자, 그럼 여기서 저는 무슨 소용이 있는 겁니까?"

"당신을 동업자로서 부른 건데요…… 반반씩요! 당신이 기획안을 고안해 내는 거죠."

"어째서 당신은 내가 기획안을 고안해 낼 수 있다고 생각하시죠?"

"당신 얘기를 들었고, 여기서도 들리는 말이 있어서…… 제가 알기로 당신은 영리하고…… 일을 하며…… 많은 생각을 하신다고요. 스위스에서 당신 말씀을 해 주신 분은 표트르 스테파노비치 베르호벤스키예요." 그녀는 서둘러 덧붙였다. "매우 영리한 분 아닌가요?"

샤토프는 거의 미끄러지는 것 같은 시선으로 그녀를 바라보았지만 이내 눈을 떨구었다.

"니콜라이 프세볼로도비치도 당신 말씀을 많이 하셨어요."

샤토프는 갑자기 얼굴을 붉혔다.

"그나저나 여기 신문이 있어요." 리자가 끈으로 묶어 준비해 둔 신문 뭉치를 의자에서 서둘러 움켜쥐었다. "여기서 취사 선택을 하느라 사건을 표시하고 선별하고 번호를 매겨 봤는데요…… 한번 보세요."

샤토프는 두루마리를 집어 들었다.

"댁에 가져가서 보세요, 어디 사시죠?"

"보고야블렌스카야 거리에 있는 필리포프 집에 삽니다."

"알아요. 그곳이라면 당신 옆집에 어떤 대위가 산다던데요,
레뱌드킨 씨라던가요?" 리자는 줄곧 아까처럼 서둘렀다.

샤토프는 한 손에 신문 뭉치를 쥔 채 멀찍이 떨어져 꼬박
일 분을 아무 대답도 하지 않고 땅바닥만 바라보며 앉아 있
었다.

"그런 일이라면 다른 사람을 고르는 편이 낫겠습니다만, 저
는 전혀 도움이 되지 않을 테니까요." 마침내 그가 거의 속삭
이듯 왠지 끔찍이도 이상하게 목소리를 낮추며 말했다.

리자는 발끈했다.

"이런 일이라니요? 마브리키 니콜라예비치!" 그녀가 소리쳤
다. "아까 받은 편지를 이리로 갖다주세요."

나도 마브리키 니콜라예비치를 쫓아 탁자로 갔다.

"이것 좀 보세요." 그녀는 갑자기 내게로 몸을 돌리며 대단
히 흥분해서 편지를 펼쳤다. "언제든 이런 것을 보신 적이 있
나요? 큰 소리로 읽어 주세요. 샤토프 씨도 꼭 들으셔야 하거
든요."

적잖이 놀란 나는 큰 소리로 다음과 같은 서한을 읽었다.

투시나 아가씨의 완전무결함에.

자비로우신 여황,

엘리자베타 니콜라예브나!

오, 얼마나 사랑스러운 분이신가,

엘리자베타 투시나

부인용 안장에 앉아 친척과 함께 날아다니실 때

그분의 곱슬머리 바람과 함께 노닐고,

교회에서 어머니와 함께 엎드리실 때

그 경건한 얼굴들 위로 홍조가 빛나네!

그러니 합법적인 결혼의 쾌락을 바라노라.

그녀의 뒤를 쫓아 어머니와 함께 눈물을 보내노라.

논쟁 중인 학식 없는 자가 쓰다

자비로우신 여황이시여!

제가 저 자신을 제일 불쌍한 인간으로 여기는 것은 세바스토폴에서 영광을 위해 팔을 잃기는커녕 숫제 그곳에 간 적도 없고 오히려 군복무 기간 내내 양식 배급을 맡았고 그러면서 그것을 저열한 일로 여겼기 때문입니다. 그대는 고대의 여신이지만 저는 아무것도 아닌 몸, 무한성에 대해 깨달았지요. 그저 시로만 봐주십시오. 더 이상은 아무것도 아닙니다. 시란 어쨌거나 헛소리로서 산문에서는 뻔뻔스러운 짓으로 간주하는 것을 정당화할 뿐이니까요. 현미경으로 물속을 들여다보면 무수히 많은 섬모충이 살고 있는데 그런 녀석이 물 한 방울을 가지고 태양에게 바치는 시를 짓는다고 해서 태양이 화를 낼 수 있겠습니까? 페테르부르크의 상류 사회에서도 큰 가축들에 대한 인류애를 자랑하는 클럽조차 개와 말의 권리에는 연민을 느껴도 작달막한 섬모충은 경멸하고 덜 자랐다는 이유로 숫제 언급조차 하지 않습니다. 저도 덜 자란 몸입니다. 결혼을 생각한다는 것 자체가 우스워 보일 수 있겠지요. 저는 그대가 경멸해서야 마땅한 어느 인간 혐오론자를 통해 곧 200명의 농노를 소유하게 될 것입니다. 많은 것을 알려 드릴 수 있으며 서류만 있으면 시베리아라도 출두하겠습니다. 청혼을 경멸하지 말아 주십시오. 섬모충의 편지는 시로 이해하셔야 합니다.

순종적인 벗, 레뱌드킨 대위는 한가하기까지 하답니다.

"이건 그 인간이 술에 취해서 쓴 겁니다, 깡패 같으니!" 나는 분개해서 소리쳤다. "누구인지 알거든요!"

"이 편지는 어제 받은 거예요." 리자는 얼굴을 붉히며 서둘러 우리에게 설명하기 시작했다. "웬 멍청이가 썼다는 것을 당장 깨닫고는 엄마(maman)의 정신을 더 교란할까 봐 지금까지도 보여 드리지 않았어요. 그러나 그가 또 계속하면 저로선 어떻게 해야 할지 모르겠어요. 마브리키 니콜라예비치는 그를 찾아가 이러지 못하게 하려고 해요. 제가 당신을 동업자로 생각하고 있으니까요." 그녀는 샤토프 쪽으로 돌아섰다. "그리고 당신이 그곳에 살고 계시니까요, 저는 이 사람이 무슨 짓을 더 할 수 있을지 판단하기 위해 여쭈어보고 싶었던 거예요."

"주정뱅이에다 깡패죠." 샤토프는 내키지 않는 듯 중얼거렸다.

"아니, 언제나 이렇게 어리석은 사람인가요?"

"아닙니다, 취하지 않으면 절대 멍청하지 않습니다."

"저는 꼭 그와 같은 시를 쓴 어느 대령을 알고 있습니다." 내가 웃으며 말했다.

"이 편지만 보면 음흉한 자라는 것이 보입니다." 과묵한 마브리키 니콜라예비치가 뜻밖에도 끼어들었다.

"어떤 여동생과 함께 산다던데요?" 리자가 물었다.

"예, 그래요."

"여동생에게 폭군처럼 군다던데 사실인가요?"

샤토프는 다시 리자를 쳐다보고 얼굴을 찌푸리더니 "그게 나랑 무슨 상관이람."이라고 투덜대며 문 쪽으로 걸어갔다.

"아, 잠깐만요." 리자가 불안한 듯 외쳤다. "어디 가시는 거예요? 저희는 아직 할 얘기가 많은데……."

"무슨 얘기를 한다는 겁니까? 제가 내일 알려 드리겠습니다……."

"가장 중요한 것, 인쇄기요! 정말로 농담이 아니라 진지하게 일을 해 보고 싶은 거예요." 그녀는 불안이 커지는 와중에 그를 설득하려 들었다. "출판하기로 결정하면 인쇄를 어디서 해야 하나요? 이것이 가장 중대한 문제거든요. 이 일로 모스크바까지 가지도 못하고 이곳의 인쇄소에서는 그런 출판을 할 수 없으니까요. 저는 오래전부터 인쇄소를 운영하기로 했는데, 제가 알기로, 당신 명의로 하면 엄마도 허락하실 거예요, 오직 당신 명의로만……."

"제가 인쇄업자가 될 수 있다는 것을 어떻게 아시죠?" 샤토프가 무뚝뚝하게 물었다.

"스위스에서 표트르 스테파노비치 베르호벤스키가 바로 당신을 지목하면서 당신이 인쇄소를 운영하실 수 있고 이 일에 정통한 분이라고 하셨어요. 당신 앞으로 쪽지까지 써 주시려는 걸 제가 그만 잊어버렸군요."

지금 기억을 더듬어 보면 샤토프는 얼굴색이 변했다. 그는 몇 초 더 서 있다가 갑자기 방을 나가 버렸다.

리자는 화를 냈다.

"저분은 언제나 저렇게 나가 버리시나요?" 그녀는 내게로 돌아섰다.

내가 어깨를 으쓱하는데 갑자기 샤토프가 돌아와서 곧장 탁자로 가더니 들고 있던 신문 뭉치를 내려놓았다.

"저는 동업자가 될 수 없습니다, 시간이 없어서요……"

"아니, 왜, 왜요? 혹시 화가 나신 건가요?" 리자가 슬픔에 잠겨 애원하는 듯한 목소리로 물었다.

그녀의 목소리에 충격을 받았는지 그는 몇 분간 그녀의 영혼 자체를 꿰뚫겠다는 듯 뚫어지게 그녀를 들여다보았다.

"아무래도 좋습니다." 그는 조용히 중얼거렸다. "전 싫습니다……"

그러고는 아주 가 버렸다. 리자는 완전히 충격을 받아서 어쩨 아주 제정신이 아니었다. 적어도 내게는 그렇게 보였다.

"놀라울 정도로 이상한 사람이군!" 마브리키 니콜라예비치가 큰 소리로 한마디 했다.

3

물론 '이상한' 사람이지만 이 모든 것에는 굉장히 불분명한 것이 많았다. 여기에는 뭔가가 감추어져 있었다. 나는 그 출판을 결단코 믿지 않았다. 그다음 그 멍청한 편지 건인데, 거기에는 '서류만 있으면' 어떤 밀고를 하리라는 점이 너무 분명히 전제되었지만 다들 그것에 대해서는 입을 다물고 완전히 다른 얘기만 했다. 끝으로, 그 인쇄소 건인데, 인쇄소 얘기를 꺼내자마자 샤토프가 돌발적으로 떠났다. 이 모든 것 때문에 나는 내가 오기 전에 여기서 내가 모르는 뭔가가 일어났다는 생각이, 고로, 나는 잉여적인 사람이고 이 모든 것이 나와는 상관없는 일이라는 생각이 들었다. 게다가 이제 갈 시간이었고 첫 방문으로 이 정도면 충분했다. 나는 작별 인사를 하러 리자베타 니콜라예브나 쪽으로 갔다.

그녀는 내가 방에 있다는 사실조차 잊은 듯 줄곧 탁자 옆 그 자리에 서서 생각에 골몰한 채 머리를 숙이고 양탄자의 어느 한 점을 골라 미동도 없이 바라보고 있었다.

"아, 당신도, 그럼 안녕히 가세요." 그녀는 습관적인 상냥한 어조로 속삭였다. "스테판 트로피모비치께 안부를 전해 주시고 되도록 빨리 저에게 가라고 설득해 주세요. 마브리키 니콜라예비치, 안톤 라브렌티예비치께서 가신다는군요. 죄송해요, 엄마가 작별 인사차 나오실 수가 없어서요."

내가 밖으로 나와 벌써 계단까지 내려갔는데 갑자기 하인이 현관까지 나를 쫓아왔다.

"마님께서 다시 와 주십사 간곡히 부탁하셨습니다……."

"마님이신가, 리자베타 니콜라예브나이신가?"

"아가씨이십니다."

가 보니 리자는 이미 우리가 있던 그 큰 홀이 아니라 가장 가까운 응접실에 있었다. 지금 마브리키 니콜라예비치가 혼자 남아 있는 그 홀 쪽 문은 꽉 닫혀 있었다.

리자는 미소를 짓고 있었지만 안색이 창백했다. 방 한가운데 서 있는 그녀는 주저하는, 갈등하는 기색이 역력했다. 그러나 갑자기 내 손을 잡더니 말없이, 재빨리 나를 창가로 데리고 갔다.

"저는 즉시 그녀를 보고 싶어요." 그녀는 반박의 기미조차 허용하지 않는, 뜨겁고 강렬하고 초조한 눈길로 나를 응시하면서 속삭였다. "그녀를 제 눈으로 직접 봐야겠기에 당신의 도움을 구하는 거예요."

그녀는 완전한 광란 상태, 그리고 절망에 빠져 있었다.

"누구를 만나고 싶다고요, 리자베타 니콜라예브나?" 나는 경악을 금치 못하며 되물었다.

"그 레뱌드키나, 그 절름발이요……. 그녀가 절름발이라는 게 사실인가요?"

나는 충격을 받았다.

"직접 본 적은 없지만 절름발이라는 얘기는 들었습니다, 그것도 어제요." 나는 서둘러 준비한 듯, 역시 속삭이는 어조로 중얼거렸다.

"저는 그녀를 꼭 만나야겠어요. 오늘 좀 주선해 주실 수 없을까요?"

그녀가 너무 가여웠다.

"그건 불가능하고요, 그걸 어떻게 해야 할지도 전혀 모르겠군요." 나는 설득을 해 보려고도 했다. "샤토프에게 가 보겠습니다만……."

"내일까지 주선해 주시지 않으면, 마브리키 니콜라예비치도 거절했으니 저 혼자 직접 가겠어요. 오직 당신에게만 희망을 걸고 있어요, 더 이상은 아무도 없거든요. 샤토프와는 바보 같은 얘기를 했네요……. 저는 당신이 전적으로 정직하고 저에게 헌신적인 사람일 거라 확신해요, 부디 주선해 주세요."

그녀의 모든 일을 돕고 싶은 열정적인 소망이 생겨났다.

"그러면 이렇게 하겠습니다." 나는 잠깐 생각을 했다. "제가 직접 가서 오늘 분명히, '분명히' 그녀를 만나겠습니다! 꼭 만나겠습니다, 틀림없이요. 단, 샤토프의 도움을 빌릴 수 있도록 해 주십시오."

"그분에게는, 내게 이런 소망이 있다, 나는 더 이상 기다릴 수 없다, 하지만 방금 내가 그를 속인 건 아니다, 라고 말씀해 주세요. 그분이 떠난 것은, 몹시 정직한 분인데 저에게 속은 것 같아 못마땅해서였겠지요. 저는 속이지 않았어요. 정말로 출판을 하고 인쇄소를 만들고 싶거든요……."

"예, 정직한, 정직한 사람이죠." 나는 열렬하게 되뇌었다

"그래도 내일까지 안 되면 무슨 일이 있든, 설령 모두가 알 게 된다 할지라도 제가 직접 가겠어요."

"저는 내일 빨라야 3시쯤에야 당신 댁에 올 수 있습니다."

내가 다소 정신을 차리고 말했다.

"그럼 3시로 해요. 그러니까 어제 제가 스테판 트로피모비치 댁에서 당신이 저에게 다소 헌신적인 사람이라고 생각한 것이 맞았군요?" 그녀는 미소를 지으며 서둘러 작별의 악수를 건네고는 서둘러 혼자 남겨진 마브리키 니콜라예비치에게 갔다.

나는 나 자신의 약속에 짓눌린 채 밖으로 나왔고 지금 일어나고 있는 일을 종잡을 수 없었다. 나는 진정으로 절망에 빠진 여인을, 거의 알지도 못하는 사람을 믿었다가 자신의 명예를 훼손할까 봐 두려워할 여유조차 없는 여인을 보았다. 그녀 자신에게 그토록 힘겨운 순간에 나타난 여성스러운 미소, 그리고 그녀가 어제 벌써 나의 감정을 알아챘다는 암시가 꼭 내 심장을 도려내는 것 같았다. 그러나 나는 그녀가 가여웠다, 너무 가여웠다, 그게 전부다! 그녀의 비밀은 나에게 갑자기 성스러운 뭔가가 되었고 따라서 혹시 누가 지금 그것을 공개하려고 한다면 귀를 틀어막고 더 이상 아무것도 듣지 않으려 했을 것이다. 나는 그저 뭔가를 예감했을 뿐이다……. 그나저나 내가 여기서 무엇을 어떤 식으로 주선해야 할지 전혀 종잡을 수 없었다. 더욱이 어쨌든 지금도 도대체 정확히 무엇을 주선해야 하는지 알 수 없었다. 만남이라면 어떤 만남? 게다가 그들을 어떻게 만나게 할 것인가? 모든 희망은 샤토프에게 있었지만 나는 그가 아무런 도움이 되지 않을 것임을 이미 알았다. 그러나 어쨌든 그에게로 달려갔다.

4

이미 7시가 지난 저녁 무렵에야 나는 그를 집에서 만날 수 있었다. 놀랍게도 그의 집에는 손님이 와 있었는데, 알렉세이 닐리치, 그리고 내가 어느 정도 알고 있는 신사, 즉 비르긴스키의 아내와 친남매인 시갈료프라는 사람이었다.

이 시갈료프라는 사람은 분명히 벌써 두 달쯤 전부터 우리 도시에 머물고 있었다. 나는 그가 어디에서 왔는지도 모른다. 그저 페테르부르크의 어느 진보적인 잡지에 무슨 논문을 실었다는 얘기를 들었을 뿐이다. 비르긴스키는 우연히 길거리에서 나를 그에게 소개해 주었다. 나는 평생 그토록 침울하고 흐리고 음산한 인간의 얼굴을 본 적이 없었다. 그는 세계의 와해를 기다리는 것처럼 보였는데, 그것도 실현되지 않을 수도 있는 예언에 따라 혹시 언제가 아니라 완전히 정해진 어느 날, 말하자면 모레 아침 정확히 10시 25분에 그런 일이 일어나리라 믿는 것 같았다. 어쨌든 그때 우리는 거의 한마디도 하지 않은 채 두 음모자 같은 표정으로 악수만 했다. 나에게 제일 충격을 준 것은 길고 넓고 두꺼운, 부자연스러운 크기의 귀였는데, 어쩐 유달리 각자 돌출된 것 같았다. 몸동작은 느릿느릿, 상당히 굼떴다. 리푸틴이 언젠가 팔랑스테르가 우리 도시에서 실현될 수 있으리라 꿈꾸었다면 이 사람은 그것이 실현될 날짜와 시간마저 분명히 알았을 것이다. 그는 나에게 불길한 인상을 주었다. 지금 샤토프의 집에서 그를 만나고는 깜짝 놀랐는데, 샤토프가 대체로 손님을 좋아하지 않는 성격이라 더 그랬다.

　말다툼을 하는지 계단에서부터 셋이 모두 함께 몹시 큰 소리로 이야기하는 소리가 들렸다. 하지만 내가 나타나자마자 모두 입을 다물었다. 그들은 선 채로 다투다가 이제 갑자기 모두 앉아 버렸고 그 때문에 나도 앉아야 했다. 이 바보 같은 침묵은 꼬박 삼 분쯤이나 깨지지 않았다. 시갈료프는 나를 알아보고도 모르는 척했는데 분명히 적의 때문이 아니라 그냥 그랬다. 알렉세이 닐리치와 나는 가볍게 인사를 주고받았으나 아무 말도 하지 않았고 왠지 악수도 하지 않았다. 시갈료프는 마침내 내가 갑자기 일어나서 떠날 것이라는 아주 순진한 확신에 가득 차 인상을 꽉 쓰고 엄격한 눈초리로 쳐다보기 시작했다. 마침내 시갈료프가 의자에서 일어나자 역시나 모두 갑자기 벌떡 일어섰다. 그들은 작별 인사도 하지 않고 나갔지만 오직 시갈료프만 벌써 문까지 간 상태에서 배웅 나온 샤토프에게 이렇게 말했다.

　"보고할 의무가 있다는 점, 명심하시오."

　"당신네의 그 보고 따위는 엿이나 먹으라지, 나는 어떤 새끼한테도 의무가 없어." 샤토프는 그를 보낸 다음 걸쇠로 문을 잠가 버렸다.

　"새대가리들!"[50] 이렇게 말하며 그는 나를 쳐다보고 왠지 일그러진 미소를 지었다.

　그는 성난 얼굴이었는데, 나로서는 그가 먼저 말문을 열었

---

50) 원문은 '도요새들'이다.

다는 것 자체가 이상했다. 예전에는 보통 내가 찾아가면(하지만 몹시 드문 일이었다.) 우거지상을 한 채 구석에 처박혔고 성난 얼굴로 대답하다가 긴 시간이 지난 다음에야 비로소 완전히 생기를 찾고 만족스러운 듯 말하기 시작했던 것이다. 대신, 작별 인사를 할 즈음에는 매번 다시, 꼭 개인적인 원한이 있는 자를 떼 내듯 인상을 쓰고 사람을 내보냈다.

"어제 저 알렉세이 닐리치의 집에서 차를 마셨어요." 내가 말했다. "그는 무신론에 미친 것 같아요."

"러시아의 무신론은 말장난 이상으로 나아간 적이 없어요." 샤토프는 타 버린 양초 토막 대신 새 양초를 끼우며 투덜거렸다.

"아니요, 이 사람은 말장난이나 할 위인 같지는 않았어요. 말장난을 하는 것이 아니라, 그저 말하는 법을 모르는 것 같더군요."

"종이로 만든 사람들입니다. 그 모든 것이 사상의 종놈 근성에서 비롯된 것이고요." 샤토프는 구석의 의자에 앉은 다음 두 손바닥으로 무릎을 꽉 누르며 침착하게 말했다.

"여기에는 증오도 있습니다." 그는 일 분 정도 침묵하다가 말했다. "러시아가 어떻게든 갑자기 개혁된다면, 심지어 그들의 방식대로 된다면, 또 러시아가 어떻게든 갑자기 한량없이 부유하고 행복해진다면 저들이야말로 제일 먼저 끔찍이도 불행해질 겁니다. 그때는 그들이 증오할 인간도, 침을 뱉어 줄 인간도, 조롱할 것도 없어지니까요! 여기에는 오직 러시아에 대한 끝없는 짐승 같은 증오만, 유기체를 좀먹는 증오만 있을 뿐이죠. 여기에는 훤히 보이는 웃음 밑으로 흘러나오는 눈물 중 세계의 눈에 보이지 않는 눈물이란 결코 없을 겁니다! 지금까지 루시에서 이 보이지 않는 눈물에 대한 말보다 더 사기 같은 말은 결코 없었어요!" 그는 거의 분기탱천하여 외쳤다.

"정말 무슨 말씀을 하시는지!" 내가 웃음을 터뜨렸다.

"당신은 '온건한 자유주의자'죠." 샤토프도 미소를 지었다. "그런데요." 그가 갑자기 말을 받았다. "'사상의 종놈 근성' 어쩌고는 헛소리를 뇌까린 것인지도 모르겠군요. 분명히 저한테 대뜸 '당신이야말로 종놈의 몸에서 났지, 나는 종놈이 아니올시다.'라고 하실 테죠."

"그런 말은 전혀 생각도 못 했는데요……. 무슨 말씀을!"

"사과하지 않으셔도 됩니다. 당신이 두렵지 않으니까요. 그 시절에는 종놈의 몸에서 났을 뿐이지만, 이제는 당신처럼 나서서 종놈이 됐어요. 우리 러시아의 자유주의자는 무엇보다도 종놈이라서 그저 구두를 닦아 드릴 분이 없을까 하는 시선으로 보거든요."

"구두라뇨? 그건 무슨 알레고립니까?"

"알레고리는 무슨! 비웃으시는 모양인데……. 스테판 트로피모비치는 내가 돌 밑에 누워 있다가 짓눌렸으나 압사하지는 못하고 그저 몸부림만 친다고 했는데, 옳은 말씀입니다. 비유 한번 훌륭했지요."

"스테판 트로피모비치는 당신이 독일인에게 미쳐 있다고 확신하더군요." 나는 웃었다. "어쨌든 우리는 독일인들에게서 뭐라도 끌고 와 주머니 속에 집어넣었으니까요."

"20코페이카짜리 은화 하나를 가져오고는 제 돈 100루블을 내준 꼴이죠."

일 분쯤 우리는 침묵했다.

"한데 그건 그 사람이 아메리카에서 너무 오래 누워 있다가 몸을 해친 탓이에요."

"누구 말입니까? 무엇을 해쳤다는 거죠?"

"키릴로프 얘기입니다. 우리는 그곳에서 넉 달 동안 오두막의 마룻바닥에 누워 있었거든요."

"두 분은 정말로 아메리카에 갔던 겁니까?" 나는 깜짝 놀랐다. "그런 말씀은 전혀 없으시더니."

"이야기할 것도 없는걸요. 재작년에 우리는 셋이서 주머니를 탈탈 털어 이민자용 증기선을 타고서 '아메리카 노동자의 삶을 몸소 체험하고 그런 식으로 가장 힘겨운 사회적 상황에 처한 인간 상태를 개인적인 경험을 통해 몸소 점검하기 위해' 미합중국으로 떠났습니다. 바로 그런 목적에서 우리는 떠났던 겁니다."

"맙소사!" 나는 웃었다. "그런 목적이라면, '개인적인 경험을 통해 겪어 보기 위해서라면' 차라리 농번기에 우리 도를 아무 데나 찾아가는 편이 나았을 텐데, 무슨 바람이 불어서 아메리카까지 날아갔을까요!"

"우리는 그곳에서 어느 착취자의 노동자로 고용되었어요. 그의 농장에 모여든 우리 러시아인은 모두 여섯 명이었는데 ─ 대학생, 심지어 자기 영지에서 온 지주와 장교도 있었고 다들 그와 똑같은 거창한 목적이 있었죠. 자, 그래서 일하고 땀 범벅되고 고생하다 지쳐서 나와 키릴로프는 결국 떠났는데 병이 나서 더 버티지를 못한 거예요. 착취자인 그 농장주는 합산할 때 우리를 속여서 계약한 30달러 대신 나에게는 8달러를, 그에게는 11달러를 지불했어요. 거기서 얻어맞은 적도 한두 번이 아니었고요. 자, 그때 나와 키릴로프는 그 소도시에서 일 없이 마룻바닥에 넉 달 동안 나란히 누워 있었던 겁니다. 그는 이 생각을, 나는 저 생각을 하면서."

"정말로 농장주가 당신들을 때렸습니까, 그것도 아메리카에서? 그럼 욕이라도 해 주지 그러셨어요!"

"전혀요. 오히려 키릴로프와 나는 당장 '우리 러시아인은 아메리카인 앞에서는 코흘리개에 불과하다, 그들과 같은 수준에 이르기 위해서는 애초에 아메리카에서 태어나거나 적어도 오랜 세월을 아메리카인과 함께 살아야 한다'라는 결론을 내렸어요. 어쩌겠습니까, 1코페이카짜리 물건의 값으로 1달러를 요구해도 우리는 그저 만족 정도가 아니라 심지어 열광하며 지불했습니다. 우리는 심령술, 린치의 법칙, 혁명가들, 부랑자들 등 모든 것을 찬양했어요. 한번은 우리가 뭘 타고 가는 중이었는데 어떤 사람이 우리의 호주머니에 손을 넣더니 내 머리빗을 꺼내 자기 머리를 빗더군요. 키릴로프와 나는 눈짓만 주고받고, 이건 좋은 일이다, 아주 마음에 든다, 라고 결론지었죠……."

"그런 것이 우리 머릿속에 떠오를 뿐만 아니라 실행되기도 한다니 이상하군요." 내가 말했다.

"종이로 만든 사람들이니까요." 샤토프가 반복했다.

"하지만 아무리 그래도 미지의 땅을 향해 이민용 증기선을 타고 태양을 건너는 것은, 비록 '개인적인 경험을 통해 알아본다'와 같은 목적이 있을지라도, 여기에는 반드시 뭔가 관대한 결의가 있지 않았을까 싶은데요……. 한데 어떻게들 거기서 빠져나오셨습니까?"

"내가 유럽에 있는 어떤 사람에게 편지를 썼고 그가 나에게 100루블을 보내왔어요."

샤토프는 말을 하는 동안 줄곧 예의 그 습관대로 땅바닥을 집요하게 바라보았는데 열을 올릴 때도 그랬다. 그런데 바로 그 순간 갑자기 머리를 들었다.

"혹시 그 사람의 이름을 알고 싶은가요?"

"대체 누구입니까?"

"니콜라이 스타브로긴입니다."

그는 갑자기 일어나더니 보리수나무 책상으로 다가가 그 위의 뭔가를 뒤적이기 시작했다. 우리 도시에서는 그의 아내가 얼마 동안 파리에서 니콜라이 스타브로긴과 관계를 가졌다는 불분명하지만 믿을 만한 소문이 있었는데, 이 년 전, 즉 샤토프가 아메리카에 가 있을 때라고 했다. 사실 그의 아내가 그를 제네바에 남겨 둔 채 떠나고도 오랜 시간이 지난 뒤의 일이긴 했다. '그렇다고 해도 이제 와서 그의 이름을 들먹거리면서 먹칠을 하려는 걸까?' 이런 생각이 들었다.

"나는 지금까지도 돌려주지 않았어요." 그는 갑자기 다시 내 쪽으로 몸을 돌려 나를 유심히 쳐다본 다음 아까의 그 구

석진 자리에 앉았고 이미 완전히 다른 목소리로 무뚝뚝하게
물었다.

"물론 무슨 용건이 있어서 오셨을 텐데, 무슨 일이십니까?"

나는 당장 모든 것을 정확히 발생 순서에 따라서 이야기한
다음, 지금은 아까의 흥분이 좀 가라앉아서 정신을 차렸지만
더욱더 혼란스럽게 됐다고 덧붙였다. 여기엔 리자베타 니콜라
예브나로서는 뭔가 몹시 중대한 것이 있음을 깨달았고 진심
으로 그녀를 도와주고 싶지만 그녀에게 한 약속을 어떻게 지
킬지도 알지 못할뿐더러 그녀에게 약속한 것이 무엇인지도 지
금은 모르겠으니 정말 큰일이라고 말이다. 그런 다음 그녀는
그를 속이고 싶지 않았고 그럴 마음도 없었노라고, 어쩌다 무
슨 오해가 있었노라고, 그가 아까 비상식적으로 나가 버려서
몹시 슬퍼하고 있노라고 다시 한번 힘주어 반복했다.

그는 몹시 주의 깊게 경청했다.

"아까는 정말 평소 습관대로 멍청한 짓을 했어요……. 뭐,
내가 그렇게 나온 이유를 그녀가 모른다면…… 그녀로서는 더
잘된 일입니다."

그는 일어나서 문으로 다가가 문을 열더니 계단 쪽으로 귀
를 기울였다.

"그 아가씨를 직접 보고 싶으십니까?"

"정말 그래야만 하는데, 어떻게 해야겠습니까?" 나는 기쁨
에 넘쳐 벌떡 일어났다.

"그녀가 혼자 있을 때 그냥 가 봅시다. 그놈이 돌아와서 우
리가 다녀간 걸 알면 죽도록 때릴 테니까요. 나는 가끔 몰래

가 봐요. 아까도 그놈이 다시 그녀를 때리기 시작해서 내가 그
놈을 때렸습니다."

"당신이 그러셨다고요?"

"다름 아니라, 그놈의 머리채를 잡고 그녀에게서 떼 놓았어
요. 그놈은 나를 후려칠 태세였지만 나는 그놈을 깜짝 놀라게
해 줬고 그로써 일은 끝났어요. 술에 취해 돌아오지나 않을까
걱정인데, 기억이 나면 또 그걸 빌미로 사정없이 두들겨 팰 겁
니다."

우리는 즉시 아래로 내려갔다.

5

레뱌드킨 집의 문은 닫혀 있을 뿐, 잠겨 있지는 않아서 우
리는 거침없이 들어갔다. 거처라고 해 봐야 더러운 벽지 뭉치
가 그야말로 덕지덕지 붙은 채로 그을린 벽에 둘러싸인, 크지
않은 역겨운 방 두 칸이 전부였다. 주인인 필리포프가 술집을
새 건물로 옮기기 전 언젠가 이곳은 몇 년 동안 술집이었다.
술집에 딸린 나머지 방들은 지금 잠겨 있고 오직 이 두 칸만
레뱌드킨의 손에 떨어졌다. 가구라고 해야 팔걸이가 떨어진
낡아 빠진 안락의자 하나를 빼면 소박한 의자들과 판자 쪼가
리로 만든 탁자들이 전부였다. 두 번째 방의 한구석에는 마드
무아젤 레뱌드키나의 것인 무명 담요가 덮인 침대가 있었는
데 대위 자신은 밤이면 옷을 입은 채 마룻바닥에 나뒹굴듯이

자기 일쑤였다. 곳곳에 부스러기, 쓰레기, 물기가 가득했다. 첫 번째 방은 마룻바닥에 흠뻑 젖은 두툼하고 큰 걸레가 뒹굴고 있고 바로 그 웅덩이 속에 닳아빠진 낡은 신발짝이 빠져 있었다. 여기서는 아무도, 아무 일도 하지 않는 것이 분명했다. 난로도 때지 않고 음식도 만들지 않는다. 샤토프가 상세히 얘기해 준 대로 심지어 사모바르도 없었다. 대위는 여동생과 함께 도착했을 때 완전히 거지 신세였고, 리푸틴의 말대로, 처음에는 정말로 집마다 구걸하러 다녔다. 그러나 뜻밖에도 돈을 받게 되자 당장 술을 퍼마셨고 숫제 술에 절어 살았기 때문에 살림은 이미 안중에도 없었다.

내가 그토록 보고 싶어 한 마드무아젤 레뱌드키나는 두 번째 방의 구석, 판자 쪼가리로 만든 식탁 앞 의자에 얌전히, 소리 없이 앉아 있었다. 우리가 문을 열었을 때 그녀는 우리를 부르기는커녕 심지어 자리에서 움직이지도 않았다. 샤토프는 원래 그들은 집 문을 잠그지 않는데 한번은 밤새도록 현관문이 이렇게 활짝 열려 있었다고 말했다. 쇠 촛대 위, 희끄무레하고 가느다란 양초 불빛 아래서 나는 서른 살쯤 된 듯한 병적으로 여윈 여자를 분간해 냈는데, 짙은 색의 낡은 사라사 원피스를 입고 긴 목에 아무것도 감지 않은 채 듬성듬성한 짙은 색 머리카락을 목덜미에 두 살배기 어린애의 주먹만 한 크기로 묶어놓고 있었다. 그녀는 상당히 즐거운 듯 우리를 바라보았다. 그녀 앞의 탁자 위에는 촛대 말고도 시골풍의 작은 손거울, 낡은 카드 한 세트, 노래집처럼 보이는 다 해진 조그만 책, 벌써 두어 번 베어 먹은 독일식 하얀 빵이 놓여 있었다. 마드무아젤 레뱌드키나는 얼굴에 하얀 분칠을 하고 빨간 연지를 찍고 입술에도 뭔가를 바른 것이 눈에 띄었다. 눈썹도 시커멓게 칠해 놓았는데 원래도 가늘고 검은 눈썹이었다. 하얀 분칠을 했음에도 그녀의 좁고 높은 이마에는 세 줄의 긴 주름이 상당히 뚜렷이 그어져 있었다. 그녀가 절름발이라는 것은 이미 알았지만 이번에 우리가 가 있는 동안 그녀는 일어나는 일도, 걷는 일도 없었다. 언젠가 한창때는 바싹 여윈 이 얼굴도 밉지 않았을 법했다. 조용하고 부드러운 회색 눈은 지금도 훌륭했다. 몽상에 잠긴 듯 진실한 무언가가 거의 기쁨에 찬 그녀의 조용한 시선 속에서 빛나고 있었다. 카자크 채찍이며 오빠의 온갖 무자비함에 대해 모두 들은 다음이라, 나는 그녀의 미소 속에 표현된 이 조용하고 평온한 기쁨에 깜짝 놀랐다. 이상하게도, 신의 벌을 받은 이 같은 모든 존재와 함께 있을 때 흔히 느끼는 힘겹고 심지어 두려운 혐오감 대신, 첫 순간부터 그녀를 바라보는 것이 거의 유쾌했으며 나중에도 혐오감은커녕 애처로움에 휩싸일 뿐이었다.

"보시다시피, 문자 그대로 몇 날 며칠을 저렇게 혼자 꼼짝도 하지 않고 앉아서 점을 치거나 거울을 들여다봅니다." 샤토프가 문지방에서 그녀를 가리켜 보였다. "그놈은 먹을 것도 주지 않아요. 가끔 곁채의 노파가 워낙 불쌍한 마음에 뭘 좀 갖다주죠. 어떻게 촛불만 덩그러니 켜 놓고 저렇게 혼자 내버려 둘 수 있는지!"

놀랍게도, 샤토프는 그녀가 방 안에 없다는 듯 큰 소리로 말했다.

"안녕, 샤투시카!⁵¹⁾" 마드무아젤 레뱌드키나는 상냥하게 말했다.

"마리야 티모페예브나, 손님을 데려왔어."

샤토프가 말했다.

"손님이라니, 영광이네. 당신이 데려온 사람이 누구인지 모르겠어, 이런 사람은 기억 안 나." 그녀는 양초 너머에서 나를 유심히 쳐다보더니 곧 다시 샤토프 쪽을 보았다.(그리고 대화가 진행되는 내내 나라는 인간은 아예 그녀 옆에 없는 양 전혀 신경 쓰지 않았다.)

"혼자 다락방을 거닐자니 지루해진 거야, 응?"

그녀가 웃자 가지런한 두 치열이 드러났다.

"지루하기도 하고 당신을 보러 오고 싶기도 했지."

샤토프는 긴 의자 하나를 탁자 쪽으로 끌어와 앉은 다음 나도 옆에 나란히 앉혔다.

"대화는 언제나 기쁘지만, 다만 어쨌든 당신 모습이 웃겨, 샤투시카. 꼭 수도사 같거든. 머리는 언제 빗었어? 내가 머리 좀 빗겨 줄거나." 그녀는 호주머니에서 빗을 꺼냈다. "내가 빗겨 준 뒤로는 손도 한번 안 댔나 봐?"

"나는 빗이 없잖아." 샤토프가 웃었다.

"정말? 그럼 내 것을 선물할게, 이거 말고 다른 걸로. 다만 꼭 기억해야 해."

그녀는 아주 진지한 모습으로 그의 머리를 빗기기 시작했

---

51) 샤토프의 애칭.

는데 심지어 옆 가르마도 타고 약간 뒤로 물러나 잘됐는지 보고 나서야 빗을 다시 호주머니에 넣었다.

"샤투시카, 있잖아." 그녀는 머리를 도리도리 흔들었다. "당신은 사려 깊은 사람인데 지루해한단 말이야. 당신들 모두를 보면 참 이상해. 사람들이 어떻게 그렇게 지루해할 수 있는지 이해가 안 되거든. 마음이 아픈 것은 지루한 것이 아니잖아. 난 즐거워."

"오빠랑 있는 것도 즐거워?"

"레뱌드킨을 말하는 거야? 그놈은 내 종놈이야. 그러니까 그놈이 여기 있든 말든 정말 아무래도 좋아. 내가 '레뱌드킨, 물 가져와, 레뱌드킨, 신발 대령해.' 하고 외치면 그놈은 당장 뛰어가지. 때때로 잘못을 저지르고 났을 땐 쳐다보기 우스울 정도야."

"이건 정확히 맞는 말이에요." 샤토프는 다시 전혀 거리낌 없이 큰 소리로 나에게 말했다. "이 여자는 그놈을 완전히 종놈처럼 부려요. 그녀가 '레뱌드킨, 물 대령해.'라고 외치면서 깔깔대는 것을 내가 직접 들었거든요. 차이점이라면 오직 그놈이 물을 가지러 뛰어가는 것이 아니라 그걸 빌미로 그녀를 때린다는 거죠. 그래도 그녀는 조금도 무서워하지 않아요. 거의 매일 무슨 신경 발작이 일어나서 그녀의 기억을 없애 버리고 그 때문에 발작 이후에는 지금 있었던 일도 모두 잊고 언제나 시간을 혼동하죠. 그녀가 우리가 들어온 것을 기억한다고 생각하실 겁니다. 어쩌면 기억할지도 모르지만 분명히 모든 것을 자기 식으로 바꾸고, 내가 샤투시카라는 것은 기억한다 해도 분명히 지금 우리를 실제의 우리와는 다른 누구로 여기는 겁니다. 그러니 큰 소리로 말해도 괜찮아요. 자기와 얘기하지 않으면 그 사람 말은 곧장 듣기를 멈추고 곧장 자기만의 몽상에 빠져들어요. 그야말로 빠져드는 거죠. 굉장한 몽상가거든요. 여덟 시간, 하루 종일 같은 자리에 앉아 있어요. 여기 빵이 있지만, 아침 무렵에 딱 한 번 뜯어 먹었는데 내일이나 돼야 다 먹을 겁니다. 보세요, 이제 카드 점을 치기 시작했군요……."

"점을 친다, 나는 점을 쳐. 샤투시카, 어째 점괘가 심상치 않네." 마리야 티모페예브나는 마지막 단어를 알아듣고는 갑자기 말을 받았고 쳐다보지도 않은 채 빵을 향해 왼손을 뻗었다.(물론 빵 얘기도 알아들은 것이다.) 그녀는 기어코 빵을 거머쥐었지만, 다시 시작된 대화에 혹한 나머지 잠깐 왼손에 쥐고 있다가 한 번도 베어 물지 않고 스스로 인지하지도 못한 채 다시 탁자 위에 내려놓았다. "계속 하나만 나와. 길, 못된 사람, 누군가의 계략, 죽음의 침대, 어디선가 온 편지, 뜻밖의 소식, 내 생각엔 이 모든 게 헛소리인데, 샤투시카, 당신 생각은 어때?" 그녀는 갑자기 카드를 섞었다. "한번은 이런 얘기를 사람들이 다 존경하는 프라스코비야 수녀님에게 하는데, 그분이 카드 점을 치기 위해 수녀원장 몰래 언제나 나의 방으로 달려왔던 거야. 사실 혼자서 달려온 건 아니었어. 그들은 아하, 탄식하고 머리를 흔들고 이러쿵저러쿵 입방아를 찧어 대고, 나는 웃는 거야. '십이 년 전에도 편지가 오지 않았다면, 프라스코비야 수녀님, 어디서 편지를 받을 수 있겠어요?'라고 말하면서. 남편이 그녀의 딸을 터키 어디로 데려갔는데 십이 년 동안 감감무소식이었거든. 다음 날 저녁 내가 수녀원장(우리 마을의 공작 집안 출신이야.) 집에 앉아 있는데, 수녀원장 집에는 어디 외지에서 온 어떤 마님도 앉아 있고 아토스산의 떠돌이 수도사도 한 명 앉아 있는데 내 생각으론 상당히 웃긴 사람이야. 그런데 어떻게 됐게, 샤투시카, 바로 이 수도사가 그날 아침에 프라스코비야 수녀님 앞으로 터키에서 딸의 편지를 가져온 거야. 자, 당신에게 다이아몬드 잭을 내놓겠노라. 어때, 예기치 못한 소식 아니야! 우리가 차를 마시는데 아토스의 수도사가 수녀원장에게 '무엇보다도, 축복받은 수녀원장님, 그녀의 태내에 그토록 진귀한 보물을 보존케 하시니 주님께서 당신의 성소를 축복해 주셨습니다.'라고 말하는 거야. '그게 무슨 보물인가요?' 수녀원장이 물어. '성녀 리자베타 수녀입니다.' 그런데 이 성녀 리자베타는 우리 담벼락에, 길이 1사젠에 높이 2아르신[52]짜리 우리에 갇혔고 십칠 년째 그 철제 격자 뒤에 앉아 있는데, 겨울이나 여름이나 대마로 짠 루바시카 한 장만 걸친 채 지푸라기든 나뭇가지든 아무거나 루바시카 속에 쑤셔 넣고 아무 말도 하지 않고 십칠 년 동안 머리도 빗지 않고 씻지도 않는 거야. 겨울에는 털옷을 넣어 주고 매일 빵 껍질과 물 한 잔을 주지. 그럼 신도들이 와서 보고는 아하, 탄식하고 한숨을 내쉬며 돈을 내놓지. '드디어 보물을 발견하셨군요.' 수녀원장은 이렇게 대답해.(화가 난 거야. 리자베타를 억수로

---

52) 1사젠은 2.3미터, 1아르신은 71.12센티미터.

싫어하거든.) '리자베타는 그냥 악에 받쳐서, 그냥 고집을 부리느라 이렇게 앉아 있는 거예요, 모조리 연기에 불과하답니다.' 이 점이 나는 마음에 들지 않았어. 그 무렵에는 나야말로 수녀원에 틀어박히고 싶었거든. 나는 '내 생각엔 신과 자연은 모두 하나예요.'라고 말했어. 다들 나에게 이구동성으로 '어이구 저것 좀 봐!'라고 외치더라고. 수녀원장은 웃음을 터뜨리더니 마님과 뭐라고 속닥대고는 나를 불러 좀 쓰다듬었고, 그 마님은 장밋빛 나비 리본을 선물해 줬는데, 보여 줄까? 뭐, 수도사는 그 자리에서 훈계를 늘어놓았는데 몹시 상냥하고 말투도 겸손하고 참 똑똑했어. 나는 앉아서 듣고 있지. '이해하겠어?' 하고 물어. 나는 '아니요, 아무것도 모르겠어요, 제발 저를 가만히 내버려 두세요.'라고 말하지. 자, 그때 이후로 그들은 나를 아주 가만히 내버려 둔 거야, 샤투시카. 그런데 그때, 예언했다고 우리 수녀원에서 참회하던 수석 수녀 하나가 교회를 나와 나에게 속삭이는 거야. '성모는 대체 누구라고 생각해?' 나는 '위대하신 어머니이자 인류의 희망입니다.' 하고 대답해. 그쪽에서는 '그러니까 성모는 위대하신 어머니이자 촉촉한 대지이며 여기에 인간을 위한 위대한 기쁨이 담겨 있도다. 지상의 모든 비애와 지상의 모든 눈물이 우리에게는 기쁨이지. 자기 밑의 땅을 반(半) 아르신이나 깊이 눈물로 적시다 보면 당장 모든 것을 기뻐하게 되리라. 더 이상 너는 어떤, 어떤 고뇌도 없을지니, 이러한 예언이니라.'라고 말하는 거야. 그때 이 단어가 나에게 떨어진 거야. 그때부터 나는 기도할 때 절을 하고 땅에 입을 맞추기 시작했고, 스스로 입을 맞추며 눈물을 흘려. 지금 당신한테 말해 줄게, 샤투시카. 이 눈물 속에는 나쁜 것은 전혀 없어. 당신에게 괴로운 일이 전혀 없어도 어떻든 오직 기쁨 때문에 눈물이 줄줄 흘러내리는 거야. 눈물이 저절로 흘러내려, 정말 그래. 나는 종종 호숫가로 나가곤 했어. 한쪽에는 우리 수도원이, 다른 쪽에는 우리 뾰족한 산이 있는데 뾰족산이라고 불리는 산 말이야. 나는 이 산으로 올라가 동쪽으로 얼굴을 돌리고 땅에 엎어져 울고 또 울고 도대체 몇 시간을 우는지 기억도 안 나는데, 그때는 아무것도 기억하지 못하고 알지도 못하는 거야. 그런 다음 일어나서 뒤를 보면 크고 화려하고 멋진 태양이 지고 있는 거야, 샤투시카, 태양을 바라보는 거, 좋아해? 좋지, 하지만 슬퍼. 내가 다시 동쪽으로 몸을 돌리면 멀리서 그림자가, 우리 산의 길고도 길고 좁은 그림자가 1베르스타만큼이나 멀리 호수를 따라 바로 호수의 섬까지 화살처럼 달려가고, 그 바위섬은 호수를 완전히 반 토막 내듯 절반으로 갈라놓는데, 정말 반 토막인데, 여기서 태양이 완전히 넘어가면 갑자기 모조리 꺼져 버리거든. 그 순간 마음이 너무 아파 오고, 그 순간 갑자기 기억이 되살아나고, 어스름이 무서워, 샤투시카. 계속 내 아이를 생각하면서 더욱더 많이 우는 거야."

"정말 있었던 거야?" 계속 굉장히 열심히 듣고 있던 샤토프가 팔꿈치로 나를 살짝 찔렀다.

"그럼, 정말이지. 조그맣고 장밋빛에 몹시 작은 손톱을 가진 아이인데, 다만 정말 마음이 아픈 건 남자애인지 여자애인지 기억이 안 난다는 거야. 남자애가 떠오르기도 하고 여자애가 떠오르기도 해. 그때 나는 아이를 낳자마자 곧장 목면포와 레이스로 싸서 장밋빛 리본으로 감은 다음 작은 꽃을 뿌리고 치장해 주고 기도를 해 주고는 세례도 안 받은 아이를 데려갔는데, 이렇게 아이를 숲으로 데려가는데 나는 숲이 무서워, 끔찍하고, 또 나를 가장 슬프게 한 것은 아이는 내가 낳았지만 남편이 누군지 모른다는 거야."

"정말 있었던 모양이지?" 샤토프가 조심스럽게 물었다.

"샤투시카, 당신 정말 웃겨, 지각이 있는 사람이 말이야. 있었으면 있었던 거지, 설령 아이가 없었다고 해도 그게 뭐 어쨌다는 거야? 자, 이거야말로 어렵지 않은 수수께끼니까 한번 풀어 봐!" 그녀는 웃었다.

"그 아이를 어디로 데려간 거야?"

"연못으로 데려갔어." 그녀는 한숨을 내쉬었다.

샤토프는 팔꿈치로 나를 다시 찔렀다

"만약 당신한테 원래 아이가 없었고 이 모든 것이 그냥 헛소리라면 어쩌지, 응?"

"나한테 어려운 문제를 내는구나, 샤투시카." 그녀는 이런 질문에 전혀 놀라지도 않고 곰곰 생각에 잠겨 대답했다. "그와 관련해서는 당신한테 아무 말도 하지 않을 거야, 아예 없었는지도 모르거든. 내 생각으로는 오직 당신의 호기심뿐이야. 어쨌든 나는 계속 아이 생각을 하며 울 테지만, 혹시 꿈에서 본 건 아닐까?" 그러자 굵은 눈물방울이 그녀의 눈가에서 반짝였다. "샤투시카, 샤투시카, 당신의 마누라가 도망갔다는 게 정말이야?" 그녀는 갑자기 그의 어깨에 두 손을 올려놓고 불쌍하다는 듯 쳐다보았다. "화낼 것 없어, 나도 역겹거든. 있잖아, 샤투시카, 어떤 꿈을 꾸었어. 그분이 다시 와서 나에게 손짓하며 '고양이야, 나의 귀여운 고양이야, 나에게로 오렴!' 하고 부르는 거야. 난 '고양이'라는 말이 제일 반가웠어. 나를 사랑한다는 생각이 들어서."

"생시에 올지도 몰라." 샤토프가 반쯤 속삭이듯 중얼거렸다.

"아니야, 샤투시카, 그건 그저 꿈이야……. 그분이 생시에 올리는 없어. 이 노래를 아는지 모르겠네.

새롭고 높은 거성은 필요 없답니다.
이 승방 안에 머물렵니다.
구도 생활을 하렵니다.
당신을 위해 하느님께 기도드리렵니다.

오, 샤투시카, 샤투시카, 소중한 당신, 왜 나한테 아무것도 안 물어보지?"

"어차피 말해 주지 않을 테니까 안 물어보는 거야."

"말 안 해, 안 해 줄 거야, 찔러 죽여도 말 안 해." 그녀는 재빨리 말을 받았다. "태워 죽여도 말 안 해. 아무리 고통스러운 일을 당해도 아무 말 안 할 거야, 사람들은 알아내지 못할 거야!"

"보다시피 누구든 자기만의 것이 있으니까." 샤토프는 점점 고개를 숙이면서 더욱 소리를 낮추었다.

"당신이 부탁했더라면 말해 줄 수도 있었는데. 말해 줬을지도 몰라!" 그녀는 황홀에 들떠 되뇌었다. "왜 부탁하지 않는 거야? 부탁을 해 봐, 잘만 부탁하면, 샤투시카, 당신한테는 말해 줄지도 몰라. 나한테 사정해 봐, 샤투시카, 내가 승낙하도록……. 샤투시카, 샤투시카!"

그러나 샤투시카는 침묵했다. 일 분 정도 다들 침묵했다. 그녀의 하얗게 분칠한 뺨을 따라 조용히 눈물이 흘러내렸다. 그녀는 샤토프의 어깨에 올려놓은 자신의 두 손을 잊은 채 앉아 있었는데 이미 그를 쳐다보지도 않았다.

"에잇, 나한테 지금 당신이 무슨 상관이야, 게다가 이건 죄악이야." 갑자기 샤토프가 의자에서 일어났다. "일어나세요, 어서!" 그는 화를 내며 내 의자를 빼낸 다음 들어서 제자리에 갖다 놓았다.

"그놈이 와서 눈치채면 안 되는데. 우리는 그만 갑시다."

"아이, 계속 내 하인 얘기야!" 마리야 티모페예브나가 갑자기 웃기 시작했다. "두려워하는 거야! 어쨌든 착한 손님들, 잘 가요. 그런데 잠깐만 내 말을 들어 줘. 얼마 전에 주인인 필리포프와 함께 빨간 턱수염이 달린 닐리치라는 사람이 여기에 왔는데 그때 내 종놈이 나한테 덤벼들었어. 주인이 그놈을 움켜쥐고 온 방으로 질질 끌고 다니자 내 종놈이 소리쳤어. '아무 잘못도 없어, 남의 잘못 때문에 고생하고 있는 거야!' 어때, 믿을 수 있겠어? 우리 모두 너무 우스워서 데굴데굴 뒹굴 정도였다니까."

"에이, 티모페예브나, 그건 붉은 턱수염이 아니라 나였고 얼마 전에 그놈을 당신한테서 떼 내려고 머리채를 잡았던 사람도 나렸어. 주인은 그저께 당신들과 한바탕하려고 왔던 건데 당신이 뒤섞어 버린 거야."

"잠깐만, 정말로 뒤섞어 버렸나 봐, 어쩌면 당신도. 뭐 쓸데없는 걸로 다툴 건 없지. 누가 그놈을 떼 내든 그놈은 아무 상관도 없을 텐데." 그녀가 웃었다.

"갑시다." 샤토프가 갑자기 나를 끌어당겼다.

"대문이 삐걱거렸어요. 우리를 보면 이 여자를 두들겨 팰 겁니다."

우리가 미처 계단을 올라가기도 전에 대문에서 술 취한 사람의 고성이 울리고 욕설이 들려왔다. 샤토프는 나를 자기 집 안으로 들여보내고는 자물쇠로 문을 잠갔다.

"소란이 싫으시면 잠깐 잠자코 계셔야겠습니다. 저런, 돼지 새끼처럼 꽥꽥대는군. 분명히 또 문지방에 걸린 겁니다. 매번 꽝 하고 넘어지거든요."

하지만 소란 없이 지나갈 리가 없었다.

6

샤토프는 잠긴 자기 집 문 옆에 서서 계단 쪽으로 귀를 기울였다. 그러다 갑자기 펄쩍 뛰었다.

"이리로 오는군, 내 이럴 줄 알았지!" 그는 씩씩대며 중얼거렸다. "이제 자정까지 떨어지지 않을 겁니다."

주먹으로 몇 번씩 문을 세게 두들기는 소리가 울려 퍼졌다.

"샤토프, 샤토프, 문 열어!" 대위가 울부짖었다. "샤토프, 이 친구야……!

나는 너에게 인사를 하러 왔네,
태양이 떴다는 얘기를 하러 왔네,
태양이 뜨거-운 빛으로 숲을…… 따라……
떨-기 시작했다는 얘기를 하러 왔네.
너에게 내가 잠에서 깨어났다는 얘기를 하러, 제기랄,
나뭇가지들…… 아래서 완전히 잠에서 깨어났다는 얘기를
하러…….

꼭 매질을 당하는 기분이군, 하-하!

모든 새는…… 갈증을 호소하네.
나는 마실 거라는 얘기를 하러,
마신다…… 뭘 마실지는 모르겠네.

멍청한 호기심은 뒈져라! 샤토프, 알고 있냐, 어떻게 하면 이 세상에서 잘 살 수 있을지!"

"대답하지 마세요." 샤토프는 다시 내게 속삭였다.

"문 열라니까! 주먹다짐보다 더 고상한 뭔가가 있다는 것쯤 은 너도 알겠지……. 인류 사이에는. 귀-족-적인 얼굴이 나오 는 순간들이 있지……. 샤토프, 난 착한 놈이야. 너를 용서하 지……. 샤토프, 격문 따위는 엿이나 먹으라고 해, 엉?"

침묵.

"알겠냐, 이 당나귀야, 난 사랑에 빠져서 연미복을 샀어, 15루 블짜리 사랑의 연미복, 한번 봐. 대위의 사랑은 세속의 존경을 받을 만하지……. 문 열어!" 그는 갑자기 야생동물처럼 울부짖더니 주먹으로 다시 광포하게 문을 두들겼다.

"빌어먹을 자식!" 갑자기 샤토프도 울부짖었다.

"노-예! 노예 같은 종놈, 네 여동생은 노예에다 종년이야……. 도-둑-년!"

"네놈은 여동생을 팔아먹었어."

"거짓말이야! 한마디 해명으로 가능하니까 그런 중상쯤은 참아 주지……. 대체 그 애가 어떤 여자인지 알기는 해?"

"어떤 여잔데?" 샤토프는 갑자기 호기심을 보이며 문 쪽으로 다가갔다.

"너는 알겠어?"

"네가 말해 주면 알겠지, 누군데?"

"내 감히 얘기해 주지! 나는 언제나 모든 것을 대중 앞에서 얘기할 용기가 있어……!"

"뭐, 용기 좋아하시네." 샤토프는 약을 올리고 나더러 귀를 기울이라고 고갯짓을 했다.

"못 할 줄 알고?"

"내 생각엔, 못 할걸."

"못 한다고?"

"주인나리의 매질이 무섭지 않다면 말해 보시지……. 겁쟁이 주제에, 그래 놓고서도 대위라니!"

"나는…… 나는…… 그 애는…… 그 애는…….” 대위는 흥분하여 떨리는 목소리로 더듬거렸다.

"어쨌다고?” 샤토프가 귀를 바싹 들이댔다.

적어도 삼십 초 정도의 침묵이 흘렀다.

"삐-열-한 놈!” 마침내 문 뒤에서 이런 소리가 울려 퍼졌고 대위는 계단마다 비틀거리고 펄펄 끓는 사모바르처럼 씩씩대며 급히 아래로 후퇴했다.

"아니, 간사한 놈이에요. 취한 상태에서도 헛말은 하지 않잖아요.” 샤토프는 다시 문에서 떨어져 나왔다.

"대체 이게 무슨 일입니까?” 내가 물었다.

샤토프는 한 손을 내젓더니 문을 열고 다시 계단 쪽으로 귀를 기울였다. 오랫동안 귀를 기울이더니 조용히 몇 계단을 내려가 보기도 했다. 마침내 돌아왔다.

"아무 소리도 안 들리는 걸 보니 싸우는 건 아닙니다. 즉, 곧장 나뒹굴어 곯아떨어진 거죠. 당신도 가실 때가 됐습니다.”

"잠깐만요, 샤토프. 이 모든 것을 통해 이제 저는 무슨 결론을 내려야 할까요?”

"에잇, 결론이라면 좋을 대로 내리시죠!” 그는 피곤하고 꺼림칙한 듯한 목소리로 대답한 다음 자기 책상 앞에 앉았다.

나는 집을 나왔다. 좀처럼 믿어지지 않는 한 가지 생각이 나의 상상 속에서 자꾸만 더 확고해졌다. 우수를 느끼며 내일이라는 날을 생각했다…….

7

이 '내일이라는 날', 즉 스테판 트로피모비치의 운명이 이미 돌이킬 수 없이 결정된 것이 분명한 그 일요일은 내 연대기에서 가장 의미심장한 날 중의 하나이다. 이날은 뜻밖의 일들이 일어난 날, 예전 것이 막을 내리고 새것이 막을 올린 날, 과격한 해명과 훨씬 더 심한 혼란이 있었던 날이다. 독자도 이미 알다시피, 나는 아침에는 바르바라 페트로브나의 지시에 따라 내 친구와 함께 그녀에게 가기로 되어 있었고, 오후 3시에는 리자베타 니콜라예브나 집에 가 있어야 했는데 얘기를 해 주고 — 무슨 얘기인지는 나도 몰랐다 — 그녀를 돕기 위해서 — 무엇을 도와야 하는지도 몰랐다 — 였다. 그런데 모든 것이 아무도 예상하지 못한 방식으로 해결되었다. 한마디로, 우연적인 것들이 놀라울 만큼 잘 맞아떨어진 하루였다.

시작인즉, 나와 스테판 트로피모비치가 바르바라 페트로브나의 지시대로 정각 12시에 그녀의 집에 갔으나 그녀가 집에 없었다는 것이다. 아직 예배에서 돌아오지 않은 것이었다. 나의 가련한 친구는 안 그래도 기분이 그렇던 차에, 더 정확히 말해 너무나 심란하던 차에 이런 정황에 당장 한 방 얻어맞은 꼴이 되고 말았다. 그는 거의 기운을 잃고 객실의 소파에 주저앉았다. 내가 물 한 잔을 권해 보았다. 그러나 새하얗게 질려 두 손을 벌벌 떨면서도 정중하게 거절했다. 검사겸사, 이번 그의 복장은 이례적인 세련됨이 돋보였다. 수를 놓은 고급 마직 셔츠에 하얀 넥타이, 손에 든 새 모자, 싱싱한 짚 색깔의 새 장갑에 심지어 향수까지 약간 뿌린 것이 거의 무도회 의상처럼 보였다. 우리가 자리에 앉자마자 샤토프가 시종의 안내를 받으며 들어왔는데 역시 공식적인 용건으로 초대받은 것이 분명했다. 스테판 트로피모비치는 살짝 일어나 손을 내밀려 했으나 샤토프는 우리 둘을 유심히 쳐다보더니 구석 쪽으로 방향을 획 틀어 그곳에 자리를 잡았고 우리에게는 고개 한번 까딱이지 않았다. 스테판 트로피모비치는 다시금 깜짝 놀란 듯 나를 쳐다보았다.

그렇게 우리는 몇 분 더 완전한 침묵 속에 앉아 있었다. 스테판 트로피모비치가 갑자기 몹시 급하게 뭐라고 속삭이기 시작했는데 나는 알아듣진 못했다. 뿐더러, 그는 너무 흥분한 탓에 말을 채 끝내지도 못하고 그만두었다. 시종이 탁자 위의 뭔가를 손보기 위해서 한 번 더 들어왔다. 더 정확히는 우리를 보기 위해서였으리라. 샤토프는 갑자기 그에게 큰 소리로 물었다.

"알렉세이 예고리치, 다리야 파블로브나도 그분과 함께 가셨습니까?"

"바르바라 페트로브나께서는 성당에 혼자 가셨고 다리야 파블로브나께서는 2층의 아가씨 방에 계신데 몸이 썩 좋지 않으십니다." 알렉세이 예고리치가 설교조로 점잖게 알려 주었다.

나의 가련한 친구는 다시 나와 빠르고 불안한 눈짓을 주고받았고, 그래서 나는 드디어 그에게서 몸을 돌리게 되었다. 갑자기 현관 입구에서 마차 소리가 우렁차게 울려 퍼지더니 멀리서부터 느껴지는 집 안의 어떤 움직임이 여주인이 돌아왔음을 알려 주었다. 우리는 모두 소파에서 벌떡 일어났지만 다시 예기치 못한 일이 일어났다. 많은 발소리가 들리는 것으로 봐서 여주인이 혼자 돌아온 것이 아니라는 의미인데, 그녀 스스로 우리에게 이 시간을 정해 준 만큼 이것만으로도 정말이지 벌써 석연찮은 구석이 있었다. 드디어 누군가가 달리기하듯 이상할 정도로 빨리 들어오는 소리가 들렸는데, 바르바라 페트로브나라면 절대 그렇게 들어올 리 없었다. 그런데 갑자기 그녀가 굉장히 흥분한 채 숨을 헐떡이며 거의 날듯이 방 안으로 뛰어드는 것이 아닌가. 그녀를 따라 조금 뒤처진 채 훨씬 더 조용히 리자베타 니콜라예브나가 들어왔고, 리자베타 니콜라예브나와 손을 맞잡고 들어온 사람은 마리야 티모페예브나 레뱌드키나였던 것이다! 설령 꿈에서 목격했다 해도 믿지 못할 장면이었다.

전혀 예기치 못한 이 사건을 설명하기 위해서는 반드시 한 시간 전으로 돌아가 바르바라 페트로브나가 성당에서 겪은 이례적인 사건을 좀 더 상세하게 이야기해야겠다.

첫째, 미사에는 도시 전체, 즉 우리 사교계의 상류층이 거의 다 모여들었다. 그들은 도지사 부인이 우리 도시에 도착한 뒤 처음으로 미사에 참석하리라는 것을 알고 있었다. 우리 사이에서는 이미 그녀가 '새 원칙'을 옹호하는 자유사상가라는 소문이 떠돌았다는 점도 지적해야겠다. 모든 부인에게는 또한 그녀가 옷을 멋지게, 이례적으로 세련되게 입는다는 것이 알려졌다. 그래서 이번에 우리 부인들의 복장은 눈에 뜨일 정도로 세련되고 화려했다. 오직 바르바라 페트로브나만 평소와 다름없이 온통 검은색으로 검소하게 차려입었다. 지난 사 년 동안 변함없이 그렇게 입고 다녔다. 그녀는 성당에 도착하자 평소 앉던 대로 첫 번째 열의 왼쪽 좌석에 앉았고 제복 입은 하인이 그녀가 무릎을 꿇고 절을 하도록 그 앞에 벨벳 방석을 갖다 놓았고, 한마디로 모든 것이 평소와 다름없었다. 그러나 사람들은 이번 미사가 진행되는 동안 그녀가 어쩐지 계속해서 굉장히 열심히 기도하고 있음을 알아차렸다. 심지어 나중에 모든 것을 상기할 때는 그녀의 눈에 눈물마저 고였노라고 주장하는 사람도 있었다. 마침내 미사가 끝나자 우리의 사제장인 파벨 신부가 웅장한 설교를 하러 나왔다. 우리는 그의 설교를 좋아하고 또 높이 평가했다. 심지어 출판을 해 보라고 설득하기도 했지만 그는 계속 망설이기만 했다. 이번 설교는 어쩐지 유달리 길었다.

이렇게 설교가 한창 진행 중일 때 어느 부인이 구식의 경(輕)사륜마차를 타고 성당 쪽으로 달려왔는데, 즉 부인들이 마부의 혁대를 쥔 채 비스듬히 앉아서만 탈 수 있고 마차에 충격이 갈 때마다 몸이 바람에 흔들리는 들풀처럼 진동하는 그런 마차였다. 우리 도시에서는 지금까지도 이런 마차들이 운행되고 있었다. 부인은 성당의 한구석에 멈추어 서자 — 정문 옆에는 마차도 많았을뿐더러 헌병까지 서 있었으므로 — 마차에서 뛰어내려 마부에게 4코페이카를 은화로 내놓았다.

"아니, 이게 적다는 건가요, 바냐!" 그녀는 그가 인상을 쓰는 것을 보고서 소리쳤다. "내가 가진 전부인걸요." 그녀는 불평하듯 덧붙였다.

"그럼 신의 가호가 있기를, 흥정도 안 하고 태웠으니까." 마부는 '당신을 모욕하면 죄 짓는 거지'라고 생각하는지 한 손을 내저었다. 그런 다음에는 가죽 지갑을 품속에다 쑤셔 넣고서 근처에 서 있는 마부들의 조소를 한 몸에 받으며 말을 한 번 툭 치고 떠나 버렸다. 조소, 심지어 놀라움은 이 부인이 주인이 빨리 나오기를 기다리는 하인들과 마차들 틈새를 비집고 성당의 정문으로 가는 내내 계속 그녀를 따라다녔다. 게다가 이런 여인이 갑자기 어디선가 튀어나와 사람들이 득실대는 거리에 나타났으니 정말로 모두에게 이례적인 뜻밖의 무언가였다. 그녀는 병적으로 여위었고 다리를 약간 절었으며 하얀 분칠과 붉은 연지 화장이 두꺼웠고, 청명한 9월이라도 바람이 부는 추운 날씨임에도 짙은 색 낡은 원피스 하나만을 입고 머플러도, 망토도 두르지 않은 긴 목은 완전히 내놓은 채였다. 머리도 완전히 드러나 있고 목덜미 위에 조그만 매듭으로 묶여 있는 머리카락의 오른쪽에는 조화 장미 한 송이만 비스듬히 꽂혀 있는데, 성지주일(聖枝主日)[53]의 케루빔을 장식할 때 쓰는 장미와 같은 종류였다. 종이 장미 화관을 쓴 이러한 성지주일의 케루빔을 나는 어제 마리야 티모페예브나 집에 있을 때 구석의 성상 아래에서 보았다. 더욱 가관인 것은 이 부인이 겸손하게 눈을 떨구긴 했어도 동시에 명랑하고 간사하

----

53) 부활절 전주. 종려 주일이라고도 한다.

게 생글거리며 걷고 있었다는 점이었다. 그녀가 조금이라도 지체했다면 성당 안으로 들여보내지 않았을지도 모른다……. 그러나 용케도 싹 들어온 그녀는 사원으로 들어서자 눈에 띄지 않게 앞으로 헤치고 나아갔다.

설교가 반쯤 진행되었고 사원을 빽빽이 채운 모든 군중이 쥐죽은 듯 유심히 설교를 듣고 있었지만, 그럼에도 몇 개의 눈은 호기심과 의혹을 품은 채 막 들어온 여자를 훔쳐보았다. 그녀는 교회 제단 앞에 엎어져서 분칠한 자신의 하얀 얼굴을 단 위에 올려놓고 한동안 엎드려 있었는데 우는 것 같았다. 그러나 다시 머리를 들어 올리고 무릎을 세우더니 얼른, 곧장 원상태로 돌아가서는 굉장히 재미있어했다. 그녀는 즐겁게, 분명히 굉장히 만족한 듯 두 눈을 굴리며 얼굴들을, 성당의 벽들을 훑어보기 시작했다. 어떤 부인들은 특별한 호기심을 보이며 들여다보았고 그러느라고 심지어 까치발을 하기도 하고 두어 번 웃기도 했는데 그 와중에 어쩐지 이상하게 히히대기도 했다. 그러나 설교는 끝났고 십자가가 나왔다. 도지사 부인이 먼저 십자가 쪽으로 걸어갔지만, 분명히, 자기 앞에 아무도 없는 듯 너무나 곧장 다가가고 있는 바르바라 페트로브나에게 양보하고 싶었는지 두 걸음도 못 가서 걸음을 멈추었다. 도지사 부인의 예사롭지 않은 공손함에는 분명 명백하고 예리한 일종의 빈정거림이 포함되어 있었다. 모두 그렇게 이해했으며 바르바라 페트로브나도 그렇게 이해한 것이 분명했다. 하지만 이전처럼 아무도 보이지 않는 듯 매우 확고부동하고 위풍당당한 모습으로 십자가에 입을 맞춘 다음 곧바로 출구로 향했다. 제복을 입은 하인은, 안 그래도 모두 길을 비켜 주었건만, 그녀의 앞길을 말끔히 터 주었다. 하지만 출구 바로 옆, 현관에서 순식간에 북새통을 이룬 사람들 무리가 길을 가로막았다. 바르바라 페트로브나는 잠깐 걸음을 멈추었는데, 갑자기 이례적인 이상한 존재가, 머리에 종이 장미를 꽂은 여자가 사람들 사이를 비집고 나오더니 그녀 앞에서 무릎을 꿇는 것이었다. 웬만해서는, 특히나 사람들 앞에서는 좀처럼 당황하지 않는 바르바라 페트로브나가 근엄하고 엄격하게 그녀를 바라보았다.

여기서 서둘러, 최대한 간략히 지적해 둘 것이 있는데, 바르바라 페트로브나는 최근 몇 년 동안 지나치게 이해타산적이고 심지어 인색해졌다는 말이 있었음에도 자선에 관한 한 재산을 결코 아끼지 않았다. 수도의 어느 자선 단체 회원이기도 했다. 얼마 전 기근이 심했던 해에는 이재민을 위한 금전상의 원조 차원에서 페테르부르크의 주요 위원회 앞으로 500루블을 보냈고, 우리 도시에서도 그 얘기가 오갔다. 마침내 신임 도지사 임명 직전에 그녀는 아예 도시와 도(道)의 가장 극빈한 산모들을 위한 지역 부인 위원회를 설립하기에 이르렀다. 우리 사이에서는 그녀의 공명심에 대해 심한 비난이 일었다. 하지만 바르바라 페트로브나는 기질상 저 유명한 추진력과 동시에 집요함을 발휘하며 어떤 장애물 앞에서도 굴하지 않았다. 모임은 거의 다 완성되고 태초의 발상은 황홀감에 들뜬 설립자의 머릿속에서 점점 더 폭넓게 발전했다. 그녀는 진작부터 그런 위원회를 모스크바에도 설립하리라, 그 활동 영역을 모든 도(道)로 점차 확장하리라 꿈꾸고 있었다. 바로 그런 때 도지사의 돌연한 경질과 함께 모든 것이 정지되었다. 도지사 부인은 사교계에서 그와 같은 위원회를 설립하려는 생각은 비현실적이라는 식의 다소 톡 쏘는, 무엇보다도 정곡을 찌르는 실무적인 반박을 벌써 했고, 이 얘기는 당연히 온갖 색채가 가미되어 바르바라 페트로브나에게 벌써 전달되었다. 그 깊은 속을 누가 알까마는, 내 생각으로는 지금 바르바라 페트로브나는 어떤 만족감마저 느끼면서 성당의 대문 앞에 멈추어 섰으며 이제 곧 도지사 부인과 이어서 모든 사람이 지나갈 것이 분명하다는 사실을 알았고 '그 여자가 무슨 생각을 하든, 나의 자선이 허영이라며 뭐라고 씹어 대든 나는 아무래도 상관없다는 걸 그 여자가 직접 보라지. 당신들도 모두 마찬가지야!'라는 식의 심사였던 것 같다.

"사랑스러운 아가씨, 뭘 원하시는 건가요?" 바르바라 페트로브나는 자기 앞에 무릎을 꿇고 절을 하는 청원자를 유심히 들여다보았다. 청원자는 끔찍이도 겁을 먹고 부끄러워하면서도 거의 경건한 시선으로 올려다보다가 갑자기 예의 그 이상한 히히거리는 웃음을 보였다.

"이분이 왜 이러시죠? 이분은 누구입니까?"

바르바라 페트로브나는 명령하듯 의문의 눈초리로 주변 사람들을 둘러보았다. 다들 침묵했다.

"불행하신가요? 도움이 필요하신가요?"

"제가 필요한 건…… 제가 온 건……" '불행한 여인'은 너무 흥분한 나머지 탁탁 끊기는 목소리로 웅얼거렸다. "제가 온 건 오직 당신의 손에 입을 맞추기 위해서입니다……." 그러고는 다시 히히거렸다. 그녀는 아이들이 뭔가 얻어 내려고 아양을 떨 때처럼 가장 아이다운 시선으로 바르바라 페트로브나의 손을 잡으려고 몸을 내밀었지만 갑자기 깜짝 놀란 듯 두 손을 얼른 뒤로 빼 버렸다.

"오직 그것 때문에 오셨다는 말인가요?" 바르바라 페트로브나는 동정 어린 미소를 머금었지만 곧장 호주머니에서 진주 색 손지갑을 급하게 꺼내더니 10루블짜리 지폐를 미지의 여인 앞에 내놓았다. 상대방은 받았다. 바르바라 페트로브나는 몹시 관심을 보였는데, 이 미지의 여인을 무슨 소박한 민중 청원자로 생각하지 않는 것이 분명했다.

"저 봐, 10루블을 주었어." 군중 속에서 누군가가 말했다.

"부디 손을." '불행한 여인'은 방금 받은 10루블짜리 지폐 귀퉁이를 왼손 손가락으로 꼭 쥔 채 중얼거렸는데 지폐가 바람 때문에 돌돌 말렸다. 바르바라 페트로브나는 왠지 약간 얼굴을 찌푸리며 진지한, 거의 엄격한 표정으로 손을 내밀었다. 상대편은 경건하게 그 손에 입을 맞추었다. 고마움이 담뿍 담긴 그녀의 시선은 어떤 환희 같은 것으로 빛났다. 바로 그 순간, 도지사 부인이 다가왔고 우리 부인들과 높은 고관 나리들이 몰려나왔다. 도지사 부인은 어쩔 수 없이 잠시 군중 속에서 멈추어 서야 했다. 많은 이들이 걸음을 멈추었다.

"떨고 계시네요, 추우시죠?" 바르바라 페트로브나는 갑자기 이런 말을 하고는 자신의 망토를 벗었고 펄럭이는 망토를 몸종에게 붙잡게 하고는 어깨에서 검은 숄(정말로 싸지 않은 것이었다.)을 벗어 줄곧 무릎을 꿇고 있는 청원자의 벌거벗은 목에 손수 둘러 주었다.

"이제 일어나세요, 그만 무릎을 펴세요!" 상대방이 일어났다.

"어디에 사시나요? 이분이 어디에 사시는지 그러니까, 정말 아무도 모르십니까?" 바르바라 페트로브나는 다시 초조하게 주위를 둘러보았다. 하지만 예전 무리는 더 이상 없었다. 보이는 것은 한결같이 지인들, 이 광경을 살펴보는 사교계의 인물들뿐이었는데, 어떤 자들은 엄격한 놀라움을, 또 어떤 자들은 간교한 호기심과 동시에 스캔들을 바라는 순진한 욕망을 드러냈고 또 어떤 자들은 심지어 비웃기 시작했다.

"레뱌드킨네 사람인 것 같군요." 드디어 어떤 착한 사람이 바르바라 페트로브나의 집요한 질문에 대답해 주었는데, 두루 존경받고 공경받는 우리 안드레예프 상인으로서 수염이 희끗 희끗하고 안경을 끼고 러시아식 의복에 둥근 중절모를 쓰고 다니지만 지금은 손에 쥐고 있었다. "그들은 보고야블렌스카야 거리에 있는 필리포프 집에 살고 있습니다."

"레뱌드킨? 필리포프의 집이라고요? 뭔가 들은 얘기가 있는데…… 감사합니다, 니콘 세묘니치, 그런데 그 레뱌드킨은 어떤 사람입니까?"

"대위라고 불리는데, 굳이 말하자면 부주의한 사람이랄까요. 이분은 분명히 그 사람의 여동생일 겁니다. 지금 감시를 피해서 나온 것이 아닌가 싶습니다만." 니콘 세묘니치는 목소리를 낮추어 이렇게 말한 다음 바르바라 페트로브나를 의미심장한 눈빛으로 쳐다보았다.

"알겠습니다. 감사합니다, 니콘 세묘니치. 사랑스러운 아가씨는 레뱌드키나 양인가요?"

"아니에요, 나는 레뱌드키나가 아니에요."

"그런데 당신의 오빠가 레뱌드킨이라면서요?"

"나의 오빠는 레뱌드킨이죠."

"자, 제가 어떻게 할 거냐 하면요, 지금 제가, 사랑스러운 아가씨, 당신을 데려가고 우리 집에서 당신을 가족에게 보내 드릴게요. 어떻게, 저와 함께 가시겠어요?"

"아, 그럼요!" 레뱌드키나 양은 손바닥을 탁탁 쳤다.

"이모, 이모? 저도 같이 데려가요!" 리자베타 니콜라예브나의 목소리가 울려 퍼졌다. 리자베타 니콜라예브나는 도지사 부인과 함께 미사에 온 것이었는데, 그때 마침 프라스코비야 이바노브나는 의사의 지시대로 마차를 타고 나갔고 이참에 기분 전환도 할 겸 마브리키 니콜라예비치도 데려가 버렸다. 리자는 갑자기 도지사 부인을 남겨 두고 바르바라 페트로브나에게 뛰어왔다.

"얘야, 너도 알다시피, 너라면 나는 언제나 기쁘지만 네 어머니께서 뭐라고 하시겠니?" 바르바라 페트로브나는 근엄하게 말을 시작했지만 리자의 심상치 않은 흥분을 눈치채고는 갑자기 당황했다.

"이모, 이모, 지금 저도 꼭 함께 가겠어요." 리자는 바르바라 페트로브나에게 입을 맞추면서 간청했다.

"아니, 리즈, 이게 무슨 일이냐!(Mais qu'avez vous donc, Lise!)" 도지사 부인은 놀라움을 역력히 드러내며 말했다.

"아, 용서하세요, 친애하는 사촌 언니(chère cousine), 저는 이모와 함께 가려고요." 리자는 불쾌할 정도로 깜짝 놀란 친애하는 사촌 언니(chère cousine)에게로 재빨리 몸을 돌리고서 입을 두 번 맞추었다.

"엄마(maman)에게도 저를 데리러 이모 집에 오라고 전해 주세요. 엄마(maman)도 꼭, 꼭 가려고 했고 아까도 직접 그렇게 말했는데, 제가 언니에게 말씀드리는 걸 깜박했네요." 리자는 찍찍거리듯 말했다. "제 잘못이에요, 화내지 말아요, 줄리(Julie)[54]…… 소중한 사촌 언니(chère cousine)…… 이모, 이제 가요!"

"이모가 저를 안 데려가 주면 이모의 마차를 쫓아가면서 소리칠 거예요." 그녀는 바르바라 페트로브나의 귀에 직접 대고 다급히, 절망적으로 속삭였다. 아무도 듣지 못해서 그나마 다행이었다. 바르바라 페트로브나는 심지어 한 발짝 물러나 꿰뚫을 듯한 시선으로 이 미친 아가씨를 쳐다보았다. 그 시선이 모든 것을 결정해 주었다. 그녀는 리자를 꼭 데려가기로 마음먹었다!

"이 일을 매듭지어야 해." 그녀의 입에서 이런 말이 불쑥 튀어나왔다. "좋아, 리자, 기꺼이 너를 데려가마." 그녀는 당장 큰소리로 덧붙였다. "물론 율리야 미하일로브나께서 너를 보내 주시면 말이야." 그녀는 거리낌 없는 표정으로 꾸밈없는 위엄을 갖추면서 곧바로 도지사 부인 쪽으로 몸을 돌렸다.

---

54) 율리야의 프랑스어식 이름.

"오, 의심의 여지 없이 저는 이 아이의 기쁨을 빼앗고 싶지 않으며 더욱이 저도……" 율리야 미하일로브나는 갑자기 놀라울 만큼 친절하게 중얼거렸다. "저도…… 얼마나 환상적이고 독재적인 조그만 머리가 우리의 어깨에 기대고 있는지 잘 안답니다(율리야 미하일로브나는 매혹적인 미소를 지었다.)……"

"정말 감사합니다." 바르바라 페트로브나는 정중하고 근엄하게 인사함으로써 감사를 표시했다.

"저로서는 더욱더 유쾌한 것이 있습니다만," 율리야 미하일로브나는 거의 황홀감에 사로잡혀, 또 유쾌한 흥분으로 들떠 얼굴마저 온통 붉히면서 계속 속삭였다. "당신 댁에 머무는 영광 외에도 그토록 아름답고 또 말하자면 고귀한 감정으로…… 동정으로…… 리자를 매혹하시고(그녀는 '불행한 여인'을 바라보았다.)…… 그것도…… 바로 이 교회의 현관에서……"

"그런 시각이야말로 부인의 명예를 드높이는군요." 바르바라 페트로브나는 훌륭하게 흥을 돋우었다. 율리야 미하일로브나는 저돌적으로 한 손을 내밀었고 바르바라 페트로브나는 자신의 손가락을 정말로 기꺼이 그 손에 살짝 갖다 댔다. 전체적인 인상은 훌륭했으며 옆에 있던 몇몇 사람들의 얼굴은 만족감으로 빛났고 다소 아첨하듯 달콤한 미소까지 떠올랐다.

한마디로, 온 도시에 갑자기 분명히 밝혀진바, 그러니까 지금까지 율리야 미하일로브나가 바르바라 페트로브나를 무시해서 그녀를 방문하지 않은 것이 아니라, 오히려 바르바라 페트로브나 쪽에서 '율리야 미하일로브나에게 경계선을 그어 놓았으며 율리야 미하일로브나는 바르바라 페트로브나한테 내

쫓기지 않을 것이라는 확신만 있었으면 두 발로 뛰어서 그녀를 방문했을 것'이었다. 바르바라 페트로브나의 권위는 굉장히 높이 치솟았다.

"사랑스러운 아가씨, 앉으세요." 바르바라 페트로브나는 마드무아젤 레뱌드키나 양을 막 다가온 마차에 앉혔다. '불행한 여인'은 하인이 붙들고 있는 문을 향해 즐겁게 뛰어갔다.

"설마! 다리를 저는군요!" 바르바라 페트로브나는 완전히 경악한 듯 소리치고는 새하얗게 질려 버렸다.(그때 다들 이 사실을 알아차렸지만 이해하지는 못했다……)

마차가 달리기 시작했다. 바르바라 페트로브나의 저택은 성당과 아주 가까웠다. 리자는 훗날 나에게 레뱌드키나가 집에 이르는 삼 분 동안 계속 히스테릭하게 웃어 댔다고 말해 주었고, 바르바라 페트로브나는 리자 자신의 표현에 의하면 '무슨 마법의 꿈을 꾸는 듯' 앉아 있었다고 한다.

5장

극히 현명한 뱀

1

바르바라 페트로브나는 벨을 누른 다음 창문 옆 안락의자로 몸을 던졌다.

"사랑스러운 아가씨, 여기 앉으세요." 그녀는 마리야 티모페예브나에게 방 한가운데, 큰 원탁 옆의 자리를 가리켰다. "스테판 트로피모비치, 이게 무슨 일이에요? 자, 이 여자를 보세요, 대체 이게 무슨 일이죠?"

"난…… 난……." 스테판 트로피모비치는 웅얼거리기 시작했다.

그러나 하인이 나타났다.

"당장 커피 한 잔을 가져와, 특별히 가능한 한 빨리! 마차의 말은 풀지 말고!"

"하지만, 친애하는 멋진 벗이여, 왜 이리 불안해하시는 지……(Mais, chère et excellente amie, dans quelle inquiétude…….)" 스테판 트로피모비치는 기어드는 목소리로 외쳤다.

"아! 프랑스어다, 프랑스어야! 이제 보니 상류 사회야!" 마리야 티모페예브나는 환희에 들떠 프랑스어 대화를 들을 준비를 하며 손바닥을 탁탁 쳤다. 바르바라 페트로브나는 거의 경악하며 그녀를 응시했다.

우리 모두 입을 꽉 다물고 어떻게든 결말이 나기를 기다렸다. 샤토프는 고개도 들지 않고 스테판 트로피모비치는 모두 자기 잘못인 양 당황했다. 그의 관자놀이에서는 땀까지 배어 나왔다. 나는 리자(그녀는 구석에 샤토프와 거의 나란히 앉아 있었다.)를 보았다. 그녀의 눈은 예리하게 바르바라 페트로브나에게서 절름발이 여인으로, 또 반대 방향으로 오갔다. 입술은 미소로 인해 일그러졌는데 좋은 미소는 아니었다. 바르바라 페트로브나는 그 미소를 보았다. 그러는 사이 마리야 티모페예브나는 완전히 도취했다. 그녀는 전혀 당황하지 않고 오히려 쾌감을 느끼면서 바르바라 페트로브나의 멋진 거실을, 가구와 양탄자, 벽에 걸린 그림들, 고풍스러운 그림이 그려진 천장, 구석의 커다란 청동 책형 상, 사기 램프, 앨범, 탁자 위의 물건들 등을 뜯어보았다.

"어쩜 당신도 여기 있네, 샤투시카!" 그녀가 갑자기 소리쳤다. "생각 좀 해 봐, 오래전부터 당신을 보면서도 그가 아니라고 생각했어. 그가 어떻게 여기에 올 수 있담!" 그러고는 즐겁게 웃어 댔다.

"이 여자를 아세요?" 바르바라 페트로브나는 즉시 그에게로 몸을 돌렸다.

"압니다." 샤토프는 이렇게 중얼거리며 의자에서 몸을 들썩이는가 싶더니 계속 앉아 있었다.

"어떻게 아시죠? 어서 빨리 말씀해 주세요!"

"그러니까……." 그는 불필요한 미소를 지으며 히죽대더니 우물거렸다. "부인께서 잘 아실 텐데요."

"뭘 안다는 거죠? 자, 뭐든 좀 말해 보세요!"

"나와 같은 집에 사는데…… 오빠와 함께…… 장교가 한 명 있거든요."

"그래서요?"

샤토프는 또 우물거렸다.

"말할 가치도 없습니다……." 그는 뭐라고 웅얼대다가 단호하게 입을 다물었다. 이 결단으로 인해 심지어 얼굴까지 붉어졌다.

"물론이지, 당신에게 뭘 기대하겠어요!" 바르바라 페트로브나는 격분해서 말을 탁 끊었다. 이제 그녀는 다들 뭔가를 알면서도 뭔가가 두려워 그녀의 질문을 피하고 뭔가를 숨기려 한다는 것을 분명히 알게 되었다. 하인은 특별히 주문받은 커피 한 잔을 작은 은쟁반에 담아 왔지만 그녀가 손짓하자 곧장 마리야 티모페예브나 쪽으로 갔다.

"사랑스러운 아가씨, 아까 몹시 추워하던데 어서 좀 들고 몸을 녹이세요."

"고마워요.(Merci.)" 마리야 티모페예브나는 커피 잔을 받아 쥔 다음 자기가 하인에게 고맙다(merci)고 말한 것을 두고 갑자기 깔깔거렸다. 하지만 바르바라 페트로브나의 위협적인 시선과 마주치자 겁을 먹고는 잔을 탁자 위에 내려놓았다.

"이모, 설마 화난 건 아니시죠?" 그녀는 어쩐지 경박한 장난기가 어린 말투로 중얼거렸다.

"뭐-뭐-라고요?" 바르바라 페트로브나는 발끈해서 안락의자에 앉은 채 몸을 곧추세웠다. "아니, 내가 어째서 당신의 이모가 되죠? 대체 무슨 생각을 하는 거예요?"

상대방이 이렇게 격분하리라 미처 예상하지 못한 마리야 티모페예브나는 꼭 발작하듯, 경련하듯 온몸을 파르르 떨더니 소파의 등받이 쪽으로 몸을 흠칫 뺐다.

"난…… 그래야 한다는 생각에." 바르바라 페트로브나의 두 눈을 바라보며 그녀는 중얼거렸다. "리자가 당신을 그렇게 불러서요."

"리자라니, 누굴 말하는 거죠?"

"바로 이 아가씨요." 마리야 티모페예브나가 한 손가락으로 가리켰다.

"아니, 저 애가 당신에게 벌써 리자가 되었나요?"

"아까 당신이 그녀를 그렇게 부르셨잖아요." 마리야 티모페예브나는 다소 용기를 얻었다. "꿈속에서 꼭 이런 미인을 본 것 같아요." 그녀는 저도 모르게 미소를 지었다.

바르바라 페트로브나는 나름대로 생각을 정리하고는 다소 안정을 되찾았다. 심지어 마리야 티모페예브나의 마지막 말에는 미소를 짓기도 했다. 상대편은 미소를 알아보고 소파에서 일어나 절뚝거리며 조심스럽게 그녀 쪽으로 다가갔다.

"가져가세요, 돌려드리는 걸 잊어먹었어요. 불손하다고 화내지 말아 주세요." 그녀는 갑자기 아까 바르바라 페트로브나가 어깨에 걸쳐 준 검은 솔을 벗었다.

"당장 다시 두르세요, 아예 가져도 좋아요. 어서 앉아서 커피 드세요, 부디 저를 무서워하지 말고. 사랑스러운 아가씨, 마음 편히 가지시고요. 이제야 당신이 이해되는군요."

"친애하는 벗이여…….(Chère amie…….)" 스테판 트로피모비치는 다시 모험을 시도했다.

"아, 스테판 트로피모비치, 지금은 당신이 아니라도 정신없어 죽을 지경이에요, 당신이라도 좀 봐줘요……. 저기 당신 옆에 있는 저 벨, 하녀 방 벨 좀 눌러 줘요."

침묵이 엄습했다. 그녀의 시선이 미심쩍은 듯, 짜증스러운 듯 우리 모두의 얼굴을 훑고 지나갔다. 그녀가 아끼는 하녀 아가샤가 나타났다.

"내가 제네바에서 사 온 체크무늬 머플러를 가져와. 다리야 파블로브나는 뭘 하고 있지?"

"그분은 몸이 썩 좋지 않습니다."

"얼른 가서 이리로 오라고 해. 몸이 안 좋아도 꼭 오라더라고 해."

그 순간 이웃한 방들에서 다시 아까처럼 어쩐지 심상치 않은 발소리와 목소리가 들려오더니 갑자기 '정신없이 흐트러진' 프라스코비야 이바노브나가 숨을 헐떡이며 문지방에 나타났다. 마브리키 니콜라예비치가 그녀를 부축하고 있었다.

"어휴, 맙소사, 겨우 왔네. 리자, 이 미친것아, 어미한테 이무슨 짓이냐!" 그녀는 째지는 소리를 질러 댔는데, 약하지만 몹시 신경질적인 귀부인이 다 그렇듯 그동안 쌓인 짜증을 모조리 이 소리에 집어넣은 것이었다.

"이봐요, 바르바라 페트로브나, 딸을 데리러 왔어요!"

바르바라 페트로브나는 그녀를 비스듬히 쳐다보더니 그녀를 맞이하려고 반쯤 몸을 일으켰으나 신경질을 거의 감추지 않고 말했다.

"잘 지내니, 프라스코비야 이바노브나, 제발 좀 앉아. 이럴 줄 알았지, 네가 올 줄 알았다고."

2

프라스코비야 이바노브나로서는 이런 대접이 전혀 예기치 못한 것은 아니었다. 바르바라 페트로브나는 아주 어린 시절부터 옛 기숙사 친구를 독재자처럼 다루어 왔고 우정이라는 미명 아래 거의 경멸까지 내비쳤다. 그러나 이번 경우는 상황도 유별났다. 이미 내가 지나가듯 언급했거니와, 최근 두 부인 사이는 완전히 결별에 이를 지경이었다. 바르바라 페트로브나로서는 이미 시작된 결별의 원인이 비밀에 싸여 있었기 때문에 한층 더 모욕적인 것이었다. 하지만 무엇보다도 프라스코비야 이바노브나가 자기 앞에서 어쩐지 심상치 않을 정도로 오만불손한 태도를 보이는 것이 영 못마땅했다. 바르바라 페트로브나는 당연히 마음이 상했고 그러는 사이에 예의 그 모호함 때문에 굉장히 짜증스럽고 다소 이상한 소문이 이미 그녀의 귀까지 들어온 상태였다. 바르바라 페트로브나는 직설적이고 오만할 정도로 탁 트인 성미에, 이런 정언적인 표현이 가능하다면, 공격적이었다. 그녀는 은밀한, 숨겨진 비난을 제일 참지 못했고 언제나 탁 트인 전쟁을 선호했다. 어쨌든 두 부인은 벌써 닷새째 만나지 않고 있었다. 마지막 방문은 바르바라 페트로브나 쪽에서 했는데, 호된 모욕을 받고 당황한 상태로 '드로즈디하[55] 집'을 나왔다. 주저 없이 말할 수 있거니와, 지금 프라스코비야 이바노브나는 바르바라 페트로브나가 왠지 자기 앞에서 틀림없이 겁을 먹으리라는 순진무구한 확신을 가지고 들어왔다. 그녀의 표정만 봐도 이미 분명한 일이었다. 그러나 그때 바르바라 페트로브나는 분명히, 사람들이 자기를 왠지 굴욕당한 여자로 여길지 모른다는 의심이 조금이라도 들자, 가장 콧대 높은 오만함의 악령에 사로잡힌 것 같았다. 반면 프라스코비야 이바노브나는 오랫동안 아무 저항 없이 자신을 모욕에 내맡기는 많은 연약한 귀부인들처럼 사태가 자기에게 유리한 쪽으로 돌아서자마자 비상한 열의를 보이며 달려드는 특성이 있었다. 사실 지금은 몸이 좋지 않기도 했는데, 아프면 언제나 더 짜증을 냈다. 끝으로 덧붙이자면, 그들 사이에 싸움이 붙는다고 한들 마침 거실에 있던 우리 모두가 그

---

55) '드로즈디바'의 비칭.

존재만으로 유년 시절의 두 벗을 특별히 구속할 수도 없었다. 우리를 자기네 사람들로, 거의 아랫사람이나 다름없게 여겼기 때문이다. 나는 그때 이런 생각을 가다듬으며 모종의 공포마저 느꼈다. 바르바라 페트로브나가 도착한 순간부터 안절부절못하던 스테판 트로피모비치는 완전히 탈진해서 의자에 털썩 주저앉았다가 프라스코비야 이바노브나의 째지는 소리를 듣고는 필사적으로 내 눈길을 잡으려 했다. 샤토프는 의자에서 과격하게 몸을 틀더니 속으로 뭔가 구시렁대기도 했다. 내 생각으론 그가 일어나서 나가고 싶어 하는 것 같았다. 리자는 몸을 살짝 일으키는가 싶더니 곧 다시 자리에 주저앉았으며 어머니의 째지는 소리에는 응당 요구되는 주의조차 기울이지 않았는데 '고집불통의 성질' 때문이 아니라 명백히 온통 어떤 다른 강력한 인상에 사로잡혀 있었기 때문이다. 지금은 거의 정신이 나간 듯 허공 어딘가를 바라보고 있었으며 마리야 티모페예브나에게도 더 이상 좀 전처럼 신경을 쓰지 않았다.

3

"어휴, 여기 좀!" 프라스코비야 이바노브나는 탁자 옆의 안락의자를 가리켰고 마브리키 니콜라예비치의 도움을 받으며 의자에 힘겹게 털썩 주저앉았다. "다리만 아니면 부인 집에서는 앉지도 않았을 거예요!" 그녀는 비통한 목소리로 덧붙였다.

바르바라 페트로브나는 고개를 약간 들더니 고통스러운 표정을 지으면서 오른손 손가락으로 오른쪽 관자놀이를 눌렀는데 심한 통증(안면 신경통(tic douloureux))을 느끼는 것이 분명했다.

"무슨 소리야, 프라스코비야 이바노브나, 왜 내 집에서는 앉지도 않겠다는 거야? 나는 고인이 된 네 남편과도 평생 진정한 우정을 쌓아 왔고 우리는 소녀 시절부터 기숙사에서 함께 인형 놀이를 한 사이잖니."

프라스코비야 이바노브나는 두 손을 내저었다.

"이럴 줄 알았다니까! 꾸짖을 참으면 허구한 날 기숙사 얘기부터 꺼내잖아요, 부인이 애용하는 수법이지. 내 생각에는 듣기 좋은 요설에 불과한걸. 당신의 그 기숙사 얘기는 참을 수 없어요."

"몸 상태가 정말 말이 아닌데 온 모양이구나. 다리는 좀 어때? 자, 커피를 내왔으니 부디 좀 마셔 봐, 화내지 말고."

"이봐요, 바르바라 페트로브나, 나를 조그만 계집애 취급하네요. 커피 따위는 싫어요, 흥!"

그러고는 커피를 가져온 하인에게 시건방지게 한 손을 내저었다. 하긴 커피는 나와 마브리키 니콜라예비치를 제외하면 다른 사람들도 거절했다. 스테판 트로피모비치는 잔을 받긴 했지만 탁자 한쪽으로 밀쳐 놓았다. 마리야 티모페예브나는 한 잔 더 마시고 싶은 마음이 간절해서 손까지 뻗었지만 얼른 생각을 고쳐먹고 근엄하게 거절했는데 자신의 이런 행동에 만족하는 기색이 역력했다.

바르바라 페트로브나는 삐뚜름한 미소를 지었다.

"친구야, 있잖니, 프라스코비야 이바노브나, 분명히 또 혼자 무슨 상상을 하고서는 그 때문에 여기에 왔겠지. 너는 평생 상상 하나만 갖고 살아왔으니까. 방금도 기숙사 얘기에 발끈했잖아. 기억할지 모르겠지만, 네가 와서 전 반에다 대고 샤블르이킨 기병이 너한테 혼담을 넣었다고 떠벌렸는데 마담 르페뷔르(Madame Lefebure)가 바로 그 자리에서 너의 거짓말을 폭로했던 일도 있잖아. 물론 넌 거짓말한 게 아니라 그냥 재미로 상상력을 잔뜩 발휘했던 것뿐이지. 자, 말해 봐. 지금은 뭘 갖고 이 야단이야? 또 무슨 상상을 했어, 뭐가 불만이냐고?"

"그러는 부인은 기숙사 시절 성경 교리를 가르치는 신부님한테 반해 놓고선. 거봐요, 지금까지도 안 좋은 일을 그렇게 잘 기억하는 걸 보면 알 만하지, 하하하!"

그녀는 신경질적으로 깔깔대며 기침도 했다.

"아아, 신부님을 잊지 않았구나……." 바르바라 페트로브나는 증오에 찬 눈초리로 그녀를 쳐다보았다.

그녀의 얼굴이 새파래졌다. 프라스코비야 이바노브나는 갑자기 거드름을 피웠다.

"이봐요, 난 지금 웃을 형편이 못 돼요. 왜 내 딸을 온 도시가 보는 데서 당신의 스캔들에 끌어들인 거예요, 바로 그게 내가 온 이유예요!"

"나의 스캔들이라고?" 바르바라 페트로브나는 갑자기 위협적으로 몸을 곧추세웠다.

"엄마, 부탁인데요, 좀 진정하세요." 갑자기 리자베타 니콜라예브나가 말했다.

"너 뭐라고 했니?" 어미는 다시 째지는 소리를 지를 기세였지만 딸의 번득이는 시선 앞에서 갑자기 찌그러졌다.

"엄마, 어떻게 스캔들 운운할 수 있어요?" 리자는 발끈 달아올랐다. "율리야 미하일로브나의 허락을 받고 내 발로 왔고요, 이 불행한 여인의 사건을 알고 싶고 도움이 되었으면 해서요."

"'이 불행한 여인의 사건'이라니!" 프라스코비야 이바노브나는 표독스럽게 웃으며 말을 길게 늘였다. "그럼 너도 이 '사건'에 끼어들 셈이냐? 오, 부인! 우리는 부인의 독재가 지긋지긋해요!" 그녀는 광포하게 바르바라 페트로브나에게로 몸을 돌렸다. "사실인지 아닌지는 모르지만, 이곳의 온 도시를 쥐고 흔들었다는 얘기가 있는데 보아하니 부인에게도 때가 온 거예요!"

바르바라 페트로브나는 활시위에서 튕겨 나갈 준비가 된 화살처럼 몸을 쭉 펴고 앉아 있었다. 그녀는 십 초 정도 프라스코비야 이바노브나를 꼼짝도 하지 않고 엄격하게 쳐다보았다.

"그래, 하느님에게 기도나 하시지, 프라스코비야. 여기서 네가 한 모든 것에 대해서 말이야." 마침내 그녀가 불길할 정도로 평온한 어조로 말을 꺼냈다. "쓸데없는 소리를 너무 많이 지껄였거든."

"부인, 나는 다른 사람들처럼 세간의 통념을 두려워하지 않아요. 부인이야말로 오만한 척 굴면서 세간의 통념 앞에서 떨잖아요. 여기에는 자기 사람들만 있으니 부인으로서는 생판 남이 듣고 있는 것보다는 낫겠죠."

"요 한 주 사이에 좀 영리해진 모양이지?"

"요 한 주 사이에 내가 좀 영리해진 것이 아니라 요 한 주 사이에 진실이 밖으로 드러난 거예요."

"요 한 주 사이에 밖으로 드러났다는 진실이 대체 뭐야? 잘 들어, 프라스코비야 이바노브나, 내 짜증을 돋우지 말고 지금 당장 설명해 줘, 명예를 걸고 부탁하는 거야. 요 한 주 사이에 밖으로 드러난 진실이 대체 무엇이고 너는 무슨 속셈으로 이러는 거야?"

"여기 저 여자요, 모든 진실이 앉아 있잖아요!" 프라스코비야 이바노브나는 갑자기 손가락으로 마리야 티모페예브나를 가리켰는데, 그 결과에 대해서는 아예 신경도 쓰지 않는지 이제는 그저 충격을 주려는 필사적인 결의를 보였다. 계속 명랑한 호기심으로 그녀를 바라보던 마리야 티모페예브나는 자기를 향해 꽂힌 성난 손님의 손가락을 보자 즐겁게 웃으며 소파에서 명랑하게 몸을 들썩였다.

"우리 주 예수 그리스도여, 저들 모두 정신이 나갔답니다!" 바르바라 페트로브나는 이렇게 외치더니 얼굴이 하얗게 질린 채 소파의 등받이로 몸을 젖혔다.

그녀의 얼굴이 너무 창백해진 탓에 소요마저 일었다. 스테판 트로피모비치가 제일 먼저 그녀에게로 달려갔다. 나도 다가갔다. 심지어 리자도 자리에서 벌떡 일어났는데, 그래도 계속 자신의 의자 옆에 있긴 했다. 그러나 제일 경악한 사람은 프라스코비야 이바노브나였다. 그녀는 비명을 지르며 최대한 몸을 일으키더니 거의 울먹이는 목소리로 부르짖었다.

"부인, 바르바라 페트로브나, 나의 심술궂은 바보짓을 용서해 줘요! 누구든 물 좀 갖다 줘요!"

"제발 징징대지 마, 프라스코비야 이바노브나. 부탁이야, 여러분, 부디 물러나 주세요, 물은 필요 없어요!" 바르바라 페트로브나는 창백해진 입술을 달싹이며 크지는 않아도 단호한 어조로 말했다.

"이봐요!" 프라스코비야 이바노브나는 좀 진정되자 말을 계속했다. "나의 벗 바르바라 페트로브나, 내가 부주의한 말을 한 건 잘못이지만 이놈의 익명의 편지들이 나를 어찌나 짜증나게 했는지, 어떤 작자들인지 나를 아예 폭발시킬 모양이에요. 부인 얘기가 적혀 있으니까 부인에게 쓰는 편이 나았을 텐데, 부인, 어쨌든 나는 딸이 있잖아요!"

바르바라 페트로브나는 휘둥그레 뜬 눈으로 말없이 그녀를 바라보며 놀랍다는 듯 듣고 있었다. 그 순간 구석의 옆문이 소리 없이 열렸고 다리야 파블로브나가 나타났다. 그녀는 걸음을 멈추고 주위를 둘러보았다. 우리의 소요에 충격을 받은 모양이었다. 아무도 미리 귀띔해 주지 않았는지, 마리야 티모페예브나도 당장 알아보지 못했음이 분명했다. 스테판 트로피모비치가 제일 먼저 그녀를 알아보고는 잽싸게 몸을 움직이더니 얼굴을 붉히면서 뭣 때문인지 큰 소리로 "다리야 파블로브나!" 하고 외쳤다. 그래서 모든 눈이 일시에 막 들어온 여인에게로 쏠렸다.

"어쩜, 이 사람이 당신의 다리야 파블로브나군요!" 마리야 티모페예브나가 외쳤다. "하지만 샤투시카, 당신의 여동생은 당신을 전혀 닮지 않았잖아! 내 종놈은 어떻게 이렇게 예쁜 여자를 계집종 다시카라고 부르는 걸까!"

다리야 파블로브나는 그사이에 이미 바르바라 페트로브나에게 다가가는 중이었다. 그러나 마리야 티모페예브나의 이 외침에 충격을 받은 나머지 급히 몸을 돌렸고 그렇게 자기 의자 앞에 머문 채로 붙박인 듯한 시선으로 한참 동안 유로지브이[56]를 바라보았다.

"앉거라, 다샤." 바르바라 페트로브나는 끔찍이도 평온하게 말했다. "더 가까이, 그래, 됐어. 앉아서도 저 여자를 볼 수 있겠지. 저 여자를 아느냐?"

"결코 본 적이 없습니다만," 하고 다샤는 조용히 대답한 다음 잠깐 침묵하다가 곧장 덧붙였다. "레뱌드킨이라는 분의 아픈 누이동생이 분명한 것 같습니다."

"있잖아요, 나는 당신을 이제야 처음 보게 되었지만 벌써 오래전부터 호기심을 갖고서 인사를 하고 싶었어요, 당신의 몸짓 하나하나에서 교양이 보이거든요." 마리야 티모페예브나는 열광하며 외쳤다. "내 종놈은 왜 욕을 하는 걸까요, 당신처럼 교양 있고 사랑스러운 아가씨가 그놈의 돈을 가져갔을 리 있나요, 어디? 왜냐하면 당신은 사랑스럽고 또 사랑스럽고 또 사랑스럽거든요, 진심으로 하는 말이에요!" 그녀는 황홀한 나머지 한 손을 흔들며 말을 끝맺었다.

"뭐라도 좀 알아듣겠느냐?" 바르바라 페트로브나는 오만하

---

56) '성(聖) 바보'에 해당하는 러시아어로 원문에는 여성형인 '유로지바야(백치 여인)'로 썼다.

고 위엄 있게 물었다.

"전부 알아듣겠어요……."

"돈 얘기는 들었겠지?"

"그건 분명히 제가 아직 스위스에 있을 때 니콜라이 프세볼로도비치의 부탁으로 이 여자분의 오빠인 그 레뱌드킨 씨에게 전해 주려고 했던 돈일 겁니다."

침묵이 이어졌다.

"니콜라이 프세볼로도비치가 직접 너에게 전해 달라는 부탁을 했더냐?"

"그분은 전부 300루블인 그 돈을 레뱌드킨 씨에게 무척 전해 주고 싶어 하셨어요. 하지만 그의 주소는 모르는 채 그가 우리 도시에 갈 것이라는 사실만 알았기 때문에 레뱌드킨 씨가 올 경우 전해 주라고 저에게 맡기셨던 거예요."

"그럼 무슨 돈이…… 사라졌다는 거냐? 이 여자가 지금 무슨 소리를 한 거냐?"

"그건 저도 잘 모릅니다. 레뱌드킨 씨가 저를 두고 제가 전부 다 내놓지 않았다는 식의 얘기를 큰 소리로 떠들어 댄다는 소문은 저도 들었어요. 그러나 저로서는 이해할 수 없는 말이에요. 300루블이 있었고 300루블을 다 전해 드렸으니까요."

다리야 파블로브나는 이미 거의 완전히 안정을 되찾았다. 대체로, 무엇으로든 이 아가씨를 오랫동안 놀라게 하여 넋을 빼 놓기는 힘들었는데, 그녀가 속으로 어떤 느낌을 갖든 말이다. 그녀는 지금도 서두르지 않고 모든 대답을 했으며, 각각의 질문에 곧바로 정확히, 조용히, 고르게, 맨 처음의 돌발적인 흥분의 흔적은 조금도 없이, 뭐든 자신의 죄의식을 입증할 만한 손톱만큼의 당혹감도 없이 대답했다. 그녀가 말하는 동안 바르바라 페트로브나의 시선은 줄곧 그녀에게서 떨어질 생각을 하지 않았다. 일 분 정도 바르바라 페트로브나는 생각을 해 보았다.

"만약," 하고 드디어 그녀가 확고한 어조로 말을 꺼냈는데, 다샤 한 명만을 보고 있었음에도 관중들을 겨냥한 것이 분명했다. "만약 니콜라이 프세볼로도비치가 나에게도 의뢰하지 않고 너에게 부탁했다면 물론 그렇게 행동할 만한 자기만의 이유가 있었을 게다. 네가 그것을 나에게 비밀로 한다면 나도 그걸 추궁할 권리는 없지. 그러나 네가 이 사건에 관여했다는 사실만으로도 전적으로 안심이 된다는 점, 다샤, 무엇보다도 이 점을 알아 두어라. 그러나 알겠니, 애야, 양심은 깨끗하더라도 세상 물정을 잘 몰라서 무슨 부주의한 일을 저질렀을 수도 있어. 어떤 추잡한 인간과 거래를 함으로써 이미 그런 일을 저지른 거나 다름없다. 이 깡패 같은 작자가 퍼뜨린 소문이 너의 실수를 확증해 주는 거야. 하지만 내가 자세히 알아볼 것이고 너는 나의 피보호자니까 내가 너를 변호할 수 있을 게다. 이제 이 모든 것을 매듭지어야 해."

"제일 좋은 건 그놈이 당신 댁에 오면," 하고 갑자기 마리야 티모페예브나가 의자에서 몸을 쑥 내밀며 말을 받았다. "그놈을 하인 방으로 보내 버려요. 그놈은 거기 의자에 앉아 저들과 카드나 두라고 하고 우리는 여기 앉아 커피를 마시는 거예요. 그놈에게 커피 잔을 보낼 수도 있지만 나는 그놈을 뼛속까지 경멸해요."

그녀는 의미심장하게 머리를 내저었다.

"이 일을 매듭지어야 해." 마리야 티모페예브나의 말을 꼼꼼하게 듣고 있던 바르바라 페트로브나가 이렇게 되뇌었다. "죄송하지만 벨 좀 눌러 주세요, 스테판 트로피모비치."

스테판 트로피모비치는 벨을 누른 다음 갑자기 온통 흥분에 휩싸여서 앞으로 나섰다.

"만약…… 만약 내가……" 그는 확 달아올라 얼굴을 붉히고 말이 끊기고 우물대며 중얼거렸다. "만약 나도 가장 혐오스러운 이야기를, 더 정확히 비방을 들었다면…… 완전히 분노하고…… 어쨌든 그놈은 볼 장 다 본 사람, 도망친 죄수와 같은 사람이죠.(enfin, c'est un homme perdu et quelque chose comme un forçat évadé…….)"

그는 도중에 말을 끊었고 끝내 다 마치지 못했다. 바르바라 페트로브나는 눈을 가늘게 뜨고 그를 머리부터 발끝까지 훑어보았다. 점잖은 알렉세이 예고로비치가 들어왔다.

"마차를 준비해." 바르바라 페트로브나가 명령했다. "알렉세이 예고로비치, 레뱌드키나를 집까지 바래다줄 준비를 하도록. 방향은 이분이 직접 가르쳐 줄 테니."

"레뱌드킨 씨가 얼마 전부터 이분을 몸소 기다리고 계시는데 자기 얘기를 해 주십사 몹시 간청했습니다."

"있을 수 없는 일입니다, 바르바라 페트로브나." 줄곧 담담하게 침묵을 고수하던 마브리키 니콜라예비치가 불안한 듯 나섰다. "죄송한 말씀이지만 그는 사교계에 들어올 수 있는 사

람이 아니거니와…… 그는…… 그는 구제 불능의 인간입니다,
바르바라 페트로브나."

"잠깐만요." 바르바라 페트로브나는 알렉세이 예고리치를
찾았지만 사라지고 없었다.

"그는 부정직한 사람, 내 생각으로는, 심지어 도망친 죄수거
나 어쨌든 그 비슷한 부류입니다.(C'est un homme malhonnête
et je crois même que c'est un forçat évadé ou quelque chose dans ce
genre.)" 스테판 트로피모비치는 다시 중얼거렸으나 다시 얼굴
을 붉혔고 다시 말을 끊었다.

"리자, 그만 가자꾸나." 프라스코비야 이바노브나는 꺼림칙
한 듯 언성을 높이더니 자리에서 일어났다. 그녀는 아까 너무
경악한 나머지 자신을 바보라고 부른 것이 벌써부터 유감스러
워진 터였다. 다리야 파블로브나가 말할 때 이미 그녀는 입술
을 교만하게 일그러뜨린 채 듣고 있었다. 그러나 나에게 제일
충격을 준 것은 다리야 파블로브나가 들어온 이후 리자베타
니콜라예브나의 표정이었다. 그녀의 눈에서는 너무 노골적인
증오와 경멸이 번득이고 있었다.

"잠깐만, 프라스코비야 이바노브나, 잠깐만, 부탁이야." 바르
바라 페트로브나는 예의 그 굉장히 평온한 태도로 그녀를 제
지했다. "좀 앉아 있어 줘, 난 모든 것을 털어놓을 생각이고 너
는 다리가 아프잖아. 옳지, 그래, 고마워. 아까는 내가 제정신
이 아니어서 그만 경솔한 말을 몇 마디 한 거야. 제발 용서해
줘. 멍청한 짓을 한 건 나니까 먼저 사과하는 거야, 난 모든 것
에 있어서 정의를 좋아하거든. 물론 너도 제정신이 아니어서

무슨 익명 어쩌고 하는 소리를 했지. 익명의 비방이란 모조리, 서명되지 않았다는 이유만으로도 경멸당해 마땅해. 네가 달리 이해한다면 너를 부러워하지 않아. 어쨌든 내가 네 입장이었다면 그런 걸레 같은 일로 호주머니를 뒤지지도 않았을 거고 얼굴에 먹칠하지도 않았을 거야. 너는 네 얼굴에 잔뜩 먹칠을 해 버렸어. 하지만 네가 먼저 시작했으니까 하는 말인데, 나도 엿새 전에 장난스러운 익명의 편지를 받았어. 거기서 어떤 깡패 같은 작자가 니콜라이 프세볼로도비치가 정신이 나갔다고, 어떤 절름발이 여자를 두려워해야 한다고, 표현도 외웠는데, 그 여자가 '나의 운명에서 굉장히 큰 역할을 하게 될' 것이라고 주장하는 거야. 곰곰 생각을 정리해 보고 또 니콜라이 프세볼로도비치에게 적이 굉장히 많다는 것을 아니까 당장 이곳의 어떤 사람, 즉 그 애의 적 중에서도 가장 복수심이 강하고 경멸할 만한 어떤 은밀한 적을 부르러 사람을 보냈고, 그와의 대화를 통해 금방 그 경멸할 만한 익명의 출처를 확실히 알아냈어. 나의 가엾은 프라스코비야 이바노브나, 나 때문에 그런 경멸할 만한 편지가 와서 너를 괴롭혔더라도, 너의 표현대로, 너를 폭발시켰더라도, 무고한 원흉이 되어서 제일 안타까운 사람은 물론 나야. 이게 내가 해명 삼아 너에게 말하고 싶었던 내용의 전부야. 유감스럽게도, 넌 너무 지쳐서 지금 제정신이 아닌 것 같아. 게다가 나는 이 수상한 사람을 지금 당장 꼭 들이기로 결심했거든, 비록 마브리키 니콜라예비치가 별로 적합하지 않은 단어를 사용해 그를 받아들일 수 없다고 했지만. 특히 리자는 여기서 할 일이 아무것도 없겠구나. 나한테

와 보렴, 리자, 애야, 한 번만 더 입을 맞추게 해 주렴."

리자는 방을 가로질러 와서는 말없이 바르바라 페트로브나 앞에 섰다. 그녀는 리자에게 입을 맞추었으며 손을 잡고 자기로부터 약간 떼 놓은 채 감정을 가득 담아 그녀를 바라본 다음 성호를 긋고 다시 입을 맞추었다.

"그럼, 잘 가거라, 리자.(바르바라 페트로브나의 목소리에서는 거의 울먹임까지 배어 나왔다.) 지금부터 네 운명이 어떻게 되든 너를 계속 사랑하리라는 점, 믿어 다오. 하느님의 가호가 있기를. 나는 언제나 하느님의 성스러운 오른손을 축복해 왔어……."

그녀는 아직 뭔가 덧붙이고 싶은 말이 있었지만 스스로를 억눌러 입을 다물었다. 리자는 생각에 잠긴 듯 계속 입을 다문 채 자기 자리로 갔지만 갑자기 어머니 앞에서 걸음을 멈추었다.

"엄마, 나는 가지 않고 이모 집에 잠깐 더 있을래요." 그녀는 조용한 목소리로 말했지만 이 조용한 말 속에서 강철 같은 결의가 울려 나왔다.

"하느님 맙소사, 대체 이게 무슨 일이냐!" 프라스코비야 이바노브나는 무기력하게 두 손을 내저으며 울부짖었다. 그러나 리자는 대답도 하지 않았고 숫제 듣지도 못한 것 같았다. 그녀는 원래의 구석 자리에 앉아 다시 어딘가 허공을 쳐다보기 시작했다.

바르바라 페트로브나의 얼굴에는 뭔가 의기양양하고 오만한 것이 번득였다.

"마브리키 니콜라예비치, 굉장히 큰 부탁이지만, 부디 아래로 내려가셔서 그 사람을 좀 보시고 조금이라도 들일 수 있는 기미가 보이면 여기로 데려와 주세요."

마브리키 니콜라예비치는 몸을 숙여 인사한 다음 나갔다. 일 분 뒤 그는 레뱌드킨 대위를 데려왔다.

4

나는 어쩌다 이 신사의 외모에 대해 말한 적이 있다. 그는 곱슬머리에 키가 크고 체구가 탄탄한 마흔 살쯤 된 남자로서 약간 부어오른 듯 살이 축 늘어진 불그죽죽한 얼굴이, 머리를 움직일 때마다 떨리는 두 뺨이, 가끔 상당히 교활해 보이는 핏발 선 작은 두 눈이, 콧수염과 구레나룻이 막 붙기 시작한 목울대의 살집 등이 상당히 불쾌한 인상을 주었다. 하지만 제일 충격적인 것은 지금 그가 연미복에다가 깨끗한 셔츠를 입고 나타났다는 점이다. 언젠가 리푸틴은 스테판 트로피모비치에게서 칠칠치 못하다는 장난스러운 꾸지람을 듣자 '깨끗한 셔츠를 입어도 점잖아 보이지 않는 사람들이 있다'고 반박한 적이 있는데, 정말 그렇다. 대위는 검은 장갑도 갖고 있었는데, 오른쪽은 끼지도 않은 채 손에 들고 있었고 왼쪽은 간신히 끼긴 했지만 단추를 채우지 못한 상태여서 살집이 두둑한 그의 왼손을 절반밖에 가리지 못했다. 그 왼손에는 번들거리는, 완전히 새것으로 처음 써 보는 것이 분명한 중절모를 들고 있었다. 그러니까 그가 어제 샤토프에게 소리친 '사랑의 연미복'은 실제로 존재했던 것이다. 이 모든 것, 즉 연미복도 셔츠도 어떤 은밀한 목적을 위해(나중에 알게 된 바로는) 리푸틴의 충고로 장만한 것이었다. 그가 지금 (경사륜 마차를 타고) 온 것도 틀림없이 제삼자의 사주에 따라 누군가의 도움을 받은 것이 분명했다. 혼자서는 알아챌 수도 없었을 것이고, 성당 현관의 그 소동이 곧바로 그에게 알려졌다고 가정해도, 무슨 사십오 분 만에 번듯이 차려입고 채비하고 결정할 수는 없었을 것이기 때문이다. 그는 취해 있지는 않았지만 연일 잇달아 술을 퍼마신 다음 갑자기 깬 사람처럼 힘겹고 묵직하고 몽롱한 상태로 보였다. 한 손으로 어깨를 두어 번만 쳐도 흐느적흐느적, 당장 다시 술에 취할 것 같았다.

그는 날듯이 거실로 뛰어 들어왔지만 갑자기 문 쪽 양탄자에 걸려 비틀거렸다. 마리야 티모페예브나는 정말 우스워 죽을 지경이었다. 그는 짐승처럼 그녀를 쳐다보더니 갑자기 바르바라 페트로브나를 향해 몇 걸음을 급히 내디뎠다.

"제가 온 것은, 마님……." 그는 나팔을 불듯 우렁차게 말했다.

"있잖습니까, 부디," 바르바라 페트로브나가 몸을 쭉 폈다. "바로 저기, 저 의자에 앉으세요. 저기서도 당신의 말소리는 들릴 것이고, 저도 여기서 당신이 더 잘 보일 테니까요."

대위는 걸음을 멈추고 둔한 시선으로 앞을 바라보았지만 그래도 문 바로 옆에 있는 지정된 자리로 가서 앉았다. 그의 표정에는 자신에 대한 강한 불신에 덧붙여 뻔뻔스러움, 어떤 끊임없는 짜증이 역력히 드러나 있었다. 그는 끔찍이도 겁을 먹었고, 이 점은 분명했지만, 자존심도 상했기 때문에 겁을 먹었음에도 그 짜증 난 자존심 탓에 기회만 있으면 온갖 뻔뻔스러운 짓을 감행할 수 있으리라고 짐작되었다. 그는 자신의 굼뜬 몸뚱어리를 움직일 때마다 두려워하는 기색이 역력했다. 주지하다시피, 이와 같은 부류의 양반들이 어떤 희귀한 기회에 사교계에 가게 될 때 겪는 가장 주된 고충이 자신들의 두 손인데, 그것을 어디다 감추든 도무지 점잖아 보일 수 없음을 매 순간 의식하는 것이었다. 대위는 모자와 장갑을 손에 든 채 쥐 죽은 듯 조용히 의자에 앉아 있었고 바르바라 페트로브나의 엄격한 얼굴에서 그 자신의 얼빠진 시선을 떼지도 못하고 있었다. 주위를 더 주의 깊게 둘러보고 싶었는지도 모르지만 아직은 좀 망설였다. 마리야 티모페예브나는 또다시 그의 몰골이 우스워 죽겠다는 생각이 들었는지 새삼스레 깔깔대고 웃었지만, 그는 꿈쩍도 하지 않았다. 바르바라 페트로브나는 그를 인정사정없이 뜯어보느라 잔혹하리만큼 긴 시간 동안, 꼬박 일 분 동안 그를 그런 상태로 내버려 두었다.

"우선 당신의 이름을 직접 들을 수 있을까요?" 차분하고도 의미심장하게 그녀는 말을 꺼냈다.

"레뱌드킨 대위입니다." 대위가 우렁차게 말했다. "제가 온 것은, 마님," 하고 그는 다시 꼼지락거렸다.

"실례지만!" 바르바라 페트로브나가 다시 그를 저지했다.

"이토록 제 관심을 끌었던 이 애처로운 여성분이 정말로 당신의 여동생입니까?"

"예, 마님, 감시망을 뚫고 빠져나간 겁니다. 동생이 저런 상태다 보니까요……."

그는 갑자기 말문이 턱 막혔고 얼굴이 아주 새빨개졌다.

"오해는 하지 마십시오, 마님……." 그는 끔찍이도 갈팡질팡했다. "친오빠가 먹칠할 리는 없고요…… 저런 상태라는 것은, 저런 상태라는 것이 아니라…… 평판에 오점을 남긴다는 의미가 아니라…… 최근에……."

갑자기 그는 말을 끊었다.

"여보세요!" 바르바라 페트로브나가 머리를 들었다.

"바로 이런 상태인 거죠!" 그는 손가락으로 자기 이마 한가운데를 쿡 찌르며 돌발적으로 말을 끝맺었다. 얼마간 침묵이 흘렀다.

"그것으로 고생한 지 오래되었나요?" 바르바라 페트로브나는 말끝을 다소 늘였다.

"마님, 제가 온 것은 성당의 현관에서 보여 주신 러시아적이고도 형제 같은 관대함에 감사드리기 위해……."

"형제 같다고요?"

"즉, 형제 같다는 건 아니고 오직 제가 제 여동생의 오빠라는 의미에서, 마님, 믿어 주십시오, 마님." 그는 다시 얼굴이 아주 새빨개지는 가운데 같은 말을 반복했다. "마님의 거실에 나타나자마자 첫눈에 알아보셨겠지만 저는 교육을 전혀 받지 못했습니다. 저와 누이동생은, 마님, 저희가 여기서 보고 있는 화려함과 비교하면 아무것도 아닙니다. 게다가 비방자도 많아요. 하지만 레뱌드킨은 평판이라면, 마님, 떳떳하고…… 또…… 감사를 드리려고 온 것입니다……. 자, 여기 돈이 있습니다, 마님!"

그러고는 바로 호주머니에서 지갑을 꺼냈고 거기서 지폐 뭉치를 획 끄집어냈는데, 초조함의 광포한 발작에 사로잡혀 손가락을 부르르 떨면서 돈을 세기 시작했다. 어서 빨리 뭔가를 해명하고 싶어 하는 기색이 역력했고 게다가 정말 그래야만 하는 것이었다. 그러나 돈을 갖고 이렇게 법석을 떨면 사람들이 자신에 대해 한층 더 멍청한 인상을 갖게 되리라는 느낌이 분명히 들었는지 최후의 자제력마저 잃어버렸다. 돈은 아무리 해도 다 세어질 성싶지 않았고 손가락은 뒤엉켰는데, 이 치욕을 마무리하듯, 초록색 수표 한 장[57]이 지갑에서 빠져나와 지그재그를 그리며 양탄자 위로 떨어졌다.

"20루블입니다, 마님." 그는 곤혹스러운 나머지 얼굴에 땀을 뻘뻘 흘리면서 돈뭉치를 손에 든 채 갑자기 벌떡 일어났다. 마룻바닥에 떨어진 지폐 한 장을 발견하고는 집어 올리려고 몸을 숙였지만 왠지 부끄러운지 한 손을 내저었다.

"마님, 마님의 하인들에게, 이걸 줍는 종놈에게 주십시오. 레뱌드키나를 기억하도록 말입니다!"

"저는 그런 일을 절대 용납할 수 없습니다." 바르바라 페트로브나는 다소 경악한 듯 서둘러 말했다.

"그런 경우라면……."

그는 몸을 숙여 돈을 집어 올렸고 얼굴은 새빨개졌으며, 갑자기 바르바라 페트로브나에게로 다가가 좀 전에 센 돈을 내밀었다.

---

57) 초록색 수표는 3루블의 가치가 있다.

"이게 뭐죠?" 마침내 그녀는 이미 아주 경악한 나머지 소파에 앉은 채 심지어 몸을 움찔 뺐다. 마브리키 니콜라예비치, 나, 스테판 트로피모비치가 제각기 앞으로 걸어 나갔다.

"진정들 하십시오, 진정들. 저는 미친놈이 아닙니다. 맹세코 미친놈이 아니라고요!" 대위는 흥분해서 사방에다 주장했다.

"아니에요, 친애하는 선생, 당신은 미쳤어요."

"마님, 마님께서 생각하시는 것과는 전혀 다릅니다! 저는 물론 쓸모없는 사슬 고리에 불과하지만……. 오, 마님, 마님의 궁전은 부유하지만 레뱌드키나로 태어난 저의 누이동생 마리야 니이즈베스트나야[58]의 집은 가난한데요, 당분간은 마리야 니이즈베스트나야라고 부릅시다, 마님. 오직 당분간만 말이죠. 설마 하느님도 영원히 이대로 내버려 두지는 않으실 테니까요! 마님, 마님께서 10루블을 주시고 이 애는 그것을 받았지만 그건 오직 마님께서 주셨기 때문입니다! 아시겠습니까, 마님! 이 마리야 니이즈베스트나야는 이 세상의 그 누구로부터도 받지 않을 겁니다, 그랬다간 바로 캅카스에서 예르몰로프의 눈앞에서 돌아가신 이 애의 할아버지이신 참모 장교님께서 관 속에서 온몸을 떠실 테니까요. 마님, 마님이라서, 마님이라서 받은 겁니다. 그러나 한 손으로는 받고 다른 손으로는 이미 지금 부인이 회원으로 계시는 수도의 자선 위원회 중 하나에 기부하는 형식으로 20루블을 내미는 겁니다……. 마님,

---

58) '미지의'라는 뜻으로 마리야의 남편이 스타브로긴임을 암시하며 협박하는 것이다.

마님께서는 직접 이곳, 우리 도시에 누구나 서명할 수 있는 자선 단체 장부가 마련되어 있다고 《모스크바 통신》[59]에 발표하셨으니까요……."

대위는 갑자기 말을 끊었다. 그는 무슨 어려운 위업이라도 달성해 낸 사람처럼 힘겹게 숨을 헐떡였다. 자선 위원회에 관한 이 모든 것은 분명히 미리 준비된 것이며 아마 역시나 리푸틴의 편집을 거쳤으리라. 그는 땀을 더욱더 많이 흘렸다. 관자놀이 주위로 문자 그대로 땀방울이 배어났다. 바르바라 페트로브나는 꿰뚫을 듯 그를 들여다보았다.

"그 장부라면," 하고 그녀는 엄격하게 말했다. "저의 집 아래 경비실에 언제나 비치되어 있으니 원하신다면 그곳에서 당신의 기부금을 기입하시면 됩니다. 그러니 이제 당신의 돈을 감추고 공중에다 흔들어 대는 일은 삼가셨으면 합니다. 예, 그렇게요. 또 당신의 원래 자리로 돌아가 주셨으면 합니다. 예, 그렇게요. 여동생분에 관한 한 대단히 유감스럽게도 제가 그만 잘못 알고 그토록 부유하신 분을 가난하신 줄 알고 적선을 했군요. 한 가지 이해가 안 되는 것은, 다른 사람은 절대 안 되고 왜 저한테서만 돈을 받으려 했는가 하는 점입니다. 이 점에 워낙 집착하셔서요, 전적으로 정확한 해명을 듣고 싶군요."

"마님, 그건 오직 관 속에 묻어 둬야 할 비밀입니다!" 대위가 대답했다.

"대체 왜요?" 바르바라 페트로브나는 이미 왠지 그렇게 강

59) 19세기 러시아에서 발행된 신문.

경하게 묻지는 않았다.

"마님, 마님……!"

그는 땅바닥을 쳐다보고 오른손을 가슴에 댄 채 음울하게 입을 다물어 버렸다. 바르바라 페트로브나는 그에게서 눈을 떼지 않고 기다렸다.

"마님!" 그가 갑자기 광포하게 울부짖었다. "죄송합니다만, 질문 하나만, 하지만, 솔직하게, 단도직입적으로, 러시아식으로, 진심에서 질문 하나만 해도 되겠습니까?"

"해 보세요."

"마님, 마님은 일생에서 고통을 당하신 적이 있습니까?"

"그저 누구 때문에 고통을 당한 적이 있거나 당하고 있다고 말하고 싶으신 거로군요."

"마님, 마님!" 그는 다시 벌떡 일어났는데, 분명히 스스로 인지하지도 못하고 가슴팍을 툭툭 쳤다. "여기, 이 가슴속에 얼마나, 얼마나 많은 것이 끓어올랐는지, 최후의 심판에서 밝혀진다면 하느님도 놀라실 겁니다!"

"음, 말씀이 과격하군요."

"마님, 제가 짜증 난 혀를 그만 잘못 놀려……."

"염려 마세요, 당신을 언제 제지해야 할지는 제가 더 잘 아니까요."

"그럼 질문을 더 해도 되겠습니까, 마님?"

"더 해 보시지요."

"인간이 오직 영혼의 고결함 때문에 죽을 수도 있을까요?"

"모르겠군요, 스스로 그런 질문을 해 본 적이 없어서요."

"모르신다고요! 스스로 그런 질문을 해 보신 적이 없으시다고요!" 그는 감정이 듬뿍 밴 아이러니를 담아 소리쳤다. "그러시다면, 그러시다면

　침묵하라, 희망 없는 마음이여!"

그러면서 그는 자기 가슴을 광포하게 쾅쾅 쳤다.

그는 이미 다시 방 안을 거닐기 시작했다. 이런 사람들의 특징은 자신의 바람을 자제함에 있어 완전히 무기력하다는 것이다. 오히려 그 싹이 보일라치면 당장 그것을 심지어 아주 더럽게 드러내려고 무작정 질주한다. 자기가 속한 사회와 다른 곳에 떨어지게 되면 이런 양반은 보통 처음에는 겁을 먹지만 손톱만큼의 양보라도 해 주면 당장 파렴치한 짓을 감행한다. 대위는 벌써 흥분해서 이리저리 오가고 두 손을 내젓고 질문에는 전혀 귀를 기울이지 않은 채 자기 말만 날쌔게, 날쌔게 해 대고 그러느라 가끔 혀가 꼬이는 바람에 하던 말을 다 끝내지도 못하고 다른 어구로 넘어가곤 했다. 사실, 술도 다 깬 건 아니었다. 또 이 자리에 리자베타 니콜라예브나도 앉아 있어, 비록 그녀에게 눈길 한번 주지 않았음에도 그녀의 존재만으로도 섬뜩할 만큼 현기증이 나는 모양이었다. 하긴 이건 어디까지나 지레짐작일 뿐이다. 어쨌든 그러니까 바르바라 페트로브나가 혐오감을 억누르면서까지 이런 작자의 이야기를 경청하는 데는 이유가 있었으리라. 프라스코비야 이바노브나는 무서워서 발발 떨기만 했고 사실 무엇이 문제인지도

별로 이해하지 못하는 듯했다. 스테판 트로피모비치도 떨긴 했지만 정반대로, 언제나 괜히 많이 이해하려는 경향 때문이었다. 마브리키 니콜라예비치는 모두의 호위병이라도 되는 듯한 자세로 서 있었다. 리자는 창백했고 두 눈을 커다랗게 뜬 채 시선을 떼지 않고 해괴망측한 대위를 쳐다보고 있었다. 샤토프는 원래의 자세 그대로 앉아 있었다. 가장 이상한 것은 마리야 티모페예브나가 더 이상 웃지도 않을뿐더러 끔찍이도 슬픈 얼굴이 되었다는 점이다. 그녀는 오른팔을 탁자 위에다 세우고 길고 슬픈 시선으로 열변을 토하는 오라버니를 좇고 있었다. 내가 보기엔 오직 다리야 파블로브나 한 명만 평온한 것 같았다.

"이 모든 게 헛소리 같은 알레고리군요." 마침내 바르바라 페트로브나가 화를 냈다. "'왜?'라는 저의 질문에는 대답하지 않으셨어요. 저는 집요하게 대답을 기다리고 있습니다."

"'왜?'에 답하지 않았다, 라. '왜?'의 답을 기다리신다고요?" 대위는 눈을 찡긋하며 말을 되받았다. "이 '왜?'라는 작은 한마디가 바로 천지 창조 첫날부터 온 우주에 넘쳐흘렀고, 마님, 그래서 모든 자연이 매 순간 자신의 창조주에게 '왜?'라고 외치지만 벌써 7000년째 대답을 얻지 못하는 실정입니다. 과연 레뱌드킨 대위 하나만 대답을 해야 할까요, 그게 정의롭단 말입니까, 마님?"

"전부 헛소리야, 이건 아니야!" 바르바라 페트로브나는 격노한 나머지 인내력을 잃었다. "이건 알레고리예요. 그 밖에도 말씀이 너무 휘황찬란하시니 파렴치하다는 생각마저 드는군요."

"마님," 대위는 아예 듣지도 않았다. "저는 에르네스트라고 불리길 바랐지만 이그나트라는 조잡한 이름을 달고 다녀야 합니다. 이건 왜일까요, 어떻게 생각하십니까? 드 몽바르 공작이라 불리길 바라지만 그저 백조에서 나온 레뱌드킨[60]일 뿐인 것은 왜일까요? 저는 시인입니다만, 마님, 마음은 시인으로서 출판업자로부터 1000루블은 족히 받을 수도 있지만 그냥 세숫대야 속에 살고 있거늘, 이건 왜, 왜일까요? 마님! 제 생각으로 러시아는 자연의 유희일 뿐, 더 이상 아무것도 아닙니다!"

"단연코, 좀 더 명확히 말할 수는 없나요?"

"마님, 「바퀴벌레」라는 작품을 읽어 드릴 수 있습니다!"

"뭐-라-고요?"

"마님, 저는 아직은 정신이 나가지 않았습니다! 정신이 나가긴 하겠지만, 분명히 그러겠지만 아직은 정신이 나가지 않았다고요! 마님, 저의 하나뿐인 벗이, 극히 고-상-하신 인물인데, 크릴로프의 우화 한 편을 '바퀴벌레'라는 제목으로 썼는데 제가 읽어 드려도 될까요?"

"크릴로프의 무슨 우화를 읽으시겠다고요?"

"아닙니다, 제가 읽으려는 것은 크릴로프의 우화가 아니라 저의 우화, 제 손으로 직접 쓴 저의 작품입니다. 사심 없이 믿어 주십시오, 마님, 저는 러시아에 크릴로프처럼 위대한 우화 작가가 있고 계몽부 장관께서 어린 연령대의 놀잇감으로 여름 정원에 그의 동상을 세웠다는 사실을 모를 만큼 무식하지

---

60) '레뱌드킨'의 어근인 '레베디'는 백조라는 뜻이다.

도 않고 그만큼 타락하지도 않았습니다. 마님, '왜?'하고 물으시잖습니까. 그 대답인즉, 이 우화의 밑바닥에서 불타오르는 문자들로!"

"당신의 그 우화를 어디 한번 읽어 보세요."

"이 세상에 바퀴벌레가 살았네,
어린 시절부터 바퀴벌레였지,
그러다가 컵 속에 빠졌네,
파리약 가득한 컵 속에……."

"맙소사, 이게 뭐예요?" 바르바라 페트로브나가 외쳤다.

"즉, 여름에," 하고 대위는 낭독을 방해받은 작가의 짜증스럽고 초조한 음성으로 두 손을 심하게 내저으며 서둘러 말했다. "여름에 파리들이 컵 속에 기어들어 가면 파리약이 있고, 어떤 바보라도 이해할 것이고, 가로막지 마십시오, 가로막지 마세요, 직접 아시게, 아시게 될 테니까요……."(그는 계속 손을 내저었다.)

"바퀴벌레가 자리를 잡았네,
파리들이 불평했네.
"우리 컵은 꽉 찼어." 하고
주피터에게 외쳤네.

하지만 그들이 외치는 동안

니키포르가 다가왔네,

극히 고-상-한 노인이……

물론 제 작품은 여기서 끝난 게 아닙니다만 아무려나 그냥 말로 하겠습니다!" 대위는 쩍쩍 갈라지는 소리를 냈다. "니키 포르는 외침에도 불구하고 컵을 잡고 모든 희극을, 파리와 바 퀴벌레 모두를 세숫대야에 들이붓는데 사실 진작 그랬어야 하지요. 하지만 명심하십시오, 명심하세요, 마님, 바퀴벌레는 불평하지 않는다는 말씀! 바로 이게 '왜?'에 대한 저의 대답입 니다." 그는 기고만장해서 소리를 질렀다. "바-퀴-벌-레는 불평 하지 않는다는 말씀!' 니키포르로 말할 것 같으면 그것은 자 연을 나타냅니다." 그는 빠른 말투로 덧붙이고는 시건방지게 방을 여기저기 걸어 다녔다.

바르바라 페트로브나는 끔찍이도 화를 냈다.

"실례를 무릅쓰고 여쭙겠는데, 니콜라이 프세볼로도비치로 부터 어떤 돈을 받았으되 전부 전해 받지는 못했다는 식의 얘 기에 관해 감히 저의 집안사람인 어떤 인물을 비난하셨는데, 대체 무슨 얘기죠?"

"비방입니다!" 레뱌드킨은 비극에서처럼 오른손을 들어 올 리며 울부짖었다.

"아니, 비방이 아닙니다."

"마님, 큰 소리로 진실을 천명하기보다는 차라리 가족의 치 욕을 참아 내야 하는 상황이 있는 법입니다. 레뱌드킨은 헛말 은 하지 않습니다, 마님!"

그는 꼭 눈이 먼 것 같았고 영감에 휩싸였고 자신의 무게를 느꼈다. 분명히 뭔가 그런 유의 생각이 든 것 같았다. 진작부터 모욕을 주고 어떻게든 먹칠하고 자신의 권력을 과시하고 싶었던 것이다.

"스테판 트로피모비치, 벨 좀 눌러 주세요." 바르바라 페트로브나가 부탁했다.

"레뱌드킨은 간교합니다, 마님!" 그는 추악한 미소를 지으면서 눈을 찡긋했다. "간교하지만 그에게도 장애물이 있고 그에게도 열정의 관문이 있습니다! 이 관문이 바로 데니스 다비도프가 노래한 늙은 전투 기병의 술병인 것입니다. 이 관문 앞에 서 있을 때면, 마님, 그럴 때면 그는 아주 멋-진 운문 편지를 보내지만 나중에는 평생 쏟아 낼 눈물을 줄줄 흘리며 그것을 다시 돌려받고 싶어 할 겁니다, 왜냐하면 멋진 것에 대한 감각이 파괴되니까요. 하지만 새는 날아가 버렸고 꽁지조차 못 잡을걸요! 바로 그 관문에서, 마님, 레뱌드킨은 고상한 아가씨에 관해서도 모욕 때문에 흐트러진 영혼의 고상한 분노의 형식으로 이야기할 수 있었던 것인데, 비방꾼들이 그것을 악용한 겁니다. 그러나 레뱌드킨은 간교합니다, 마님! 그러니 불길한 늑대가 시시각각 술을 부어 주며 결말을 기다려 봤자, 그를 바라다보고 있어 봤자 헛수고입니다. 레뱌드킨은 말하지 않을 것이고 술병의 밑바닥에는 기대하는 것 대신 번번이 레뱌드킨의 '간교함'이 있을 테니까요! 하지만 됐습니다, 오, 됐어요! 마님, 마님의 웅장한 대궐은 어느 고상한 인물의 소유가 될 것이지만 바퀴벌레는 불평하지 않습니다! 명심하십시오. 끝으로,

불평하지 않는다는 것을 명심, 또 명심해 주시고 이 위대한 정신을 알아주십시오!"

그 순간 아래쪽 경비실에서 초인종이 울렸고 거의 곧장 스테판 트로피모비치의 호출을 받고 다소 꾸물댄 알렉세이 예고리치가 나타났다. 근엄한 늙은 하인은 왠지 이례적으로 흥분한 상태였다.

"니콜라이 프세볼로도비치가 지금 막 도착하셔서 이리로 오고 계십니다." 그는 바르바라 페트로브나의 의문에 찬 시선에 대한 대답으로 이렇게 말했다.

나는 그 순간의 그녀를 특별히 기억한다. 처음에는 창백해지는가 싶더니 갑자기 그녀의 두 눈이 반짝였다. 그녀는 예사롭지 않은 결의가 담긴 모습으로 소파에 앉은 채 몸을 곧추세웠다. 아닌 게 아니라 모두가 충격을 받았다. 우리가 한 달은 족히 기다려 온 니콜라이 프세볼로도비치의 완전히 뜻밖의 도착은, 그저 뜻밖이었기 때문만이 아니라 지금 이 순간과 왠지 운명적으로 딱 맞아떨어졌기 때문에, 이상한 것이었다. 대위조차 입을 멍하니 벌린 채 끔찍이도 멍청한 표정으로 문을 바라보며 기둥처럼 방 한가운데에 우뚝 멈추어 섰다.

바로 그때 옆방인 길고 큰 홀에서 급히 다가오는 발소리, 굉장히 빈번하게 움직이는 작은 발소리가 들려왔다. 누군가 굴러오는가 싶더니 갑자기 거실로 날듯이 들어왔는데 그는 니콜라이 프세볼로도비치가 아니라 숫제 아무도 모르는 청년이었다.

5

잠시 걸음을 멈추고 대강이나마 특징을 잡아 돌발적으로 나타난 이 인물을 그려 보고자 한다.

그는 스물일고여덟쯤 되는 청년으로서 키는 평균보다 좀 컸고 상당히 길고 성긴 금발에 눈에 뜨일락 말락 한 작은 뭉치의 콧수염과 턱수염을 기르고 있었다. 말쑥한, 더구나 유행에 맞는 차림새였지만 특별히 멋을 부린 건 아니었다. 처음 보기에는 새우등에다가 동작도 굼뜰 것 같았지만 실은 전혀 새우등도 아니었고 행동도 거침없었다. 무슨 괴짜 같기도 했지만 나중에는 우리 모두 그의 예의범절이 아주 훌륭하며 대화 내용도 언제나 주제에 어울린다는 사실을 알게 되었다.

아무도 그가 못생겼다고 말하지는 않겠지만, 그 누구의 마음에도 들지 않을 얼굴이다. 머리통은 목덜미까지 길게 늘어지고 양옆을 납작 눌러 놓은 것 같아서 얼굴이 뾰족해 보인다. 이마는 높고 좁지만 날카로운 눈, 작고 뾰족한 코, 길고 가는 입술 등 이목구비는 자잘하다. 표정을 봐서는 아픈 것 같지만 그저 그렇게 보일 뿐이다. 뺨의 광대뼈 주위로 어떤 건조한 주름이 잡혀 있어서 중병을 앓은 다음 건강을 회복한 사람 같은 인상을 풍긴다. 그러나 그는 완전히 건강하고 튼튼하며 심지어 병을 앓았던 적도 없다.

그는 걸음걸이도, 움직임도 몹시 다급하지만 결코 서둘러 어디에 가려는 건 아니다. 아무것도 그를 당황하게 할 수 없다. 어떤 상황에서도, 어떤 사회 속에 있든 그는 원래 자기의 모습일 것이다. 그는 대단히 자만하고 있지만 그 자신은 그것을 전혀 알아채지 못한다.

그는 다급히, 성급히 말하지만 동시에 자기 확신에 차 있고 말이 막히는 일도 없다. 그의 생각은 성급한 듯 보여도 실은 침착하고 분명하며 단정적인데 특히 이 점이 두드러진다. 그의 발음은 놀라울 정도로 또렷하다. 그의 단어는 언제나 당신의 비위에 맞게 선별되고 준비된 것으로 고르고 굵은 밀알처럼 흩뿌려진다. 처음에는 이것이 마음에 들겠지만 나중에는 바로 이 너무 또렷한 발음 때문에, 또 영원토록 준비된 구슬 같은 말 때문에 오히려 혐오스러워진다. 어쩐지 입속에 든 그의 혀가 어쩐지 특별한 형태를 띠고 있으며 어쩐지 이례적으로 길고 가늘며 끔찍이도 붉고 혀끝이 굉장히 뾰족하며 저도 모르게 끊임없이 날름거린다는 생각이 어쩐지 들게 된다.

자, 이런 청년이 지금 막 거실로 날듯이 들어왔는데 나는 지금도 그가 옆의 홀에서부터 함께 이야기를 나누다가 여전히 말을 하며 들어온 것처럼 여겨진다. 그는 한순간에 바르바라 페트로브나 앞에 섰다.

"…… 생각해 보십시오, 바르바라 페트로브나." 그는 구슬을 흩뿌리는 것 같았다. "저는 여기 들어오면서 벌써 십오 분 전에 그를 만날 수 있으리라고 생각했습니다. 그는 한 시간 반 전에 도착했고 키릴로프 집에서 만났습니다. 삼십 분 전에 곧장 이리로 출발하면서 저에게도 십오 분 뒤에 오라고 했거든요……."

"누구 말씀이시죠? 누가 당신에게 이리로 오라고 했단 말입니까?" 바르바라 페트로브나가 물었다.

"니콜라이 프세볼로도비치 말입니다! 그럼 정말로 이 순간에야 알게 되셨다는 말씀입니까? 그러나 적어도 짐이 오래전에 도착했을 텐데, 어떻게 부인께 말씀드리지 않았을까요? 그렇다면 제가 처음으로 알려 드리는 거로군요. 그를 부르러 어디로든 사람을 보낼 수도 있지만 어쨌든 분명히 그가 직접, 곧 올 것이고, 그것도 그의 어떤 기대에, 적어도 제 판단으로는, 어떤 계산에 부응하는 바로 그 시간에 그럴 겁니다." 그때 그는 눈으로 방을 쭉 둘러보다가 특히 대위를 주의 깊게 응시했다. "아, 리자베타 니콜라예브나, 이렇게 첫걸음에 당신을 만나다니 정말 기쁘고, 악수를 하니 더 기쁘군요." 이렇게 말하며 그는 명랑하게 미소를 짓는 리자가 자기에게 내민 손을 잡으러 급히 날아갔다. "제가 보기에는 존경해 마지않는 프라스코비야 이바노브나도 스위스에서는 언제나 화만 내셨지만 자신의 '교수'를 잊지 않으셨고 심지어 화를 내지도 않으시는 것 같군요. 그나저나 프라스코비야 이바노브나, 여기서는 좀 어떠신지요, 스위스 의료진이 고국의 기후를 처방한 것이 맞던 가요……? 어떻습니까? 물약 찜질은요? 그건 분명히 몹시 효과가 있을 겁니다. 그런데, 바르바라 페트로브나(그는 다시 재빨리 몸을 돌렸다.), 외국에 있을 때 부인을 만나 뵙지도 못했고 저의 존경을 개인적으로 증명할 여유가 없었던 것이 참 유감이었습니다. 게다가 부인께 알려 드릴 것이 너무도 많았거든요……. 여기 저의 영감님에게 통지했지만 예의 그 습관대로 아마……."

"페트루샤!" 스테판 트로피모비치는 순간적으로 정신이 번쩍 들었는지 소리를 내질렀다. 그는 손뼉을 탁 치고 아들에게 달려들었다. "피에르, 내 아이야(Pierre, mon enfant), 내가 너를 몰라봤구나!"

그러고는 그를 꽉 껴안았는데 두 눈에서는 눈물마저 뚝뚝 떨어졌다.

"어리광은 좀, 어리광은 그만 부리고 그따위 몸짓도 그만요. 됐어요, 됐어, 제발."

페트루샤는 포옹에서 벗어나려고 애쓰며 급히 중얼거렸다.

"나는 언제나, 언제나 네 앞에서 죄인이었단다."

"글쎄 됐다니까요. 그런 얘기는 나중에 하죠. 이렇게 어리광을 부릴 줄 알았다니까. 정신 좀 차려요, 제발."

"그러나 내가 너를 십 년이나 못 봤잖느냐!"

"그것도 모자라 넋두리까지 늘어놓다니."

"나의 아이야!(Mon enfant!)"

"글쎄, 믿어요, 영감이 나를 사랑한다는 거 믿으니까 이 손 좀 치워요. 다른 사람들에게 방해가 되잖아요……. 아, 니콜라이 프세볼로도비치가 왔군요. 어리광 좀 부리지 말아요, 제발 좀!"

정말로 니콜라이 프세볼로도비치가 벌써 방에 들어와 있었다. 그는 몹시 조용히 들어와서 조용한 시선으로 좌중을 훑어보며 잠깐 문가에 있었다. 지금 나는 그를 처음 보았던 사년 전처럼, 그때와 똑같이 그를 보자마자 첫눈에 충격을 받았다. 나는 그를 조금도 잊지 않았다. 그러나 수백 번을 만났어도 나타날 때마다 언제나 아직까지 눈에 띄지 않은 새로운 뭔가를 달고 오는 듯한 외모의 소유자가 있는 것 같다. 겉보기에 그는 사 년 전 모습 그대로였다. 여전히 세련되고 여전히 근엄하고 또 여전히 그때처럼 근엄하게 들어왔고 심지어 거의 그때만큼 젊었다. 그의 가벼운 미소는 여전히 형식적으로 상냥했고 또 여전히 자족적이었다. 시선은 여전히 엄격하면서도 깊은 생각에 잠긴 듯 멍했다. 한마디로, 우리는 어제 막 헤어진 사람들 같았다. 그러나 나에게 충격을 안겨 준 사실이 하나 있었다. 즉, 전에도 그는 미남으로 여겨졌지만, 우리 사교계의 독설적인 부인들 몇 명이 얘기한 대로, 그의 얼굴은 정말로 '가면을 닮은' 구석이 있었다. 그런데 지금은, 지금은 왠지는 모르겠지만 첫눈에 그가 논란의 여지없는 확실한 미남처럼 보였고, 그 때문에 그의 얼굴이 가면을 닮았다는 말은 결코 할 수 없었다. 혹시 전보다 살짝 더 창백해지고 약간 여위었기 때문은 아닐까? 아니면 혹시 무슨 새로운 생각이 지금 그의 시선 속에서 반짝였기 때문은 아닐까?

"니콜라이 프세볼로도비치!" 바르바라 페트로브나는 소파에서 일어나지도 않고 그 자리에서 온몸을 꼿꼿이 세운 채 이렇게 외친 다음 위압적인 몸짓으로 그를 저지시켰다. "당장 멈춰 서거라!"

그러나 갑자기 이 몸짓과 외침에 잇따라 나온 저 끔찍한 질문을, 바르바라 페트로브나가 던질 수 있으리라 생각할 수도 없었던 질문을 설명하기 위해서 나는 평생 바르바라 페트로브나의 기질이 어떠했는지를, 또 어떤 굉장한 순간에 발휘되는 그 비상한 추진력을 상기하도록 독자에게 부탁하는 바다. 또한 비상한 결의, 그녀가 보유한 상당한 양의 판단력과 실제적인, 말하자면 심지어 가정적인 전술에도 불구하고 그녀가 갑자기 온몸을 온전히, 이런 표현이 가능하다면, 고삐 풀린 듯 오롯이 내맡긴 이런 순간들이 그녀의 인생에서 근절된 적이 없었음도 고려하도록 부탁하는 바다. 끝으로, 지금 이 순간이 그녀에게 갑자기 마법에 걸린 듯 삶의 모든 본질이, 과거의 모든 것과 현재의 모든 것과 아마도 미래의 모든 것이 집중되는 순간 중 하나일 수 있으리라는 점에 주의를 기울이도록 부탁하는 바다. 곁들여, 그녀가 방금 프라스코비야 이바노브나에게 짜증스럽게 말한, 그녀가 받았다는 익명의 편지도 상기시키고자 하는데, 그녀는 이하 편지의 내용에 대해서는 침묵했던 것 같다. 그 속에 그녀가 갑자기 아들에게 던진 저 끔찍한 질문, 그 수수께끼의 해답이 들어 있을지도 몰랐다.

"니콜라이 프세볼로도비치." 그녀는 위협적인 도전이 울려 퍼지는 단호한 목소리로 각 단어마다 힘을 주면서 되풀이했다. "그 자리에서 꿈쩍도 하지 말고 지금 당장 말해 주었으면 합니다. 저 불행한 여인, 저 절름발이 여인, 바로 저쪽의 저 여인을 봐요! 저 여인이 정말…… 당신의 합법적인 아내인가요?"

나는 이 순간을 너무 잘 기억한다. 그는 눈 한번 깜짝하지 않고 어머니를 뚫어져라 바라보았다. 얼굴에는 조금의 놀라움도 보이지 않았다. 마침내 그는 천천히, 왠지 관대한 미소를 지으며 한마디 대답도 하지 않고 조용히 어머니에게 다가가 손을 잡아 공손하게 자신의 입술로 가져가더니 입을 맞추었다. 어머니에 대한 그의 영향력은 언제나 너무 강력하고 물리칠 수 없는 것인지라 바르바라 페트로브나는 그 순간 감히 손을 빼지도 못했다. 그녀는 온몸이 질문으로 변해 오직 그를 바라볼 뿐이었으며, 이 모든 모습을 보건대, 이대로 한순간만 더 있어도 그녀가 이 미지의 상황을 못 견디리라는 것을 알 수 있었다.

그러나 그는 계속 침묵했다. 손에 입을 맞춘 다음에는 다시 한번 방을 둘러보고 좀 전처럼 곧장 마리야 티모페예브나에게로 향했다. 사람의 외모를 묘사하는 것이 몹시 어려운 순간이 더러 있잖은가. 내 기억에 새겨진 바로, 가령 마리야 티모페예브나가 숨이 멎을 듯 경악해서 그를 맞으러 일어서고 애원하듯 두 손을 앞으로 모았다. 그와 더불어 그녀의 시선 속에서 환희가, 그녀의 이목구비를 거의 일그러뜨린 어떤 광적인 환희가, 인간으로서는 견디기 힘든 그런 환희가 떠오르던 것이 기억난다. 어쩌면 이것일 수도, 저것일 수도, 경악일 수도, 환희일 수도 있으리라. 그러나 기억나는 것은 그녀가 당장 기절이라도 할 것 같아서 내가 얼른 그녀 쪽으로 몸을 움직였다는 사실이다.(나는 거의 옆에 있었다.)

"여기 계시면 안 됩니다." 니콜라이 프세볼로도비치는 음악처럼 감미로운 목소리로 그녀에게 말했는데, 그의 눈에서는 비상한 상냥함이 빛났다. 그녀 앞에 선 자세는 매우 공손했으며 일거수일투족에서 아주 진실한 존경심이 배어 나왔다. 가련한 여인은 숨을 헐떡이며 맹렬하게 반쯤 속삭이듯 그에게 종알댔다.

"그럼 제가…… 지금 당신 앞에 무릎을 꿇어도 될까요?"

"아니요, 그건 절대 안 됩니다." 그가 멋진 미소를 보냈기 때문에 그녀는 갑자기 기쁘게 웃었다. 예의 그 음악 같은 목소리로 어린애 다루듯 상냥하게 그녀를 설득하면서 그는 근엄하게 덧붙였다.

"당신은 처녀의 몸이고 제가 비록 당신의 가장 헌신적인 벗일지라도 어쨌든 남편도, 아버지도, 약혼자도 아닌 제삼자라는 것을 생각하셔야 합니다. 당신의 손을 주고 일어나세요. 제가 당신을 마차까지 바래다드리고, 괜찮다면 직접 당신을 댁까지 바래다드리겠습니다."

그녀는 열심히 듣고 있다가 생각에 잠긴 듯 고개를 숙였다.

"가요." 이렇게 말하며 그녀는 한숨을 내쉬고 손을 내밀었다.

그러나 그 순간 그녀에게 작은 불상사가 일어났다. 어쩌다 그만 부주의하게 방향을 틀다가 편치 않은 짧은 다리를 내디딘 것이 분명했고, 한마디로 그녀는 안락의자 위로 넘어져 옆구리 전체를 찧었는데 이 소파가 없었다면 땅바닥으로 나뒹굴었을 것이다. 그는 눈 깜짝할 새에 그녀를 받아서 부축하고는 팔짱을 꼭 낀 채 충심을 다해 조심스럽게 문 쪽으로 데려갔다. 그녀는 넘어진 것 때문에 슬퍼하는 기색이 역력했고, 당황하여 얼굴을 붉히고 끔찍이도 부끄러워했다. 그녀는 말없이 땅바닥을 내려다보고 심하게 절룩거리면서 거의 그의 팔에 매달리다시피 한 채 그의 뒤를 절름절름 따라갔다. 그들은 그렇게 나갔다. 리자는, 내가 본 바로는, 무엇을 위해서인지 갑자기 소파에서 벌떡 일어났고 그들이 나가는 동안 눈 한번 떼지 않고 문까지 그들을 지켜보았다. 그런 다음에는 말없이 다시 자리에 앉았지만 얼굴에는 무슨 파충류라도 건드린 듯 어떤 경런 같은 움직임이 일었다.

니콜라이 프세볼로도비치와 마리야 티모페예브나 사이에서 이 모든 광경이 펼쳐지는 동안 모두 너무 놀라 입을 다물고 있었다. 파리 소리마저 들릴 정도였다. 그러나 그들이 나가자마자 갑자기 모두 말하기 시작했다.

6

하긴 말은 거의 하지 않고 오히려 고함만 높아졌다. 당시 이 모든 일이 순서상 어떻게 진행되었는지 지금은 약간 잊었는데, 난장판이 되었기 때문이다. 스테판 트로피모비치가 프랑스어로 뭐라고 고함을 지르며 손뼉을 쳤지만 바르바라 페트로브나는 신경 쓸 틈도 없었다. 마브리키 니콜라예비치조차 단속적으로 재빨리 뭐라고 중얼거렸다. 하지만 제일 화가 난 것은 표트르 스테파노비치였다. 그는 몸짓을 크게 하며 바르바라 페트로브나에게 뭔가를 필사적으로 역설했지만 나는 오랫동안 이해할 수 없었다. 프라스코비야 이바노브나나 리자베타 니콜라예브나에게 주의를 돌렸다가 아버지에게도 뭐라고 슬쩍 열렬히 고함을 치는 등 한마디로, 온 방을 빙빙 돌았다. 바르바라 페트로브나는 온통 시뻘개진 채 자리에서 벌떡 일어나서 프라스코비야 이바노브나에게 이렇게 소리쳤다. "들었어? 지금 여기서 그 애가 그 여자한테 뭐라고 했는지 들었어?" 하지만 상대편은 대답도 하지 못하고 그저 한 손을 내저으며 뭐라고 중얼거릴 따름이었다. 이 가련한 여인에게는 자기만의 고민이 있었다. 그녀는 시시각각 리자 쪽으로 고개를 돌려 영문을 알 수 없는 불안에 사로잡힌 채 리자를 바라보았는데, 딸이 몸을 일으키기 전까지는 감히 일어나서 떠날 생각조차 하지 못했다. 그동안 대위는 분명히 빠져나가고 싶어 했는데, 이 점을 나는 눈치챘다. 그는 니콜라이 프세볼로도비치가 나타난 그 순간부터 의심의 여지 없이 대단히 경악했다. 그러나 표트르 스테파노비치가 그의 손을 꼭 잡고 떠나지 못하게 했다.

"이건 불가피합니다, 불가피해요." 그는 바르바라 페트로브나에게 예의 그 구슬을 흩뿌리며 계속 그녀를 설득했다. 그는 그녀 앞에 서 있었고 그녀는 이미 다시 소파에 앉아서 그의 얘기를 탐욕스럽게 들었던 것이 기억난다. 그 정도로까지 그녀의 주의를 끌어낼 수 있었던 것이다.

"이건 불가피합니다. 더 잘 아시겠지만, 바르바라 페트로브나, 이건 의혹투성이고 겉보기에는 기괴한 것도 많지만 사태는 촛불처럼 분명하고 손가락처럼 단순합니다. 저는 이야기를 할 전권을 그 누구에게서도 부여받지 못했고 제가 나서서 그것을 요구한다면 웃긴 꼴이 될 수도 있음을 너무 잘 압니다. 그러나 첫째, 니콜라이 프세볼로도비치 스스로 이 일에 어떤 의미도 부여하지 않으며, 끝으로, 당사자가 직접 사적으로 해명하기는 어려우니까 반드시 제삼자가 나서서 다소 민감한 것을 보다 손쉽게 털어놓을 법한 경우가 있잖습니까. 믿어 주십시오, 바르바라 페트로브나, 니콜라이 프세볼로도비치는, 비록 시시콜콜한 일이긴 하지만, 부인의 질문에 곧바로 과격한 해명으로서 대답해 주지 않았다고 해도 전혀 잘못이 없습니다. 그 일이라면 저는 페테르부르크에 있을 때부터 알고 있거든요. 게다가 모든 이야기가 니콜라이 프세볼로도비치의 명예를 높여 줄 겁니다, 구태여 '명예'라는 모호한 단어를 사용해야 한다면……."

"말씀인즉, 이런 의혹을…… 낳은 어떤 사건의 증인이셨다는 뜻인가요?" 바르바라 페트로브나가 물었다.

"증인이자 참여자였지요." 표트르 스테파노비치는 서둘러 말을 받았다.

"제가 익히 아는, 저에 대한 니콜라이 프세볼로도비치의 감정에 있어 그의 예민한 부분을 모욕하지 않겠노라고 약속해 주신다면, 그는 제게 아-무-것도 숨기지 않는데…… 그리고 당신이 이렇게 함으로써 심지어 그에게 만족을 줄 수 있으리라 확신하신다면……."

"분명히 만족하실 겁니다, 저 자신이 특별한 만족을 느끼고 있으니까요. 저는 그가 직접 저에게 부탁한 것이나 다름없다고 확신합니다."

갑자기 하늘에서 툭 떨어진 이 양반이 남의 이야기를 늘어놓고 싶어 이토록 끈질기게 안달하는 것은 상당히 이상한 일이고 또 통상적인 예우를 넘어서는 것이었다. 그러나 그는 바르바라 페트로브나의 진짜 급소를 찌름으로써 그녀를 낚아 버렸다. 그 당시 나는 아직 이 사람의 성격은 물론이거니와 속셈도 전혀 모르고 있었다.

"말씀해 보시지요." 바르바라 페트로브나는 자기가 너무 관대한 것이 다소 속상했지만 억누르며 조심스럽게 말했다.

"짧은 얘기입니다. 심지어 원하신다면, 이건 전혀 이야깃거리도 아니지요." 구슬이 흩뿌려졌다. "하긴 소설가라면 할 일이 없어서 이런 것으로 소설을 구워 낼 수도 있겠습니다. 상당히 흥미로운 이야기고, 프라스코비야 이바노브나, 저는 리자베타 니콜라예브나도 흥미진진하게 경청하리라고 확신하는데, 여기엔 기적적인 건 아니라도 기발한 것이 많이 들어 있거든요. 오 년쯤 전 니콜라이 프세볼로도비치는 페테르부르크에서 이 양반을, 입을 헤 벌리고 서서 당장 빠져나갈 궁리만 하는 듯한 이 레뱌드킨이라는 양반을 알게 됐습니다. 바르바라 페트로브나, 죄송합니다. 어쨌든 뺑소니치지 않는 게 좋을 거요, 이전에 식량 분과에서 근무한 퇴역 관리 양반.(봐요, 나는 당신을 아주 잘 기억하고 있지.) 나와 니콜라이 프세볼로도비치는 여기서 당신이 한 짓거리를 너무 잘 아니까, 명심하시오, 당신은 해명해야 할 거요. 또 한 번 죄송합니다, 바르바라 페트로브나. 니콜라이 프세볼로도비치는 당시 이 양반을 자신의 팔스타프[61]라고 불렀습니다. 이 양반은(그가 갑자기 설명했다.) 돈을 준다면야 모두의 비웃음을 사고 자기가 나서서 모두에게 비웃음을 자처할, 광대 같은(burlesque) 성격의 소유자가 분명합니다. 그 당시 니콜라이 프세볼로도비치는 페테르부르크에

---

61) 셰익스피어의 희곡 「헨리 4세」, 「윈저의 즐거운 아낙네들」에 등장하는 인물.

서 말하자면 냉소적인 삶을 영위했는데, 다른 말로는 정의할 수 없는 것이 그는 좀처럼 환멸에 빠지지 않는 사람인 데다 그 당시 일에 종사하는 것을 스스로 경멸했기 때문입니다. 오직 그 당시 얘기입니다만, 바르바라 페트로브나, 이 레뱌드킨에게는 누이동생이 있었는데 방금 여기에 앉아 있던 그 여자입니다. 이 오누이는 집도 절도 없이 남의 집을 전전했지요. 그는 틀림없이 옛날 제복을 입고 고스티니 드보르[62]의 아치 밑을 배회하며 조금이라도 단정해 보이는 행인들을 멈추어 세우고 돈을 얻어 내서는 몽땅 술 퍼마시는 데 썼던 겁니다. 누이동생은 하늘의 새처럼 먹고 살았지요. 그녀는 그곳에서 이 집 저 집 일을 도와주고 필요할 때마다 시중을 들어 주었습니다. 참 끔찍한 소돔이었지요. 이 구석의 삶, 당시 니콜라이 프세볼로도비치도 기괴함 때문에 매료된 그 삶의 풍경은 그냥 생략하겠습니다. 저는 오직 그 당시 얘기만 하는 겁니다, 바르바라 페트로브나. '기괴함'에 관한 한, 그가 직접 쓴 표현입니다. 저에게는 숨기는 것이 별로 없으니까요. 한때 니콜라이 프세볼로도비치를 너무 자주 만나게 됐던 마드무아젤 레뱌드키나는 그의 외모에 충격을 받았습니다. 그는 말하자면 그녀의 삶이라는 더러운 배경 위로 빛나는 금강석이었던 거죠. 저는 감정을 묘사하는 데 서투르니까 그냥 넘어가겠습니다. 어쨌든 걸레 같은 인간들이 당장 그녀를 웃음거리로 만들었고 그녀는 슬퍼했습니다. 그곳에서는 대체로 그녀를 비웃었는데 전에는

---

62) 페테르부르크의 쇼핑몰.

그녀가 그것을 전혀 알아채지 못했습니다. 그녀의 머리는 그때 이미 온전치 못했지만 그래도 지금만큼은 아니었어요. 어린 시절에 그녀가 어떤 은인을 통해 조금이나마 교육을 받았다고 가정할 만한 근거도 있습니다. 니콜라이 프세볼로도비치는 그녀에게 결코, 조금도 주의를 기울이지 않고 대부분 기름때 묻은 낡은 카드를 갖고 동전 몇 푼을 걸면서 관리들과 프레페랑스[63]를 했습니다. 그러나 한번은 사람들이 그녀를 모욕하자(이유도 묻지 않고) 어느 관리의 옷깃을 움켜쥐더니 2층 창밖으로 바로 내던진 일이 있었습니다. 여기에는 모욕받은 순결함을 위한 기사도적인 분노 따위는 전혀 없었습니다. 모든 과정이 모두가 웃어 대는 가운데 일어났고 제일 많이 웃은 사람은 니콜라이 프세볼로도비치였으니까요. 모든 일이 무난히 끝나자 그들은 화해하고 펀치를 마시기 시작했습니다. 그러나 억압받은 순결함의 당사자는 그 일을 잊지 못했습니다. 당연히, 결국에는 그녀의 정신 능력이 결정적으로 와해되었지요. 반복하건대, 저는 감정을 묘사하는 데 서툴지만 여기서 중요한 것은 몽상입니다. 그런데 니콜라이 프세볼로도비치는 일부러인 양 그 몽상을 더욱더 자극했습니다. 비웃기는커녕 갑자기 마드무아젤 레뱌드키나를 향해 뜻밖의 존경을 표하기 시작한 겁니다. 마침 그곳에 있던 키릴로프(굉장히 독특한 사람인 데다가, 바르바라 페트로브나, 굉장히 퉁명스러운 사람이지요. 지금 여기에 있으니까 언제든 보실 수 있을 겁니다.), 보통은 줄곧 침

---

63) 카드놀이의 일종.

묵하는 그 키릴로프가 그 순간 갑자기 열을 올리며, 내 기억으로는, 니콜라이 프세볼로도비치에게 이 아가씨를 무슨 남작부인처럼 취급하는데 그러다가는 결국 완전히 망쳐 놓을 거라고 지적했습니다. 니콜라이 프세볼로도비치가 이 키릴로프를 다소 존중했다는 말씀을 덧붙여야겠군요. 그런데, 어떻게 생각하십니까, 그는 키릴로프에게 이렇게 대답하는 것이었습니다. '키릴로프 씨, 제가 그녀를 비웃는다고 생각하시는군요. 천만의 말씀, 저는 그녀를 정말로 존경하는데, 그녀가 우리 모두보다 훌륭하기 때문입니다.' 게다가, 아시겠습니까, 그것도 너무 진지한 어조로 말했습니다. 그나저나 그 두세 달 동안 그는 '안녕하십니까'와 '안녕히 계십시오'를 제외하고는 본질적으로 그녀와 한마디도 나누지 않았습니다. 그곳에 있던 제가 분명히 기억하는 바로, 결국 그녀는 이미 그를 무슨 약혼자쯤으로 생각하기에, 그저 원수와 집안의 애로사항이 많거나 그 비슷한 이유로 자기를 선뜻 '납치하지' 못하는 것으로 생각하기에 이르렀습니다. 그러자 얼마나 많이 웃어 댔던지! 결국, 니콜라이 프세볼로도비치는 이곳을 향해 출발하게 되었을 때 떠나는 길에 그녀의 생활비로 적어도 300루블은 족히 되는 상당한 금액을 연금처럼 마련해 주었습니다. 한마디로, 이 모든 것이 그의 입장에서는 장난일 수도, 너무 빨리 지쳐 버린 자의 환상일 수도 있고, 끝으로 키릴로프의 말대로, 심지어 미친 불구를 어디까지 몰아갈 수 있을지 알아내기 위한 목적에서 행해진, 포만한 인간의 새로운 실험이었다고 할 수도 있습니다. 그가 말하길, '당신은 일부러 가장 말종의 존재를, 영원한 치욕과 구타로 뒤덮인 불구를 선택했으며, 게다가 이 존재가 당신을 향한 희극적인 사랑으로 인해 죽어 가고 있음을 알고서 오직 이 일이 어떻게 끝날 것인지를 보기 위해 갑자기 일부러 그녀를 농락하기 시작한 겁니다.'라더군요. 그러니 미친 여자의 환상 속에서 이 사람이 특별히 무슨 죄가 있겠습니까, 줄곧 겨우 두 마디인가를 나눴을 뿐인걸요! 바르바라 페트로브나, 어찌해도 현명하게 이야기할 수 없을뿐더러 이야기를 꺼내는 것 자체가 현명하지 못한 일이 있는 법입니다. 뭐 어떻든 끝으로, 기괴함이라고 해 둡시다. 더 이상은 드릴 말씀이 없군요. 그런데 이제는 그 때문에 소동이 일어났으니…… 이곳에서 일어난 일은, 바르바라 페트로브나, 저도 조금 알고 있거든요."

이야기꾼은 갑자기 말을 끊고서 레뱌드킨 쪽으로 몸을 돌리려 했지만 바르바라 페트로브나가 그를 저지했다. 그녀는 극심한 열광 상태였다.

"다 끝난 건가요?" 그녀가 물었다.

"아니요, 아직 더 있습니다. 완벽을 기하기 위해, 괜찮으시다면, 여기 이 양반에게 뭘 좀 확인했으면 하는데요…… 지금 당장 문제가 뭔지 아시게 될 겁니다, 바르바라 페트로브나."

"됐어요, 다음에 합시다, 잠깐 멈추어 주세요, 부탁입니다. 오, 당신에게 말을 하도록 한 건 참 잘한 일이었어요!"

"그리고 유념해 두십시오, 바르바라 페트로브나." 표트르 스테파노비치는 갑자기 몸을 푸드덕거렸다. "자, 이런 얘기를 니콜라이 프세볼로도비치가 방금 어떻게 직접 설명할 수 있었겠습니까, 부인의 질문, 어쩌면 이미 너무나 정언적인 질문에 대한 답으로써 말입니까?"

"오, 그래요, 너무 그랬어요!"

"어떤 경우에는 당사자보다 제삼자가 설명하는 편이 훨씬 쉽다는 제 말이 옳지 않습니까?"

"그럼요, 그래요……. 하지만 한 가지를 오해하셨고 유감스럽게도 제가 보기에는 계속 그러시네요."

"정말입니까? 어떤 점이죠?"

"보시다시피…… 그나저나 표트르 스테파노비치, 좀 앉아주시면 좋을 텐데요."

"오, 그야 부인 좋으실 대로 하겠습니다, 저도 피곤해서요, 감사합니다."

그는 순식간에 안락의자를 끌어왔고 한쪽으로는 바르바라 페트로브나와 탁자 옆의 프라스코비야 이바노브나 사이에 위치하도록, 다른 한쪽으로는 자신이 잠시도 눈을 떼지 않는 레뱌드킨 씨 쪽으로 얼굴이 향하도록 방향을 잡았다.

"그걸 '기괴함'이라고 부르시다니, 오해라고요……."

"오, 그렇기만 하다면야……."

"아니, 아니, 아니요, 잠깐만요." 바르바라 페트로브나는 상대의 말을 가로막았는데, 명백히 환희에 차 많은 말을 늘어놓을 태세였다. 표트르 스테파노비치는 이것을 눈치채고는 바로 온몸으로 주의를 기울였다.

"아니요, 이건 기괴함보다 더 높은 뭔가, 분명히 말씀드리건대, 심지어 성스러운 뭔가를 의미합니다! 일찍이 모욕을 받은, 당신의 적절한 지적대로 '냉소의 지경까지 이른 오만한 인간,

한마디로, 그때 스테판 트로피모비치의 훌륭한 비유대로 바로 해리 왕자고, 적어도 제 견해로는, 그가 햄릿을 더 많이 닮지 않았더라면 전적으로 믿을 만한 얘기였을 겁니다."

"당신 말이 옳아요.(Et vous avez raison.)" 스테판 트로피모비치는 감정과 무게를 담아 평을 해 주었다.

"고마워요, 스테판 트로피모비치, 니콜라를, 그 아이의 영혼과 소명의 드높음을 언제나 믿어 주셔서 특별히 고맙습니다. 제가 의기소침했을 때도 저의 그 믿음을 더 굳혀 주셨거든요."

"친애하는, 친애하는(Chère, chère)……." 스테판 트로피모비치는 벌써 앞으로 한 걸음 내디디려다가 말을 끊는 것이 위험하다고 판단하고는 곧 멈추어 섰다.

"만약 니콜라 곁에 언제나(바르바라 페트로브나는 벌써부터 다소 노래를 부르고 있었다.) 위대할 정도로 겸손하고 조용한 호레이쇼[64]가 있었다면 — 당신의 또 다른 멋진 표현이죠, 스테판 트로피모비치 — 그는 벌써 오래전에 '아이러니라는 돌발적인 악마', 그 슬픈 악마로부터 구원받았을 겁니다.(아이러니라는 악마 역시 당신의 놀라운 표현이죠, 스테판 트로피모비치.) 하지만 니콜라에게는 결코 호레이쇼도, 오필리어도 없었던 거예요. 그에겐 오직 어미뿐이었는데, 이런 상황에서 그 어미 혼자 무엇을 할 수 있겠어요? 그러니까 표트르 스테파노비치, 저는 니콜라와 같은 존재가 심지어 당신이 말씀하신 그 더러운 빈민굴에 출입할 수 있었다는 것이 굉장히 잘 이해됩니다. 이제

---

[64] 「햄릿」의 등장인물로 햄릿의 부하이자 벗.

는 삶의 '냉소'(당신의 놀라울 정도로 적확한 표현입니다!)와 대조를 향한 저 채워지지 않는 욕망, 당신의 비유대로, 표트르 스테파노비치, 그가 다이아몬드처럼 빛을 발하던 저 음울한 배경 그림도 아주 분명해지는군요. 자, 거기서 그는 모두에게 모욕당한 존재, 반쯤 정신이 나갔으되 동시에 아마 몹시 고결한 감정을 가진 불구자를 만난 겁니다!"

"음, 그렇다고 합시다."

"이런 일이 있고 나서도 그가 다들 하듯 그녀를 비웃은 것이 아니라는 것을 모르시다니! 오, 인간들이란! 그가 모욕을 일삼는 자들로부터 그녀를 보호하고 '남작 부인'처럼(키릴로프라는 분은 비록 니콜라는 이해하지 못했지만 사람들을 이해하는 방식이 비상할 정도로 심오하군요!) 존경으로 감싸 준다는 것이 이해되시지 않나 봐요. 정 그러시다면, 이 경우에는 이 대조 때문에 큰일이 난 거예요. 만약 이 불행한 여인이 다른 처지에 있었다면 그와 같은 정신 착란적인 몽상에 이르지는 않았을 테니까요. 여자, 오직 여자만이 이 점을 이해할 수 있어요, 표트르 스테파노비치, 정말 유감입니다, 당신이…… 다시 말해 당신이 여자가 아니라는 점에서가 아니라 적어도 이런 경우에 이해를 함에 있어서 말입니다!"

"다시 말해 더 나쁠수록 더 좋다는 의미에서인데, 이해, 이해합니다, 바르바라 페트로브나. 이건 종교와 흡사하군요. 인간은 사는 형편이 나쁠수록, 혹은 학대받고 가난한 민족일수록 더욱더 집요하게 천국의 보상을 꿈꾸고 여기다가 10만 명이나 되는 성직자들이 수선을 떨면서 이 몽상에 불을 지피고 악용한다면…… 부인의 말씀, 충분히 이해하니까요, 바르바라 페트로브나, 부디 진정하세요."

"꼭 그런 의미는 아니지만, 어쨌거나 말씀해 보세요, 니콜라가 그 불행한 유기체(바르바라 페트로브나가 이 순간 왜 '유기체'라는 단어를 썼는지 나는 이해할 수 없었다.)의 그 몽상을 꺼뜨리기 위해, 과연 그마저 그녀를 비웃으면서 다른 관리들처럼 그녀를 대해야 했단 말입니까? 과연 저 드높은 연민을, 니콜라가 갑자기 키릴로프에게 '전 그녀를 농락하는 게 아닙니다.'라고 엄격하게 대답했을 때 느낀 유기체 전체의 고결한 전율을 무시하시는 겁니다. 고귀하고 성스러운 대답이에요!"

"숭고하군.(Sublime.)" 스테판 트로피모비치가 중얼거렸다.

"그리고 명심하세요, 그 애는 당신 생각처럼 그렇게 부유하지 않습니다. 부유한 사람은 그 애가 아니고 바로 저일 뿐, 그 당시 그 애는 제게서 거의 아무것도 가져가지 않았습니다."

"이해합니다, 모두 이해해요, 바르바라 페트로브나."

벌써부터 적잖이 초조해진 표트르 스테파노비치는 몸을 달싹거렸다.

"오, 이건 제 성격입니다! 저는 니콜라에게서 저 자신을 봅니다. 저 젊음, 폭풍우처럼 위협적인 저 충동의 잠재력을 봅니다……. 만약 우리가 언제든 친해진다면, 표트르 스테파노비치, 저로서는 이것을 진정 몹시 바라며 더욱이 벌써부터 그런 의무감을 느낍니다만, 어쨌든 그때가 되면 이해하실 겁니다……."

"오, 저 역시 바라는 일입니다. 진심으로 말이죠." 표트르 스테파노비치가 단속적으로 중얼거렸다.

"그때는 그 격정을 이해하실 텐데, 그로 인해 그 고결함에 눈이 멀어 갑자기 모든 점에서 무가치한 인간이라도, 당신을 깊이 이해하지도 못한 채 기회만 있으면 당신을 괴롭힐 준비가 된, 모든 것을 거스르는 인간이라도 붙잡게 되면 갑자기 그를 무슨 이상으로, 자신의 몽상으로 구현하고 그에게 자신의 모든 희망을 집적하고 그 앞에서 경배하고 무엇 때문인지 전혀 모른 채 평생 그를 사랑하는 겁니다, 어쩌면 그가 그만한 가치가 없다는 그 이유 때문에 말입니다……. 오, 제가 평생 얼마나 고통스러워했는지, 표트르 스테파노비치!"

스테판 트로피모비치는 병적인 표정으로 나의 시선을 잡으려고 했다. 그러나 나는 적시에 몸을 돌렸다.

"……게다가 오래전부터, 아주 오래전부터 오, 저는 니콜라에게 잘못이 있어요……! 믿지 않으실 테지만, 사방에서 저를 괴롭히고 모두, 모두, 적들도, 하찮은 인간들도, 심지어 친구들도 그랬어요. 어쩌면 친구들이 적들보다 더 심했을지도 모르겠군요. 경멸스러운 익명의 첫 편지가 날아왔을 때, 표트르 스테파노비치, 믿기지 않으시겠지만, 마침내 저는 이 모든 악의에 답해 줄 경멸조차 부족했던 거예요……. 결코, 결코 저 자신의 옹졸함을 용서하지 못할 거예요!"

"이곳의 익명의 편지에 대해서는 이미 전체적으로 들은 얘기가 있습니다." 표트르 스테파노비치는 갑자기 활기를 되찾았다. "제가 샅샅이 뒤져낼 테니 진정하세요."

"하지만 여기서 어떤 음모가 시작되었는지 상상도 못 하실 겁니다! 그들은 우리 불쌍한 프라스코비야 이바노브나를 괴롭혔는데, 그녀를 건드릴 이유가 어디 있습니까? 오늘 내가 너한테 너무 많은 잘못을 저질렀는지도 모르겠어, 사랑스러운 프라스코비야 이바노브나." 그녀는 관대한 감동의 격정에 휩싸여 이렇게 덧붙였는데, 다소간의 의기양양한 아이러니도 없지 않았다.

"됐어요, 부인." 상대편은 내키지 않는 듯 중얼거렸다. "하지만 내 생각에는 이 모든 일을 끝내야 해요. 말들이 너무 많아서……." 그녀는 다시 겁을 먹은 듯 리자를 쳐다보았지만 그쪽에서는 표트르 스테파노비치를 바라보고 있었다.

"이 가엾고 불행한 존재를, 모든 것을 소진하고 마음 하나만 간직한 이 광기 어린 여자를 이제 저는 양녀로 들일 작정입니다." 바르바라 페트로브나가 갑자기 외쳤다. "이것은 제가 성스럽게 완수하기로 한 의무입니다. 이날부터 그녀는 제가 보호하겠습니다."

"어떤 의미에서 심지어 몹시 훌륭한 일이 되겠군요." 표트르 스테파노비치는 완전히 생기를 되찾았다. "죄송합니다만, 아까 말을 다 끝내지 못했거든요. 바로 그 후원에 관한 얘기를 하려고요. 짐작하시겠지만, 당시 니콜라이 프세볼로도비치가 떠나자(저는 제가 말을 중단한 그 지점부터 시작하는 겁니다.) 이 양반, 즉 바로 이 레뱌드킨 씨는 한순간에 누이동생의 연금을 남김없이 처분할 권리가 있다고 상상했습니다. 또 그렇게 처리했고요. 당시 니콜라이 프세볼로도비치가 일을 어떻게 처리했는지는 정확히 모르지만 일 년 후, 외국에 있을 때부터 이 사건에 대해 알게 되었고 달리 조치하지 않으면 안 되었거든요.

이 역시도 세부 사항은 잘 모르지만, 그가 직접 이야기해 줄 것이고, 아무튼 제가 아는 것은 오직 지금 관심사인 저 아가씨를 외진 수녀원에 데려다 놓았다는 사실인데요, 심지어 극히 안락하긴 하지만 우정 어린 감시가 붙었어요. 아시겠죠? 부인 생각에는 레뱌드킨이 어떤 결심을 했을 것 같습니까? 그는 우선 자기 밥줄, 즉 누이동생을 감추어 둔 곳을 찾아내느라 전력을 기울이다가 최근에야 목적을 달성, 그녀를 수녀원에서 빼 온 다음 그녀에 대해 무슨 권리를 선언하고는 곧장 이리로 데려옵니다. 여기서는 그녀를 먹여 살리지도 않고 때리고 학대하고 마침내는 어떤 경로를 통해 니콜라이 프세볼로도비치에게서 상당한 금액을 받아 내서는 당장 술을 퍼마시고, 끝에 가서는 감사는커녕 니콜라이 프세볼로도비치에게 연금을 자기 손안에 곧장 넣어 주지 않을 경우 소송을 제기하겠노라고 협박하면서 뻔뻔한 도전과 터무니없는 요구를 일삼고 있습니다. 이렇듯, 니콜라이 프세볼로도비치의 자발적인 선물을 공물로 여기는 건데, 무슨 말인지 아시겠지요? 레뱌드킨 씨, 내가 지금 여기서 한 말은 '전부' 사실이죠?"

지금까지 말없이 서서 눈을 내리깔고 있던 대위는 급히 두어 걸음을 앞으로 내딛는가 싶더니 온몸이 시뻘개졌다.

"표트르 스테파노비치, 저한테 너무 잔인하십니다." 그는 상대방의 말을 싹둑 자르듯 말했다.

"잔인하다니, 왜요? 그러나 죄송한데, 잔인하다느니 부드럽다느니 하는 얘기는 다음에 하고 지금은 첫 번째 질문에 대답이나 해 주십사 부탁하는 바요. 내가 말한 것이 '전부' 사실이

오, 아니오? 사실이 아니라고 생각한다면 즉시 자신의 견해를 피력할 수 있소."

"저는…… 표트르 스테파노비치, 더 잘 아시겠지만……." 대위는 중얼거리다가 갑자기 툭 끊고 입을 다물었다. 여기서 지적해야 할 것이 표트르 스테파노비치는 소파에 다리를 꼰 채 앉아 있고 대위는 가장 공손한 자세로 그 앞에 서 있었다는 점이다.

레뱌드킨의 머뭇거리는 태도가 표트르 스테파노비치는 영 못마땅한 모양이었다. 그의 얼굴은 어떤 악의에 찬 경련으로 일그러졌다.

"그럼 정말로 더 이상 뭐든 피력할 게 없단 말이오?" 그는 미묘한 시선으로 대위를 쳐다보았다. "그럼 그만 가 보시오, 당신을 기다리고 있을 테니."

"더 잘 아시잖습니까, 표트르 스테파노비치, 저로서는 아무 것도 피력할 게 없다는 것을."

"아니, 나는 그런 거 몰라요, 처음 듣는 소리인걸요. 왜 피력할 수 없다는 거요?"

대위는 땅바닥에 눈을 떨군 채 입을 다물었다.

"이제 그만 가 보겠습니다, 표트르 스테파노비치." 그는 단호하게 말했다.

"그러나 나의 첫 번째 질문에 무슨 대답이든 하기 전에는 안 돼요. 내가 말한 게 전부 사실이오?"

"사실입니다." 레뱌드킨은 먹먹한 소리로 대답한 다음 박해자 쪽으로 시선을 던졌다. 그의 관자놀이에는 땀까지 배어 있었다.

"전부 사실이오?"

"전부 사실입니다."

"뭐든 덧붙이거나 일러 둘 건 없소? 우리가 불공정하다고 생각한다면 그렇다고 피력하시오. 항의도 하고 큰 소리로 불만도 피력하라고요."

"아닙니다, 그런 건 없습니다."

"최근에는 니콜라이 프세볼로도비치를 협박했지요?"

"그건…… 그건 이 경우에는 무엇보다도 술 때문이었습니다, 표트르 스테파노비치. (그가 갑자기 머리를 들었다.) 표트르 스테파노비치! 가족의 명예와 이 가슴에는 억울한 치욕이 사람들 사이에서 울부짖고 있다면 그때도, 과연 그때도 그 사람에게 죄가 있는 겁니까?" 그는 갑자기 방금처럼 두서없이 으르렁거렸다.

"이제야 정신이 드나 보군요, 레뱌드킨 씨?" 표트르 스테파노비치가 꿰뚫을 기세로 그를 쳐다보았다.

"저는…… 정신이 말짱합니다."

"가족의 명예와 이 가슴에는 억울한 치욕이란 뭘 말하는 거요?"

"그건 누구를 두고 한 얘기도 아니고 누구를 해코지하려는 마음도 없습니다. 저는 저 자신의……." 대위는 다시 찌그러졌다.

"당신과 당신의 행실에 관한 나의 표현에 몹시 화가 나신 것 같은데? 짜증을 잘 내는 성격이시군, 레뱌드킨 씨. 죄송하지만, 당신 행실의 진짜 모습에 대해서는 아직 아무 말도 꺼내지 않은 거요. 나는 당신의 행실, 그 진짜 모습에 대해 말하려고 해요. 그렇게 말하려고 하고 그렇게 될 가능성이 높지만, 진짜 모습에 대해서는 아직 시작도 하지 않았소."

레뱌드킨은 부르르 떨면서 야생 동물처럼 표트르 스테파노비치를 빤히 쳐다봤다.

"표트르 스테파노비치, 제가 이제야 잠이 슬슬 깹니다!"

"음. 그럼 내가 당신을 깨운 거요?"

"예, 바로 당신이 저를 깨우신 겁니다, 표트르 스테파노비치. 저는 사 년 동안 제 위로 드리워진 먹구름 밑에서 자고 있었습니다. 드디어, 그만 가 봐도 될까요, 표트르 스테파노비치?"

"이제는 그래도 좋지만, 혹시 바르바라 페트로브나께서 별생각이 없으시다면⋯⋯."

그러나 그쪽에서는 손을 내저었다.

대위는 몸을 숙여 인사하고 문 쪽으로 두 걸음쯤 내딛더니 갑자기 멈추고 한 손을 가슴에 갖다 댔는데, 뭔가 하고 싶은 말을 꺼내지 못하고 저리로 얼른 내뺐다. 하지만 때마침 문간에서 니콜라이 프세볼로도비치와 딱 맞닥뜨렸다. 상대편은 길을 비켜 주었다. 하지만 대위는 어째서인지 갑자기 그의 앞에서 완전히 주눅이 들었으며 그에게서 눈도 떼지 못하고 이무기 앞의 토끼처럼 그 자리에 꽁꽁 얼어붙고 말았다. 잠깐을 기다렸다가 니콜라이 프세볼로도비치는 한 손으로 그를 살짝 밀치고 거실로 들어왔다.

7

그는 명랑하고도 평온했다. 우리는 잘 모르지만 지금 그에게 뭔가 매우 좋은 일이 일어난 모양이었다. 무엇 때문인지 심지어 뭔가 유달리 만족스러워하는 것 같았다.

"니콜라, 나를 용서해 주겠니?" 바르바라 페트로브나는 참지 못하고 그를 맞으러 서둘러 일어났다. 하지만 니콜라는 결정적으로 웃음을 터뜨리고 말았다.

"이럴 줄 알았지!" 그는 허심탄회하면서도 익살스럽게 외쳤다. "보아하니, 어머니는 벌써 다 알고 계시군요. 여기서 나온 다음 마차에서 곰곰 생각에 잠겼어요. '적어도 그 얘기라도 해 주었어야지. 이렇게 그냥 나와 버리는 사람이 어디 있담?' 하지만 어머니에게 표트르 스테파노비치가 남아 있다는 생각이 들자 근심거리가 싹 달아났어요."

이렇게 말하며 그는 황급히 주위를 쓱 둘러보았다.

"표트르 스테파노비치는 우리에게 어느 괴짜의 인생 중 옛날 옛적 페테르부르크 시절 이야기 하나를 해 주셨단다." 바르바라 페트로브나는 황홀해하며 말을 받았다. "변덕스럽고 미친 사람이지만 언제나 드높은 감정에 언제나 기사적인 고결함을 갖춘 사람⋯⋯."

"기사적이라고요? 아니, 거기까지 가셨어요?" 니콜라가 웃었다. "하여간 이번에는 표트르 스테파노비치의 성급함에 심심한 감사를 드려야겠군요.(이 순간 그와 순간적으로 시선을 교환했다.) 엄마, 엄마는 표트르 스테파노비치가 모두의 중재자라는 것을 알아두셔야 해요. 이것이 그의 역할이자 고질병이자 특기인데 이 점에서는 엄마에게 특별히 그를 추천하겠어요. 그가 여기서 무슨 말을 읊어 댔을지 짐작되는군요. 그는 이야기할 때는 그야말로 줄줄 읊어 대거든요. 머릿속에 관청이 들어 있달까요. 유념하셔야 할 점은 그는 리얼리스트로서 거짓말을 할 줄 모르며 성공보다 진리를 더 소중히 여긴다는 건데요…… 당연히 성공이 진리보다 더 귀중한 특별한 경우를 빼고요.(이 말을 하며 그는 줄곧 주위를 둘러보았다.) 이렇듯, 엄마, 분명히 아시겠지만, 엄마가 저에게 용서를 빌 일도 아니고요, 여기에 어디든 광기가 있다면 물론 무엇보다도 제 쪽의 일이고, 고로 결국에는 어쨌든 제가 정신이 나간 놈이라는 뜻이에요, 이곳의 평판을 지지해 줘야죠……."

그러면서 그는 어머니를 다정스레 안아 주었다.

"어쨌든 이제 이 일은 끝났고 얘기도 다 됐으니까 그만해도 되겠어요." 이렇게 덧붙였지만 그의 목소리에서는 뭔가 건조하고 딱딱한 음조가 울려 나왔다. 바르바라 페트로브나도 이 음조를 이해했다. 그러나 그녀의 희열은 사라지기는커녕 완전히 정반대였다.

"난 네가 최소한 한 달은 더 지나야 오리라고 생각했단다, 니콜라!"

"당연히 모든 걸 설명하겠어요, 엄마, 하지만 지금은……."

그리고 그는 프라스코비야 이바노브나에게로 향했다.

그러나 상대편은 반 시간 전 그가 처음 나타났을 때 어안이 벙벙해졌음에도 그쪽으로 거의 고개도 돌리지 못했다. 지금은 새로운 근심거리가 생겼다. 대위가 나가면서 문간에서 니콜라이 프세볼로도비치와 맞닥뜨린 순간부터 리자가 갑자기 웃기 시작했는데, 처음에는 어쩌다 튀어나오는 조용한 웃음이었던 것이 점점 불어나 더 크고 또렷해졌다. 그녀는 얼굴이 완전히 새빨개졌다. 아까의 음울한 표정과는 굉장히 대조되는 것이었다. 니콜라이 프세볼로도비치가 바르바라 페트로브나와 이야기를 나누는 동안 그녀는 뭔가 속삭이고 싶은 게 있는지 두어 번 마브리키 니콜라예비치에게 손짓했다. 그러나 그가 몸을 기울이려고 하자 곧장 웃음을 쏟아 냈다. 그녀가 바로 저 불쌍한 마브리키 니콜라예비치를 놀리고 있다는 결론을 내릴 수 있었다. 하긴 그녀는 자제하려는 기색이 역력했으며 손수건을 입술에 갖다 대기도 했다. 니콜라이 프세볼로도비치는 가장 순진무구하고 천진난만한 표정으로 그녀에게 인사를 했다.

"죄송하게 됐어요." 그녀는 아주 빠른 속도로 대답했다. "당신은…… 물론 마브리키 니콜라예비치를 보셨겠죠……. 맙소사, 어쩜 이렇게 볼품없이 키만 클까, 마브리키 니콜라예비치!"

그리고 다시 웃음. 마브리키 니콜라예비치는 키가 컸지만 전혀 볼품없지는 않았다.

"당신…… 오신 지 오래되셨나요?" 그녀는 다시 자신을 억누르며 신중하게, 심지어 당혹스러워하며 중얼거렸지만 두 눈은 반짝반짝 빛났다.

"두 시간쯤 지났네요." 니콜라는 유심히 그녀를 응시하면서 대답했다. 이례적으로 신중하고 정중했지만 그 정중함을 걷어

내면 그가 완전히 무심한, 심지어 시들시들한 표정을 짓고 있었다는 점을 지적하고자 한다.

"어디서 사실 건가요?"

"여기서요."

바르바라 페트로브나도 리자를 예의주시하고 있었는데 갑자기 한 가지 생각에 충격을 받았다.

"니콜라, 지금까지 어디에 있었던 거냐, 그 두 시간 남짓 동안?" 그녀는 잠시 기다렸다. "기차는 10시에 도착하는데."

"우선은 표트르 스테파노비치를 키릴로프에게 데려다주었어요. 표트르 스테파노비치를 만난 건 마트베예보(여기서 세 번째 역이죠.)에서였고 같은 객실에 타고 여기까지 온 거예요."

"저는 새벽녘부터 마트베예보에서 기다렸습니다." 표트르 스테파노비치가 말을 받았다. "한밤중에 뒤쪽 객차가 철로에서 이탈하는 바람에 하마터면 다리가 부러질 뻔했어요."

"다리가요!" 리자가 소리쳤다. "엄마, 엄마, 지난주에 우리도 마트베예보에 가려고 했는데, 하마터면 우리도 다리가 부러질 뻔했군요!"

"하느님 맙소사!" 프라스코비야 이바노브나는 성호를 그었다.

"엄마, 엄마, 사랑하는 엄마, 정말로 내 두 다리가 부러진다 해도 엄마는 놀라지 마세요. 나한테도 일어날 수 있는 일이고, 엄마도 내가 매일 말을 너무 쏜살같이 몬다고 말씀하시잖아요. 마브리키 니콜라예비치, 내가 절름발이가 돼도 데리고 다닐 건가요?" 그녀는 다시 깔깔댔다. "혹시 그런 일이 일어나면 당신 말고는 그 누구에게도 나를 데리고 다니는 것을 허락하지 않을 테니까, 제발 그렇게 해 주세요. 뭐, 다리 하나만 부러진다고 치면…… 부디 그 정도만 해도 다행이라고 말해 주세요.”

“다리가 하나밖에 없는데 뭐가 다행이라는 거예요?” 마브리키 니콜라예비치는 심각하게 얼굴을 찌푸렸다.

“그 대신 오직 당신만이 나를 데리고 다닐 테니까요, 그 누구에게도 허락하지 않을 거예요!”

“그때도 당신이 나를 데리고 다닐 테죠, 리자베타 니콜라예브나.” 마브리키 니콜라예비치는 훨씬 더 심각하게 투덜거렸다.

“맙소사, 이분이 말장난하고 싶었나 봐!” 리자는 거의 공포에 질려서 외쳤다. “마브리키 니콜라예비치, 결코 이 길로 달려들지 마세요! 단, 당신은 정말로 대단한 이기주의자예요! 저는 당신이 지금 자신을 비방하고 있다고 확신하는데, 당신으로서는 명예로운 일이죠. 하지만 정반대예요. 당신은 아침부터 밤까지 내가 다리 하나를 잃어버려서 더 재미있어졌다고 나를 설득하려 들 테니까요! 한 가지 불변의 사실이 있어요. 당신은 키가 무작정 크고요, 다리 하나가 없어지면 나는 정말 작아질 텐데 당신이 어떻게 내 팔짱을 끼고 다니겠어요, 우리는 서로 짝이 되지 못할 거예요!”

그러고서 그녀는 병적으로 웃어 댔다. 말장난도, 암시도 심드렁한 것이었지만 그녀가 영광 따위에 관심이 없는 것은 분명했다.

“히스테리로군요!” 표트르 스테파노비치가 나에게 속삭였다. “어서 물이라도 한 잔.”

그의 짐작이 맞아떨어졌다. 일 분 뒤에는 모두 부산을 떨고 물을 내왔다. 리자는 엄마를 껴안고 열렬히 입을 맞추고 엄마의 어깨에 기대어 울다가 바로 그 순간 다시 몸을 뒤로 젖히고 엄마의 얼굴을 훔쳐보더니 깔깔대기 시작했다. 드디어 엄마도 엉엉 흐느끼기 시작했다. 바르바라 페트로브나는 두 여자를 데리고 서둘러 자기 방으로, 방금 다리야 파블로브나가 나온 그 문으로 나갔다. 그러나 그들은 그곳에서 오래 머물지 못했다, 겨우 사 분 정도였으니까…….

나는 이제 이 기념비적인 아침, 이 마지막 순간의 특징을 하나하나 상기하기 위해 애써 보겠다. 기억하건대, 부인들은 없고(자리에서 꼼짝하지 않고 있던 다리야 파블로브나 한 명을 제외하고) 우리만 남았을 때 니콜라이 프세볼로도비치는 우리 사이를 돌면서, 방금보다 더 심히 땅바닥 쪽으로 몸을 숙인 채 구석 자리에 앉아 있던 샤토프를 제외하고, 일일이 인사를 나누었다. 스테판 트로피모비치는 니콜라이 프세볼로도비치에게 뭔가 굉장히 재치 있는 얘기를 꺼내려고 했지만 상대편이 서둘러 다리야 파블로브나 쪽으로 갔다. 그러나 표트르 스테파노비치가 거의 완력으로 그를 잡아채 창가로 끌고 가더니 뭔가를 빠른 속도로 속삭였는데, 얼굴 표정과 속삭임을 동반한 몸짓으로 판단하건대 몹시 중요한 일 같았다. 니콜라이 프세볼로도비치는 예의 그 형식적인 냉소까지 곁들여 넋이 나간 듯 몹시 낭창하게, 멍하게 듣고 있다가 마지막에는 심지어 초조해하며 자꾸만 떠나려고 안달하는 듯했다. 그가 창가에서 떨어져 나온 것은 바로 우리 부인들이 돌아왔을 때였다. 바르바라 페트로브나는 리자를 원래 자리에 앉히고 십 분 정도라도 짬을 내 좀 쉬라고, 지금 바깥바람을 쐬면 병약한 신경에 이로울 것이 없다고 설득했다. 그녀는 리자에게 몹시 신경을 써 주었고 몸소 리자 옆에 나란히 앉았다. 해방된 표트르 스테파노비치는 서둘러 그들에게 달려와 빠르고 즐거운 대화를 시작했다. 그 순간, 니콜라이 프세볼로도비치가 드디어 예의 그 느긋한 걸음걸이로 다리야 파블로브나에게 다가갔다. 그가 다가오자 다샤는 자리에서 심하게 몸을 떨더니 눈에 띌 만큼 당황하고 온 얼굴에 홍조를 띤 채 재빨리 일어섰다.

"축하를 드려도 될 것 같은데요…… 아니면 아직 이른가요?" 이렇게 말하는 그의 얼굴에는 왠지 특별한 주름이 잡혔다.

다샤가 그에게 뭐라고 대답했지만 알아듣기 힘들었다.

"너무 서슴없이 굴었다면 용서해 주십시오." 그가 언성을 높였다. "사실, 아시겠지만, 저는 일부러 소식을 받고자 했습니다. 이건 알고 계시죠?"

"예, 당신이 일부러 소식을 받고자 했다는 건 알아요."

"하지만 저의 축하 인사가 무슨 방해가 된 건 아닌지 모르겠군요." 그는 웃었다. "만약 스테판 트로피모비치께서……."

"뭘, 뭘 축하한다는 겁니까?" 갑자기 표트르 스테파노비치가 끼어들었다. "뭘 축하한단 말이죠, 다리야 파블로브나? 아하! 설마 바로 그 얘기는 아니겠죠? 얼굴을 붉히시는 걸 보니 제 추측이 들어맞았군요. 사실 훌륭한 성품을 지닌 우리의 멋진 아가씨들을 축하할 일이, 또 그 축하로 그들의 얼굴을 제일 붉히게 할 일이 무엇이겠습니까? 저한테도 축하를 받으시고

요, 제가 제대로 알아맞혔다면 내기에 건 돈을 주셔야죠. 기억
하시죠, 스위스에 있을 때 시집은 절대 안 간다고 내기하셨잖
습니까⋯⋯. 아하, 스위스라면 — 내가 왜 이러죠? 세상에, 여
기 온 건 반쯤은 그 일 때문인데 깜박할 뻔했네. 말해 봐요."
하고 그는 잽싸게 스테판 트로피모비치 쪽으로 몸을 돌렸다.
"영감은 언제 스위스에 갈 거죠?"

"내가⋯⋯ 스위스로?" 스테판 트로피모비치는 깜짝 놀라며
당혹스러워했다

"설마요? 그럼 안 간다는 말인가요? 아니, 영감도 결혼한다
고⋯⋯ 그렇게 썼잖아요?"

"피에르!"[65] 스테판 트로피모비치가 소리를 질렀다.

"피에르고 자시고 간에⋯⋯ 있죠, 나는 영감이 좋다면 나
는 전혀 반대하지 않는다는 견해를 피력하기 위해 이렇게 날
아왔고요, 영감은 꼭, 또 가능한 한 빨리 내 견해를 듣고 싶어
했으니까. 만약(그는 말을 흘뿌렸다.) 영감이 거기서, 그 편지에
서 쓰고 간청한 대로 영감을 '구원'해야 한다면 이번에도 영감
뜻대로 할 거예요. 이분이 결혼한다는 게 정말인가요, 바르바
라 페트로브나?" 그는 잽싸게 그녀에게로 몸을 돌렸다. "저는
거리낌 없이 말씀드리고 싶습니다. 이분이 직접 편지에 쓰길,
온 도시가 다 알고 모두 축하해 주기 때문에 이분은 그걸 피
하느라 외출도 밤에만 한다고 하더군요. 편지는 제 주머니 안
에 있습니다. 하지만 믿으시겠습니까, 바르바라 페트로브나?

---

65) 표트르의 프랑스어식 이름.

편지 내용을 통 모르겠더라고요! 한 가지만 말해 봐요, 스테판 트로피모비치, 축하해야 하는 건가요, '구원'해야 하는 건가요? 부인은 못 믿으시겠지만, 가장 행복한 문장들과 나란히 가장 절망적인 문장들이 쓰여 있었습니다. 우선은 저에게 용서를 구하더라고요. 뭐 기질이니까 그렇다 치고요……. 하긴 이건 말씀드리지 않을 수 없군요. 한번 생각해 보세요, 평생 저를 두어 번, 그나마도 우연히 본 사람이 이제 와서 갑자기 세 번째로 결혼한다면서 그로써 저에게 갖고 있는 어떤 가족적인 의무를 저버리는 것 같은 생각이 든다며 1000베르스타나 떨어져 있는 저에게 부디 화내지 말고 허락해 달라고 간청하는 게 아닙니까! 부디 성내지 말아요, 스테판 트로피모비치, 시대가 시대니 만큼 폭넓은 시각을 갖고 있고 이러쿵저러쿵 비난하지도 않고 이 일은 영감을 명예롭게 해 줄 거고 등등, 또 등등이지만 무엇보다도 제가 핵심을 전혀 모르겠다는 점이에요. 거기에는 무슨 '스위스에서의 죄업'에 대해 뭐라고 썼던데요. 그러니까, 나는 결혼한다, 죄업에 따라, 혹은 타인의 죄업 때문에, 혹은 또 뭐라더라 — 한마디로 어쨌든 '죄업'이라는 겁니다. '이 아가씨는 진주고 다이아몬드지만,' 당연히 그렇지만 '자기는 전혀 가치가 없는 몸이고' — 이분 특유의 문체죠. 그러나 그곳의 무슨 죄업이나 상황 때문에 '결혼식을 치러야 하고 스위스로 가야 하게 생겼으니' 그러니까 '만사 접어 두고 당장 구원하러 오라'고요. 제 얘기 듣고 나서 뭐 좀 이해가 되십니까? 하긴…… 하긴 얼굴 표정들을 보아하니 (그는 두 손에 편지를 쥐고 순진한 미소를 지으며 몸을 돌려 가며 얼굴들

을 들여다보았다.) 습관대로 제가 뭔가 헛다리를 짚은 것 같은
데요……. 그만 바보처럼 노골적이거나 니콜라이 프세볼로도
비치의 말씀대로 너무 성급한 나머지 말이죠. 저는 여기 있는
우리가 모두 집안사람이라고, 즉 영감의 사람, 스테판 트로피
모비치 영감의 사람이라고 생각했는데 이제 보니 저는 본질적
으로 남이로군요……. 가만 보니 모두 뭔가 알고 있는데 저만
그 뭔가를 모르네요."

그는 계속해서 주위를 둘러보았다.

"스테판 트로피모비치가 당신에게 '스위스에서 행해진 타인
의 죄업'과 결혼한다고, 당장 '구원'하러 와 달라고 쓰셨던가
요, 바로 그 표현을 쓰셨다고요?" 바르바라 페트로브나는 갑
자기 온통 샛노랗게 질려서 다가섰는데, 얼굴도 일그러지고
입술도 파르르 떨렸다.

"아시겠지만, 여기에 뭐든 제가 이해하지 못한 것이 있다면,"
하고 표트르 스테파노비치는 경악한 듯 훨씬 더 조급하게 굴
었다. "당연히 그렇게 쓴 이분의 잘못이죠. 여기 편지가 있습
니다. 아시겠지만, 바르바라 페트로브나, 끊임없이 연속해서
편지가 왔는데, 특히 최근 두세 달 동안은 꼬리에 꼬리를 물
고 왔기 때문에, 솔직히, 결국은 다 읽지 못하는 때도 더러 있
었습니다. 스테판 트로피모비치, 나의 이 멍청한 고백은 죄송
하지만요, 인정하겠지만, 내 주소로 보냈다고 해도 차라리 후
손을 위해서 쓴 거니까 어차피 영감은 아무래도 상관없잖아
요……. 자, 그러니까 뭐 성내지 말아요. 어쨌거나 우리는 서로
집안사람이니까요! 하지만 이 편지, 바르바라 페트로브나, 바

로 이 편지는 다 읽었습니다. 이 '죄업', 이 '타인의 죄업'이라는 것, 이건 분명히 우리 자신의 소소한 죄를, 맹세코 전혀 죄도 되지 않는 죄를 말하는 것이겠지만 그 때문에 갑자기 우리는 귀족적인 색채까지 가미된 끔찍한 소동을 일으킬 생각을 한 것이고, 다름 아닌 그 귀족적인 색채 때문에 끔찍한 소동을 일으킨 겁니다. 실은 여기에는 금전상의 문제로 인해 이분 상황이 원만하지 않은데, 결국 고백해야겠군요. 아시겠지만, 이분은 카드라면 사족을 못 쓰지만…… 하긴 이건 쓸데없는 얘기, 맞아요, 전혀 쓸데없는 얘기인데, 제 잘못입니다, 워낙에 수다스러워서요. 하지만 정말로, 바르바라 페트로브나, 이분 때문에 어찌나 깜짝 놀랐는지, 저는 정말로 일정 부분 이분을 '구원'할 준비가 되어 있었습니다. 결국은 저도 창피해졌지만요. 아니, 제가 칼이라도 들고 이분의 목으로 달려든답니까? 제가 매정한 채권자라도 된다는 겁니까? 이분은 거기서 지참금 얘기도 하시는데……. 하긴 그만 됐고, 스테판 트로피모비치, 진짜 결혼하는 건가요? 정말 그렇다면 우리는 너무 많이 지껄이는군요, 너무 많이 지껄인 거예요, 바로 이 장광설 때문에……. 아, 바르바라 페트로브나, 부인께서 지금 저를 꾸짖으시리라는 확신이 듭니다. 역시 바로 이 장광설 때문에……."

"오히려, 오히려 그 반대로서 저는 당신의 인내심이 한계에 달했다는 것을 알겠고 충분히 그럴 만한 이유가 있네요." 바르바라 페트로브나는 표독스럽게 말을 받았다.

그녀는 표독스러운 희열을 느끼며 표트르 스테파노비치의 모든 '정당한' 쓸데없는 말을 끝까지 들었는데, 분명히 어떤 역할을 하는(어떤 역할인지는 그때도 몰랐지만 역할 자체는 명백했으며 심지어 너무 조잡하게 이행된 것이었다.) 말이었다.

"오히려," 하고 그녀는 계속했다. "말을 꺼내 주셔서 너무 고맙습니다. 당신이 아니었다면 몰랐을 일이거든요. 이십 년 만에 처음으로 두 눈을 크게 뜨게 된 셈이군요. 니콜라이 프세볼로도비치, 방금 누군가를 통해 일부러 소식을 받았다고 말하셨어요. 당신에게 이런 종류의 편지를 보낸 사람이 스테판 트로피모비치였던가요?"

"제가 이분에게서 받은 것은 아주 순진무구하고…… 그리고…… 매우 귀족적인 편지였습니다만."

"곤혹스러워하면서 말을 더듬는군요. 됐어요! 스테판 트로피모비치, 저는 당신에게 굉장히 대단한 친절을 기대하고 있어요." 그녀는 갑자기 눈을 번득이면서 말했다. "제발 부탁이니 지금 당장 우리를 떠나 주시고 앞으로는 우리 집 문지방도 넘지 말아 주세요."

지금도 채 가시지 않은 아까의 '열광'을 상기해 달라고 부탁드린다. 스테판 트로피모비치가 잘못한 것도 사실이다! 그러나 당시에 내가 단연코 깜짝 놀란 것은 이 때문이다. 즉, 그는 페트루샤를 제지할 생각도 하지 않은 채 그의 '폭로'를, 또 바르바라 페트로브나의 '저주'를 놀라울 정도의 위엄을 지키며 꿋꿋이 버텨 냈다. 어디서 그런 용기가 난 걸까? 내가 알 수 있는 것은 오직, 그가 방금 페트루샤와의 첫 만남, 바로 그 방금의 포옹 때문에 의심의 여지 없이 깊은 모욕을 느꼈으리라는 사실뿐이다. 그것은 적어도 그의 눈에는 가슴을 찌르는 깊은 진짜 고뇌였던 것이다. 그 순간 그는 다른 고뇌도 있었는데, 바로 자신이 비열한 짓을 저질렀음에 대한 쓰라린 의식이었다. 이 점에 대해 그는 나중에 나에게 직접 터놓고 고백했다. 하지만 희귀할 정도로 경박한 사람조차도 의심의 여지 없는 진짜 고뇌에 빠지면 잠깐이나마 근엄하고 완강해지는 때가 더러 있지 않은가. 더욱이, 진정한 진짜 고뇌로 인해 바보조차, 물론 역시나 잠깐이지만, 똑똑해지는 때가 있잖은가. 이것이 이러한 고뇌의 특성인 것이다. 만약 그렇다면 스테판 트로피모비치 같은 사람은 어떻게 됐을 것 같은가? 완전한 반전이 있었던 것이다. 물론, 역시나 잠깐이지만.

그는 위엄 있게 바르바라 페트로브나에게 몸을 숙여 인사했지만 한마디도 내뱉지 않았다.(사실 더 이상 아무것도 남아 있지 않았다.) 진작부터 그렇게 나가 버리고 싶었지만, 참지 못하고 다리야 파블로브나에게 다가갔다. 상대편은 이것을 예감했던 것 같은데, 그녀 쪽에서 먼저 완전히 경악해서는 서둘러 그에게 경고하듯 말을 시작했기 때문이다.

"제발, 스테판 트로피모비치, 부디 아무 말도 하지 말아 주세요." 그녀는 얼굴에 병적인 기색이 완연해서는 열렬하고 빠른 속도로 말을 꺼내면서 급히 그에게 손을 내밀었다. "제가 당신을 언제나 존경한다는 점, 믿어 주세요…… 언제나 높이 평가하고요……. 그리고 저에 대해서도 또한 훌륭한 생각을 가져 주셨으면 하고요, 스테판 트로피모비치, 저는 이 점을 매우, 매우 높이 평가할 겁니다."

스테판 트로피모비치는 그녀를 향해 낮게, 낮게 몸을 숙였다.

"너의 뜻에 달렸다, 다리야 파블로브나. 모든 일이 전적으로 너의 뜻에 달렸다는 걸 알 테지! 전에도 그랬고 지금도 그렇고 앞으로도 그러할 거야." 바르바라 페트로브나가 무게를 담아 결론을 내렸다.

"아하, 이제야 모든 걸 이해하겠군요!" 표트르 스테파노비치는 자신의 이마를 쳤다. "그러나…… 그러나 이런 소리를 했으니 제 처지는 또 뭐가 된 건가요? 다리야 파블로브나, 부디 저를 용서해 주세요……! 이래 놓고서 영감은 대체 나한테 무슨 짓을 한 거예요, 예?" 그는 아버지에게 물었다.

"피에르, 너는 나에게 다른 식의 표현을 쓸 수도 있잖니, 안 그러냐, 얘야?" 스테판 트로피모비치는 심지어 조용하게 표트르 스테파노비치에게 말했다.

"소리 지르지 말아요, 좀." 피에르는 두 손을 내저었다. "정말로 이건 모두 늙고 병약해진 신경 탓이고, 소리 질러 봤자 아무 소용없어요. 영감이야말로 나한테 좀 더 훌륭하게 말해 봐요. 내가 입을 열면 무슨 얘기부터 할지는 미리 알고 있었을 거잖아요. 그럼 미리 언질이라도 주었어야 했나, 어디."

스테판 트로피모비치는 그를 뚫어져라 바라보았다.

"피에르, 여기서 일어나는 일을 그렇게 많이 알고 있는 네가 과연, 정말로 이 일에 대해서는 아무것도 몰랐고 아무것도 듣지 못했단 말이냐?"

"뭐-라-고요? 하여튼 사람이 이렇다니까! 아니, 늙은 어린애인 것도 부족해 이제 심술궂은 어린애가 되시겠다? 바르바라 페트로브나, 이분이 무슨 말씀을 하시는지 들으셨죠?"

소란이 일어났다. 하지만 그 순간 갑자기 아무도 예상할 수 없었던 엽기적 사건이 벌어지고 말았다.

8

무엇보다도, 이 이삼 분 동안 뭔가 새로운 기운이 리자베타 니콜라예브나를 사로잡았다는 점을 언급해야겠다. 그녀는 자기 쪽으로 몸을 기울인 마브리키 니콜라예비치와 엄마에게 뭐라고 재빨리 속삭이고 있었다. 얼굴은 불안했지만 동시에 결의가 담겨 있었다. 그녀는 드디어 마브리키 니콜라예비치의 부축을 받으며 소파에서 몸을 일으키기 시작한 엄마를 재촉해서 서둘러 떠나려는 듯 자리에서 일어났다. 그러나 이 모든 일의 끝을 보기 전에는 떠나지 못할 운명이었나 보다.

샤토프가, 모두에게 까맣게 잊힌 채 있던 구석 자리(리자베타 니콜라예브나에게서 멀리 떨어지지 않은)에 앉아 있던, 분명히 자기가 왜 아직 떠나지 않고 이러고 있는지 스스로도 잘 모르는 것 같던 그가 갑자기 의자에서 일어나더니 방 한가운데를 가로질러 니콜라이 프세볼로도비치의 얼굴을 똑바로 응시하면서 다급하지는 않되 단호한 걸음걸이로 그를 향해 걸어갔다. 상대편은 벌써 멀리서 그가 다가오고 있음을 알아채고 약간 미소를 짓기도 했다. 그러나 샤토프가 바싹 다가갔을 때는 미소가 싹 가셨다.

샤토프가 말없이 그의 앞에 서서 그에게서 눈을 떼지 않자,

다들 알아채고는 숨을 죽였는데 표트르 스테파노비치가 제일 늦었다. 리자 모녀는 방 한가운데서 걸음을 멈추었다. 그렇게 오 초쯤 지났다. 니콜라이 프세볼로도비치의 얼굴 표정이 불손한 의혹에서 격노로 바뀌었고 그가 눈썹을 찌푸렸는데, 갑자기…….

그리고 갑자기 샤토프가 예의 그 길고 무거운 손을 휘둘러 있는 힘껏 그의 뺨을 때렸다. 니콜라이 프세볼로도비치의 몸이 그 자리에서 심하게 흔들렸다.

샤토프는 보통 따귀를 때렸다고 받아들여지는(이런 표현이 가능하다면) 그런 식이 아니라, 즉 손바닥이 아니라 주먹 전체를 이용해 독특한 방식으로 때렸는데, 그의 주먹은 커다랗고 육중한 데다가 굵은 뼈마디가 톡톡 불거져 있고 주먹 위에는 붉은 솜털과 주근깨까지 나 있었다. 만약 그런 식으로 코를 때렸다면 코가 박살 났을 것이다. 그러나 입술과 윗니의 왼쪽 가장자리에 상처를 내며 뺨을 때렸던 것이고 거기서는 당장 피가 흘러내렸다.

일순간 비명이 울려 퍼진 것 같고 바르바라 페트로브나가 비명을 질렀겠지만, 이 점은 기억나지도 않는 것이 모든 것이 당장, 다시 얼어붙은 듯 잠잠해졌기 때문이다. 하긴 모든 소동이 대략 십 초를 넘기지 않았다.

그럼에도 불구하고 이 십 초 동안 끔찍이도 많은 일이 일어났다.

나는 니콜라이 프세볼로도비치가 공포라고는 전혀 모르는 기질의 소유자라는 점을 독자에게 다시 상기시키고자 한다.

결투하더라도 적수의 일발 앞에 냉담하게 서 있을 수 있고 그
자신이 적수를 겨냥해 짐승처럼 평온하게 죽여 버릴 수도 있
었다. 만약 누가 그의 뺨을 때렸다면, 내 생각에 그는 결투를
신청하는 것이 아니라 당장 그 자리에서 그 모욕한 자를 죽여
버렸을 것이다. 그는 결코 자제력을 잃지 않은 채 완전히 의식
을 가진 상태에서 살인할 수 있는 그런 사람이었다. 나는 심
지어 그가 더 이상 판단력을 발휘할 수 없을 정도로 맹목적인
격분의 발작은 결코 알지 못했으리라 생각한다. 가끔 자신을
사로잡은 끊임없는 분노에도 불구하고 그는 완전히 자제할 수
있었으며, 따라서 결투가 아닌 상황에서 살인하면 반드시 감
옥행이라는 것도 알 수 있었다. 그럼에도 불구하고 일말의 동
요도 없이 자신을 모욕한 자를 죽였을 것이다.

　최근에 나는 니콜라이 프세볼로도비치의 모든 것을 연구했
으며 특정 상황들로 미루어 이것을 쓰고 있는 지금은 그에 대
해 몹시 많은 사실을 안다. 그는 현재 우리 사회에서 모종의
전설적인 회상으로 살아 있는 과거의 어떤 양반들과 비교될
수 있을 법하다. 예를 들어, 데카브리스트[66] L-n은 평생 일부
러 위험한 일을 찾아다녔고 그 감각에 탐닉한 나머지 그것을
아예 본성의 요구로 바꾸어 버렸다는 이야기가 있다. 젊은 시
절, 그는 아무것도 아닌 일로 결투를 일삼았다. 시베리아에서
칼 하나만 들고 곰 사냥을 다니고 시베리아 숲속에서 탈옥범
과 마주치는 것을 즐겼다고 하는데, 겸사겸사 일러 두자면, 탈

옥범은 곰보다 무서운 존재였다. 이런 전설적인 양반들도 공포의 감정을 느낄 수 있었으리라는 점, 심지어 강렬할 정도로 그럴 수 있었으리라는 점에는 의심의 여지가 없는데 — 만약 그렇지 않다면 그들은 훨씬 더 평온했을 것이고 또 위험의 감각을 본성의 요구로 바꾸지 않았을 것이기 때문이다. 자기 내부의 겁을 정복하는 것, 바로 이것이 응당, 그들을 유혹했으리라. 승리에 대한 끊임없는 탐닉과 자신을 누를 정복자는 없다는 의식, 바로 이것이 그들을 매혹시켰으리라. 이 L-n은 유형을 가기 전부터, 오로지 부당하다고 생각된 부유한 아버지의 요구에 복종하는 것이 정녕 싫었던 까닭에, 얼마 동안 기아와 싸우며 힘겨운 노동을 통해 빵을 손에 넣었다. 그러니까, 그는 투쟁이라는 것을 다면적으로 이해했던 것이다. 단지 곰과의 싸움이나 결투에서만 불굴의 의지와 굳센 성격을 높이 평가한 것은 아니었다.

하지만 그럼에도 그로부터 많은 세월이 흘렀고 요즘 사람들은 천성이 초조하고 고통스럽게 분열된 까닭에 이제는 그 당시 좋았던 옛 시절 자신의 활동에 불안감을 느낀 어떤 양반들이 그토록 찾아다닌 저 직접적이고 완전한 감각을 절대 허용하지 않으려고 한다. 니콜라이 프세볼로도비치는 L-n을 위에서 내려다볼지도, 심지어 그를 영원히 만용이나 부린 겁쟁이라고, 수탉이라고 부를지도 모르지만 — 사실 큰 소리로 내색하지도 않을 것이다. 그는 결투에서 적수를 쏴 죽일 수도, 곰을 잡으러 갈 수도 있을 것이고, 꼭 필요하다면 숲속에서 강도를 물리칠 수도 있었을 것인데 — 그것도 L-n처럼 그렇게 성공적으로, 그렇게 공포 없이, 대신 어떤 탐닉의 감각도 없이, 오로지 불쾌한 불가피성 때문에 힘없이, 느릿느릿, 심지어 권태롭게 해치울 것이다. 분노에 있어서도 응당 L-n과, 심지어 레르몬토프와도 반대되는 결과가 나왔다. 니콜라이 프세볼로도비치의 분노는 이 두 사람의 경우보다도 훨씬 더 큰 것이었으되 이 분노는 냉담하고 평온하고, 이런 표현이 가능하다면, 이성적인 것, 그러니까 모든 것 중 가장 혐오스럽고 가장 끔찍한 것이다. 다시 반복하고자 한다. 나는 그때도 그가 얼굴을 한 대 맞았거나 그 비슷한 모욕을 당했다면 결투 신청도 없이 그 자리에서 당장, 즉시 적수를 죽여 버릴 수 있는 사람이라고 생각했으며(이미 모든 일이 끝난) 지금도 그렇게 생각한다.

하지만 이번 경우에는 다소 다른, 기적과 같은 일이 일어났다.

그 따귀 때문에 그가 그토록 치욕적으로, 심지어 거의 온몸의 절반이 완전히 옆으로 기울어진 이후에 다시 몸을 바로잡고 얼굴을 주먹으로 내리칠 때의 그 야비하고 왠지 축축한 듯한 소리가 방 안에 아직 잦아들지 않은 것 같은 바로 그때, 그는 당장 두 손으로 샤토프의 어깨를 움켜쥐었다. 그러나 그 즉시, 거의 바로 그 순간에 두 손을 뒤로 빼고는 등 뒤로 뒷짐을 지는 것이었다. 그는 말없이 샤토프를 바라보았는데 그 얼굴은 백지장처럼 하얬다. 그러나 이상하게도 시선은 꺼져 버린 것 같았다. 십 초쯤 지나자 그의 눈은 냉담해지고 ── 맹세코, 거짓말을 하는 것이 아닌데 ── 평온해졌다. 다만, 끔찍이도 창백했을 뿐이다. 응당, 나는 인간의 내부에 무엇이 들어 있는지는 알지 못하고, 외부에서만 봤을 뿐이다. 내 생각으로는, 가령 벌겋게 달궈진 쇠막대를 거머쥔 다음 자신의 견고함을 측정해 보려는 목적으로 그것을 손안에 꽉 움켜쥐고 십 초간 참을 수 없는 고통을 이겨 내고 결국은 그것을 정복한 사람이 있다면, 그런 사람이라면, 내 생각으로는, 니콜라이 프세볼로도비치가 지금 이 십 초간 견뎌 낸 것과 비슷한 뭔가를 참아 낼 수 있을 것 같다.

그들 중 먼저 눈을 떨군 사람은 샤토프였고, 분명히 그러지 않을 수 없었기 때문이리라. 그런 다음 천천히 방향을 틀어 아까 다가갈 때와는 전혀 다른 걸음걸이로 방을 나갔다. 그는 어쩨 유달리 굼뜬 듯 어깨를 뒤쪽으로 추어올리고 무슨 생각을 하는지 고개를 떨어뜨린 채 조용히 걸어 나갔다. 뭐라고 웅얼대는 것 같기도 했다. 아무것에도 걸리지 않고 아무것도 넘어뜨리지 않은 채 조심스럽게 문 앞에 이르자, 그는 마침 아주 조금만 열려 있던 문틈으로 몸을 거의 모로 세워 빠져나갔다. 빠져나갈 때 목덜미 위로 돌출된 그의 곱슬머리 타래가 유난히 눈에 띄었다.

그러고 나서, 세상에서 가장 끔찍한 비명 하나가 울려 퍼졌다. 나는 리자베타 니콜라예브나가 엄마의 어깨와 마브리키 니콜라예비치의 한 손을 잡고서 그들을 방에서 끌어내려고 자기 쪽으로 두세 번 잡아당기다가 갑자기 소리를 지르면서 선 자세 그대로 마룻바닥에 쓰러지며 기절하는 모습을 보았다. 지금까지도 여전히 그녀의 목덜미가 양탄자에 부딪치며 낸 쿵 소리가 들리는 것 같다.

세계문학전집 **384**

악령 1

1판 1쇄 펴냄   2021년 6월 30일
1판 5쇄 펴냄   2024년 1월 22일

지은이   표도르 도스토옙스키
옮긴이   김연경
발행인   박근섭, 박상준
펴낸곳   (주)민음사

출판등록   1966. 5. 19. (제 16-490호)
서울특별시 강남구 도산대로1길 62(신사동) 강남출판문화센터 5층 (우편번호 06027)
대표전화 02-515-2000   팩시밀리 02-515-2007
www.minumsa.com

ISBN 978-89-374-6384-6 04800
ISBN 978-89-374-6000-5 (세트)

세계문학전집 목록

1·2 변신 이야기 오비디우스·이윤기 옮김 서울대 권장도서 100선

3 햄릿 셰익스피어·최종철 옮김 서울대 권장도서 100선 | 미국대학위원회 선정 SAT 추천도서

4 변신·시골의사 카프카·전영애 옮김 서울대 권장도서 100선

5 동물농장 오웰·도정일 옮김 미국대학위원회 선정 SAT 추천도서 | 《타임》 선정 현대 100대 영문소설

6 허클베리 핀의 모험 트웨인·김욱동 옮김 《뉴스위크》 선정 100대 명저

7 암흑의 핵심 콘래드·이상옥 옮김 미국대학위원회 선정 SAT 추천도서 | 《뉴스위크》 선정 10대 명저

8 토니오 크뢰거·트리스탄·베네치아에서의 죽음 토마스 만·안삼환 외 옮김 노벨 문학상 수상 작가

9 문학이란 무엇인가 사르트르·정명환 옮김

10 한국단편문학선 1 김동인 외·이남호 엮음 국립중앙도서관 선정 청소년 권장도서

11·12 인간의 굴레에서 서머싯 몸·송무 옮김

13 이반 데니소비치, 수용소의 하루 솔제니친·이영의 옮김 노벨 문학상 수상 작가

14 너새니얼 호손 단편선 호손·천승걸 옮김

15 나의 미카엘 오즈·최창모 옮김

16·17 중국신화전설 위앤커·전인초, 김선자 옮김

18 고리오 영감 발자크·박영근 옮김

19 파리대왕 골딩·유종호 옮김 노벨 문학상 수상 작가 | 《타임》 선정 현대 100대 영문소설

20 한국단편문학선 2 김동인 외·이남호 엮음

21·22 파우스트 괴테·정서웅 옮김 서울대 권장도서 100선 | 미국대학위원회 선정 SAT 추천도서

23·24 빌헬름 마이스터의 수업시대 괴테·안삼환 옮김

25 젊은 베르테르의 슬픔 괴테·박찬기 옮김 논술 및 수능에 출제된 책(1998~2005)

26 이피게니에·스텔라 괴테·박찬기 외 옮김

27 다섯째 아이 레싱·정덕애 옮김 노벨 문학상 수상 작가

28 삶의 한가운데 린저·박찬일 옮김

29 농담 쿤데라·방미경 옮김

30 야성의 부름 런던·권택영 옮김

31 아메리칸 제임스·최경도 옮김

32·33 양철북 그라스·장희창 옮김 노벨 문학상 수상 작가 | 서울대 권장도서 100선

34·35 백년의 고독 마르케스·조구호 옮김 노벨 문학상 수상 작가 | 서울대 권장도서 100선

36 마담 보바리 플로베르·김화영 옮김 서울대 권장도서 100선

37 거미여인의 키스 푸익·송병선 옮김

38 달과 6펜스 서머싯 몸·송무 옮김

39 폴란드의 풍차 지오노·박인철 옮김

40·41 독일어 시간 렌츠·정서웅 옮김

42 말테의 수기 릴케·문현미 옮김

43 고도를 기다리며 베케트·오증자 옮김 노벨 문학상 수상 작가 | 서울대 권장도서 100선

44 데미안 헤세·전영애 옮김 노벨 문학상 수상 작가

45 젊은 예술가의 초상 조이스·이상옥 옮김 서울대 권장도서 100선

46 카탈로니아 찬가 오웰·정영목 옮김

47 호밀밭의 파수꾼 샐린저·정영목 옮김 《타임》 선정 현대 100대 영문소설 | 미국대학위원회 선정 SAT 추천도서 | 《뉴스위크》 선정 100대 명저 | BBC 선정 꼭 읽어야 할 책

48·49 파르마의 수도원 스탕달·원윤수, 임미경 옮김

50 수레바퀴 아래서 헤세·김이섭 옮김 노벨 문학상 수상 작가 | 국립중앙도서관 선정 청소년 권장도서

51·52 내 이름은 빨강 파묵 · 이난아 옮김 노벨 문학상 수상 작가

53 오셀로 셰익스피어 · 최종철 옮김 서울대 권장도서 100선

54 조서 르 클레지오 · 김윤진 옮김 노벨 문학상 수상 작가

55 모래의 여자 아베 코보 · 김난주 옮김

56·57 부덴브로크 가의 사람들 토마스 만 · 홍성광 옮김 노벨 문학상 수상 작가

58 싯다르타 헤세 · 박병덕 옮김 노벨 문학상 수상 작가

59·60 아들과 연인 로렌스 · 정상준 옮김 《뉴스위크》 선정 100대 명저

61 설국 가와바타 야스나리 · 유숙자 옮김 노벨 문학상 수상 작가 | 서울대 권장도서 100선

62 벨킨 이야기 · 스페이드 여왕 푸슈킨 · 최선 옮김

63·64 넙치 그라스 · 김재혁 옮김 노벨 문학상 수상 작가

65 소망 없는 불행 한트케 · 윤용호 옮김 노벨 문학상 수상 작가

66 나르치스와 골드문트 헤세 · 임홍배 옮김 노벨 문학상 수상 작가

67 황야의 이리 헤세 · 김누리 옮김 노벨 문학상 수상 작가

68 페테르부르크 이야기 고골 · 조주관 옮김

69 밤으로의 긴 여로 오닐 · 민승남 옮김 노벨 문학상 수상 작가 | 미국대학위원회 선정 SAT 추천도서

70 체호프 단편선 체호프 · 박현섭 옮김

71 버스 정류장 가오싱젠 · 오수경 옮김 노벨 문학상 수상 작가

72 구운몽 김만중 · 송성욱 옮김 서울대 권장도서 100선 | 국립중앙도서관 선정 청소년 권장도서

73 대머리 여가수 이오네스코 · 오세곤 옮김

74 이솝 우화집 이솝 · 유종호 옮김 논술 및 수능에 출제된 책(1998~2005)

75 위대한 개츠비 피츠제럴드 · 김욱동 옮김 《타임》 선정 현대 100대 영문소설

76 푸른 꽃 노발리스 · 김재혁 옮김

77 1984 오웰 · 정회성 옮김 《타임》 선정 현대 100대 영문소설 | 《뉴스위크》 선정 100대 명저

78·79 영혼의 집 아옌데 · 권미선 옮김

80 첫사랑 투르게네프 · 이항재 옮김

81 내가 죽어 누워 있을 때 포크너 · 김명주 옮김 노벨 문학상 수상 작가

82 런던 스케치 레싱 · 서숙 옮김 노벨 문학상 수상 작가

83 팡세 파스칼 · 이환 옮김

84 질투 로브그리예 · 박이문, 박희원 옮김

85·86 채털리 부인의 연인 로렌스 · 이인규 옮김

87 그 후 나쓰메 소세키 · 윤상인 옮김

88 오만과 편견 오스틴 · 윤지관, 전승희 옮김 미국대학위원회 선정 SAT 추천도서

89·90 부활 톨스토이 · 연진희 옮김 논술 및 수능에 출제된 책(1998~2005)

91 방드르디, 태평양의 끝 투르니에 · 김화영 옮김

92 미겔 스트리트 나이폴 · 이상옥 옮김 노벨 문학상 수상 작가

93 페드로 파라모 룰포 · 정창 옮김

94 차라투스트라는 이렇게 말했다 니체 · 장희창 옮김 국립중앙도서관 선정 청소년 권장도서

95·96 적과 흑 스탕달 · 이동렬 옮김 국립중앙도서관 선정 청소년 권장도서

97·98 콜레라 시대의 사랑 마르케스 · 송병선 옮김 노벨 문학상 수상 작가 | BBC 선정 꼭 읽어야 할 책

99 맥베스 셰익스피어 · 최종철 옮김 서울대 권장도서 100선 | 미국대학위원회 선정 SAT 추천도서

100 춘향전 작자 미상 · 송성욱 풀어 옮김 서울대 권장도서 100선

101 페르디두르케 곰브로비치 · 윤진 옮김

102 포르노그라피아 곰브로비치 · 임미경 옮김

103 인간 실격 다자이 오사무 · 김춘미 옮김

104 네루다의 우편배달부 스카르메타 · 우석균 옮김

105·106 이탈리아 기행 괴테·박찬기 외 옮김

107 나무 위의 남작 칼비노·이현경 옮김

108 달콤 쌉싸름한 초콜릿 에스키벨·권미선 옮김

109·110 제인 에어 C. 브론테·유종호 옮김 BBC 선정 꼭 읽어야 할 책

111 크놀프 헤세·이노은 옮김 노벨 문학상 수상 작가

112 시계태엽 오렌지 버지스·박시영 옮김 《타임》 선정 현대 100대 영문소설 | 《뉴스위크》 선정 100대 명저

113·114 파리의 노트르담 위고·정기수 옮김 미국대학위원회 선정 SAT 추천도서

115 새로운 인생 단테·박우수 옮김

116·117 로드 짐 콘래드·이상옥 옮김 《뉴스위크》 선정 100대 명저

118 폭풍의 언덕 E. 브론테·김종길 옮김 미국대학위원회 선정 SAT 추천도서

119 텔크테에서의 만남 그라스·안삼환 옮김 노벨 문학상 수상 작가

120 검찰관 고골·조주관 옮김

121 안개 우나무노·조민현 옮김

122 나사의 회전 제임스·최경도 옮김 미국대학위원회 선정 SAT 추천도서

123 피츠제럴드 단편선 1 피츠제럴드·김욱동 옮김

124 목화밭의 고독 속에서 콜테스·임수현 옮김

125 돼지꿈 황석영

126 라셀라스 존슨·이인규 옮김

127 리어 왕 셰익스피어·최종철 옮김 서울대 권장도서 100선 | 《뉴스위크》 선정 100대 명저

128·129 쿠오 바디스 시엔키에비츠·최성은 옮김 노벨 문학상 수상 작가

130 자기만의 방·3기니 울프·이미애 옮김

131 시르트의 바닷가 그라크·송진석 옮김

132 이성과 감성 오스틴·윤지관 옮김

133 바덴바덴에서의 여름 치프킨·이장욱 옮김

134 새로운 인생 파묵·이난아 옮김 노벨 문학상 수상 작가

135·136 무지개 로렌스·김정매 옮김

137 인생의 베일 서머싯 몸·황소연 옮김

138 보이지 않는 도시들 칼비노·이현경 옮김

139·140·141 연초 도매상 바스·이운경 옮김 《타임》 선정 현대 100대 영문소설

142·143 플로스 강의 물방앗간 엘리엇·한애경, 이봉지 옮김 미국대학위원회 선정 SAT 추천도서

144 연인 뒤라스·김인환 옮김

145·146 이름 없는 주드 하디·정종화 옮김

147 제49호 품목의 경매 핀천·김성곤 옮김 《타임》 선정 현대 100대 영문소설

148 성역 포크너·이진준 옮김 노벨 문학상 수상 작가 | 퓰리처상 수상 작가

149 무진기행 김승옥

150·151·152 신곡(지옥편·연옥편·천국편) 단테·박상진 옮김 《뉴스위크》 선정 100대 명저

153 구덩이 플라토노프·정보라 옮김

154·155·156 카라마조프가의 형제들 도스토옙스키·김연경 옮김

157 지상의 양식 지드·김화영 옮김 노벨 문학상 수상 작가

158 밤의 군대들 메일러·권택영 옮김 퓰리처상 수상 작가

159 주홍 글자 호손·김욱동 옮김 서울대 권장도서 100선 | 미국대학위원회 선정 SAT 추천도서

160 깊은 강 엔도 슈사쿠·유숙자 옮김

161 욕망이라는 이름의 전차 윌리엄스·김소임 옮김

162 마사 퀘스트 레싱·나영균 옮김 노벨 문학상 수상 작가

163·164 운명의 딸 아옌데·권미선 옮김

165 모렐의 발명 비오이 카사레스 · 송병선 옮김

166 삼국유사 일연 · 김원중 옮김 서울대 권장도서 100선

167 풀잎은 노래한다 레싱 · 이태동 옮김 노벨 문학상 수상 작가

168 파리의 우울 보들레르 · 윤영애 옮김

169 포스트맨은 벨을 두 번 울린다 케인 · 이만식 옮김

170 썩은 잎 마르케스 · 송병선 옮김 노벨 문학상 수상 작가

171 모든 것이 산산이 부서지다 아체베 · 조규형 옮김 《타임》 선정 현대 100대 영문소설

172 한여름 밤의 꿈 셰익스피어 · 최종철 옮김 미국대학위원회 선정 SAT 추천도서

173 로미오와 줄리엣 셰익스피어 · 최종철 옮김 미국대학위원회 선정 SAT 추천도서

174·175 분노의 포도 스타인벡 · 김승욱 옮김 노벨 문학상 수상 작가 | 《타임》 선정 현대 100대 영문소설

176·177 괴테와의 대화 에커만 · 장희창 옮김

178 그물을 헤치고 머독 · 유종호 옮김 《타임》 선정 현대 100대 영문소설

179 브람스를 좋아하세요... 사강 · 김남주 옮김

180 카타리나 블룸의 잃어버린 명예 하인리히 뵐 · 김연수 옮김 노벨 문학상 수상 작가

181·182 에덴의 동쪽 스타인벡 · 정회성 옮김 노벨 문학상 수상 작가

183 순수의 시대 워튼 · 송은주 옮김 《뉴스위크》 선정 100대 명저 | 퓰리처상 수상작

184 도둑 일기 주네 · 박형섭 옮김

185 나자 브르통 · 오생근 옮김

186·187 캐치-22 헬러 · 안정효 옮김 《타임》 선정 현대 100대 영문소설

188 솔로호프 단편선 솔로호프 · 이항재 옮김 노벨 문학상 수상 작가

189 말 사르트르 · 정명환 옮김

190·191 보이지 않는 인간 엘리슨 · 조영환 옮김 《타임》 선정 현대 100대 영문소설

192 왑샷 가문 연대기 치버 · 김승욱 옮김 퓰리처상 수상 작가

193 왑샷 가문 몰락기 치버 · 김승욱 옮김 퓰리처상 수상 작가

194 필립과 다른 사람들 노터봄 · 지명숙 옮김

195·196 하드리아누스 황제의 회상록 유르스나르 · 곽광수 옮김

197·198 소피의 선택 스타이런 · 한정아 옮김 퓰리처상 수상 작가

199 피츠제럴드 단편선 2 피츠제럴드 · 한은경 옮김

200 홍길동전 허균 · 김탁환 옮김

201 요술 부지깽이 쿠버 · 양윤희 옮김

202 북호텔 다비 · 원윤수 옮김

203 톰 소여의 모험 트웨인 · 김욱동 옮김

204 금오신화 김시습 · 이지하 옮김

205·206 테스 하디 · 정종화 옮김 미국대학위원회 선정 SAT 추천도서 | BBC 선정 꼭 읽어야 할 책

207 브루스터플레이스의 여자들 네일러 · 이소영 옮김

208 더 이상 평안은 없다 아체베 · 이소영 옮김

209 그레인지 코플랜드의 세 번째 인생 워커 · 김시현 옮김 퓰리처상 수상 작가

210 어느 시골 신부의 일기 베르나노스 · 정영란 옮김

211 타라스 불바 고골 · 조주관 옮김

212·213 위대한 유산 디킨스 · 이인규 옮김 서울대 권장도서 100선 | BBC 선정 꼭 읽어야 할 책

214 면도날 서머싯 몸 · 안진환 옮김

215·216 성채 크로닌 · 이은정 옮김

217 오이디푸스 왕 소포클레스 · 강대진 옮김 서울대 권장도서 100선

218 세일즈맨의 죽음 밀러 · 강유나 옮김

219·220·221 안나 카레니나 톨스토이 · 연진희 옮김 서울대 권장도서 100선

222 오스카 와일드 작품선 와일드·정영목 옮김

223 벨아미 모파상·송덕호 옮김

224 파스쿠알 두아르테 가족 호세 셀라·정동섭 옮김 노벨 문학상 수상 작가

225 시칠리아에서의 대화 비토리니·김운찬 옮김

226·227 길 위에서 케루악·이만식 옮김 《타임》 선정 현대 100대 영문소설 | 《뉴스위크》 선정 100대 명저

228 우리 시대의 영웅 레르몬토프·오정미 옮김

229 아우라 푸엔테스·송상기 옮김

230 클링조어의 마지막 여름 헤세·황승환 옮김 노벨 문학상 수상 작가

231 리스본의 겨울 무뇨스 몰리나·나송주 옮김

232 뻐꾸기 둥지 위로 날아간 새 키지·정회성 옮김 《타임》 선정 현대 100대 영문소설

233 페널티킥 앞에 선 골키퍼의 불안 한트케·윤용호 옮김 노벨 문학상 수상 작가

234 참을 수 없는 존재의 가벼움 쿤데라·이재룡 옮김

235·236 바다여, 바다여 머독·최옥영 옮김

237 한 줌의 먼지 에벌린 워·안진환 옮김 《타임》 선정 현대 100대 영문소설

238 뜨거운 양철 지붕 위의 고양이·유리 동물원 윌리엄스·김소임 옮김 퓰리처상 수상작

239 지하로부터의 수기 도스토옙스키·김연경 옮김

240 키메라 바스·이운경 옮김

241 반쪼가리 자작 칼비노·이현경 옮김

242 벌집 호세 셀라·남진희 옮김 노벨 문학상 수상 작가

243 불멸 쿤데라·김병욱 옮김

244·245 파우스트 박사 토마스 만·임홍배, 박병덕 옮김 노벨 문학상 수상 작가

246 사랑할 때와 죽을 때 레마르크·장희창 옮김

247 누가 버지니아 울프를 두려워하랴? 올비·강유나 옮김

248 인형의 집 입센·안미란 옮김

249 위폐범들 지드·원윤수 옮김 노벨 문학상 수상 작가

250 무정 이광수·정영훈 책임 편집 서울대 권장도서 100선

251·252 의지와 운명 푸엔테스·김현철 옮김

253 폭력적인 삶 파솔리니·이승수 옮김

254 거장과 마르가리타 불가코프·정보라 옮김

255·256 경이로운 도시 멘도사·김현철 옮김

257 야콥을 둘러싼 추측들 욘존·손대영 옮김

258 왕자와 거지 트웨인·김욱동 옮김

259 존재하지 않는 기사 칼비노·이현경 옮김

260·261 눈먼 암살자 애트우드·차은정 옮김 《타임》 선정 현대 100대 영문소설

262 베니스의 상인 셰익스피어·최종철 옮김

263 말리나 바흐만·남정애 옮김

264 사볼타 사건의 진실 멘도사·권미선 옮김

265 뒤렌마트 희곡선 뒤렌마트·김혜숙 옮김

266 이방인 카뮈·김화영 옮김 노벨 문학상 수상 작가 | 미국대학위원회 선정 SAT 추천도서

267 페스트 카뮈·김화영 옮김 노벨 문학상 수상 작가 | 국립중앙도서관 선정 청소년 권장도서

268 검은 튤립 뒤마·송진석 옮김

269·270 베를린 알렉산더 광장 되블린·김재혁 옮김

271 하얀 성 파묵·이난아 옮김 노벨 문학상 수상 작가

272 푸슈킨 선집 푸슈킨·최선 옮김

273·274 유리알 유희 헤세·이영임 옮김 노벨 문학상 수상 작가

275 픽션들 보르헤스 · 송병선 옮김 서울대 권장도서 100선

276 신의 화살 아체베 · 이소영 옮김

277 빌헬름 텔 · 간계와 사랑 실러 · 홍성광 옮김

278 노인과 바다 헤밍웨이 · 김욱동 옮김 노벨 문학상 수상 작가 | 퓰리처상 수상작

279 무기여 잘 있어라 헤밍웨이 · 김욱동 옮김 미국대학위원회 선정 SAT 추천도서

280 태양은 다시 떠오른다 헤밍웨이 · 김욱동 옮김 《타임》 선정 현대 100대 영문 소설

281 알레프 보르헤스 · 송병선 옮김

282 일곱 박공의 집 호손 · 정소영 옮김

283 에마 오스틴 · 윤지관, 김영희 옮김

284·285 죄와 벌 도스토옙스키 · 김연경 옮김 미국대학위원회 선정 SAT 추천도서

286 시련 밀러 · 최영 옮김

287 모두가 나의 아들 밀러 · 최영 옮김

288·289 누구를 위하여 종은 울리나 헤밍웨이 · 김욱동 옮김 노벨 문학상 수상 작가

290 구르브 연락 없다 멘도사 · 정창 옮김

291·292·293 데카메론 보카치오 · 박상진 옮김

294 나누어진 하늘 볼프 · 전영애 옮김

295·296 제브데트 씨와 아들들 파묵 · 이난아 옮김 노벨 문학상 수상 작가

297·298 여인의 초상 제임스 · 최경도 옮김 미국대학위원회 선정 SAT 추천도서

299 압살롬, 압살롬! 포크너 · 이태동 옮김 노벨 문학상 수상 작가

300 이상 소설 전집 이상 · 권영민 책임 편집

301·302·303·304·305 레 미제라블 위고 · 정기수 옮김

306 관객모독 한트케 · 윤용호 옮김 노벨 문학상 수상 작가

307 더블린 사람들 조이스 · 이종일 옮김

308 에드거 앨런 포 단편선 앨런 포 · 전승희 옮김 미국대학위원회 선정 SAT 추천도서

309 보이체크 · 당통의 죽음 뷔히너 · 홍성광 옮김

310 노르웨이의 숲 무라카미 하루키 · 양억관 옮김

311 운명론자 자크와 그의 주인 디드로 · 김희영 옮김

312·313 헤밍웨이 단편선 헤밍웨이 · 김욱동 옮김 노벨 문학상 수상 작가

314 피라미드 골딩 · 안지현 옮김 노벨 문학상 수상 작가

315 닫힌 방 · 악마와 선한 신 사르트르 · 지영래 옮김

316 등대로 울프 · 이미애 옮김 《타임》 선정 현대 100대 영문소설 | 《뉴스위크》 선정 100대 명저

317·318 한국 희곡선 송영 외 · 양승국 엮음

319 여자의 일생 모파상 · 이동렬 옮김

320 의식 노터봄 · 김영중 옮김

321 육체의 악마 라디게 · 원윤수 옮김

322·323 감정 교육 플로베르 · 지영화 옮김

324 불타는 평원 룰포 · 정창 옮김

325 위대한 몬느 알랭푸르니에 · 박영근 옮김

326 라쇼몬 아쿠타가와 류노스케 · 서은혜 옮김

327 반바지 당나귀 보스코 · 정영란 옮김

328 정복자들 말로 · 최윤주 옮김

329·330 우리 동네 아이들 마흐푸즈 · 배혜경 옮김 노벨 문학상 수상 작가

331·332 개선문 레마르크 · 장희창 옮김

333 사바나의 개미 언덕 아체베 · 이소영 옮김

334 게걸음으로 그라스 · 장희창 옮김 노벨 문학상 수상 작가

335 코스모스 곰브로비치·최성은 옮김

336 좁은 문·전원교향곡·배덕자 지드·동성식 옮김 노벨 문학상 수상 작가

337·338 암 병동 솔제니친·이영의 옮김 노벨 문학상 수상 작가

339 피의 꽃잎들 응구기 와 시옹오·왕은철 옮김

340 운명 케르테스·유진일 옮김 노벨 문학상 수상 작가

341·342 벌거벗은 자와 죽은 자 메일러·이운경 옮김 퓰리처상 수상 작가

343 시지프 신화 카뮈·김화영 옮김 노벨 문학상 수상 작가

344 뇌우 차오위·오수경 옮김

345 모옌 중단편선 모옌·심규호, 유소영 옮김 노벨 문학상 수상 작가

346 일야서 한사오궁·심규호, 유소영 옮김

347 상속자들 골딩·안지현 옮김 노벨 문학상 수상 작가

348 설득 오스틴·전승희 옮김

349 히로시마 내 사랑 뒤라스·방미경 옮김

350 오 헨리 단편선 오 헨리·김희용 옮김

351·352 올리버 트위스트 디킨스·이인규 옮김

353·354·355·356 전쟁과 평화 톨스토이·연진희 옮김

357 다시 찾은 브라이즈헤드 에벌린 워·백지민 옮김

358 아무도 대령에게 편지하지 않다 마르케스·송병선 옮김

359 사양 다자이 오사무·유숙자 옮김

360 좌절 케르테스·한경민 옮김 노벨 문학상 수상 작가

361·362 닥터 지바고 파스테르나크·김연경 옮김 노벨 문학상 수상 작가

363 노생거 사원 오스틴·윤지관 옮김

364 개구리 모옌·심규호, 유소영 옮김 노벨 문학상 수상 작가

365 마왕 투르니에·이원복 옮김 공쿠르상 수상 작가

366 맨스필드 파크 오스틴·김영희 옮김

367 이선 프롬 이디스 워튼·김욱동 옮김 퓰리처상 수상 작가

368 여름 이디스 워튼·김욱동 옮김 퓰리처상 수상 작가

369·370·371 나는 고백한다 자우메 카브레·권가람 옮김

372·373·374 태엽 감는 새 연대기 무라카미 하루키·김난주 옮김

375·376 대사들 제임스·정소영 옮김

377 족장의 가을 마르케스·송병선 옮김 노벨 문학상 수상 작가

378 핏빛 자오선 매카시·김시현 옮김

379 모두 다 예쁜 말들 매카시·김시현 옮김

380 국경을 넘어 매카시·김시현 옮김

381 평원의 도시들 매카시·김시현 옮김

382 만년 다자이 오사무·유숙자 옮김

383 반항하는 인간 카뮈·김화영 옮김 노벨 문학상 수상 작가

384·385·386 악령 도스토옙스키·김연경 옮김

387 태평양을 막는 제방 뒤라스·윤진 옮김

388 남아 있는 나날 가즈오 이시구로·송은경 옮김

389 앙리 브륄라르의 생애 스탕달·원윤수 옮김

390 찻집 라오서·오수경 옮김

391 태어나지 않은 아이를 위한 기도 케르테스·이상동 옮김 노벨 문학상 수상 작가

392·393 서머싯 몸 단편선 서머싯 몸·황소연 옮김

394 케이크와 맥주 서머싯 몸·황소연 옮김

395 월든 소로·정회성 옮김

396 모래 사나이 E. T. A. 호프만·신동화 옮김

397·398 검은 책 오르한 파묵·이난아 옮김 노벨 문학상 수상 작가

399 방랑자들 올가 토카르추크·최성은 옮김 노벨 문학상 수상 작가

400 시여, 침을 뱉어라 김수영·이영준 엮음

401·402 환락의 집 이디스 워튼·전승희 옮김

403 달려라 메로스 다자이 오사무·유숙자 옮김

404 아버지와 자식 투르게네프·연진희 옮김

405 청부 살인자의 성모 바예호·송병선 옮김

406 세피아빛 초상 아옌데·조영실 옮김

407·408·409·410 사기 열전 사마천·김원중 옮김 서울대 권장도서 100선

411 이상 시 전집 이상·권영민 책임 편집

412 어둠 속의 사건 발자크·이동렬 옮김

413 태평천하 채만식·권영민 책임 편집

414·415 노스트로모 콘래드·이미애 옮김

416·417 제르미날 졸라·강충권 옮김

418 명인 가와바타 야스나리·유숙자 옮김 노벨 문학상 수상 작가

419 핀처 마틴 골딩·백지민 옮김 노벨 문학상 수상 작가

420 사라진·샤베르 대령 발자크·선영아 옮김

421 빅 서 케루악·김재성 옮김

422 코뿔소 이오네스코·박형섭 옮김

423 블랙박스 오즈·윤성덕, 김영화 옮김

424·425 고양이 눈 애트우드·차은정 옮김

426·427 도둑 신부 애트우드·이은선 옮김

428 슈니츨러 작품선 슈니츨러·신동화 옮김

429·430 세계의 끝과 하드보일드 원더랜드 무라카미 하루키·김난주 옮김

431 멜랑콜리아 I−II 욘 포세·손화수 옮김 노벨 문학상 수상 작가

432 도적들 실러·홍성광 옮김

433 예브게니 오네긴·대위의 딸 푸시킨·최선 옮김

434·435 초대받은 여자 보부아르·강초롱 옮김

436·437 미들마치 엘리엇·이미애 옮김

438 이반 일리치의 죽음 톨스토이·김연경 옮김

439·440 캔터베리 이야기 제프리 초서·이동일, 이동춘 옮김

세계문학전집은 계속 간행됩니다.